JUST
ONE YEAR

이 도서의 국립중앙도서관 출판예정도서목록(CIP)은
서지정보유통지원시스템 홈페이지(http://soeji.nl.go.kr)와
국가자료공동목록시스템(http://www.nl.go.kr/kolisnet)에서 이용하실 수 있습니다.
(CIP제어번호: CIP2017029941)

저스트 원 이어

게일 포먼 장편소설
Gayle Forman
이진 옮김

문학동네

일러두기

1. 주석은 모두 옮긴이주다.
2. 본문 중 고딕체는 원서에서 이탤릭체나 대문자로 강조한 부분이다.

마저리, 태머라,

그리고 리바를 위해

두 배로, 두 배로, 고통과 재난을……*

---

* 셰익스피어의 희곡 「맥베스」에 등장하는 마녀의 주문.

차례

JUST ONE YEAR

집에 있을 땐 한결 편안했지요.

하지만 나그네는 만족할 줄 알아야 하는 법.

월리엄 셰익스피어, 「뜻대로 하세요」 중에서

1부

일 년

하나

8월

파리

이건 내가 늘 꾸는 꿈이다. 나는 비행기를 타고 구름 위에 높이 떠 있다. 비행기가 하강을 시작하고, 나는 문득 두려움에 사로잡힌다. 내가 비행기를 잘못 탔고 엉뚱한 곳으로 가고 있다는 걸 알기 때문이다. 어디에 착륙하게 될지는 결코 확실하지 않다. 전쟁 지역인지, 전염병이 도는 지역인지, 아니면 다른 세기인지. 내가 있어야 할 곳이 아닌 것만은 분명하다. 때로는 옆자리에 앉은 사람에게 우리가 어디로 가는 거냐고 물어보려 하지만 그 사람의 얼굴을 본 적도, 대답을 들은 적도 없다. 비행기 착륙장치가 펴지는 소리와 내 심장박동 소리에 식은땀을 흘리며 잠에서 깨어난다. 정신을 차리기까지, 내가 있는 곳이 어딘지 파악하기까지 잠시 시간이 걸린다. 프라하의 아파트, 카이로의 호스텔. 그러나 상황을 파악한 뒤에도 길을 잃은 것 같은 기분은 여전히 남아 있다.

지금도 그 꿈을 꾸고 있는 것 같다. 언제나처럼, 나는 창문 가리개를 올리고 구름을 본다. 비행기 엔진 유압의 요동을, 하강하는 추진력을, 귓속의 압력을, 밀려드는 두려움을 느낀다. 옆자리에 앉은 얼굴 없는 사람에게 시선을 돌린다. 이번만큼은 낯선 사람이 아닌 것 같은 기분이 든다. 내가 아는 사람이다. 나와 함께 여행하는 사람. 그 순간 엄청난 안도감이 나를 채운다. 우리 둘 다 비행기를 잘못 탔을 리는 없을 테니까.

"우리가 어디를 가는 건지 아세요?" 내가 묻는다. 나는 몸을 숙인다. 바로 그때, 내가 그 사람의 얼굴을 보려는 순간, 그 사람의 대답을 들으려는 순간, 내가 어디로 가는지 알아내려는 순간……

사이렌 소리가 들려온다.

처음 사이렌 소리를 알아차린 건 두브로브니크에서였다. 알바니아에서 만난 남자와 여행하던 중이었는데 사이렌이 울렸다. 미국 액션 영화에 나올 법한 소리였다. 같이 여행하던 남자는 나라마다 사이렌 소리가 어떻게 다른지 설명했다. "내가 어디 있는지 모르겠을 땐 그냥 눈을 감고 사이렌 소리를 들으면 되니까, 알아두면 유용해." 그가 말했다. 그 무렵 나는 이미 일 년째 여행중이어서 네덜란드의 사이렌 소리를 떠올리기까지 몇 분이 걸렸다. 네덜란드의 사이렌 소리는 거의 음악에 가깝고, 라, 라, 라, 라 하면서 내려갔다 올라갔다 내려갔다 올라갔다 하는 게 마치 누가 건성으로, 그러면서도 신이 나서 콧노래를 부르는 소리 같다.

이 사이렌 소리는 그런 소리가 아니다. 단조롭게 니아-니아, 니아-니아 하는 소리가 꼭 전자 양의 울음소리 같다. 가까워지거나 멀어지면서 커지지도 가늘어지지도 않는, 그저 통곡의 벽일 뿐이다. 아무리 애를 써도 이 사이렌 소리가 어느 나라 것인지, 내가 어디 있는지 알 수가 없다.

내 집이 아니라는 것만 알 뿐이다.

눈을 뜬다. 주위가 온통 환한 빛이다. 머리 위뿐 아니라 내 눈에서도 빛이 쏟아진다. 끔찍하게 고통스러운 작은 점들의 폭발. 나는 눈을 감는다.

카이. 티라나에서 두브로브니크까지 함께 여행했던 남자의 이름은 카이였다. 우리는 성벽에서 순한 크로아티아 맥주를 함께 마시고 아드리아해에 소변을 보며 웃었다. 그의 이름은 카이였다. 그는 핀란드 출신이었다.

사이렌이 울린다. 나는 아직도 내가 어디 있는지 모른다.

사이렌이 멈춘다. 문 열리는 소리가 들리고, 살갗에 물이 닿는다. 내 몸이 옮겨진다. 나는 눈을 감고 있는 게 나은 상황임을 직감한다. 지금 일어나는 일들 중 그 어떤 것도 목격하고 싶지 않다.

그러나 강제로 눈이 뜨이고 또다른 불빛이 보인다. 심하게 눈이 부시고 고통스럽다. 일식을 너무 오래 쳐다보았던 그때처럼. 사바는 내게 그러면 안 된다고 했지만 세상에는 도저히 말릴 수 없는 일들이 있다. 그러고 나서 몇 시간 동안 두통에 시달렸다. 일식 두통. 뉴스에서는 그렇게 불렀다. 태양을 빤히 쳐다봐서 두통이 생긴 사람들이 많다고 했다. 나는 그런 것까지 안다. 그런데도 여전히 내가 있는 곳이 어디인지는 모른다.

목소리들이 들려온다. 마치 터널에서 울리는 것 같다. 들을 수는 있지만 무슨 말을 하는지 알아들을 수는 없다.

"코망 부 자플레 부?" 내 모국어가 아닌 언어로 누군가가 묻는데 어쩐 일인지 나는 알아듣는다. 이름이 뭐죠?

"이름 말해볼래요?" 또다른 언어로 던지는 질문 역시 모국어는 아니다.

"빌럼 더 라위터르." 이번엔 내 목소리다. 내 이름.

"좋아요." 남자의 목소리다. 다시 다른 언어로 바뀐다. 프랑스어다. 남자는 프랑스어로 내가 이름을 제대로 대답했다고 말하고, 나는 그가 그걸 어떻게 아는지 의아하다. 짧은 순간, 나는 말하는 이가 브람이라고 생각하지만, 비록 곤죽이 되었을지언정 그게 있을 수 없는 일임을 깨닫는다. 브람은 프랑스어를 배운 적이 없다.

"빌럼, 이제 당신을 일으켜 앉힐 거예요."

침대 등받이가―내가 침대에 누워 있나보다―위로 올라온다. 나는 다시 눈을 뜨려 애쓴다. 모든 게 흐릿하지만 머리 위의 환한 전등들, 긁힌 벽들, 철제 테이블 하나가 눈에 들어온다.

"빌럼, 지금 병원에 있어요." 남자가 말한다.

네, 방금 막 그 사실을 알아냈어요. 내 티셔츠가 피로 뒤덮여 있는 것도, 티셔츠만 그런 게 아니라면, 설명이 된다. 내 것이 아닌 이 회색 티셔츠에는 붉은 글씨로 SOS라고 적혀 있다. SOS가 무슨 뜻이지? 이게 누구 거지? 티셔츠에 묻은 피는 또 누구 거고?

나는 주위를 둘러본다. 흰 가운을 입은 남자가 보인다. 의사인가? 그의 곁에 서 있는 간호사가 내게 얼음주머니를 내민다. 나는 뺨을 만져본다. 뜨겁고 부어 있다. 손에 피가 묻어난다. 한 가지 질문에는 답을 얻는다.

"지금 파리에 있어요." 의사가 말한다. "파리가 어디 있는지 알아요?"

나는 야엘, 브람과 함께 몽토르괴유의 모로코 레스토랑에서 타진*을 먹고 있다. 나는 몽마르트르에서 독일 곡예사와 함께 공연을 마치고 모자를 돌리고 있다. 나는 셀린과 함께 디방 뒤 몽드에서 몰리어 댄 몰리의 공연을 보며 땀에 젖은 채 몸을 흔들고 있다. 그리고 나는 달리고 있다. 바르베 시장을 가로지르며 어떤 여자애의 손을 잡고 달리고 있다.

어떤 여자애?

"프랑스요." 내가 가까스로 대답한다. 혀가 울 양말처럼 투박하게 느껴진다.

"무슨 일이 있었는지 기억할 수 있겠어요?" 의사가 묻는다.

---

* 토기에 소고기, 양고기, 닭고기, 생선 등의 주재료와 향신료, 채소를 넣고 끓이는 모로코 전통 스튜.

발소리가 들리고 피맛이 난다. 입안 가득 피가 고였다. 어떻게 해야 할지 몰라 그냥 피를 삼킨다.

"싸움에 휘말렸던 것 같은데." 의사가 말을 잇는다. "경찰에 신고해야 할 거예요. 일단 얼굴 상처부터 봉합할게요. 뇌 사진을 찍어서 경막하혈종이 없는지도 확인해야 하고요. 휴가 왔어요?"

검은 머리카락. 부드러운 숨결. 뭔가 소중한 것을 잃어버린 듯한 찜찜한 기분. 나는 주머니를 두드려본다.

"제 소지품은요?" 내가 묻는다.

"배낭하고 소지품들이 현장에 흩어져 있었대요. 여권은 가방 안에 있고요. 지갑도."

의사가 내게 지갑을 건넨다. 나는 지갑을 살펴본다. 백 유로가 넘게 들어 있지만 그보다 훨씬 더 돈이 많았던 걸로 기억한다. 신분증은 보이지 않는다.

"이것도 찾았어요." 의사가 내게 작은 검은색 수첩을 내민다. "지갑에 현금이 꽤 있던데요? 환자분이 공격한 사람들을 물리친 게 아니라면 강도를 당한 건 아닌 것 같아요." 그가 얼굴을 찌푸린다. 그런 식의 대응이 어리석다고 생각하는 것 같다.

내가 그랬던가? 머리 위로 낮게 안개가 드리운다. 내가 아침마다 바라보며 정신을 집중해 걷어내려 애쓰던 운하의 안개처럼. 나는 늘 추웠다. 야엘은 내가 생긴 건 네덜란드인 같아도 몸속에 자기처럼 지중해의 피가 흐르기 때문에 그런 거라고 했다. 나는 그걸 기억하고, 몸을 따듯하게 하려고 두르곤 했던 까슬까슬한 울 담요도 기억한다. 이제 내가 어디 있는지 알지만, 왜 여기 있는지는 모르겠다. 파리에 있을 리가 없는데. 네덜란드에 있어야 하는데. 아마도 그래서 기분이 찜찜한가보다.

걷혀라. 걷혀라. 안개에 명령한다. 하지만 이 안개는 네덜란드의 안개만큼이나 집요하다. 어쩌면 내 의지가 겨울 햇살만큼이나 여린 건지도 모르겠다. 어느 쪽이건 안개는 걷히지 않는다.

"오늘 날짜는 알겠어요?" 의사가 묻는다.

나는 생각해보려 애쓰지만 날짜들은 배수로의 나뭇잎처럼 떠다닐 뿐이다. 그러나 새로울 것도 없다. 나는 원래 날짜를 꼽지 않는다. 그럴 필요가 없다. 나는 고개를 젓는다.

"몇월인지는?"

아우휘스튀스. 우트. 아니, 영어로 해야지. "8월."

"무슨 요일이죠?"

돈더르다흐, 내 머릿속의 무언가가 말한다. 목요일. "목요일?" 짐작을 말해본다.

"금요일." 의사가 바로잡아준다. 찜찜한 기분이 더 짙어진다. 아마도 금요일에 어디론가 가야 하나보다.

구내전화가 울린다. 의사가 잠깐 통화를 하더니 수화기를 내려놓고 내 쪽으로 돌아선다. "삼십 분 후에 방사선과에서 올 거예요." 그러고는 내게 코모시옹 세레브랄 혹은 뇌진탕과 일시적 단기기억상실과 단층촬영과 엑스레이에 대해 설명하는데 그중 어느 것도 잘 이해가 되지 않는다.

"연락할 사람 있어요?" 그가 묻는다. 그런 사람이 있는 것 같은 기분이 들지만 아무리 생각해도 떠오르지 않는다. 브람도 없고 사바도 없고 야엘은 없는 편이 낫다. 또 누가 있더라?

구역질이 난다. 느닷없이, 마치 파도에 등을 대고 있는 것처럼. 내 피 묻은 티셔츠가 온통 토사물 범벅이 된다. 간호사가 재빨리 양동이를 들고 오지만 한발 늦었다. 그녀가 몸을 닦으라며 수건을 건넨다. 의사가 구역질과 뇌진탕에 대해 말한다. 내 눈에 눈물이 고인다. 나는 울지 않고 토하는 법을 배운 적이 없다.

간호사가 다른 수건으로 내 얼굴을 닦는다. "아, 미처 못 본 데가 있네요." 그녀가 다정한 미소를 머금고 말한다. "거기, 시계 위에."

내 손목에 시계가 있다. 빛나는 금색 시계. 내 시계가 아니다. 아주 짧은 순간, 나는 그 시계가 어떤 여자애의 손목에 있는 걸 본다. 손에서 가냘픈 팔, 단단한 어깨, 백조의 목으로 올라가본다. 얼굴에 이르렀을 때 나는 그 얼굴이 텅 비어 있을 거라 생각한다. 꿈속에서 보는 얼굴들처럼. 그러나 그렇지가 않다.

검은 머리. 흰 피부. 따스한 눈빛.

나는 다시 시계를 본다. 크리스털에 금이 갔지만 여전히 작동한다. 시계는 아홉시를 가리킨다. 내가 잊은 게 무엇인지 감이 오기 시작한다.

나는 일어나 앉으려 애쓴다. 온 세상이 수프로 변한다.

의사가 나를 도로 침대에 눕히고 한 손으로 내 어깨를 짚는다. "지금 좀 혼란스러워서 불안할 거예요. 다 일시적인 증상입니다. 하지만 뇌출혈이 없는지 확인하려면 CT촬영을 해야 해요. 기다리는 동안 얼굴의 열상을 치료할게요. 먼저 상처 부위를 마취할 약물을 주사할 겁니다."

간호사가 오렌지색 무언가로 내 뺨을 닦아낸다. "걱정 마세요. 얼룩은 안 남으니까."

얼룩은 남지 않는다. 단지 따가울 뿐이다.

"그만 가봐야 할 것 같아요." 봉합이 끝난 뒤 내가 말한다.

의사가 웃는다. 그리고 짧은 순간, 나는 흰 먼지에 뒤덮였지만 속은 따뜻한 흰 피부를 본다. 하얀 방. 뺨의 욱신거림.

"기다리는 사람이 있어서요." 그 사람이 누군지는 몰라도 그게 사실이라는 건 안다.

"누가 기다리는데요?" 의사가 묻는다.

"기억이 안 나요." 내가 시인한다.

"더 라위터르 씨. 반드시 CT촬영을 해야 해요. 그리고 그다음엔 기억이 돌아올 때까지 환자분을 관찰할 겁니다. 환자분을 기다리는 사람이 누군지 알 때까지."

목. 피부. 입술. 내 심장에 닿는 가냘프면서도 단단한 손. 나는 가슴에 손을 대어본다. 갈비뼈가 부러졌는지 확인하려고 티셔츠를 잘라낸 뒤 간호사가 건네준 초록색 가운 위로. 그리고 그 이름, 거의 생각날 것도 같은데.

나를 다른 층으로 데려가려고 사람들이 온다. 나는 머리 주위에서 달그락 소리가 나는 금속관 속으로 들어간다. 소음 때문인지 몰라도, 관 안에서 안개가 걷히기 시작한다. 그러나 그 뒤에도 햇살은 없다. 조각들이 달각달각 맞춰지는 동안 찌푸린 잿빛 하늘만 보일 뿐이다. "가야 해요. 지금!" 내가 관 속에서 소리친다.

침묵이 흐른다. 딸깍하는 구내전화 소리. "움직이지 마세요." 어디에선가 들려오는 목소리가 프랑스어로 명령한다.

나는 다시 아래층으로 실려와 기다린다. 열두시가 넘었다.

나는 더 기다린다. 나는 병원을 기억하고, 병원을 싫어하는 이유를 정확히 기억한다.

나는 더 기다린다. 나는 느닷없이 무력함에 부딪친 아드레날린이다. 교통 체증에 묶인 빠른 자동차다. 주머니에서 동전을 꺼내 어렸을 때 사바가 가르쳐준 장난을 해본다. 된다. 그제야 마음이 놓인다. 마음이 놓이자 더 많은 잃어버린 조각들이 제자리를 찾는다. 우리는 함께 파리로 왔다. 우리는 함께 파리에 있다. 자전거 뒷좌석에 탈 때 내 옆구리에 닿던 그녀의 부드러운 손길이 느껴진다. 서로를 꽉 끌어안을 때 그리 부드럽지 않았던 그녀의 손길도 느낀다. 어젯밤. 어느 하얀 방에서.

하얀 방. 그녀는 그 하얀 방에서 날 기다리고 있다.

나는 주위를 둘러본다. 병실은 사람들이 생각하는 것과 달리 결코 하얗지 않다. 베이지색, 회갈색, 연보라색 같은, 아픈 가슴을 어루만져줄 은은한 톤이다. 지금 이 순간 진짜 하얀 방에 있을 수만 있다면, 나는 무슨 짓이든 할 수 있을 것 같다.

잠시 후 의사가 돌아온다. 그는 미소를 짓고 있다. "좋은 소식이에요! 경막하출혈은 없어요. 뇌진탕뿐이에요. 기억은 좀 어때요?"

"나아졌어요."

"다행이네요. 경찰이 올 때까지 기다립시다. 경찰에 진술하고 나면 친구한테 보내줄게요. 하지만 조심해야 해요. 주의 사항이 적힌 처방전을 주겠지만 불어로 되어 있어서 누가 번역해줘야 할 거예요. 아니면 우리가 영어나 네덜란드어로 된 걸 인터넷에서 찾아줄 수도 있고."

"스 느 세라 파 네세세르."* 내가 말한다.

"아, 프랑스어 할 줄 알아요?" 그가 프랑스어로 묻는다.

내가 고개를 끄덕인다. "네. 기억이 돌아왔어요."

"좋아요. 다른 것들도 다 돌아올 거예요."

"그럼 가도 되나요?"

"누가 데리러 와야 해요! 경찰에 진술도 해야 하고."

경찰. 몇 시간은 걸릴 것이다. 더구나 나는 그들에게 할 얘기가 없다, 정말로. 나는 동전을 꺼내 손마디 위에서 굴린다. "경찰은 안 돼요!"

의사가 내 손 위에서 뒤집히는 동전을 눈으로 좇는다. "경찰하고 무슨 문제라도 있어요?" 그가 묻는다.

"아뇨. 그런 게 아니에요. 사람을 찾아야 해서 그래요." 내가 말한다. 동전이 바닥에 떨어지며 쨍그랑 소리가 난다.

---

* '그러실 필요 없어요'라는 뜻.

의사가 동전을 주워 내게 건넨다. "누굴?"

아마 그가 스스럼없이 물었기 때문일 것이다. 내 멍든 두뇌가 그 대답을 뒤죽박죽으로 만들 겨를도 없이 말이 튀어나왔다. 어쩌면 끔찍한 두통을 남기며 마침내 안개가 걷히고 있는 건지도 모른다. 어쨌든 마치 내가 늘 부르는 이름처럼, 하나의 이름이 내 입술에 남아 있다.

"룰루."

"아, 룰루. 트레 비엥!*" 의사가 손뼉을 친다. "룰루라고 부릅시다. 룰루가 데리러 오면 되겠네요. 아니면 우리가 룰루를 데리고 오든가."

룰루가 어디 있는지 모른다고 말할 엄두가 나지 않는다. 그녀가 하얀 방에 있고 날 기다리고 있으며 벌써 한참을 기다렸다는 것 외에는 모른다고. 더구나 나는 처참한 기분이었고, 그건 항상 무언가를 잃기 마련인 병원에 있기 때문만이 아니라 다른 이유 때문이기도 했다.

"그만 가야 해요." 내가 우긴다. "지금 가지 않으면 너무 늦어요."

의사가 벽에 걸린 시계를 본다. "두시도 안 됐어요. 전혀 안 늦었어요."

"저한텐 너무 늦을지도 몰라요." 늦을지도. 무슨 일이 일어나든 간에 그 일은 아직 일어나지 않았다는 듯이.

의사는 나를 한참 쳐다본다. 그러다가 고개를 젓는다. "아무래

---

* '아주 좋아요'라는 뜻.

도 기다리는 게 좋겠어요. 몇 시간이면 돼요. 기억이 돌아올 거고, 그때 그 여자를 찾으면 돼요."

"저한텐 몇 시간이 없어요!"

그가 내 의지와 상관없이 나를 이곳에 잡아둘 수 있는지 궁금하다. 지금 상황에서 내게 의지라는 게 있는지도. 그러나 안개와 고통 속에서 뭔가가 나를 끌어당긴다. "가야 해요." 내가 우긴다. "지금 당장."

의사가 나를 바라보며 한숨을 쉰다. "다코르."* 그가 서류들을 내밀며 앞으로 이틀 동안 휴식을 취하고 매일 상처를 소독하라고, 봉합사는 녹을 거라고 말한다. 그러고는 작은 명함을 내민다. "경감이에요. 내일 연락할 거라고 일러둘게요."

나는 고개를 끄덕인다.

"갈 곳은 있는 거죠?" 그가 묻는다.

셀린의 클럽. 나는 그 주소를 읊는다. 지하철역. 내가 쉽게 기억할 수 있는 것들. 내가 찾을 수 있는 것들.

"좋아요." 의사가 말한다. "수납계에 가서 계산한 다음 가시면 됩니다."

"고맙습니다."

그가 내 어깨를 짚으며 조심하라고 다시 한번 주의를 준다. "파리에 와서 이런 불운을 겪다니 유감이에요."

나는 돌아서서 그를 마주본다. 흐릿했던 시력이 회복되면서 그

---

* '좋아요'라는 뜻.

가 달고 있는 이름표도 제대로 보인다. 닥터 로비넷이라고 적혀 있
다. 시력은 회복되었어도 머릿속은 여전히 뿌옇지만 그 와중에 나
는 어떤 감정을 느낀다. 무언가에 대한 아련한 감정, 행복까지는
아니더라도 어떤 단단함이, 바다에 너무 오래 나가 있다가 육지로
내려설 때의 그런 단단함이 나를 채운다. 그 기분이 내게 말한다.
룰루가 누군지는 모르지만, 파리에서 우리 사이에 일어난 일은 불
운과 반대였다고.

둘

수납계에서 나는 수천 개의 서류 양식을 작성한다. 주소를 기입할 때 문제가 생긴다. 나에겐 주소가 없다. 주소 없이 산 지 오래다. 그러나 주소 없이는 날 보내주려 하지 않는다. 처음엔 우리 가족 변호사로 야엘의 중요한 우편물을 관리해주는 마르욜레인의 주소를 쓸까 생각해본다. 그러다 뒤늦게 오늘―아니, 내일인가? 아니면 어제였나?―암스테르담에서 그녀와 만나기로 되어 있었음을 떠올린다. 그러나 병원 청구서가 마르욜레인에게 날아간다면 이 모든 일이 곧바로 야엘에게 전달될 텐데, 나는 이에 대해 야엘에게 설명하고 싶지 않다. 야엘이 청구서에 관해 묻지 않을 가능성이 더 크지만 굳이 설명을 안 하고 싶지도 않다.

"친구 주소도 되나요?" 내가 직원에게 묻는다.

"청구서를 보낼 수만 있으면 영국 여왕 주소를 대도 상관없어요." 직원이 말한다.

위트레흐트의 브로저 주소를 주면 되겠군. "잠깐만요." 내가 말한다.

"천천히 해요, 몽 셰리.*"

나는 카운터에 기대어 수첩을 뒤적이며 지난 한 해 동안 쌓인 연락처들을 훑어본다. 내가 기억하지 못하는 수많은 이름들이 있고, 그중에는 머리에 이 끔찍한 충격을 입기 전에도 기억 못했던 이름들도 있다. 마탈라의 동굴들을 기억할 것이라는 메모가 있다. 그 동굴들을 기억하고 그 글귀를 적은 여자애도 기억하지만 왜 그걸 기억해야 하는지는 모르겠다.

나는 앞쪽에서 로베르트 얀의 주소를 찾는다. 그 주소를 직원에게 불러주고 수첩을 닫으려는데 뒤쪽 페이지가 펼쳐진다. 낯선 필체가 보이고, 처음엔 내 시력이 엉망이 된 거라고 생각하지만 이내 그 글자가 영어도, 네덜란드어도 아닌 중국어임을 깨닫는다.

잠시 나는 이곳 병원이 아니라 그녀와 함께 보트에 있다. 그녀가 내 수첩에 쓰고 있다. 기억이 난다. 그녀는 중국어를 했다. 그녀가 내게 보여주었다. 나는 페이지를 넘긴다. 거기 글자가 있다.

囍

글자 옆에 해석이 적혀 있진 않지만 나는 어째선지 그 글자가 무슨 의미인지 안다.

두 배의 행복.

---

* 남자를 부르는 애칭으로 영어의 'honey'에 해당하는 말.

나는 수첩에 적힌 글자를 본다. 그리고 조금 더 큰 글자, 간판에 있던 그 글자를 본다. 두 배의 행복. 그녀가 있는 곳일까?

"근처에 중국 레스토랑이나 가게가 있나요?" 내가 직원에게 묻는다.

직원이 연필로 머리를 긁적이더니 동료와 의논한다. 두 사람은 식사 장소로 어디가 가장 좋을지를 놓고 논쟁을 벌이기 시작한다.

"아뇨." 내가 설명한다. "식사를 하려는 게 아니고요. 이걸 찾으려고요." 내가 수첩에 적힌 글자를 보여준다.

두 사람은 서로를 쳐다보며 어깨를 으쓱한다.

"차이나타운은요?" 내가 묻는다.

"13구에 있어요." 한 명이 대답한다.

"거기가 어디죠?"

"레프트 뱅크.*"

"구급차가 절 거기서 데려왔을까요?" 내가 묻는다.

"아뇨, 그럴 리가요." 그녀가 대답한다.

"벨빌에 좀더 작은 차이나타운이 있어요." 다른 직원이 대답한다.

"여기서 몇 킬로미터 거린데 별로 안 멀어요." 첫번째 직원이 그곳에 대해 설명하고는 지하철역까지 가는 길을 알려준다.

나는 배낭을 메고 병원을 나선다.

멀리 가진 못한다. 배낭 가득 젖은 시멘트가 들어 있는 것 같다.

---

* 파리 센강의 좌안을 뜻하는 말로, 전통적으로 화가를 비롯한 자유분방한 사람들이 거주해왔다.

이 년 전 네덜란드를 떠날 땐 이것보다 훨씬 짐이 많이 든 커다란 배낭을 메고 있었다. 그러나 그 가방을 도둑맞은 뒤로 새로 장만하지 않고 작은 가방으로 버텼다. 시간이 지날수록 가방은 점점 더 작아졌다. 한 사람이 사는 데 꼭 필요한 물건은 많지 않기 때문이다. 요즘 가지고 다니는 배낭에는 갈아입을 옷 몇 벌과 책 몇 권, 세면도구만 들어 있는데도 지금은 짐이 너무 많은 것 같다. 계단을 내려가 지하철역으로 들어가는데 걸음을 내디딜 때마다 가방이 들썩거리고 통증이 몸 깊숙이 파고든다.

"멍은 들었지만 부러지진 않았어요." 닥터 로비넷이 내가 떠나기 전에 말했다. 내 정신을 두고 하는 말이라고 생각했는데 알고 보니 갈비뼈를 두고 하는 말이었다.

지하철 승강장에서 나는 여권, 지갑, 수첩, 칫솔을 제외한 물건을 전부 꺼낸다. 열차가 도착하고 나는 승강장에 물건들을 남겨둔 채 떠난다. 짐이 한결 가벼워졌지만 조금도 편안해지지는 않는다.

벨빌 차이나타운은 지하철역에서 나오자마자 시작된다. 나는 그녀가 수첩에 써놓은 글자와 똑같은 간판을 찾아보려 애쓰지만, 간판은 너무나 많고 그녀가 남긴 부드러운 잉크 선과 똑같은 네온사인은 보이지 않는다. 나는 두 배의 행복에 대해 사람들에게 묻는다. 내가 찾는 게 장소인지, 사람인지, 음식인지, 마음의 상태인지 나 자신도 모른다. 중국인들은 나를 두려워하는 듯하고 아무도 대답을 하지 않는다. 어쩌면 내가 실제로 프랑스어를 하는 게 아니라 프랑스어를 한다고 상상하고 있는지도 모른다는 생각이 들기 시작한다. 마침내 섬세한 장식이 달린 지팡이를 희끗희끗한 양손으로 붙잡고 있는 노인이 나를 쳐다보더니 이렇게 말한다. "두 배의 행복에서 아주 멀리 왔구먼."

그게 무슨 뜻이냐고, 거기가 어디냐고 물어보려는 찰나, 가게 유리창에 비친 내 모습이 눈에 띈다. 눈가는 자줏빛으로 부었고 얼굴에 감긴 붕대에선 피가 배어난다. 나는 노인이 장소를 두고 말한 게 아니란 걸 깨닫는다.

그러나 그 순간 익숙한 글자가 눈에 들어온다. 두 배의 행복 글자는 아니지만 내가 아까 병원에서 입고 있었던 의문의 티셔츠에 적힌 SOS라는 글자. 그것과 같은 티셔츠를 입은 남자를 발견한 것이다. 내 또래에 머리가 삐죽삐죽하고 금속 팔찌를 주렁주렁 찼다. 어쩌면 그는 두 배의 행복과 어떤 식으로든 연관이 있을지도 모른다.

그런 생각에 반 블록 거리에 있는 그를 따라잡을 기운을 낸다. 그의 어깨를 두드리자 남자가 돌아서더니 뒤로 물러난다. 내가 그의 티셔츠를 가리킨다. 그게 무슨 뜻이냐고 물으려는 찰나 그가 내게 프랑스어로 묻는다. "무슨 일이 있었던 거야?"

"스킨헤드." 내가 영어로 대답한다. 그 말은 세계 공용어다. 나는 그가 입은 것과 똑같은 티셔츠를 내가 입고 있었다고 프랑스어로 설명한다.

"아하." 그가 고개를 끄덕인다. "인종주의자들은 수 우 쉬르Sous Ou Sur를 싫어해. 반파시스트 성향이 강한 그룹이거든."

나는 고개를 끄덕인다. 그들이 날 왜 두들겨팼는지 막 기억이 났고 내 티셔츠와는 관계가 없었을 거라는 확신이 강하게 들긴 했지만.

"나 좀 도와줄 수 있어?" 내가 묻는다.

"이봐, 친구. 내가 보기엔 의사가 필요한 것 같은데."

나는 고개를 젓는다. 내게 필요한 건 의사가 아니다.

"뭐가 필요한데?" 남자가 내게 묻는다.

"여기 주변에서 이런 간판이 있는 장소를 찾고 있어."

"그게 뭔데?"

"두 배의 행복."

"두 배의 행복이 뭔데?"

"나도 잘 몰라."

"네가 찾고 있는 게 뭔데?"

"가게인 것 같아. 레스토랑. 클럽. 실은 나도 잘 모르겠어."

"진짜 쥐뿔도 아는 게 없네. 그렇지?"

"내가 쥐뿔도 아는 게 없단 건 알아. 그게 중요한 거지." 내가 머리의 혹을 가리킨다. "완전 곤죽이 됐어."

그가 내 머리를 바라본다. "진료를 받아봐야 할 것 같은데."

"받았어." 나는 뺨의 봉합 부위에 댄 붕대를 가리킨다.

"좀 쉬거나 그래야 하는 거 아니야?"

"나중에. 찾고 나면. 두 배의 행복 말이야."

"두 배의 행복이 왜 그렇게 중요한데?"

그 순간 나는 그녀를 본다. 아니, 단지 보는 게 아니라 그녀를 느낀다. 어젯밤 잠이 들 무렵 그녀가 내게 속삭일 때 내 뺨에 닿던 부드러운 숨결을. 그녀의 말은 듣지 못했다. 다만 내가 행복했다는 것만 기억한다. 그 하얀 방에 있어서 행복했다. "룰루." 내가 말한다.

"아, 여자! 나도 내 여자를 만나러 가는 길이야." 그가 휴대전화를 꺼내더니 문자를 보낸다. "하지만 그녀는 기다릴 거야. 여자들은 항상 그러니까!" 그가 나를 보고 싱긋 웃으며 반항적으로 비뚤어진 치열을 드러내 보인다.

그의 말이 맞다. 여자들은 기다린다. 그들이 기다리리라는 사실을 내가 몰랐을 때에도, 내가 너무 오랫동안 떠나 있었을 때에도, 그들은 기다렸다. 기다리건 말건 나는 상관하지 않았다.

우리는 걷기 시작하고, 좁은 골목길을 죽 훑고 다닌다. 삶은 내장 냄새에 거리의 공기가 탁하다. 나는 그를 따라잡으려고 뛰어다니는 듯한 기분이 들고 피로로 속이 다시 뒤집힐 것 같다.

"지금 꼴이 말이 아니야, 친구." 그가 말하는 순간 나는 배수구에 대고 쓴 물을 토해낸다. 그는 약간 놀라는 눈치다. "정말 병원에 안 가도 되겠어?"

나는 고개를 젓고 입과 눈을 훔친다.

"좋아. 아무래도 널 데리고 내 여자친구 토시를 만나러 가야겠다. 토시는 이 근방에서 일하니까 두 배의 행복이란 곳을 알지도 몰라."

나는 그를 따라 몇 블록을 걷는다. 걸으면서 계속 두 배의 행복 간판을 찾아보지만 아까보다 더 찾기가 어렵다. 수첩에 토사물이 튀어서 잉크가 번졌기 때문이다. 더구나 눈앞에서 검은 점들이 춤을 추는 바람에 어디가 보도인지조차 분간하기 힘들다.

마침내 걸음을 멈췄을 때, 나는 안도감에 울음을 터뜨릴 뻔한다. 두 배의 행복을 찾았기 때문이다. 모든 게 낯이 익다. 철문, 빨간 가설 발판, 변형된 초상화들, 심지어 건물 외벽에 남아 있는, 한때 이곳에 있던 장갑 공장의 흔적일 빛바랜 '강트리'*라는 글자까지. 바로 여기다.

토시가 문으로 나온다. 레게 머리를 한 작은 흑인 여자다. 나는 그 하얀 방으로 날 데려다준 토시를 덥석 끌어안고 싶다. 곧장 하얀 방으로 걸어들어가 룰루 옆에 눕고 싶다. 다시 모든 걸 제자리로 되돌리고 싶다.

그 말을 하고 싶지만 할 수가 없다. 다리를 움직일 수조차 없다. 내가 딛고 있는 땅이 액체가 되어 출렁거렸기 때문이다. 토시와 내 사마리아인 피에르가 프랑스어로 실랑이를 벌인다. 토시는 경찰에 신고해야 한다고 말하고, 피에르는 내가 두 배의 행복을 찾도록 도와야 한다고 말한다.

괜찮아. 나는 그에게 말하고 싶다. 벌써 찾았어. 여기가 바로 그곳이라고. 그러나 그 말을 제대로 전할 수가 없다. "룰루." 내가 가까스로 말한다. "여기 있어요?"

몇 사람이 더 문 주위로 모여든다. "룰루." 내가 다시 말한다. "룰루를 여기 두고 갔어요."

"여기?" 피에르가 묻는다. 그가 토시를 돌아보더니 자기 머리를 가리키고 그다음엔 내 머리를 가리킨다.

나는 계속 그 이름을 말한다. 룰루, 룰루. 그러다가 멈추지만 그녀의 이름은 계속 이어진다. 마치 반향실처럼, 나의 애원이 건물

---

* '장갑 공장'이라는 뜻의 프랑스어.

깊숙이 파고들어, 그녀가 지금 어디에 있건 다시 이곳으로 데려오기라도 할 것처럼.

사람들이 흩어지자 나의 외침이 통했다는 생각이 든다. 나의 말이 그녀를 끌어올려 내게 돌려보내주었다. 내가 처음으로 기다려주길 원했던 사람, 그녀가 날 기다려주었다.

사람들 틈에서 한 여자가 앞으로 나선다. "위, 룰루, 세 무아."* 그녀가 조심스럽게 말한다.

그러나 그녀는 룰루가 아니다. 룰루는 머리카락이 검고 눈동자도 그만큼 짙은 가냘픈 여자다. 이 여자는 조그만 중국 인형 같고 금발이다. 그녀는 룰루가 아니다. 그제야 나는 룰루가 룰루가 아님을 깨닫는다. 룰루는 내가 지어준 이름이다. 나는 그녀의 본명을 모른다.

사람들이 나를 쳐다본다. 룰루를 찾아야 한다고 중얼거리는 내 목소리가 들린다. 다른 룰루. 나는 그녀를 하얀 방에 남겨두었다.

사람들이 이상한 표정으로 날 쳐다보고 토시가 휴대전화를 꺼낸다. 그녀가 통화하는 소리가 들린다. 구급차를 부르고 있다. 나 때문이라는 걸 깨닫기까지 잠시 시간이 걸린다.

"됐어요." 내가 그녀에게 말한다. "병원엔 벌써 다녀왔어요."

"다녀온 게 이 정도라면 그전엔 어땠을지 생각하기도 싫네요." 가짜 룰루가 말한다. "사고 당했어요?"

"스킨헤드한테 당했대요." 피에르가 그녀에게 말한다.

---

* '네, 제가 룰루예요'라는 뜻.

그러나 가짜 룰루의 말이 옳다. 사고accident* —나는 그녀를 그렇게 찾았다. 사고—그리고 그렇게 잃었다. 그런 식으로 형평을 맞추다니, 하여간 우주의 놀라운 섭리만은 알아줘야 한다.

---

* 'accident'에는 '사고'와 '우연' 두 가지 의미가 있으므로 본문에서 상황에 따라 다르게 번역했다.

셋

셀린의 클럽으로 택시를 타고 간다. 마지막 남은 현금 대부분이 택시 요금으로 나가지만 상관없다. 암스테르담으로 돌아갈 돈만 있으면 되고 기차표도 이미 사두었다. 클럽으로 향하는 짧은 시간 동안 나는 뒷자리에서 꾸벅꾸벅 존다. 그리고 라뤼엘 앞에 택시가 멈춰 선 순간 비로소 우리가 룰루의 여행가방을 여기 두었다는 사실을 떠올린다.

바는 어둡고 텅 비었지만 문은 잠겨 있지 않다. 나는 다리를 절뚝이며 셀린의 사무실로 내려간다. 사무실 역시 어둡고 컴퓨터 모니터의 흐릿한 빛만이 그녀의 얼굴을 밝히고 있다. 처음에 셀린은 고개를 들어 날 보고는 특유의 미소를 짓는다. 마치 막 낮잠에서 깨어난 사자처럼, 개운하지만 굶주린 듯한 미소. 그때 내가 불을 켠다.

"몽 디외!"* 그녀가 소리를 지른다. "그 여자가 너한테 무슨 짓을 한 거야?"

"여기 왔었어? 룰루가?"

셀린이 눈을 부라린다. "왔었지. 어제. 너하고."

"그뒤엔?"

"얼굴이 어쩌다 그렇게 됐어?"

"가방 어디 있어?"

"창고에. 원래 두었던 자리에 그대로. 무슨 일이야?"

"열쇠 줘."

셀린은 특유의 표정을 지으며 눈을 가늘게 뜨면서도 책상 서랍을 열어 열쇠 꾸러미를 던진다. 창고 문을 열어보니 가방이 있다. 룰루는 아직 가방을 가지러 오지 않았고, 나는 그 사실에 잠시나마 행복해진다. 그녀가 아직 여기 있다는 의미니까. 아직 파리에서, 날 찾고 있다.

그러나 뒤이어 나는 강트리에서 여자가 했던 말을 떠올린다. 내 눈앞이 캄캄해지자 토시는 다시 구급차를 부르겠다고 했고 나는 대신 택시를 불러달라고 했다. 그때 위층에서 내려온 여자가 오늘 아침에 문을 열 때 웬 여자애가 밖으로 뛰쳐나갔다고 말했다. "돌아오라고 소리쳤는데 무작정 내빼더라고요." 그녀가 내게 프랑스어로 말했다.

룰루는 프랑스어를 할 줄 몰랐다. 그리고 파리 지리도 몰랐다. 어젯밤에 기차역까지 어떻게 가야 하는지도 몰랐다. 클럽에 가는

---

* '세상에!'라는 뜻.

길도 몰랐다. 자기 가방이 어디 있는지 몰랐을 것이다. 설령 날 찾고 싶었다 해도 내가 어디 있는지 알 수 없었을 것이다.

가방을 꺼내 꼬리표를 찾아보지만 아무것도 없다. 이름표도 없고 수하물표도 없다. 가방을 열어보려 하지만 잠겨 있다. 나는 딱 일 초간 멈칫하다가 허술한 잠금장치를 뜯어낸다. 가방을 여는 순간, 익숙한 것과 맞닥뜨린다. 한 번도 본 적 없는 옷가지와 기념품 같은 내용물이 아니라 그 냄새. 나는 반듯하게 갠 티셔츠를 얼굴에 대고 숨을 들이마신다.

"지금 뭐하는 건데?" 갑자기 문 앞에 나타난 셀린이 묻는다.

나는 그녀의 면전에서 문을 쾅 닫고는 계속 룰루의 물건을 뒤진다. 센강 변 가판에서 함께 보았던 것과 비슷한 태엽 시계를 포함한 기념품, 플러그 어댑터, 충전기, 세면도구들이 있지만 그녀가 있는 곳을 알려주는 단서는 아무것도 없다. 비닐에 종이 한 장이 들어 있어서 기대를 품고 꺼내보지만 소지품 목록일 뿐이다.

스웨터 밑에 여행 일기장 한 권이 있다. 표지를 만져본다. 일 년도 더 지난 일이지만 나는 바르샤바로 가는 기차에서 배낭을 도둑맞았다. 여권과 돈, 수첩은 몸에 지니고 있었기 때문에 도둑들이 가져간 건 더러운 옷가지와 낡은 카메라 그리고 일기장 한 권이 든 반쯤 망가진 배낭뿐이었다. 팔아먹을 물건이 없다는 걸 알았을 때 아마 전부 내버렸을 것이다. 카메라는 이십 유로 정도 받았을 수도 있다. 내겐 그보다 훨씬 더 소중한 물건이었지만. 일기장은 아무 가치도 없었다. 나는 그들이 일기장을 버렸기를 기도했다. 다른 사람이 내 일기를 읽는다는 건 상상조차 하기 싫었다. 지난 이 년 동안 집으로 돌아갈까 하는 생각이 든 건 그때가 처음이자 마지막이었다. 집으로 돌아가진 않았다. 그러나 물건들을 새로 사면서도 일기장은 다시 사지 않았다.

내가 자기 일기장을 읽는 걸 룰루는 어떻게 생각할까. 도둑맞은 일기장에 쏟아낸 브람과 야엘에 대한 온갖 노골적인 절규를 룰루가 읽는다면 내 기분이 어떨지 상상해본다. 그런데 막상 상상해보니 밀려드는 감정은 당혹감, 수치심, 혐오감이 아니다. 오히려 평온하고 친근한 감정이다. 안도감 같은.

이러면 안 되는 걸 알면서도, 나는 일기장을 펼치고 페이지를 넘긴다. 그녀와 연락할 방법을 찾고 있는 거다. 어쩌면 그저 그녀의 흔적을 좀더 찾으려는 건지도 모른다. 그녀를 호흡할 다른 방법을.

그러나 그녀의 향기는 찾을 수 없다. 일기장에는 이름이나 주소가 하나도 없다. 그녀의 것도, 그녀가 만난 그 누구의 것도 없다. 모호한 내용들만 조금 있을 뿐이다. 아무 정보도 아닌, 룰루와 전혀 관계없는.

나는 일기장을 끝까지 넘겨본다. 빳빳한 책등이 쩍 하고 갈라진다. 뒤표지 안쪽에 엽서들이 한 묶음 있다. 주소가 있는지 확인해보지만 전부 빈칸이다.

나는 선반에서 연필을 하나 찾아 엽서마다 이름, 전화번호, 이메일 주소, 그리고 브로저의 주소까지 적어놓는다. 로마, 빈, 프라하, 에든버러에 내 정보를 남긴다. 런던에도. 그러면서 내가 왜 이러고 있는지 의문이 든다. 연락해. 마치 길 위의 주문 같다. 우리가 흔히 하는 연기. 그러나 실제로 그런 일은 거의 일어나지 않는다. 우리는 사람들을 만나고, 제각기 갈 길을 가고, 때때로 다시 마주친다. 하지만 대부분의 경우, 다시 마주치지 않는다.

마지막 엽서는 스트랫퍼드어폰에이번의 윌리엄 셰익스피어다. 내가 그녀에게 〈햄릿〉 말고 우리 공연을 보러 오라고 했었다. 비극을 보기엔 너무 아름다운 밤이라고. 그런 말을 하다니, 좀더 신중했어야 했다.

나는 셰익스피어 엽서를 뒤집는다. "제발." 그러고는 글을 쓰기 시작한다. 이번엔 다른 글을 써볼 생각이다. 제발 연락해. 제발 내게 설명할 기회를 줘. 제발 네가 누군지 말해줘. 그러나 뺨이 욱신거리고 초점이 다시 흐려진다. 나는 탈진한 채 회한에 짓눌린다. 그래서 '제발'이라는 말을 그 회한으로 막는다. "미안해"라고, 나는 쓴다.

나는 엽서들을 도로 봉투에 넣어 일기장 안쪽에 끼워넣는다. 지퍼를 잠그고 가방을 다시 한쪽 구석에 둔다. 문을 닫는다.

넷

마지막으로 셀린의 아파트에 있었을 때, 일 년도 더 지난 일이지만, 셀린은 내 머리를 향해 시든 꽃들이 꽂힌 꽃병을 던졌다. 셀린과 한 달 정도 함께 지내던 때였고 떠날 때가 됐다고 말한 참이었다. 계절답지 않게 날씨가 포근했고, 나답지 않게 오래 머물렀다. 그러다가 날이 추워졌고 나는 폐소공포증이 도지는 것을 느꼈다. 셀린은 날씨가 좋을 때만 남자친구냐며 날 비난했다. 날씨에 관한 지적은 딱히 틀렸다고 할 수 없었지만, 나는 결코 그녀의 남자친구였던 적이 없었고 머물겠다고 약속한 적도 없었다. 고함과 욕설이 이어졌고 이내 꽃병이 공중을 가로질러 날아왔다. 꽃병은 내 머리를 맞히지는 못하고 대신 빛바랜 파란색 벽에 부딪쳤다. 떠나기 전에 치워주려 했는데 그녀가 못하게 했다.

내가 다시 이 아파트에 발을 들여놓으리라고 우리 둘 중 누구도 생각하지 못했을 것이다. 다시 만나게 되리라고도 생각하지 않았을 것이다. 그러나 그로부터 몇 달 뒤 라뤼엘에서 우연히 그녀와 마주쳤다. 셀린은 얼마 전부터 그곳의 예약 담당 매니저로 일하고 있었고 나를 만나서 반가운 눈치였다. 그녀는 그날 밤 내내 내게 공짜 술을 내주더니 자기가 일정을 잡아놓은 다음달 밴드 편성표를 보여주겠다며 아래층 사무실로 내려가자고 했다. 나는 그녀와 함께 내려갔다. 그녀가 내게 보여주려는 게 일정표가 아닐 거라고 확신하면서도. 아니나 다를까, 사무실에 도착하자마자 셀린은 문을 잠갔고, 컴퓨터는 끝내 켜지도 않았다.

우리 사이에는 내가 다시는 그녀의 아파트로 가지 않는다는 암묵적 합의가 있었다. 어쨌든 나에겐 묵을 곳이 있었고, 다음날 아침 떠날 예정이었다. 그날 이후, 나는 파리에 들를 때마다 그녀를 만났다. 항상 그녀의 클럽 사무실에서, 문을 잠그고.

그래서 내가 그녀의 아파트에 머물러도 되겠느냐고 물었을 때 우리 둘 다 놀란 것 같다.

"정말? 그러고 싶어?"

"너만 괜찮다면. 나한테 열쇠 주고 나중에 집에서 보자. 일해야 하는 거 알아. 난 내일 떠날 거야."

"원하는 만큼 있어도 돼. 내가 같이 갈게. 도와줄게."

내 손가락이 여전히 내 손목에 채워져 있는 시계를 무심코 건드린다. "그럴 필요 없어. 그냥 좀 쉬고 싶어."

셀린이 시계를 본다. "그 여자 거야?" 그녀가 묻는다.

나는 금이 간 크리스털을 어루만진다.

"그거 가지려고?" 그녀가 묻는다. 말투가 시큰둥해져 있다.

나는 고개를 끄덕인다. 셸린이 따지려고 하지만 내가 손을 들어 그녀를 막는다. 나는 가까스로 서 있을 기운밖에 없다. 그러나 이 시계는 간직할 것이다.

셸린이 눈을 부라리면서도 컴퓨터 전원을 끄고 나를 부축해서 계단을 오른다. 그녀가 바 뒤에서 부스럭거리고 있던 모두를 불러 날 집으로 데려가 재울 거라고 말한다.

"그 친구는 어떻게 됐어요?" 모두가 쫓아나오며 묻는다.

나는 그를 향해 돌아선다. 불빛이 흐릿하고, 셸린이 팔을 둘러 나를 부축하고 있다. 그의 얼굴이 거의 보이지 않는다. "그녀에게 미안하다고 전해줘요. 그녀의 여행가방이 벽장 안에 있어요. 혹시 돌아오면. 그렇게 전해줘요." 꼭 우편엽서를 보라고 전해달라고 하고 싶지만 셸린이 나를 문밖으로 끌어당긴다. 밖이 어두울 거라고 생각했는데 웬걸, 밖은 여전히 대낮이다. 이런 날들은 수년간 지속된다. 정작 영원히 지속되길 바라는 날은 몇 초 만에ㅡ하나, 둘, 셋 하면ㅡ사라져버린다.

꽃병이 벽에 부딪치며 생긴 얼룩은 여전히 남아 있다. 책과 잡지와 CD 더미, 그리고 레코드판을 쌓아놓은 위태로운 탑도 그대로다. 셸린이 밤에도 가리려는 노력조차 하지 않는 커다란 통유리 창문이 활짝 열어젖혀진 채로 끝없이, 끝없이 이어지는 낮을 안으로 들이고 있다.

셸린이 내게 물을 한 잔 건네고 나는 병원에서 나오기 전에 닥터 로비넷이 준 진통제를 이제야 먹는다. 그는 통증이 시작되기 전에 먹으라고, 그리고 통증이 가라앉을 때까지 계속 먹으라고 했다. 그러나 일찍 먹으면 그나마 남아 있던 판단력마저 흐려질까봐 두려웠다.

약병의 설명서에는 여섯 시간 간격으로 한 알을 먹으라고 되어 있다. 나는 세 알을 먹는다.

"양손을 위로 들어봐." 셀린이 지시한다. 꼭 어제 같다. 셀린이 내 옷을 갈아입혀주려 할 때 들어온 룰루가 질투심을 감추려는 모습이 사랑스러워 보였다. 그뒤에 모두가 그녀에게 키스했을 땐 내가 질투심을 감춰야 했다.

나는 팔을 머리 위로 들어올릴 수가 없다. 셀린이 병원 가운 벗는 것을 도와준다. 그녀는 내 가슴을 한참 동안 쳐다본다. 그러더니 고개를 젓는다.

"왜?"

셀린이 혀를 끌끌 찬다. "이 지경인 널 두고 떠나다니."

나는 룰루가 이 지경인 날 두고 떠나지 않았다고, 적어도 일부러 그러진 않았다고 설명하려 애쓴다. 셀린은 손을 내저으며 내 말을 무시한다. "이유야 뭐든. 넌 지금 여기 있잖아. 욕실에 가서 좀 씻어. 먹을 것 좀 만들게."

"네가?"

"비웃지 마. 달걀 요리 정도는 할 수 있어. 아니면 수프나."

"무리하지 마. 입맛이 없어."

"그럼 목욕물 받아줄게."

그녀가 목욕물을 받는다. 물소리를 들으며 나는 비를 떠올리고, 어느새 비가 멈춘다. 약이 효력을 발휘하기 시작하고 잠의 보드라운 촉수들이 나를 아래로 끌어당긴다. 셀린의 침대는 왕좌와도 같고 나는 그 위로 쓰러진다. 오늘 아침에 꾼 비행기 꿈을 생각하면서, 그게 평상시의 악몽과 어떻게 달랐는지를 생각하면서. 잠에 빠져들기 직전, 나는 내 대사―〈십이야〉에 나오는 서배스천의 대사―를 떠올린다. "만약 이게 꿈이라면, 계속 자게 해주세요!"

처음엔 내가 다시 꿈을 꾸는 거라 생각한다. 비행기 꿈이 아닌 다른 꿈, 좋은 꿈. 손 하나가 내 등을 위아래로 쓸다가 더 아래로, 더 아래로 미끄러진다. 그녀는 내 가슴 위에 한 손을 얹고 있었다. 우리가 그 딱딱한 바닥에서 자던 아침 내내. 손이 내 허리를 향해 움직이며 간질이다 더 아래로 내려간다. 멍은 들었지만 부러지진 않았어요. 의사가 말했다. 잠결에 나는 기력이 회복되는 것을 느낀다.

나의 손이 따뜻한 그녀의 몸을 찾는다. 너무도 부드럽고, 너무도 유혹적인. 나는 그녀의 다리 사이에 손을 넣는다. 그녀가 신음한다.

"주 사베 크 튀 르비엥드레."*

그리고 다시 시작되는 악몽. 여기가 아니다. 이 사람이 아니다. 이 비행기가 아니다. 나는 침대에서 벌떡 일어나 그녀를 세게 밀치고 그녀는 바닥으로 굴러떨어진다.

---

* '네가 돌아올 줄 알았어'라는 뜻.

"뭐하는 거야?" 내가 셀린에게 소리친다.

셀린이 일어선다. 비쳐드는 가로등 불빛 속에서 조금도 부끄러운 기색 없이 알몸이다. "네가 내 침대에 있잖아." 그녀가 지적한다,

"날 보살펴준다면서." 내가 말한다. 그녀가 날 돌봐주기를 내가 원하지 않는다는 걸 우리 둘 다 알고 있기 때문에 내가 하는 말이 훨씬 더 한심하게 들린다.

"보살펴주고 있잖아." 그녀가 미소를 지으려 애쓰며 말한다. 그녀는 침대 가장자리에 앉아 자기 옆자리를 두드린다. "넌 아무것도 할 필요 없고 그냥 가만히 누워서 긴장 풀고 있으면 돼."

나는 사각팬티 말고는 아무것도 안 입고 있다. 언제 바지를 벗었지? 바지는 병원에서 입고 나온 셔츠와 함께 바닥에 잘 개어져 있다. 내가 셔츠로 손을 뻗는다. 근육들이 들고일어난다. 나는 일어선다. 근육들이 울부짖는다.

"뭐하는 거야?" 셀린이 묻는다.

"가려고." 피로감에 숨을 헐떡이며 내가 말한다. 여기서 나갈 수 있을지는 잘 모르겠지만 여기 있어선 안 된다는 건 안다.

"지금? 너무 늦었어." 그녀는 믿을 수 없다는 표정이다. 내가 바지에 다리를 넣기 전까지는. 고통스러울 정도로 느린 그 과정이, 그녀에게 내가 실제로 이곳에서 나갈 생각이란 사실을 받아들일 시간을 벌어준다. 이제 무슨 일이 벌어질지 나는 안다. 마지막으로 여기 있을 때 일어났던 일. 프랑스어로 퍼붓는 한바탕 욕설. 내가 멍청한 자식이고 자기를 모욕했다는 말.

"내 침대를 내줬는데, 날 밀쳐내네. 문자 그대로." 그녀가 웃는

다. 웃겨서가 아니라 상상할 수 없는 일이라서 웃는다.

"이렇게 돼서 미안해."

"하지만 네가 나한테 왔잖아. 어제도. 그리고 오늘도. 넌 항상 내게 돌아와."

"가방을 둘 장소가 필요했을 뿐이야. 룰루를 위해서였어."

셀린의 얼굴에 지난번에 보았던 것과 다른 표정이 스친다. 내가 그만 떠나야겠다고 말한 뒤 내게 꽃병을 던졌을 때와 다른 표정이다. 그것은 분노였다. 그러나 이번 것은 틀을 갖추기 이전의, 날것의 피맺힌 분노다. 셀린을 찾아온 건 얼마나 어리석은 일이었는지. 가방을 둘 다른 장소를 찾을 수도 있었다.

"걜 위해서라고?" 셀린이 소리친다. "걔? 걘 그냥 평범한 여자애야. 특별할 것 하나 없다고! 지금 네 꼴을 봐! 걘 널 이런 꼴로 두고 가버렸어. 나야말로 네가 항상 달려오는 사람이야, 빌럼. 그건 의미가 있어."

나는 한 번도 셀린을 나를 기다리는 여자들 중 한 명으로 생각해본 적 없다. "여기 오지 말았어야 했어. 다시는 오지 않을게." 나는 약속한다. 내 물건을 챙겨 다리를 절뚝이며 그녀의 아파트에서 나와, 계단을 내려가 거리로 나선다.

경찰차 한 대가 쌩 지나가면서, 경광등 불빛이 마침내 어두워진 거리를 비춘다. 사이렌이 울린다. 니아-니아, 니아-니아.

파리.

나의 집이 아니다.

집으로 돌아가야 한다.

다섯

9월

암스테르담

마르욜레인의 사무실은 브라우에르스흐라흐트 운하에 면한 좁은 건물에 있고 내부는 온통 흰색에 현대적이다. 브람이 건물을 설계했고, 그 건물을 자신의 "허영심 프로젝트" 중 하나라고 불렀다. 그러나 브람에겐 조금도 허영심이 없었다. 그것은 돈을 받지 않기 위한 그의 방식이었다.

브람의 본업은 난민들을 위한 임시 보호소를 설계하는 것이었다. 소신에 따른 일이었지만 그렇다고 해서 자신의 창의성을 억누를 순 없었다. 그는 항상 자신의 현대적인 감각을 발휘할 기회를 엿보았다. 이를테면 낡은 바지선을 유리와 목재와 강철로 이루어진 3층짜리 수상 궁전으로 개조한다든가. 어느 디자인 잡지에서는 그 보트를 "운하 위의 바우하우스*"라고 묘사했다.

---

* 1919년 건축가 발터 그로피우스가 독일 바이마르에 설립한 조형 학교, 혹은 거기

마르욜레인의 비서 사라가 투명한 루사이트** 테이블 뒤에 앉아 있다. 데스크 위에는 흰 장미들이 꽂힌 꽃병이 있다. 내가 들어서자 그녀가 불안한 미소를 지으며 천천히 일어나 내 코트를 받아든다. 내가 몸을 숙여 그녀에게 키스로 인사한다. "늦어서 미안." 내가 사과한다.

"삼 주나 늦었어, 빌럼." 그녀가 키스를 받으면서도 눈은 마주치지 않고 나를 안으로 안내하며 말한다.

나는 내가 지을 수 있는 가장 멋진 악당 같은 미소를 지어 보인다. 그러느라, 이제는 가려운 뺨의 상처가 욱신거리지만. "그래도 기다린 보람은 있지?"

사라는 대답하지 않는다. 사라와 내가 특별한 시간을 보낸 건 벌써 이 년도 더 지난 일이다. 그때 나는 이 사무실에서 많은 시간을 보냈고, 우리 가족 변호사의 비서인 사라는 항상 이곳에 있었다. 처음 일이 그렇게 되었을 때, 나는 그녀에게 푹 빠졌다. 애절한 눈빛과 파란색 침대를 가진 연상의 여자 사라에게. 그러나 관계는 지속되지 않았다. 결코 지속되는 법이 없었다.

"엄밀히 말하면, 겨우 며칠 늦었는데 뭘." 내가 그녀에게 말한다. "약속을 이 주 뒤로 미룬 건 마르욜레인이고."

"휴가를 가셨으니까." 사라가 이상하게 발끈하며 말한다. "일을 끝내고 가시려고 미리 잡아둔 휴가였거든."

서 비롯된 예술과 기술의 통합을 꾀한 예술운동.
** 반사경이나 비행기 창 등에 쓰이는 투명 합성수지의 상표명.

"빌럼." 마르욜레인이 문 앞에 높다랗게 서 있다. 워낙 키가 큰데다 늘 신는 스틸레토 힐 때문에 더 커 보인다. 그녀가 사무실로 들어오라고 손짓한다. 브람의 현대적인 감각이 사방에 깃든 사무실이다. 위태롭게 쌓여 있는 지저분한 서류와 파일은 마르욜레인이 보태놓은 것들이다.

"그러니까 여자애 때문에 날 찼다는 거지." 문을 닫으며 마르욜레인이 말한다.

도대체 마르욜레인은 그 사실을 어떻게 아는 걸까? 재미있어하는 게 분명한 표정으로 그녀가 날 쳐다본다. "내가 다시 전화했어. 알지?"

런던에서 파리로 가는 기차에서 마르욜레인에게 늦는다고 문자를 보내려고 했다. 그러나 휴대전화 신호가 잡히지 않았고 어차피 배터리도 거의 없었다. 이유는 나도 모르겠지만 룰루에겐 그런 얘기를 일절 하고 싶지 않았다. 그래서 식당칸에 갔다가 만난 벨기에 배낭여행객 무리 중 한 여자에게 휴대전화를 빌렸다. 마르욜레인의 번호가 적힌 수첩을 찾느라 배낭을 뒤져야 했고 그러다가 커피를 그 벨기에 여자와 나에게 쏟고 말았다.

"목소리로 봐선 예쁜 것 같더구나." 마르욜레인이 말한다. 짓궂으면서도 한편으로는 꾸짖는 듯한 미소를 머금고서.

"예뻤어요." 내가 말한다.

"여자애들은 항상 예쁘지." 마르욜레인이 말한다. "자, 키스해야지." 내가 키스를 받기 위해 다가가자 그녀가 나를 멈춰 세운다. "얼굴은 어쩌다 그렇게 됐어?"

약속이 연기되어서 좋았던 점이 한 가지 있다면 멍이 가실 시간을 벌었다는 거다. 봉합사도 녹았다. 지금까지 남아 있는 그날의 흔적은 아무도 알아차리지 못하고 넘어가길 바랐던 두툼하게 부풀어오른 상처뿐이다.

내가 대답을 하지 않자 마르욜레인이 대답한다. "엉뚱한 여자애랑 어울렸구나? 성난 남자친구를 둔 여자애." 그러곤 안내 데스크를 가리킨다. "얘기가 나와서 말인데, 사라한텐 착한 이탈리아 남자친구가 생겼으니까 내버려둬. 네가 떠나고 몇 달 동안 얼마나 침울해하던지. 하마터면 해고할 뻔했다."

내가 양손을 들고 억울하다는 시늉을 한다.

마르욜레인이 눈을 부라린다. "정말 여자애 때문이었니?" 그녀가 내 뺨을 가리킨다.

그렇게 표현하니 오히려 얘기가 조금 더 진실에 가까워진다. "자전거. 맥주. 위험한 조합이죠." 나는 장난스럽게 자전거에서 떨어지는 시늉을 낸다.

"세상에. 여행을 너무 오래 다녀서 이젠 술 마시고 자전거 타는 법도 잊었나보구나?" 그녀가 묻는다. "그러고도 네가 네덜란드 사람이라고 할 수 있어? 내가 제때 불러들였네."

"듣고 보니 그렇네요."

"잘 왔다. 커피 한잔 줄게. 여기 어디에 숨겨둔 맛있는 초콜릿도 있어. 먹고 나서 서류에 서명하자."

그녀가 사라를 부르고, 사라가 데미타스* 두 잔을 들고 온다. 마르욜레인이 서랍을 뒤지다가 마침내 딱딱하고 쫄깃한 초콜릿 한 상자를 꺼낸다. 나는 한 개를 꺼내 혀 위에 놓고 녹여본다.

마르욜레인이 내가 서명해야 할 서류들에 대해 설명하지만, 내 서명은 형식적인 절차일 뿐이라서 서류 내용은 별로 중요하지 않다. 야엘은 네덜란드 시민권을 취득하지 않았고, 브람은 자신의 세심한 디자인에 관해서는 "하느님은 작은 것들 속에 임하신다"고 말하면서도 사적인 문제에 관해서는 정반대의 태도를 취했던 게 분명하다.

그래서 매매와 다양한 신탁예금 개설을 확정 지으려면 내가 나타나야 하는 것이다. 내가 서명하고, 서명하고, 또 서명하는 동안 마르욜레인은 떠들고, 떠들고, 또 떠든다. 야엘은 공식적으로 네덜란드인이 아니고, 더이상 여기 살거나 이스라엘에 살지도 않고, 마치 국적 없는 난민처럼 떠돌기 때문에 실제로는 엄청난 세제 혜택을 보고 있다. 마르욜레인은 야엘이 보트를 칠십일만칠천 유로에 팔았다고 설명한다. 그중 상당액이 국고로 귀속되지만 그보다 훨씬 더 큰 액수가 우리에게 떨어진다고. 내일 은행 업무 종료 전까지 내 계좌로 십만 유로가 입금될 것이다.

내가 서명하는 동안 마르욜레인이 나를 계속 쳐다본다.

"왜요?" 내가 묻는다.

"네가 얼마나 브람을 닮았는지 잊고 있었어."

나는 서명을 멈춘다. 내 펜은 또 한 줄의 난해한 법률용어들 위에서 자세를 취하고 있다. 브람은 늘 야엘이 세상에서 가장 강인한

---

* 작은 커피잔 혹은 거기 담긴 에스프레소처럼 진한 커피.

여성인데, 어쩐 일인지 자신의 온화한 유전자가 그녀가 지닌 이스라엘인 특유의 어두운 성향을 물리쳤다고 했다.

"미안." 마르욜레인이 사과를 하고 다시 일 얘기로 돌아간다. "돌아와서 어디서 지내고 있니? 다니엘하고 있어?"

다니엘 삼촌? 장례식 이후로는 만난 적 없고 그전에도 겨우 몇 번 보았을 뿐이다. 그는 해외에 살면서 자기 아파트는 세를 놓고 있다. 내가 왜 그곳에 머물겠는가?

아니, 돌아온 뒤에도 나는 거의 여행자처럼 지냈다. 저렴한 유스 호스텔과 사라져가는 홍등가 근처, 기차역 주변의 좁은 반경 안에 머물렀다. 어느 정도는 불가피한 일이었다. 두 주를 더 버틸 돈이 있는지 확실하지 않았는데, 어쩐 일인지 내 은행 계좌에 잔고가 남아 있었다. 가족의 옛 친구들 집에 머물 수도 있었지만, 내가 돌아왔다는 걸 아무에게도 알리고 싶지 않았다. 예전에 살던 곳으로 돌아가고 싶지 않았다. 니우에 프린센흐라흐트 근처에는 한 번도 가지 않았다.

"친구하고 있어요." 내가 모호하게 대답한다.

마르욜레인은 내 말을 오해한다. "아, 친구하고. 그렇구나."

나는 살짝 죄지은 사람 같은 미소를 지어 보인다. 때로는 사람들이 마음대로 판단하도록 내버려두는 게 복잡한 진실을 설명하는 것보다 간단하다.

"그 친구한텐 성난 남자친구가 없는지 잘 봐라."

"최선을 다할게요." 내가 말한다.

나는 서류에 서명을 끝낸다. "다 됐어." 그녀가 말한다. 그러고는 책상 서랍을 열더니 서류 봉투를 하나 꺼낸다. "여기 우편물들이 있어. 네가 나한테 새 주소를 알려줄 때까지 보트로 가는 우편물은 전부 이 사무실로 오게 처리해뒀다."

"주소가 생기려면 시간이 좀 걸릴지도 몰라요."

"괜찮아. 난 아무데도 안 가니까." 마르욜레인이 캐비닛을 열고 스카치위스키 한 병과 작은 유리잔 두 개를 꺼낸다. "이제 넌 부자가 됐어. 한잔해야지."

브람은 마르욜레인이 시계의 분침이 정각을 지날 때마다 그걸 핑계로 술을 마신다고 농담을 하곤 했다. 나는 마르욜레인이 내미는 잔을 받아든다.

"뭘 위해 건배할까?" 그녀가 묻는다. "새로운 모험? 새로운 미래."

나는 고개를 젓는다. "사고들을 위해서요."

그녀의 얼굴에 충격이 드리워진다. 그제야 내 말이 브람에게 일어난 일을 두고 하는 말처럼 들렸음을 깨닫는다. 비록 그 일은 사고라기보다는 끔찍한 사건이었지만.

그러나 그런 사고를 말한 게 아니다. 우리의 사고를 말하는 거다. 우리 가족을 낳았던 사고. 마르욜레인도 분명히 그 얘기를 들었을 것이다. 브람은 그 얘기를 즐겨 했다. 그것은 우리 가족의 기원 신화였고, 동화였고, 모든 게 한데 어우러진 자장가였다.

브람과 다니엘은 피아트를 타고 이스라엘을 여행하고 있었는데, 그 차는 툭하면 고장이 났다. 어느 날 네타냐라는 해변 도시 외곽에서 차가 고장나 브람이 고치려 애쓰고 있는데, 어깨에 소총을 메고 담배를 꼬나문 군인이 느릿느릿 다가왔다. "인간이 상상할 수 있는 가장 무시무시한 장면이었지." 브람이 그날의 기억을 떠올리며 미소를 머금고 말하곤 했다.

야엘. 그녀는 네타냐의 친구 집 혹은 아마도 남자친구의 집, 어쨌든 그녀가 사바와 함께 살던 아파트가 아닌 다른 곳에서 주말 휴가를 보내고 갈릴리의 군부대로 돌아가기 위해 히치하이크를 시도하는 중이었다. 두 형제는 사페드로 가던 길이었고, 그녀가 라디에이터 호스를 다시 연결해주자 그녀에게 차를 태워주겠다고 제안했다. 브람은 그녀에게 정중히 앞좌석에 앉으라고 권했다. 결국 차를 고친 사람은 그녀였으니까. 그러나 야엘은 비좁은 뒷좌석을 보고는 "누구든 키가 작은 사람이 뒷좌석에 앉아야 해요"라고 말했다. 야엘이 주장하기를, 다니엘은 그때 조수석에 앉아 네타냐의 서퍼에게서 산 레바논 마리화나를 말고 있었기 때문에 그녀는 형제 중 누가 더 큰지 알 수 없었고, 자기가 뒷좌석에 앉겠다는 뜻이었다고 했다.

그러나 브람이 그 말을 오해하는 바람에, 재볼 필요도 없이 브람보다 3센티미터 정도 작았던 다니엘이 결국 뒷좌석에 앉게 되었다.

그들은 군인인 그녀를 기지로 데려다주었다. 헤어지기 전에 브람은 자신의 암스테르담 주소를 그녀에게 주었다.

그로부터 일 년 반이 지난 뒤, 군복무를 마치고 야엘은 자신이 함께 자라온 모든 익숙한 것에서 최대한 멀리 떠나보기로 결심하고는 얼마 안 되는 저금을 전부 털어서 차를 얻어타가며 북쪽으로 여행을 시작했다. 그녀는 넉 달 만에 암스테르담에 도착했고 그무렵 돈이 떨어진 상태였다. 그렇게 그녀는 문을 두드렸다. 브람이 문을 열었다. 그 오랜 시간 동안 그녀를 보지 못했는데도, 어쩌다 그녀가 자기 집 문 앞에 있는지 영문을 모르는데도, 그리고 그런 행동은 전혀 그답지 않은 것이었는데도, 그는 자기 자신마저 놀라게 하며 그녀에게 키스했다. "마치 줄곧 기다리고 있었던 것처럼!" 경탄이 담긴 목소리로 그는 말하곤 했다.

"참 알 수 없는 게 인생이야." 자신들의 사랑의 서사시 에필로그를 브람은 그렇게 장식하곤 했다. "만약 거기서 차가 고장나지 않았더라면, 야엘이 코펜하겐에서 돈이 떨어졌더라면, 다니엘이 키가 더 컸더라면, 이 모든 일은 일어나지 않았겠지."

그러나 나는 그가 정말 하려던 말이 무엇인지 안다. 사고. 이게 다 사고야.

여섯

이틀 뒤, 내 통장 계좌에 십만 유로가 찍힌다. 마치 마술처럼. 물론 마술은 아니다. 경제학에선 이미 오래전에 낙제했지만, 나는 이 우주가 시장과 똑같은 균형의 법칙에 의해 작동되고 있음을 깨달았다. 어떻게든 대가를 치르지 않으면 아무것도 내주지 않는다.

나는 고물가게에서 낡아빠진 자전거를 한 대 사고 벼룩시장에서 갈아입을 옷을 산다. 이젠 돈이 있지만, 나는 간소한 삶에 익숙하고 들고 다닐 수 있는 물건만 소유하는 데 익숙하다. 더구나 오래 머물지 않을 테니, 지문은 되도록 적게 남기는 편이 낫다.

담락 거리를 어슬렁거리며 다음 행선지를 정하려고 여행사들을 훑어본다. 팔라우. 통가. 브라질. 선택의 폭이 넓어지니 한 곳을 고르기가 더 힘들다. 방콕에 가서 다니엘 삼촌이나 만나볼까? 아니, 지금은 발리에 있던가?

학생을 대상으로 하는 여행사 중 한 곳에서 광고를 들여다보는

데, 책상 뒤에 앉아 있는 검은 머리 여자가 나를 쳐다본다. 그녀는 나와 눈을 맞추고 미소를 짓더니, 안으로 들어오라고 손짓한다.

"뭘 찾아요?" 그녀가 외국 억양이 느껴지는 네덜란드어로 묻는다. 동유럽 쪽, 아마도 루마니아 출신 같다.

"여기만 아니면 어디든요."

"좀더 구체적으로 말해볼래요?" 살짝 웃으며 그녀가 묻는다.

"따듯하고, 저렴하고, 먼 곳이요." 십만 유로로 최대한 오래 길을 잃을 수 있는 곳을 원해요, 라고 속으로 생각한다.

그녀가 웃는다. "전 세계의 반이 그래요. 범위를 좀 좁혀보죠. 해변을 원하세요? 미크로네시아에 근사한 곳들이 있어요. 태국도 아직 꽤 저렴하고요. 보다 혼란스러운 문화적 체험에 관심이 있다면 인도도 매력적이에요."

나는 고개를 젓는다. "인도는 싫어요."

"뉴질랜드는 어때요? 오스트레일리아는요? 요즘엔 중앙아프리카의 말라위도 많이들 얘기하던데. 파나마와 온두라스도 그렇게 좋대요. 쿠데타가 일어났던 곳이긴 하지만요. 얼마나 있을 생각이에요?"

"무기한이요."

"아, 그러면 세계일주 항공권을 알아보는 게 좋겠네요. 특가에 몇 장 있거든요." 그녀가 컴퓨터에 무언가를 입력한다. "여기 있네요. 암스테르담, 나이로비, 두바이, 델리, 싱가포르, 시드니, 로스앤젤레스, 암스테르담."

"델리를 경유하지 않는 건 없나요?"

"인도는 정말 가기 싫으신가봐요."

나는 그저 미소를 짓는다.

"좋아요. 그럼 정확히 어느 지역을 보고 싶으세요?"

"상관없어요. 어디든 갈 수 있어요. 따듯하고 저렴하고 멀기만 하면. 인도는 빼고요. 골라주지 않을래요?"

내 말이 농담인 것처럼 그녀가 웃는다. 그러나 나는 진지하다. 네덜란드로 돌아온 이후 나는 일종의 무기력 상태에 빠져 있었고 마르욜레인과의 만남을 기다리며 조악한 호스텔 침대에서 하루종일 시간을 보냈다. 하루종일, 공허한 시간들을, 깨졌지만 여전히 가고 있는 시계를 들고, 시계 주인에 관해 쓸데없는 것들을 궁금해 하면서. 그래서 머리가 터질 것만 같다. 그래서 더더욱 나는 다시 떠나야 한다.

그녀가 자판을 두드린다. "날 도와줘야 해요. 우선, 어디어디 가 봤어요?"

"여기요." 나는 낡은 여권을 책상 위로 내민다. "이게 내 역사예요."

그녀가 여권을 펴본다. "어머, 정말 그렇네요?" 그녀의 목소리가 달라졌다. 상냥했던 목소리가 수줍어졌다. 그녀가 여권을 넘기며 훑어본다. "여행 좀 다녔네요?"

나는 피곤하다. 이런 놀음을 하고 싶지 않다, 적어도 지금은. 그저 비행기표를 사서 떠나고 싶을 뿐이다. 여기서 벗어나면, 유럽에서 떨어지면, 따듯하고 먼 곳으로 가면, 예전의 나를 되찾을 것이다.

그녀가 어깨를 으쓱하고는 다시 여권을 뒤적인다. "아, 이런. 그 거 알아요? 지금은 어떤 비행기표도 예약해줄 수가 없어요."

"왜요?"

"여권 기간이 곧 만료되거든요." 그녀가 여권을 덮어 내 쪽으로 민다. "신분증 있어요?"

"도난당했어요."

"신고했어요?"

나는 고개를 젓는다. 프랑스 경찰엔 결국 신고하지 않았다.

"상관없어요. 어쨌든 이런 국가들을 여행하려면 대부분 여권이 있어야 하니까요. 여권을 갱신해야 해요."

"얼마나 걸리죠?"

"오래 안 걸려요. 이 주 정도. 시청에 가면 양식이 있어요." 그녀 가 몇 가지 구비해야 할 서류에 대해 얘기하지만 나는 갖고 있는 게 하나도 없다.

갑자기 꼼짝없이 발이 묶인 기분이다. 어쩌다 이렇게 되었는지. 이 년 동안 네덜란드에 발을 들여놓지 않아서인가? 작지만 중심부 에 위치한 땅덩어리를 우회하려고 터무니없을 정도로 먼길을 택했 기 때문? 이를테면, 영국을 제외하고 유럽에서 셰익스피어를 가 장 사랑하는 나라가 스웨덴이라는 어설픈 얘기로 게릴라 월의 독 재자 감독 토어를 설득해서 공연 장소를 암스테르담 대신 스톡홀 름으로 바꿨기 때문에?

그러다가 지난봄 마르욜레인이 마침내 브람의 복잡한 부동산과 주거용 보트를 야엘에게 양도하는 문제를 정리했다. 야엘은 브람이 자신을 위해 지어준 집인 그 보트를 바로 매물로 내놓는 것으로 자축했다. 나는 놀라지 말았어야 했다. 적어도 그 시점에는.

하지만 나에게 돌아와서 서류에 서명을 해달라고 부탁하다니. 뻔뻔한 일이었다. 사바는 그런 걸 후츠파*라고 부르곤 했다. 야엘에게는 실용성의 문제였으리라고 나는 이해했다. 나에겐 기차만 타면 되는 거리고 야엘에겐 비행기를 타야 하는 거리였으니까. 나에겐 겨우 며칠이 걸릴 일이었고 작은 불편을 감수하면 되는 일이었다.

내가 하루를 연기하기 전까지는. 그런데 어쩐 일인지, 그 하루가 모든 걸 바꿔놓았다.

---

* 원래 히브리어로 '담대함' '저돌성'을 뜻하는 말로, 권위나 형식에 얽매이지 않고 끊임없이 질문하고 도전하는 이스라엘인 특유의 정신을 가리킨다.

일곱

10월

위트레흐트

미리 연락을 할 걸 그랬다는 생각이 이제 와서야 든다. 아무래도 지난달에, 돌아와서 바로 했어야 했다. 적어도 오늘 이전에, 그 녀석 집 앞에 불쑥 나타나기 전에 했어야 했다. 그러나 나는 연락을 하지 않았다. 그리고 이제는 너무 늦었다. 나는 이미 여기 와 있다. 최대한 고통을 느끼지 않으려 애쓰면서.

블룸스트라트의 집, 누군가가 예전에 달려 있던 초인종을 떼고 책망하는 듯한 눈알 모양으로 바꿔놓았다. 어쩐지 불길한 징조 같다. 우리는 항상 불규칙하게 연락했고, 그나마도 지난 몇 달간은 아예 하지 않았다. 마지막으로 이메일이나 문자를 보낸 게 언제였는지 기억도 나지 않는다. 석 달 전? 여섯 달 전? 역시 이제 와서야, 어쩌면 그가 더는 여기 살지 않을지도 모른다는 생각이 든다.

그러나 어쩐지 나는 그가 아직 여기 살고 있다는 걸 안다. 브로저가 나한테 말 한마디 없이 떠났을 리 없다. 그 녀석은 그럴 위인이 아니다.

브로저와 나는 여덟 살 때 만났다. 쌍안경으로 우리 보트를 훔쳐보던 브로저를 내가 붙잡았다. 뭐하는 거냐고 묻자 그는 딱히 우리를 지켜보고 있었던 건 아니라고 했다. 동네에 주거침입 사건이 몇 차례 일어나는 바람에 그의 부모님이 암스테르담을 떠나 더 안전한 곳으로 이사 가야겠다는 얘기를 했단다. 그는 지금 사는 아파트에서 계속 살고 싶었고 그래서 범인을 잡으려고 직접 나선 참이었다. "그거 진짜 만만찮겠네." 내가 말했다. "응, 만만찮지." 그가 대답했다. "하지만 나한텐 이게 있어." 그러곤 자전거 바구니에서 스파이 용품들을 꺼냈다. 암호 해독 망원경, 소음 강화 이어폰, 야간 투시경 같은 것들이었고 내게도 사용해보게 해주었다. "나쁜 놈들 잡는 거 도와줄 사람 필요하면 내가 파트너 해줄 수 있는데." 내가 제안했다. 암스테르담 중심부의 동쪽 경계에는 어린애들이 많지 않았다. 우리 보트가 정박해 있는 니우에 프린센흐라흐트의 이웃 보트에는 어린애가 전혀 없었고 내겐 형제도 없었다. 나는 부두에서 보트 선체를 향해 공을 차며 많은 시간을 보냈고, 그러다가 대부분의 공을 탁한 운하 속에 빠뜨려 잃어버렸다.

브로저는 내 제안을 받아들였고 우리는 파트너가 되었다. 우리는 이웃 사람들을 조사하고 수상해 보이는 사람이나 차량의 사진을 찍으면서 사건을 수사해나갔다. 그러다가 우리가 범죄 조직을 위해 일한다고 생각한 어느 노인이 우리를 경찰에 신고했다. 경찰이 이웃의 부두 옆에 웅크리고 있는 우리를 발견했다. 우리는 정기적으로 출몰하는 수상한 밴을 쌍안경으로 감시하던 중이었다(나중에 알게 된 사실이지만 그 밴은 모퉁이 제과점의 밴이었다). 우리는 심문을 받았고, 감옥에 가는 줄 알고 둘 다 울음을 터뜨렸다. 우리는 더듬거리며 우리의 범죄 소탕 작전에 대해 설명했다. 경찰들은 웃지 않으려 애쓰며 얘기를 듣고는, 우릴 집에 데려다주고 브로저의 부모님에게 상황을 설명했다. 떠나기 전에 형사 한 명이 우리에게 각각 명함을 주면서 윙크를 하더니, 혹시 정보가 있으면 연락 달라고 했다.

나는 명함을 버렸지만 브로저는 명함을 간직했다. 몇 년 동안이나. 브로저는 결국 교외로 이사를 가게 되었는데, 우리가 열두 살 때 나는 그 집에 놀러갔다가 그애 방 메모판에 꽂혀 있는 그 명함을 보았다. "이걸 아직도 갖고 있어?" 내가 물었다. 브로저가 이사를 간 지 이미 이 년이 지난 시점이었고 그동안 우리는 서로 자주 보지 못했다. 브로저가 명함을 보더니 뒤이어 나를 보았다. "모르겠냐, 빌리?" 그가 말했다. "난 뭐든 간직해."

젤을 발라 머리카락을 빳빳하게 세우고 PSV 에인트호번 축구팀의 유니폼을 입은 호리호리한 남자가 문을 열고 나온다. 나는 가슴이 철렁한다. 브로저는 여자 둘과 이보라는 마른 남자와 함께 이곳에 살았었기 때문이다. 브로저는 그 두 여자와 어떻게든 한번 자보려고 부단히도 노력했지만 성공하지 못했다. 그러나 그 순간 남자의 눈이 날 알아보는 듯 반짝이고, 나는 그가 브로저의 위트레흐트 대학 친구인 헹크라는 걸 알아차린다. "빌럼, 너 빌럼 맞지?" 그가 묻는다. 내가 대답을 하기도 전에 그가 집안에 대고 소리친다. "브로저, 빌럼이 돌아왔어!"

쿵쾅거리는 소리와 마룻널이 삐걱거리는 소리가 나더니, 그가 나온다. 나보다 머리 하나가 작고 어깨는 더 넓다. 대조적인 외모 때문에 우리 옆 보트에 살던 할아버지는 우리를 스파게티와 미트볼이라고 부르곤 했다. 브로저는 그 별명을 좋아했다. 어쨌든 스파게티보다는 미트볼이 훨씬 맛있지 않느냐면서.

"빌리?" 브로저는 0.5초 정도 멈칫하다가 내게 달려든다. "빌리! 네가 죽은 줄 알았잖아!"

"죽었다 살아났지." 내가 말한다.

"진짜?" 그의 눈은 너무 동그랗고 너무 파랗다. 마치 반짝이는 동전처럼. "언제 돌아온 거야? 여기 얼마나 있을 건데? 배고파? 온다고 얘길 했어야지. 그랬음 뭐라도 만들어놨잖아. 내가 근사한 보렐하피에*를 내줄게. 들어와. 헹크, 봐, 빌리가 돌아왔어."

"그러게." 헹크가 고개를 끄덕이며 말한다.

"더블유." 브로저가 소리친다. "빌리가 돌아왔어!"

나는 거실로 들어선다. 꽃향기가 나는 향초처럼 여성적인 소품들이 곳곳에 있던 예전에는 지금보다 집이 더 깨끗했다. 브로저는 그런 것들을 싫어하는 척했지만 여자들이 집에 없을 때에도 향초를 피우곤 했다. 지금은 퀴퀴한 양말, 묵은 커피, 엎질러진 맥주 냄새만 진동하고, 여자들이 남긴 흔적이라고는 벽난로 위에 비스듬

---

* 소시지, 치즈 같은 간단한 술안주.

하게 걸린 액자 속 피카소 그림뿐이다. "여자들은 어떻게 됐어?" 내가 묻는다.

브로저가 싱긋 웃는다. "역시 우리 빌리는 여자들 얘길 맨 먼저 물어보는군. 작년에 자기들 아파트로 옮겨서 헹크하고 더블유가 들어왔어. 이보는 얼마 전에 공부한다고 에스토니아로 떠났고."

"라트비아야." 바우터 혹은 더블유가 계단을 내려오며 정정한다. 그는 키가 나보다 크고, 짧은 머리카락은 제멋대로 삐죽삐죽 솟았고, 후골은 문손잡이만큼이나 크다.

"맞아, 라트비아." 브로저가 말한다.

"얼굴은 어쩌다 그렇게 됐냐?" 더블유가 묻는다. 더블유는 인사치레 따위는 결코 하지 않는다.

내가 흉터를 만진다. "자전거에서 떨어졌어." 마르욜레인에게 했던 거짓말이 자동으로 튀어나온다. 이유는 모르겠지만, 그날과 나 사이에 최대한 거리를 두고 싶다.

"언제 돌아온 거야?" 더블유가 묻는다.

"그러게, 빌리." 브로저가 강아지처럼 헐떡거리고 긁어대며 묻는다. "얼마나 됐어?"

"얼마 전에 왔어." 아픈 진실과 대담한 거짓말 사이에서 선헤엄을 치며 내가 말한다. "암스테르담에서 처리할 일이 좀 있어서."

"어디 있는지 궁금했어." 브로저가 말한다. "얼마 전에 전화했더니 이상한 녹음만 나오더라. 이메일은 씹고."

"알아. 휴대전화를 잃어버리는 바람에 번호가 다 날아갔어. 그런데 어떤 아일랜드 남자가 자기 심카드가 들어 있는 휴대전화를 주더라고. 너한테 문자로 새 번호를 보냈다고 생각했는데."

"보냈을지도 모르지. 어쨌든 들어와. 먹을 게 있나 한번 볼게."
그는 곧장 일자형 주방으로 들어선다. 서랍 문들이 열렸다가 닫히는 소리가 들린다.

오 분 뒤 브로저가 다 함께 먹을 음식과 맥주를 쟁반에 들고 나온다. "전부 털어놔봐. 방랑하는 배우의 화려한 인생! 매일 밤 여자가 있겠지?"

"젠장, 브로저, 애 좀 일단 앉히고." 헹크가 말한다.

"미안. 내가 얘를 통해서 대리 만족 하면서 살잖아. 이 녀석이 근처에 있는 건 집안에 영화배우가 있는 거하고 똑같아. 그런데 지난 몇 년 동안 약간 가뭄이었지."

"지난 몇 년이라면, 지난 이십 년을 말하는 거냐?" 더블유가 놀리며 말한다.

"그럼 암스테르담에 있었던 거야?" 브로저가 묻는다. "어머닌 잘 지내시고?"

"나도 몰라." 내가 가볍게 말한다. "엄만 지금 인도에 있어."

"아직도?" 브로저가 묻는다. "아니면 왔다가 다시 가신 거야?"

"아직도. 줄곧."

"이런. 최근에 전에 살던 동네에 갔었는데, 너희 보트에 불이 다 켜져 있고 안에 가구들도 있길래 돌아오셨나 했어."

"아니, 사람이 사는 것처럼 보이려고 가구를 두었겠지만 사람은 살지 않아. 적어도 우린 아니야." 내가 세르벨라트*를 말아 입안에 밀어넣으며 말한다. "팔렸거든."

"네가 브람의 보트를 팔았다고?" 브로저가 믿을 수 없다는 듯 묻는다.

"엄마가 팔았어." 내가 정정한다.

"보트 판 돈으로 부자 되셨겠네." 헹크가 농담을 한다.

나는 멈칫하지만, 어쩐지 나 역시 부자가 되었다는 말을 할 수가 없다. 그때 더블유가 〈더폴크스크란트〉**에서 읽었다며 유럽인들이 암스테르담의 오래된 주거형 보트와 정박권를 매입하기 위해 거액을 쓰고 있다고, 정박권도 보트 자체만큼이나 고가라고 말한다.

"이 보트는 달라. 너도 봤어야 하는데." 브로저가 말한다. "얘 아버지가 건축가였는데, 진짜 근사했어. 3층에 발코니도 있고 전부 유리야." 그는 못내 아쉬운 표정이다. "잡지에서 뭐라고 했더라?"

"운하 위의 바우하우스." 사진기자가 와서 보트와 보트에 있는 우리 사진을 찍었다. 잡지가 나왔을 때 대부분의 사진은 보트 자체를 찍은 것이었지만 야엘과 브람이 함께 담긴 사진도 한 장 있었다. 통유리 창문 앞에 두 사람이 서 있고, 그들 뒤로 마치 거울처럼 창문에 나무들과 운하가 비쳤다. 원래 사진에는 내가 있었지만 잡지에선 잘려 있었다. 브람은 창문과 창문에 비친 풍경 때문에 그들이 이 사진을 쓴 거라고 설명했다. 우리 가족의 모습을 담은 사진이 아니라 보트의 설계를 보여주는 사진이라고. 그러나 나는 그 사진이 우리 가족 또한 상당히 정확하게 묘사하고 있다고 생각했다.

---

* 네덜란드, 스위스, 독일 등지에서 먹는 소시지.
** 네덜란드의 일간지.

"그걸 파셨다니 믿기지 않네." 브로저가 말한다.

어떤 날엔 믿을 수 없지만 또 어떤 날엔 너무나 믿을 수 있다. 야엘은 어떤 곳을 탈출하기 위해 필요하다면 자기 한쪽 손이라도 씹어서 끊어낼 사람이다. 전에도 그런 적이 있었다.

모두가 날 바라보고 있다. 이 년 동안 익명성 속에서 사느라 이젠 어색해진, 근심으로 멍한 표정들을 짓고서.

"근데, 오늘밤 네덜란드 대 터키전 말이야." 내가 말을 시작한다.

그들이 잠시 날 쳐다본다. 그리고 고개를 끄덕인다.

"이번엔 좀 나아져야 할 텐데." 내가 말을 잇는다. "유로컵에서 그렇게 죽을 쒔는데, 또 그러면 어쩌냐. 스네이더르는 좀……" 나는 고개를 젓는다.

헹크가 먼저 미끼를 문다. "뭔 소리냐? 스네이더르가 그나마 근성을 증명해 보인 유일한 스트라이커인데."

"무슨 소리!" 브로저가 끼어든다. "독일전에서도 판페르시가 그 멋진 골을 넣었다고."

더블유가 수학 얘기로 끼어든다. 평균 회귀 현상*에 따라 작년에 망쳤다는 건 올해의 발전을 보장한다면서, 이제 올라갈 일만 남았다고. 나는 마음이 놓인다. 만국 공용의 가벼운 대화라는 게 있다. 여행중에는 여행 얘기가 그렇다. 미지의 섬, 저렴한 호스텔, 훌륭한 정가 메뉴를 제공하는 레스토랑. 이 친구들과 이야기할 땐 축구가 그렇다.

---

* 많은 자료를 토대로 결과를 예측할 때 그 결과값이 평균에 가까워지는 경향성.

"경기 같이 볼 거지, 빌리?" 브로저가 묻는다. "오리어리네 집에 갈 거야."

나는 위트레흐트에 가벼운 대화를 하러 온 것도 축구를 보러 온 것도 우정을 다지러 온 것도 아니다. 서류 때문에 왔다. 대학교에 잠깐 들러 여권을 발급받기 위한 서류를 떼려고. 서류가 준비되면 다시 여행사로 가서, 이번엔 그녀에게 술 한잔하자고 청하고 어디로 갈지 알아볼 생각이다. 그런 다음엔 비행기표를 산다. 비자를 받기 위해 헤이그에 한 번 다녀와야 할 수도 있고, 예방주사를 맞기 위해 여행자 진료소에 가야 할 수도 있다. 옷을 사러 벼룩시장에도 다녀와야지. 그다음엔 기차를 타고 공항으로 간다. 편도 항공권만 구입한 동행 없는 남자는 언제나 의심의 대상이기 때문에 출입국 심사관에게 철저한 검문을 받는다. 장거리 비행. 시차로 인한 피로. 입국 심사. 세관. 그리고 마침내, 낯선 나라에 내딛는 첫발. 서로 상승작용을 하는 흥분과 혼란의 순간. 무슨 일이든 일어날 수 있는 바로 그 순간.

위트레흐트에서 내가 할 일은 꼭 한 가지뿐이지만, 문득 여길 뜨기 위해 해야 하는 다른 일들의 목록이 끝없이 길게 느껴진다. 그보다 더 이상한 건, 어떤 것도 날 흥분시키지 않는다는 사실이다. 예전엔 이 모든 번거로움을 가치 있는 일로 만들었던, 낯선 곳으로 떠나는 여행마저 그저 피곤하게 느껴질 뿐이다. 여기서 벗어나기 위해 필요한 성가신 일들을 할 에너지를 끌어모을 수가 없다.

하지만 오리어리네 집은? 그 집은 모퉁이만 돌면 있고 한 블록 거리도 안 된다. 그 정도라면 갈 수 있다.

여덟

10월은 춥고 축축하다. 여름의 폭염 속에서 맑고 더운 날의 할당량을 다 써버렸다는 듯이. 블룸스트라트의 다락방은 유난히 추워서 여기 들어온 게 잘한 결정이었는지 의문이 들 정도다. 사실 결정이라고 할 것도 없었다. 위트레흐트에서 딱히 해결한 일도 없이 사흘을 내리 아래층 소파에서 눈을 뜨자 브로저가 다락방을 쓰라고 제안했다.

그 제안은 솔깃했다기보다는 페타콩플리*였다. 나는 이미 여기 살고 있었다. 때때로 바람은 예상하지 못한 곳으로 우리를 데리고 간다. 때로는 그곳으로부터 멀리 데려가기도 한다.

---

* '기정사실'이라는 뜻의 프랑스어.

다락방은 외풍이 세다. 창문들이 바람에 덜그럭거린다. 아침이면 내 입김이 보인다. 몸을 따뜻하게 하는 게 가장 중요한 임무가 된다. 여행할 때면 도서관에서 하루종일 시간을 보내곤 했다. 도서관엔 항상 잡지와 책들이 있고, 날씨라든가 그 밖의 달아나고 싶은 상황으로부터 도피처가 되어주었다.

센트럴 대학 도서관 역시 그런 안락함을 제공한다. 해가 잘 드는 커다란 창문, 안락한 소파, 그리고 인터넷을 사용할 수 있는 컴퓨터 여러 대. 마지막 항목은 축복이자 저주다. 여행할 때 만난 다른 여행자들은 이메일을 확인하는 데 집착했다. 나는 반대였다. 확인하기 싫었다. 지금도 그렇다.

야엘의 이메일은 시계처럼 정확하게 온다. 이 주에 한 번. 아마도 다른 할 일들과 함께 일정표에 기록해두는 것 같다. 메일엔 늘 별 내용이 없고, 그래서 답장을 한다는 건 거의 불가능하다.

어제 온 메일에는 어느 마을에서 열리는 순례자 축제에 참석하기 위해 하루 휴가를 낸다는 소소한 내용이 담겨 있다. 어느 직장에 휴가를 낸다는 건지는 절대 말하지 않고, 거기서 자신이 실제로 하는 일이 뭔지도 설명하지 않고, 미스터리로 남아 있는 하루하루의 일상도 언급하지 않는다. 모호한 부분은 마르욜레인의 간접적인 말들로 채워질 뿐이다. 아니, 야엘이 내게 보내는 메일은 일종의 우편엽서체로 쓰여 있다. 조금 말하고 덜 드러내는, 완벽한 가벼운 대화.

"호이 마."* 나는 답장을 쓰기 시작한다. 그리고 화면을 바라보며 무슨 말을 할지 생각한다. 모든 종류의 가벼운 대화에 능숙한 나지만 정작 엄마와 대화해야 할 때면 말문이 막히곤 한다. 여행중일 때는 우편엽서체로 쓰면 되기 때문에 훨씬 간단했다. 지금 루마니아에 있는 흑해 리조트에 머무는 중인데, 비수기라 조용해요. 몇 시간 동안 낚시꾼들을 구경했어요. 그러나 그런 일들마저 마음속에 여운을 남긴다. 바람이 거센 어느 아침에 낚시꾼들을 바라보면서, 나는 열 살 때 가족들과 함께한 크로아티아 여행을 떠올렸다. 열한 살이었던가? 야엘은 늦잠을 잤지만 브람과 나는 이제 막 돌아온, 소금과 보드카 냄새를 풍기는 어부들에게서 그날 잡은 물고기를 사려고 부두로 나갔다. 그러나 야엘의 리드에 따라, 나는 내 편지에서 그런 향수를 도려낸다.

"호이 마."* 마치 책망하듯 커서가 반짝이는데 나는 거기서 더 나아갈 수가 없다. 무슨 말을 해야 하나. 나는 다시 받은편지함으로 돌아가 시간을 거슬러올라가본다. 지난 몇 년 동안에는 브로저가 이따금 보낸 메일들, 길에서 만난 사람들이 보낸 메일들—탕혜르, 벨파스트, 바르셀로나, 리가에서 만나자는 모호한 약속, 거의 실현되지 않는 계획—이 있다. 그 이전에는 경제학과의 여러 교수로부터 내가 '특수한 상황'임을 설명하지 않으면 내년에 복학 요청을 받지 못할 거라는 경고 메일들이 와 있다. (나는 설명하지 않았고, 복학 요청을 받지 못했다.) 그 이전엔 조의를 표하는 메일들이 있다. 일부는 아직 열어보지도 않았다. 그리고 그 이전에는 브람이 보낸 메일들이 있는데, 주로 나한테 전하고 싶은 시시한 내용들이

---

* '안녕, 엄마'라는 뜻의 네덜란드어.

다. 한번 가보고 싶은 레스토랑의 리뷰, 유난히 괴기스러운 건축물 사진, 최근 진행중인 수리 프로젝트에 도움을 청하는 초청장. 사 년 전으로 거슬러올라가니 사바가 보낸 메일도 보인다. 사바가 이 메일의 세계를 발견하고 나서부터 너무 병약해져서 이메일을 쓰지 못하게 되기까지 이 년간 보낸 것들이다. 사바는 쓰고 또 써도 우 편요금이 더 들지 않는 이 신속한 소통 방식에 무척 기뻐했다.

나는 다시 야엘에게 보낼 이메일로 돌아간다. "호이 마, 전 위트 레흐트로 돌아와서 로베르트 얀이랑 친구들이랑 어울리고 있어요. 별다른 소식은 없어요. 매일 비가 오고 일주일째 햇빛 구경을 못했어요. 여기 안 계셔서 다행이에요. 엄만 찌푸린 날씨 싫어하시잖아요. 또 소식 전할게요. 빌럼."

우편엽서체. 가벼운 대화 중에서도 가장 가벼운 대화.

아홉

친구들과 함께 영화를 보러 간다. 더블유의 새 여자친구도 함께. 라우이스하르틀로퍼르 극장에서 하는 얀 더본트*의 스릴러물이다. 더본트의 영화는 좋아해본 적이 없고 언제부터 그랬는지 기억도 안 나지만, 더블유에게 여자친구가 생겼고 그건 대단한 일이기 때문에 내 의견은 묵살된다. 그녀가 폭발을 원하면 우리는 폭발을 볼 것이다.

극장 안은 붐비고 사람들이 출구로 쏟아져나오고 있다. 우리는 인파를 헤치고 매표소로 향한다. 그리고 그 순간 그녀를 본다. 룰루.

나의 룰루는 아니다. 내가 이름을 땄던 바로 그 룰루다. 루이즈 브룩스. 극장 로비에 오래된 영화 포스터들이 많이 걸려 있지만 이 포스터는 본 적이 없다. 벽에 걸려 있는 게 아니라 이젤에 세워져

---

* 〈스피드〉 〈툼 레이더 2〉 등을 연출한 네덜란드 출신의 영화감독.

있다. 〈판도라의 상자〉의 스틸 컷으로 룰루가 잔에 술을 따르며 재미있다는 듯, 도전하는 듯 눈썹을 추켜올리고 있다.

"예쁘다." 내가 고개를 든다. 내 뒤에 리엔이 서 있다. 더블유의 수학을 전공하는 펑크스타일 여자친구. 어쩌다 그렇게 되었는지는 아무도 모르지만 두 사람은 분명히 숫자들의 이론 속에서 사랑에 빠졌다.

"맞아." 내가 동의한다.

나는 포스터를 가까이 들여다본다. 루이즈 브룩스의 회고전을 알리는 내용이다. 〈판도라의 상자〉가 오늘밤 상영된다.

"누구야?" 리엔이 묻는다.

"루이즈 브룩스." 사바는 언젠가 이렇게 말했다. "저 눈을 좀 봐라. 환희가 넘치지 않니. 감춰야 할 슬픔이 있다는 거지." 나는 열세 살이었고, 암스테르담의 습하고 변덕스러운 날씨를 싫어했던 사바는 재상영관들을 막 발견한 참이었다. 유난히 음울했던 그해 여름에 사바는 내게 수많은 무성영화 스타를 소개해주었다. 찰리 채플린, 버스터 키튼, 루돌프 발렌티노, 폴라 네그리, 그레타 가르보, 그리고 그가 가장 좋아했던 루이즈 브룩스.

"무성영화 스타야." 내가 리엔에게 말한다. "페스티벌중이네. 안타깝게도 바로 오늘이야."

"저 영화 보면 되잖아." 그녀가 말한다. 빈정거리는 건지 아닌지 분간이 가지 않는다. 말투가 더블유만큼이나 무덤덤하다. 그러나 표를 사려는 줄이 앞으로 움직이고 마침내 내 차례가 되자 나는 〈판도라의 상자〉 다섯 장을 달라고 해버린다.

처음에 친구들은 재미있어한다. 내가 장난을 치는 거라고 생각한다. 내가 포스터를 가리키면서 회고전에 대해 설명하기 전까지는. 그리고 다들 시큰둥해한다.

"라이브 피아노 연주자가 나와." 내가 말한다.

"그게 지금 위로랍시고 하는 소리냐?" 헹크가 묻는다.

"난 이거 절대 안 봐." 더블유가 덧붙인다.

"내가 보고 싶은데도?" 리엔이 끼어든다.

내가 조용히 고맙다고 인사하자 그녀는 당혹스럽다는 듯 피어싱을 뽐내며 한쪽 눈썹을 추켜올리는 것으로 대답을 대신한다. 더블유가 수긍하자 모두 그의 뒤를 따른다.

우리는 위층에 자리를 잡는다. 정적 속에서 바로 옆 상영관의 폭발음이 들리고 헹크의 눈빛이 아련해진다.

불이 꺼지자 피아노 연주자가 전주를 시작하고 룰루의 얼굴이 화면을 채운다. 영화가 시작된다. 온통 긁힌 흑백 화면이다. 낡은 LP 음반처럼 지직거리는 소리가 들리는 것만 같다. 그러나 룰루는 전혀 진부하지 않다. 나이트클럽에서 내키는 대로 추파를 던지고, 연인과 함께 붙잡히고, 결혼식 날 밤 남편을 쏘아 죽이는 룰루는 세월에 녹슬지 않았다.

전에도 이 영화를 몇 번 본 적이 있어서 이상하다는 생각이 든다. 영화가 어떻게 끝날지 정확히 알고 있는데도, 이야기가 전개될수록 긴장감이 쌓이고 뱃속에서 불안감이 거북하게 출렁인다. 일이 어떻게 끝날지 뻔히 알면서도 여전히 다른 희망을 가지려면 순진함 혹은 우매함이 필요하다.

나는 안절부절못하며 주머니에 손을 찔러넣는다. 그러지 않으려
애쓰는데도 마음은 자꾸만 무더웠던 8월 그 밤의 또다른 룰루에게
로 향한다. 내가 그녀에게 동전을 던졌다. 수많은 다른 여자들에게
그랬던 것처럼. 그러나 항상 나를 찾아왔던 다른 여자들과는 달리,
너무 소중하고 쓸모없는 내 동전을 돌려주고 그 동전으로 무얼 살
수 있나 보려고 가설무대 근처에서 서성거리던 수많은 여자들과는
달리, 룰루는 내게 오지 않았다.

그녀가 내 행동을 꿰뚫어 본다는 첫번째 징후일 수도 있었다. 하
지만 나는 한 가지 생각만 하고 있었다. 여길 뜨자Not to be.* 차라리
잘된 일이지 싶었다. 다음날 일찍 기차를 타야 했던데다 그뒤엔 중
요하고 거지같은 날이 기다리고 있었다. 더구나 낯선 사람과 있으
면 잠을 푹 잘 수 없었다.

어쨌든 제대로 자지 못했고 나는 런던행 기차를 타기 위해 아침
일찍 일어났다. 그런데 거기, 기차에 그녀가 있었다. 그녀를 처음
만나고 스물네 시간 만에 세번째 만남이었다. 기차 식당칸으로 들
어설 때 가슴이 철렁했던 기억이 난다. 마치 우주가 이렇게 말하는
것 같았다. 관심을 좀 가져.

그래서 나는 관심을 가졌다. 발걸음을 멈추고 얘기를 나눴다. 그
러다 다음 순간 우리는 런던에 도착했고 이제 각자의 길을 가야 할
상황이었다. 야엘이 내게 네덜란드로 돌아와 집을 처분하는 데 필
요한 서명을 해달라고 요구한 뒤로 줄곧 가슴속에서 자라나던 두

---

* 햄릿의 대사 'to be or not to be, that is the question'을 인용한 것.

려움의 매듭은 어느덧 단단한 주먹으로 변해 있었다. 런던으로 가는 길에 룰루와 주고받은 농담이 어쩐 일인지 그 매듭을 풀었다. 그러나 암스테르담으로 가는 다음 열차를 타면 그게 다시 자라리라는 걸, 그래서 내 뱃속을 점령하리라는 걸 나는 알고 있었다. 아무것도 먹지 못하고 아무 일도 하지 못한 채, 초조하게 손마디 위로 동전을 굴리면서 다가올 다음의 다음, 다음에 타게 될 열차 혹은 비행기에 집중할 수밖에 없을 터였다. 다음 출발.

그런데 그때 룰루가 파리에 가고 싶다고 했다. 내겐 여름 내내 게릴라 윌에서 일해 번 돈이 있었다. 그다지 필요하지 않을 돈이었다. 그렇게 런던의 기차역에서, 나는 생각했다. 좋아, 어쩌면 이게 운명인지도 몰라. 우주는 그 무엇보다 균형을 좋아한다는 걸 나는 알았다. 그런데 여기 파리에 가고 싶어하는 여자애가 있고, 암스테르담만 아니면 어디든 가고 싶어하는 내가 있는 것이다. 내가 파리에 같이 가자고 제안하는 순간, 균형이 맞춰졌다. 내 뱃속의 두려움이 사라졌다. 파리행 기차에서, 나는 그 어느 때보다 배가 고팠다.

화면에서 룰루가 울고 있다. 다음날 깨어나 내가 사라진 걸 발견한 룰루를 상상해본다. 결코 실현되지 못한, 곧 돌아오겠다는 약속이 담긴 쪽지를 읽었을 나의 룰루를. 이미 수도 없이 생각해보았지만, 이미 나를 최악으로 생각했던 그녀가 날 최악이라고 생각하기까지 얼마나 시간이 걸렸을지 궁금하다. 런던에서 파리로 가는 열차 안에서, 내가 자기를 두고 떠난 줄 알았다며 그녀는 미친듯이 웃었다. 그런 그녀를 두고 나는 농담을 했다. 그리고 물론 그건 사실이 아니었다. 그럴 생각은 없었다. 하지만 나는 괴로웠다. 왜냐하면, 그것은 그녀가 나를 내 의도와는 다르게 보고 있다는 첫번째 경고였으니까.

영화를 보는 동안 그날에 대한 모든 갈망과 그리움과 회한과 추측이 가슴속에서 커지기 시작한다. 다 부질없는 짓이지만, 부질없는 짓임을 아는 게 오히려 상황을 더 악화시킬 뿐이다. 쌓이고 또 쌓이지만 갈 곳이 없다. 나는 양손을 주머니에 더 깊숙이 찔러넣다가 구멍을 내고 만다.

"젠장!" 생각보다 목소리가 크게 나온다.

리엔이 날 쳐다보지만 나는 영화에 몰입한 척한다. 룰루가 잭 더 리퍼*에게 추파를 던지고, 외롭고 지친 상태로 그를 자신의 방으로 이끌 때 피아노 연주는 절정으로 치닫는다. 룰루는 자신이 사랑할 사람을 찾았다고 생각하고, 남자도 자신이 사랑할 사람을 찾았다고 생각한다. 그 순간 남자가 칼을 보고, 그다음에 무슨 일이 벌어질지는 설명할 필요가 없다. 그는 결국 자신의 예전 모습으로 돌아간다. 나는 룰루가 나를 그렇게 생각하고 있으리라 확신한다. 그녀의 생각이 옳을지도 모른다. 영화는 광란의 피아노 연주로 끝난다. 그리고 침묵이 흐른다.

친구들은 잠시 침묵하다가 일제히 떠들기 시작한다. "이게 끝이야? 그래서 남자가 여잘 죽였다는 거야?" 브로저가 묻는다.

"남자는 잭 더 리퍼고 칼을 들고 있었잖아." 리엔이 대답한다.

---

* 1888년 런던에서 최소 다섯 명의 매춘부를 극도로 잔인한 방식으로 잇따라 살해한 연쇄살인범.

"크리스마스 칠면조를 손질할 생각은 아니었겠지."

"팔자 한번 기구하다. 한 가지는 분명히 말할 수 있어. 지루하진 않았어." 헹크가 말한다. "빌럼? 야, 빌럼, 듣고 있나?"

내가 깜짝 놀란다. "어. 뭐?"

네 사람이 체감상 꽤 오랫동안 나를 쳐다본다. "괜찮아?" 마침내 리엔이 묻는다.

"난 괜찮아. 아주 좋아!" 내가 미소 짓는다. 미소가 부자연스러워서 뺨의 상처가 고무줄처럼 땅기는 게 느껴질 지경이다. "나가서 술이나 한잔하자."

다 같이 북적이는 아래층 카페로 내려간다. 나는 모두에게 맥주 한 잔씩을 사고 이어서 예네버르*를 한차례 돌린다. 친구들이 놀란 표정을 짓는다. 내가 술을 진탕 마셔서인지 아니면 술값을 전부 내서인지는 나도 모르겠다. 내가 유산을 받았다는 걸 이제 그들도 알지만, 그러면서도 내가 언제나처럼 검소하리라 생각한다.

나는 예네버르 잔을 비우고 이어서 맥주를 마신다.

"윽." 더블유가 자기 잔을 내게 넘기며 말한다. "난 콥스토트**는 못 마시겠다."

나는 그의 잔도 단숨에 비운다.

모두가 조용히 날 쳐다본다. "너 정말 괜찮은 거 맞아?" 브로저가 이상하게 머뭇거리면서 묻는다.

---

* 노간주나무 열매로 향을 더한 무색투명한 증류주로 네덜란드의 대중적인 술이다.
** '박치기'라는 뜻으로 맥주와 예네버르를 연달아 마시는 일종의 폭탄주.

"괜찮지 않을 게 뭐 있어?" 예네버르가 효력을 발휘하고 있다. 내 몸을 데워주고 어둠 속에서 살아났던 기억들을 태워버린다.

"네 아버지는 돌아가셨어. 네 어머니는 인도로 떠났고." 더블유가 불쑥 말한다. "게다가 네 할아버지도 돌아가셨잖아."

잠시 어색한 침묵이 흐른다. "고마워." 내가 말한다. "하마터면 잊을 뻔했다." 농담으로 한 말이었지만 목구멍을 타고 올라오는 술처럼 씁쓸하게 내뱉어진다.

"아, 얘 말은 무시해." 리엔이 애정 어린 손길로 더블유의 귀를 살짝 잡아당기며 말한다. "연민이라든가 하는 인간의 감정에 대해 아직 배우는 중이거든."

"연민 같은 건 필요 없어." 내가 말한다. "난 괜찮아."

"알았어, 그냥 네가 어딘가 너답지 않아서 그래. 그러니까 그 일 이후로……" 브로저가 말끝을 흐린다.

"혼자 있는 시간이 많아." 헹크가 불쑥 내뱉는다.

"혼자 있다고? 나 너희들하고 같이 있잖아."

"바로 그거야." 브로저가 말한다.

다시 침묵이 흐른다. 대체 뭐가 잘못됐다는 건지. 그때 리엔이 일깨워준다.

"내가 이해하기로, 넌 늘 여자친구가 있었어. 그런데 지금은 늘 혼자니까 얘들이 걱정하는 거지." 리엔이 이렇게 말하곤 남자들을 쳐다본다. "내 말 맞지?"

말하자면 그런 거지, 라고 그들이 웅얼거린다.

"그래서 너희끼리 이 문제를 놓고 토론이라도 했단 거야?" 우스

워야 하는 상황이지만 그렇지가 않다.

"우린 네가 섹스를 못해서 우울한 거라고 생각해." 더블유가 말한다. 리엔이 그를 찰싹 때린다. "왜?" 그가 대꾸한다. "지극히 현실적인 생리 문제잖아. 성행위는 세로토닌을 분비하게 하고 세로토닌은 행복감을 고취해. 이건 아주 단순한 과학이라고."

"그래서 네가 날 그렇게 좋아하는 거지?" 리엔이 놀린다. "오로지 단순한 과학 때문에."

"그래서 지금 내가 우울하다고?" 재미있다는 듯 말하려 했지만 목소리에서 다른 감정이 배어나는 걸 막을 수가 없다. 리엔 말고는 모두가 나를 외면한다. "너희가 보기엔 그러냐?" 농담처럼 말하려 애쓰면서 내가 묻는다. "내가 지금 사정을 못해서 고환이 아픈 거라고?"

"내가 보기에 넌 지금 고환이 아픈 게 아니야." 리엔이 쿨하게 말한다. "마음이 아픈 거지."

잠시 침묵이 흐르고, 친구들이 한바탕 웃는다. "미안, 스하티어.*" 더블유가 말한다. "그건 이례적인 일이야. 네가 얘를 아직 잘 몰라서 그래. 세로토닌 문제일 확률이 훨씬 더 커."

"그 정도는 나도 알아." 리엔이 말한다.

그들은 이 문제를 놓고 논쟁을 벌이고, 나는 길 위의 익명성이 그립다. 과거도 미래도 없고 시간 속에서 오직 그 순간만 존재하던 그때. 질척거리거나 불편하게 느껴지면 언제든 다음 순간으로 떠

---

* 연인을 부르는 애칭.

나는 기차가 있던 그때.

"마음이 아프건 고환이 아프건, 치료제는 똑같아." 브로저가 말한다.

"그게 뭔데?" 리엔이 묻는다.

"눕는 거지." 브로저와 헹크가 함께 수탉 울음소리를 낸다.

너무들 한다. "나 오줌 마려워." 내가 말하고 일어선다.

나는 화장실에서 찬물로 세수한다. 거울을 바라본다. 긁기라도 한 것처럼 상처가 여전히 빨갛게 부풀어올라 있다.

밖으로 나오니 복도가 북적인다. 또다른 영화가 이제 막 끝났다. 더본트의 영화는 아니고 두 시간 안에 영원한 사랑을 약속하는 지나치게 달콤한 영국 로맨틱 코미디다.

"빌럼 더 라위터르, 여기서 보다니!"

내가 돌아선다. 꾸며낸 감정으로 흐릿해진 눈동자로 영화관에서 막 나오는 사람은 다름 아닌 아나 루시아 아우렐리아노다.

나는 멈춰 서서 그녀를 기다린다. 우리는 키스로 인사한다. 그녀가 친구들에게 먼저 가라고 손짓한다. 나는 위트레흐트 대학에서 알고 지냈던 그녀의 친구들을 알아본다. "전화 한 통 없더라." 그녀가 어린 소녀처럼 삐죽거리는 표정을 지어 보이며 말한다. 그런 표정을 지을 때의 그녀는 매력적이다. 물론 뭘 해도 매력적이겠지만.

"네 전화번호가 없었어." 내가 변명한다. 당황할 이유는 전혀 없지만 마치 반사작용 같은 거다.

"내가 줬잖아. 파리에서."

파리. 룰루. 영화를 보며 느꼈던 감정들이 되살아나기 시작하지만 나는 밀어낸다. 파리는 환상이다. 아나 루시아가 방금 보고 나온 로맨스 영화와 다를 바 없다.

아나 루시아가 기대어온다. 그녀에게서 좋은 향기가 풍긴다. 계피와 담배와 향수 냄새가 뒤섞인.

"전화번호 다시 줄래?" 내가 말하며 휴대전화를 꺼낸다. "내가 나중에 전화할 수 있게."

"뭐하러 그래?" 그녀가 말한다.

나는 어깨를 으쓱한다. 지난번에 나와 헤어졌을 때 그녀가 그다지 행복해하지 않았다는 소문은 나도 들었다. 나는 휴대전화를 도로 집어넣는다.

그때 그녀가 내 손을 잡는다. 내 손은 차갑다. 그녀의 손은 뜨겁다. "내 말은, 뭐하러 나중에 전화하느냐고. 지금 내가 여기 있는데."

정말 그렇다. 그녀는 지금 여기 있다. 그리고 나도.

치료제는 똑같아. 브로저의 목소리가 들린다.

어쩌면 정말 그럴지도 모른다.

열

11월

위트레흐트

아나 루시아의 기숙사는 누에고치 같다. 깃털을 넣은 두툼한 퀼트 이불과 최대한으로 틀어 쉭쉭거리는 라디에이터와 끝없이 내오는 커스터드 크림 같은 코코아로 이루어진 누에고치. 처음 며칠 동안 나는 이곳에 있는 것에, 그녀와 함께 있는 것에 만족한다.

"우리가 다시 만날 거라고 생각해본 적 있어?" 그녀가 속삭인다. 따뜻하고 조그만 아기 고양이처럼 내 품을 파고들면서.

"흠." 나는 얼버무린다. 그 질문에 제대로 대답할 방법이 없기 때문이다. 애초부터 우리가 사귀었다고 생각해본 적이 없었기 때문에 다시 사귈 거라고 생각한 적도 없다. 아나 루시아와 나는 브람의 죽음 이후 혼란스러웠던 봄에, 삼 주 혹은 사 주 동안 어울렸다. 그때 나는 학교에서는 보기 좋게 허우적거렸어도 여자들과는 보기 좋게 성공적이었다. 그러나 성공적이라는 말은 적절한 표현이 아니다. 그렇게 말하면 어느 정도 노력이 따랐음을 암시하지만,

여자는 내가 삶에서 노력 없이 얻는 유일한 것이었다.

"난 했는데." 그녀가 말하며 내 귀를 깨문다. "지난 몇 년 동안 네 생각 얼마나 많이 했는지 몰라. 그러다 파리에서 우연히 마주쳤을 때, 뭔가 의미가 있는 거라 생각했어. 운명처럼."

"흠." 내가 되풀이한다. 파리에서 그녀를 만났던 기억이 있고 나도 그게 어떤 의미가 있는 것 같았지만, 운명 같진 않았다. 그보다는 침해당한 기분이었다. 내가 떠나온 세상을 하루 일찍 만난 것 같은 기분.

"그런데 네가 전화를 안 하더라." 그녀가 말한다.

"아, 그게. 일이 좀 있었어."

"물론 일이 있었겠지." 그녀의 손이 내 다리 사이로 미끄러진다. "너 어떤 여자애하고 같이 있더라. 파리에서. 예쁘던데."

그녀는 무심하게, 심지어 경멸적으로 말했으나 내 뱃속에서 무언가가 순식간에 살아난다. 일종의 경고다. 아나 루시아의 손은 여전히 내 다리 사이에 있고 의도한 효과를 내고 있지만, 이제 룰루도 이 방안 어딘가에 있다. 파리에서의 그날, 라탱 지구에서 룰루와 함께 있을 때 아나 루시아와 그녀의 사촌들을 만난 그때처럼, 나는 오직 이 두 여자를 멀리 떼어놓고 싶은 마음뿐이다.

"걘 예쁘지만, 넌 아름다워." 화제를 돌리려고 내가 말한다. 물론 엄밀히 말하면 아나 루시아가 룰루보다 예쁘겠지만, 그런 경쟁이 엄밀한 평가로 판가름나는 법은 거의 없다.

그녀가 손에 힘을 준다. "걔 이름이 뭐였어?" 그녀가 묻는다.

이름을 말하고 싶지는 않다. 그러나 아나 루시아는 나를 손아귀에 쥐고 있고, 이름을 말하지 않는다면 의심을 불러일으킬 것이다. "룰루." 내가 베개에 대고 말한다. 그녀의 진짜 이름도 아닌데 왠지 배신처럼 느껴진다.

"룰루." 아나 루시아가 말한다. 그녀가 나를 놓고 침대에 똑바로 앉는다. "프랑스 애구나. 여자친구였어?"

아침 햇살이 창문으로 스며든다. 여린 잿빛이 방안의 모든 것을 얇은 초록빛으로 물들인다. 어떻게 된 영문인지 몰라도, 새벽녘의 잿빛 햇살은 그날 하얀 방에서 룰루를 환히 빛나게 했다.

"물론 아니지."

"그럼 그냥 잠깐 데리고 놀던 애야?" 아나 루시아의 웃음이 자기 자신의 질문에 대답한다. 다 안다는 듯한 그 웃음이 짜증스럽다.

그날 밤 아트 스콰트*에서, 모든 게 지나간 뒤, 룰루는 손가락으로 자기 손목을 문질렀고 나도 똑같이 했다. 그것은 얼룩에 대한, 심지어 지속되길 원치 않을 때조차도 지속되는 것에 대한 일종의 암호였다. 그 행위에는 어떤 의미가 있었다. 적어도 그 순간에는. "나 알잖아." 내가 가볍게 말한다.

아나 루시아가 다시 웃는다. 그녀의 웃음소리는 거칠고, 충만하고, 짙고, 탐욕스럽다. 그녀가 내 위로 올라와 허리 위에 앉는다. "널 잘 알지." 이렇게 말하는 그녀의 눈이 반짝인다. 그녀의 손가락이 내 복부의 가운데를 따라 움직인다. "네가 무슨 일을 겪었는지 알아. 전엔 이해 못했지만 이제 난 성숙해졌어. 너도 성숙해졌

---

* 예술가나 사회운동가들이 무단으로 점거해 거주하거나 작업실로 사용하는 공간.

고. 우리 둘 다 다른 사람이 된 것 같아. 그때와는 다른 욕구를 지닌 사람들."

"내 욕구는 변하지 않았는데." 내가 그녀에게 말한다. "내 욕구는 예전과 똑같아. 아주 기본적인 욕구지." 나는 그녀를 내 쪽으로 잡아당긴다. 나는 여전히 그녀에게 화가 나 있지만, 룰루의 이름을 말한 것에 흥분이 된다. 나는 캐미솔 가장자리의 레이스를 손가락으로 어루만진다. 손가락 하나를 끈 밑으로 넣는다.

그녀의 눈이 파르르 떨리다 감기고, 나도 눈을 감는다. 침대의 탄력을 느끼고 내 목에 닿는 그녀의 매끄러운 키스를 느낀다. "디메 케 메 키에레스." 그녀가 속삭인다. "디메 케 메 네세시타스." 날 원한다고 말해줘. 내가 필요하다고 말해줘.

나는 그렇게 말하지 않는다. 아나 루시아는 스페인어를 하고 있고, 내가 스페인어를 알아듣는다는 걸 모르기 때문이다. 나는 눈을 감고 있지만 어둠 속에서도 나의 산골 아가씨가 되어주겠다는 룰루의 목소리를 듣는다.

"내가 보살펴줄게." 아나 루시아가 말한다. 나는 아나 루시아의 입에서 나온 룰루의 말에 놀라 펄쩍 뛴다.

그러나 아나 루시아가 머리를 이불 속으로 파묻는 순간, 그녀가 말하는 보살핌이 다른 종류임을 깨닫는다. 내게 정말 필요한 건 이게 아닌데. 그러나 나는 거부하지 않는다.

열하나

아나 루시아의 기숙사에서 이 주를 편히 쉬고 나서 다시 블룸스트라트로 돌아간다. 모두가 저마다의 일로 바쁜 대학 캠퍼스의 끊임없는 소음에서 벗어나는 조용하고도 반가운 변화다.

나는 부엌에 들어가 찬장을 연다. 아나 루시아는 구내식당 음식을 가져다주거나 아버지의 신용카드로 음식을 배달시켜주었다. 이젠 제대로 된 음식을 먹고 싶다.

여긴 별로 먹을 게 없다. 파스타 두 봉지와 양파와 마늘뿐이다. 식료품 저장실에 토마토 통조림이 하나 있다. 소스로 충분하다. 나는 양파를 썰기 시작하고 눈에 곧바로 눈물이 고인다. 양파를 썰 때면 항상 이렇다. 야엘도 마찬가지다. 야엘은 요리를 자주 하지 않았지만 가끔 이스라엘을 몹시 그리워했고, 그럴 때면 한심한 히브리 음악을 틀고 샥슈카*를 만들었다. 2층의 내 방에 있어도 눈이 따가웠고, 그러면 나는 이끌리듯 부엌으로 내려가곤 했다. 브람은 눈이 벌겋게 충혈된 우리 두 사람을 보러 부엌으로 와서 웃으며 내 머리카락을 헝클어뜨리고 야엘에게 키스를 한 다음, 양파를 썰 때가 야엘 실로가 우는 모습을 볼 수 있는 유일한 기회라고 농담하곤 했다.

네시가 되자 열쇠가 딸깍하는 소리가 들린다. 내가 큰 소리로 인사를 한다.

"빌리, 돌아왔네. 요리하는 중……" 브로저가 부엌으로 들어서며 말한다. 그러다가 말을 멈춘다. "무슨 일이야?"

"어?" 그제야 그가 내 눈물을 두고 하는 말임을 깨닫는다. "양파 때문에." 내가 설명한다.

"아." 브로저가 말한다. "양파." 그가 나무 스푼을 들더니 소스를 젓고, 후 불고, 맛을 본다. 그러더니 식료품 저장실에서 말린 허브를 몇 가지 들고 와 손끝으로 비벼 소스에 뿌린다. 소금을 몇 번 치고 통후추도 몇 번 갈아 넣는다. 이어서 불을 줄이고 뚜껑을 덮는다. "혹시 양파 때문이 아니라면……" 그가 말한다.

"양파가 아니면 뭐겠어?"

그가 발을 이리저리 움직인다. "그날 밤 이후로 걱정되더라." 그가 말한다. "영화 보고 나서 있었던 일 말이야."

"무슨 일?" 내가 말한다.

그가 말을 하려다 멈춘다. "아무것도 아냐. 그래, 아나 루시아? 다시?"

---

*튀니지, 이스라엘, 모로코 등 중동 지역에서 즐겨 먹는 토마토소스 요리.

"어. 아나 루시아. 다시." 달리 덧붙일 말이 떠오르지 않아 가벼운 대화로 화제를 돌린다. "안부 전해달래."

"물론 그러셨겠지." 브로저가 말한다. 내 말을 조금도 믿지 않으면서.

"먹을래?"

"먹을래." 그가 말한다. "근데 소스가 아직 다 안 됐어."

브로저가 자기 방으로 올라간다. 나는 당혹스럽다. 음식을 거절한다는 건, 조리 상태에 상관없이, 녀석답지 않다. 녀석이 햄버거 고기를 날것으로 먹는 것도 보았다. 나는 소스가 끓도록 내버려둔다. 냄새가 온 집안에 진동하는데도 브로저는 내려오지 않는다. 나는 올라가 그의 방문을 두드린다. "배 안 고파?" 내가 묻는다.

"난 항상 배고파."

"내려올래? 파스타 만들어줄게."

그가 고개를 젓는다.

"단식투쟁 하냐?" 내가 농담을 던진다. "사르삭*처럼?"

그가 어깨를 으쓱한다. "진짜 단식투쟁 할지도 몰라."

"뭐 때문에?" 내가 묻는다. "네가 단식하려면 엄청 중요한 일이어야 할 거 같은데."

"넌 엄청 중요해."

"나?"

---

* 마흐무드 사르삭. 팔레스타인 축구 대표팀 소속 선수로, 2012년 이스라엘에서 기소나 재판 없이 구금된 뒤 삼 개월간 단식투쟁을 한 바 있다.

브로저가 의자에 앉은 채 몸을 돌린다. "우리 예전엔 서로한테 다 얘기하지 않았냐, 빌리?"

"물론."

"우린 항상 좋은 친구 아니었어? 내가 이사한 뒤에도 계속 친하게 지냈잖아. 네가 떠나고 나한테 연락을 안 할 때도, 난 우리가 좋은 친구라고 생각했어. 근데 이제 네가 돌아왔는데, 알고 보니 우리가 아예 친구가 아니었다면 어떻게 해야 되냐?"

"그게 무슨 소리야?"

"너 그동안 어디 있었어, 빌리?"

"그동안 어디 있었느냐고? 아나 루시아하고 있었잖아. 젠장, 그걸 극복하려면 여자랑 자야 된다고 말한 건 너였어."

그의 눈이 반짝인다. "뭘 극복하는데, 빌리?"

나는 침대에 앉는다. 뭘 극복하냐고? 그게 문제다, 바로 그거다.

"아버지 때문에 그래?" 브로저가 묻는다. "아직도 그렇다고 해도 괜찮아. 이제 겨우 삼 년인데 뭘. 나도 파르켄을 잊는 데 오래 걸렸어. 개였는데도."

브람의 죽음은 나를 무너뜨렸다. 정말 그랬다. 그러나 그건 지난 일이었고 그동안 괜찮았는데, 왜 이제 와서 그 일이 이토록 아리는 건지. 어쩌면 네덜란드에 돌아왔기 때문인지도 모른다. 여기 머무른 게 잘못인지도 모른다.

"나도 왜 이러는지 모르겠어." 브로저에게 말한다. 이 정도라도 인정하고 나니 마음이 편하다.

"분명히 뭔가가 있을 거야." 그가 말한다.

설명할 수가 없다. 말이 되지 않기 때문이다. 한 여자. 단 하루.

"실은 뭔가가 있긴 해." 내가 브로저에게 말한다.

그는 아무 말도 하지 않는다. 그러나 그 침묵은 초대와도 같다. 내가 왜 이 일을 비밀로 부쳤는지 모르겠다. 그래서 그에게 털어놓는다. 스트랫퍼드어폰에이번에서 룰루를 만났던 일. 기차에서 다시 그녀를 만났던 일. 하고많은 것 중에 하헬슬라흐를 놓고 시시덕거린 일. 그녀를 룰루라고 불렀던 일. 그 이름이 너무도 잘 어울려서 그게 본명이 아니라는 사실조차 잊었던 일.

돌이켜보면 너무도 완벽해 보이는 어느 하루의 하이라이트를 이야기한다. 때로는 내가 지어낸 얘기 같다. 백 달러짜리 지폐를 들고 라빌레트 부두를 활보하던 룰루가 자크에게 뇌물을 주고 운하 하류까지 데려다달라고 했던 일. 둘이서 불법으로 벨리브 자전거 한 대를 함께 타다가 경찰관에게 체포될 뻔하고, 경찰이 왜 그렇게 어리석은 짓을 하느냐고 묻자 내가 아름다움은 사람을 홀린다는 셰익스피어의 대사를 인용하고, 그 대사를 알아들은 경찰이 주의만 주고서 우리를 보내준 일. 룰루가 무작정 지하철역 한 곳을 골라 결국 바르베 로슈슈아르에 가게 되었고, 여행이 불편하다던 그녀는 무엇보다도 그 무작위성을 사랑하는 것처럼 보였다는 이야기. 스킨헤드족 이야기도 했다. 그들이 아랍 소녀 둘의 두건을 가지고 괴롭히는 걸 보고 말리려고 나설 때는 정말 아무 생각이 없었다고. 그들이 내게 무슨 짓을 할지 미처 생각하지 못했고, 완전히 망했다는 생각이 들기 시작할 무렵에 룰루가 그들 중 한 명에게 책을 던졌다고.

그날 일을 설명하면서도, 내가 제대로 전달하지 못하고 있다는 생각이 든다. 이건 그날이 아니다. 룰루가 아니다. 나는 전부 얘기하고 있지도 않다. 어떻게 설명해야 할지 모르는 부분들이 있기 때문이다. 이를테면 룰루가 자크에게 뇌물을 주었을 때 날 감동시킨 건 그녀의 관대함이 아니었다. 나는 그녀에게 내가 보트에서 자랐고 다음날이면 그 보트를 파는 서류에 서명해야 한다는 얘기를 하지 않았다. 그런데도 그녀는 아는 것 같았다. 어떻게 알았을까? 그걸 어떻게 설명해야 할까?

이야기를 마치고 나서도 내 얘기가 말이 되는지 알 수가 없다. 그러나 기분은 한결 나아졌다. "그래서," 내가 브로저에게 말한다. "이제 어쩌지?"

브로저가 코를 킁킁거린다. 소스 냄새가 온 집안에 배어 있다. "소스 다 됐다. 일단 먹자."

열둘

"생각해봤는데," 아나 루시아가 말한다. 밖에는 진눈깨비가 오는데도 그녀의 침대 위에서 태국 음식으로 작은 만찬을 벌인 기숙사 안은 훈훈하다.

"보나마나 위험한 발언이겠지." 내가 장난을 친다.

그녀가 오리고기 소스 봉지를 내게 던진다. "크리스마스를 어떻게 보낼지 생각해봤어. 네가 별로 크리스마스를 즐기지 않는 건 아는데, 다음달에 나하고 같이 스위스에 가면 어떨까 하고. 그럼 가족들하고 함께 있을 수 있잖아."

"내가 스위스에 가족이 있는 줄은 몰랐네." 스프링롤을 입안에 던져넣으며 내가 약을 올린다.

"우리 가족을 말하는 거야." 그녀가 나를 바라본다. 눈빛이 불편할 정도로 강렬하다. "다들 널 만나고 싶어해."

아나 루시아는 세계로 뻗어가는 스페인 가문 출신으로, 그녀의 집안은 대대로 운송회사를 운영하다 경기 침체로 치명타를 입기 전에 회사를 중국에 매각했다. 그녀의 수많은 친지와 형제, 사촌들이 유럽 전역과 미국, 멕시코, 아르헨티나에서 살고 있고, 아나 루시아는 매일 밤 그들과 돌아가며 통화를 한다. "누가 알아? 어느 날 그들을 네 가족으로 생각하게 될지."

나에겐 이미 가족이 있다고 말하고 싶지만, 그 말은 더이상 사실이 아닌 것 같다. 누가 남았지? 야엘과 나. 다니엘 삼촌. 그러나 삼촌은 애당초 가족으로 치지도 않았다. 롤이 목에 걸린다. 나는 맥주 한 모금을 들이켜 롤을 씻어내린다.

"거기 정말 아름다워." 그녀가 덧붙인다.

언젠가 브람이 야엘과 나를 데리고 이탈리아로 스키를 타러 간 적이 있다. 야엘과 나는 통나무집에 웅크리고 앉아 덜덜 떨었다. 브람은 그때 교훈을 얻었고, 이듬해 우리는 테네리페섬으로 휴가를 갔다. "스위스는 너무 추워." 내가 말한다.

"여기 날씨는 좋고?" 그녀가 묻는다.

아나 루시아와 나는 삼 주를 함께 지냈다. 크리스마스는 육 주 뒤다. 더블유가 아니라도 그런 계산쯤은 할 수 있다.

내가 대답을 하지 않자 아나 루시아가 말한다. "아니면 넌 그냥 내가 떠나주길 바라는 거야? 다른 누군가가 널 따뜻하게 해줄 수 있게?" 그녀의 말투가 순식간에 달라지고, 나는 그제야, 그동안 줄곧 밖에서 도사리고 있던 의심이 물밀듯 밀려들고 있음을 느낀다.

다음날 오후, 블룸스트라트로 돌아가 보니, 친구들이 식탁에 모여 있고 종이들이 사방에 흩어져 있다. 브로저가 저녁을 훔쳐먹은 개의 표정으로 날 쳐다본다.

"미안해." 그가 대뜸 말한다.

"뭐가?" 내가 묻는다.

"내가 얘들한테 우리가 했던 얘기를 좀 했을지도 몰라." 그가 머뭇거리며 말한다. "네가 한 얘기."

"뭐 별로 놀랍지도 않던데." 더블유가 말한다. "네가 돌아온 뒤로 뭔가가 잘못된 게 분명했으니까. 그 상처가 자전거 사고 때문이 아니라는 것도 알고 있었어. 떨어져서 난 상처 같진 않았거든."

"나는 나뭇가지에 부딪혔다고 했는데."

"스킨헤드족한테 맞은 거잖아." 헹크가 내게 말한다. "전날 여자가 책을 던졌다는 그놈들."

"자기한테 무슨 일이 있었는지는 본인이 잘 알 것 같은데." 브로저가 말한다.

"그놈들을 또 만났다니 진짜 황당하다." 헹크가 말한다.

"운이 나빴던 거지." 브로저가 말한다.

나는 아무 말도 하지 않는다.

"우린 네가 외상 후 장애 같은 걸 겪는 거라고 봐." 헹크가 말한다. "그래서 그동안 그렇게 우울해했던 거지."

"그래서 금욕 이론은 내다버렸냐?"

"뭐, 그런 셈이야." 헹크가 말한다. "요즘 여자랑 자는데도 여전히 우울해하잖아."

"그러니까 이것 때문이란 거지?" 내가 상처를 건드리며 묻는다. "그 여자 때문이 아니라?" 내가 더블유를 바라본다. "리엔 말이 옳을 수도 있다고는 생각 안 해?"

세 녀석은 웃지 않으려 애쓴다. "뭐가 그렇게 우습냐?" 내가 묻는다. 갑자기 짜증이 나고 방어적인 태도를 취하게 된다.

"네가 여자 때문에 상심했을 리가 없잖아." 더블유가 말한다. "단지 직성이 안 풀렸을 뿐이지."

"무슨 뜻이야?" 내가 묻는다.

"빌리, 정신 차려." 브로저가 우리 모두를 진정시키려는 듯 양팔을 흔들며 말한다. "난 너를 알아. 네가 여자애들하고 어떤지도. 한순간 사랑에 빠졌다가 햇살에 눈 녹듯이 금방 식어버리잖아. 이 여자애하고도 몇 주만 더 같이 있었더라면 아마 싫증이 났을 거야. 다른 여자애들하고 늘 그랬던 것처럼. 하지만 넌 그러지 못했어. 이건 거의 그 여자애가 널 차버린 거나 마찬가지잖아. 그래서 슬픈 거야."

사랑을 얼룩에 비유한 거야? 룰루가 물었더랬다. 처음에 룰루는 그 말에 회의적이었다.

아무리 지우고 싶어도 절대 지워지지 않는 것. 정말이지, 얼룩이 맞는 것 같다.

"좋아." 더블유가 펜을 딸각인다. "처음부터 다시 시작해보자. 최대한 상세하게."

"뭘 시작해?"

"네 얘기."

"왜?"

더블유가 연결의 법칙에 대해 설명하기 시작해 경찰이 주변 인물을 통해 범죄자를 추적하는 방식에 대해 이야기한다. 그는 늘 이런 이론들에 대해 떠벌린다. 세상의 모든 일이 수학으로 귀결된다고, 모든 사건을 설명할 수 있는 수(數)의 법칙이나 알고리즘이 존재한다고 믿는다. 심지어 무작위적인 사건마저도(카오스이론!). 더블유가 연결의 법칙을 이용해 룰루의 미스터리를 풀 생각이라는 걸 깨닫기까지 조금 시간이 걸린다.

"그건 또 왜? 미스터리는 이미 풀렸는데." 내가 쏘아붙인다. "내가 여자한테 차여서 슬퍼하는 거라며." 그 말이 사실이라고 생각해서 짜증이 나는 건지, 사실이 아니라고 생각해서 짜증이 나는 건지 잘 모르겠다.

더블유가 눈을 부라린다. 마치 내 말이 요점을 벗어났다는 듯이. "어쨌든 넌 개를 찾고 싶은 거잖아, 안 그래?"

그날 밤까지 더블유는 도표와 그래프들을 준비했고 벽난로 위, 빛바랜 피카소 포스터 아래에 빈 포스터 보드를 붙여놓았다. "연결의 법칙. 기본적으로 우리가 찾을 수 있는 사람들을 추적해서 그 사람들이 네 미스터리 여인과 어떻게 연결되어 있는지 살펴보는 거야." 더블유가 말한다. "가장 좋은 방법은 셸린에서 시작하는 거야. 룰루가 자기 가방을 찾으려고 거기 갔을지도 모르니까." 그가 셸린의 이름을 쓴 다음 동그라미를 친다.

그 생각은 이미 여러 번 내 머리를 스쳤고, 나는 그때마다 셀린에게 연락하고 싶은 충동을 느꼈다. 그러나 곧 그날 밤 적나라하게 드러났던 상처받은 셀린의 얼굴이 떠올랐다. 사실 어느 경우건 상관없다. 가방이 클럽에 있건 없건. 즉 룰루가 그 가방을 찾으러 오지 않았건, 혹은 어찌어찌 그 가방을 찾아서 내가 남긴 쪽지를 발견했지만 연락하지 않기로 했건. 그 사실을 확인한다고 해서 달라질 건 없었다.

"셀린은 빼." 내가 말한다.

"하지만 셀린이 가장 강력한 연결점이야." 더블유가 주장한다.

나는 그들에게 셀린에 대해서도, 그날 밤 셀린의 아파트에서 일어난 일에 대해서도, 그리고 내가 어떤 약속을 했는지도 말하지 않는다. "걘 빼."

더블유가 과장스러운 동작으로 셀린의 이름에 X 표시를 한다. 그러고는 다시 동그라미를 그리고 '바지선'이라고 쓴다.

"바지선은 왜?" 내가 묻는다.

"혹시 서류 같은 거 작성하지 않았냐?" 더블유가 묻는다. "신용카드로 결제했거나?"

나는 고개를 젓는다. "룰루가 백 달러짜리 지폐를 냈어. 자크한테 일종의 뇌물을 준 거지."

그가 '자크'라고 쓰고 동그라미를 친다.

나는 다시 고개를 젓는다. "룰루보다 내가 자크하고 더 많은 시간을 보냈어."

"그 사람에 대해서 뭐 아는 거 있어?"

"전형적인 뱃사람이야. 일 년 내내 배에서 살아. 날씨가 따듯할 때 항해를 하고, 바지선은 도빌의 정박지에 묶어두는 것 같아."

더블유가 '도빌'이라고 쓰고 동그라미를 친다. "다른 승객들은?"

"나이가 더 많았어. 덴마크 사람들이고. 한 쌍은 부부였고, 또다른 한 쌍은 이혼했는데 부부 같았고. 전부 머리 꼭대기까지 술에 취해 있었어."

더블유가 포스터 보드의 가장자리에 '술 취한 덴마크인들'이라고 쓰고 동그라미를 친다.

"그 사람들은 최후의 보루로 생각하자." 더블유가 말하며 다음 줄로 넘어간다. "내가 보기에 가장 유력한 단서는 가장 시간이 많이 걸리는 단서야." 엷게 번지는 미소. 그가 포스터 맨 밑에 정자체로 크게 '여행사'라고 쓴다.

"한 가지 문제가 있다면 어느 여행사였는지 모른다는 거야."

"그 여행사는 이 일곱 개 중 하나일 확률이 높아." 더블유가 인쇄물로 손을 뻗으며 말한다.

"여행사를 찾았어? 그럼 왜 처음부터 말하지 않았어?"

"못 찾았어. 하지만 미국 학생들을 데리고 문제의 그날 밤 스트랫퍼드어폰에이번에서 투어를 진행한 여행사를 일곱 개로 좁히긴 했어."

"문제의 그날 밤이라." 헹크가 장난스럽게 말한다. "이거 무슨 탐정놀이 같아지는데?"

나는 인쇄물을 살펴본다. "어떻게 찾았어? 하룻밤 새에?"

나는 복잡한 수학 정리 같은 것을 기대했지만 더블유는 어깨를 으쓱하더니 말한다. "인터넷." 그러곤 잠시 끊었다가 말한다. "일곱 개보다 더 많을 수도 있지만 일단 이게 가능성 있는 여행사들로 내가 점찍은 곳들이야."

"더 있다고?" 브로저가 말한다. "일곱 개도 많은 것 같은데."

"그 주에 음악 축제가 있었어." 내가 설명한다. 애초에 게릴라 윌이 스트랫퍼드어폰에이번에서 공연을 한 게 바로 그 축제 때문이었다. 토어는 웬만하면 그 행사를 피했다. 그녀는 자신의 입단을 두 번이나 거절한, 그래서 더 깊은 원한을 품고 있는 로열연극아카데미 때문에 로열셰익스피어 극단에도 원한이 있었다. 무정부주의자가 되어 게릴라 윌을 시작한 것 역시 입단을 거절당한 뒤였다.

더블유는 포스터에 여행사 이름들을 쓰고 동그라미를 쳤다. '와이드 호라이즌' '유럽 언리미티드' '잇츠 어 스몰 월드' '어드벤처 에지' '고 어웨이' '틴 투어' 그리고 '쿨 유로파'. "너의 그 미스터리 아가씨가 이중 한 곳을 통해 왔을 거란 게 내 추측이야."

"좋아, 하지만 여행사가 일곱 개나 되는데," 헹크가 말한다. "이제 어쩌려고?"

"전화해보라고?" 내가 추측해본다.

"바로 그거야." 더블유가 말한다.

"전화를 해서…… 젠장." 또다시 떠오르는 기억. 난 그녀의 이름조차 모른다.

"도대체 구체적인 정보는 뭘 아는 거냐?" 더블유가 묻는다.

그녀의 웃음소리가 어떤 음색인지 안다. 숨결이 얼마나 따뜻한지 안다. 그녀의 피부에 드리운 달빛을 안다.

"친구하고 여행중이었는데," 내가 말한다. "그 친구는 금발이었고, 룰루는 검은색 머리를 단발로 짧게 잘랐어, 루이즈 브룩스처럼." 친구들이 눈빛을 교환한다. "그리고 여기 점이 있어." 내가 손목을 만진다. 처음에 기차에서 룰루가 그 점을 보여준 순간부터 나는 그 맛이 어떨지 궁금했다. "주로 시계로 가리고 다녀. 아, 맞다, 아주 비싼 금시계를 갖고 있어. 아니, 갖고 있었다고 해야 하나? 지금은 내가 갖고 있거든."

"그 여자 시계야?" 브로저가 묻는다.

내가 고개를 끄덕인다.

더블유가 그 내용을 끄적인다. "아주 좋아." 그리고 말한다. "시계라면 더더욱 좋지. 신원을 확인할 수 있으니까."

"그리고 너한테 구실을 주지." 브로저가 말한다. "머릿속에서 그녀를 지워버리기 위해 몇 번 더 자고 싶다는 것 외에도 그 여자를 추적할 이유가 생긴 셈이야. 시계를 돌려주고 싶다고 말할 수 있을 테니까."

삼십 분 전만 해도 텅 비어 있었던 포스터 보드가 지금은 절반이 차 있다. 그녀와 나를 잇는 여러 개의 동그라미들, 미약한 연결선들. 더블유도 포스터 보드 쪽으로 돌아선다.

"연결의 법칙." 그가 말한다.

그다음주 내내, 하나씩 하나씩, 더블유의 연결 보드 위 동그라미들은 X표로 바뀐다. 내가 알기로는 실제로 존재한 적이 없었던 연결선들이 끊어졌기 때문이다. 잇츠 어 스몰 월드는 십대 자녀와 부모를 위한 여행사이고 그래서 해당이 안 된다. 고 어웨이는 검은 단발에 시계를 갖고 있던 여자에 대한 기록이 없어서 제외된다. 어드벤처 에지는 고객 정보를 공개하길 거부하고 쿨 유로파는 문을 닫은 것 같다. 틴 투어는 전화를 받지 않지만 나는 이메일과 메시지를 몇 차례 남겨놓는다.

진 빠지는 과정이다. 그러면서도 복잡한 것이, 시간대와 회신 전화와 언제나처럼 의심 많은 아나 루시아를 피해야 하기 때문이다. 그녀는 나의 잦은 부재를 달가워하지 않고, 나는 최근에 합류한 가짜 축구팀 핑계를 댄다.

어느 날 밤 열한시가 넘어 전화벨이 울린다. "여자친구?" 아나 루시아가 김빠진 목소리로 묻는다. 여자친구, 그녀는 요즘 브로저를 그렇게 부른다. 내가 자기보다 브로저와 더 많은 시간을 보낸다면서. 농담이지만 그 말을 들을 때마다 죄책감에 속이 불편해진다.

나는 전화를 들고 그녀의 방 맞은편 구석으로 간다.

"안녕하세요, 윌럼 드루이터 씨 되시나요?" 영어로 묻는 목소리가 내 이름의 발음을 학살한다.

"네, 그런데요." 아나 루시아가 지척에 있어서 나는 사무적으로 말하려 애쓰며 대답한다.

"윌럼 씨! 저는 틴 투어의 에리카라고 합니다. 분실한 시계를 돌려주고 싶다고 하신 이메일 보고 연락드리는 거예요."

"아, 네." 내가 가볍게 대답하지만 아나 루시아는 눈을 가늘게 뜨고 의혹의 시선으로 나를 쳐다보고 있다. 내가 영어로 말을 하고 있기 때문이다. 내가 자기와 말할 때는 영어를 쓰지만 친구들과 통화할 땐 늘 네덜란드어를 쓰니까.

"저희는 모든 여행객에게 분실 및 도난 보험을 제공하기 때문에, 만약 귀중품을 분실했다면 신고가 들어왔을 거예요."

"아." 내가 말한다.

"그 시기의 모든 신고를 확인해봤는데, 로마에서 아이패드를 도난당했다는 신고가 있었고, 팔찌를 분실했다는 신고가 있었는데 찾았어요. 하지만 여행자분 성함을 알려주시면 다시 한번 확인해볼게요."

나는 아나 루시아를 쳐다본다. 그녀가 일부러 나를 보고 있지 않기 때문에 내 말을 듣고 있다는 걸 안다. "지금은 알려드릴 수가 없는데요."

"아, 그렇군요. 그럼 나중에 전화 주시겠어요?"

"그것도 안 되겠네요."

"음. 틴 투어가 확실한가요?"

나는 분실된 시계 이야기가 시계 자체처럼 금이 갔음을 깨닫는다. 설령 이 여행사가 맞는다고 해도 여행사에서 룰루가 시계를 잃어버렸다는 걸 알 리가 없다. 룰루는 투어가 끝난 뒤에 시계를 잃어버렸으니까. 이건 허구다. 전부 허구다. 진실은, 내가 지금 얼핏 루이즈 브룩스를 닮은 것 같기도 한 이름 모를 여자를 찾고 있다는 것이다. 자신 있게 말할 수 있는 게 한 가지도 없다. 그러고 싶지도 않다. 황당한 일이다.

에리카가 말을 잇는다. "아주 노련한 가이드가 그 투어를 인솔

했어요. 문제가 있었다면 그 가이드가 분명히 알고 있을 거예요. 그분 연락처를 알려드릴까요?"

나는 침대 쪽을 돌아본다. 아나 루시아가 이불을 젖히고 일어나 앉아 있다.

"가이드 이름은 퍼트리샤 폴리예요." 에리카가 말을 잇는다. "번호를 알려드릴까요?"

아나 루시아가 방을 가로질러 내 앞에 선다. 완전히 발가벗은 채로, 마치 나에게 선택을 하라는 듯이. 그러나 다른 대안이 존재하지 않는다면 선택이라고 할 수 없다.

"그러실 필요 없습니다." 내가 에리카에게 말한다.

다음날 아침, 노크 소리에 잠에서 깨어난다. 나는 미닫이 유리문을 향해 눈을 찌푸린다. 가방을 든 브로저가 자기 입술에 손가락 하나를 댄다.

내가 문을 조금 연다. 브로저가 머리를 안으로 들이밀고 가방을 내게 건넨다.

침대에서 아나 루시아가 불쾌한 표정으로 눈을 비빈다.

"깨워서 미안." 브로저가 아나 루시아에게 외친다. "얘 좀 훔쳐가야겠어. 축구 경기가 있거든. 라플란드가 몰수패를 당하는 바람에 우리가 비스바덴전에 출전해야 해."

라플란드와 비스바덴? 아무리 아나 루시아가 축구에 관해 아는 게 없대도 이건 좀 너무하다. 그러나 그녀의 얼굴에는 그 조합에 대한 의심이 전혀 없다. 다만 브로저의 부적절한 방문 시간에 불만이 있을 뿐이다.

가방 안에는 누군가의 낡은 축구 용품들이 있다. 저지 셔츠, 반바지, 축구화, 그리고 위에 걸치는 얇은 운동복. 나는 브로저를 쳐다본다. 그가 내게 눈치를 준다. "지금 갈아입어." 그가 말한다.

"언제 돌아오는데?" 내가 옷을 갈아입고 오자 그녀가 묻는다. 운동복이 내가 입기엔 몇 센티미터 짧다. 그녀가 눈치를 챘는지 나도 잘 모르겠다.

"늦을 거야." 브로저가 대답한다. "원정 경기거든. 프랑스." 그러곤 나를 돌아본다. "도빌에서."

도빌? 말도 안 돼. 조사는 다 끝났다. 그러나 브로저는 이미 문을 반쯤 나서고 있고 아나 루시아는 팔짱을 끼고 있다. 나는 이미 대가를 치르고 있고, 기왕 이렇게 된 바에야 죄를 저지르는 편이 낫다.

나는 작별 키스를 하려고 그녀에게 돌아간다. "행운을 빌어줘." 내가 말한다. 경기가 없다는 걸, 적어도 축구 경기는 없다는 걸, 그리고 그녀가 행운을 빌어줄 리 없다는 걸 잠시 잊고서.

어쨌든 그녀는 행운을 빌어주지 않는다. "지길 바랄게." 그녀가 말한다.

열셋

도빌

도빌은 비수기라, 해변의 리조트들은 모두 문을 닫아걸었고 영국해협에서는 휑하니 찬바람만 불어온다. 나는 멀리서 부두를 바라본다. 건선거에 줄지어 자리잡은 보트들은 모두 돛대가 분리되어 있다. 가까이 다가가 보니 부두 전체가 겨울잠에 빠진 듯 문을 닫은 것처럼 보인다. 내 생각에도 그러는 게 맞는 것 같다.

출발할 때만 해도 라벤더 향기가 풍겼지만 이제는 축축하고 더러운 빨랫감 냄새가 나는 리엔의 차를 타고 여기까지 오는 동안 친구들은 자신만만해했다. 지난밤 늦게 더블유는 비올라라는 이름의 바지선이 정박한 위치를 알아냈고 우리가 프랑스로 장거리 자동차 여행을 떠나야 한다는 결론에 도달했다. "전화를 해보는 편이 간단하지 않을까?" 친구들이 계획을 설명했을 때 내가 물었다. 답은 '아니'였다. 그들은 무작정 가야 한다고 생각하는 것 같았다. 물론 그들은 제대로 옷을 갖춰 입고 있었고 나는 얇은 운동복만 걸치고 있었다. 게다가 그들은 잃을 게 없었다. 하루 치 공부 외에는. 나는 그들보다 더 잃을 게 없었지만, 왠지 더 있는 것만 같았다.

미로 같은 정박지를 차로 돌다가 마침내 사무소를 찾았지만 닫혀 있다. 그러면 그렇지. 음침한 11월의 네시다. 제대로 정신이 박힌 사람이라면 따뜻한 곳에 틀어박혀 있을 것이다.

"음, 아무래도 우리가 직접 찾아봐야 할 것 같은데." 더블유가 말한다.

나는 주위를 둘러본다. 사방에 보이는 것이라고는 돛대들뿐이다. "그런데 어떻게 찾지."

"정박지는 배의 형태별로 구획을 나누던가?" 더블유가 묻는다.

나는 한숨을 쉰다. "가끔은."

"그럼 바지선 구역이 따로 있을지도 모르겠네?" 그가 묻는다.

내가 다시 한숨을 쉰다. "어쩌면."

"그리고 자크는 일 년 내내 보트에서 사니까 건선거에는 없을 거라고 했지, 네가?"

"아마 그럴걸." 우리 가족은 선체 정비를 받기 위해 사 년에 한 번씩 주거용 보트를 뭍으로 끌어내야 했다. 그 정도 크기의 배를 물에서 끌어내 건선거로 옮긴다는 건 엄청난 일이었다. "아마 정박해 있을 거야."

"어디?" 헹크가 묻는다.

"잔교에 있겠지."

"좋아. 그 바지선을 찾을 때까지 걷자." 엄청 쉬운 일이라는 듯 더블유가 말한다.

그러나 전혀 간단치가 않다. 어느덧 거세게 비가 쏟아져 우리는 위도 아래도 전부 젖었다. 더구나 이곳엔 아무도 없는 것 같고, 끊임없이 퍼붓는 빗소리와 선체를 때리는 파도 소리와 핼리어드*가 쨍그랑거리는 소리 말고는 아무 소리도 들리지 않는다.

고양이 한 마리가 잔교 한 곳에서 쏜살같이 달려나오고, 그 뒤로 개가 짖으며 따라오고, 개 뒤로 노란 우비를 입은 남자가 따라온다. 온통 잿빛 속에서 유일한 원색 점이다. 우리를 지나치는 그들을 보니, 내가 저 개처럼 고양이를 쫓고 있는 건 아닌가 하는 생각이 든다. 고양이를 쫓는 게 개의 일이니까.

친구들이 차양 아래서 비를 피한다. 나는 몸이 떨리고 기꺼이 이 일을 접을 준비가 되었다. 집으로 돌아가는 먼 여정에 오르기 전에 따뜻한 식당에서 괜찮은 식사와 함께 술이나 한잔하자고 할 생각으로 돌아선다. 그런데 친구들이 모두 내 뒤쪽을 가리키고 있다. 나는 다시 돌아선다.

비올라의 파란 금속 셔터가 내려져 있다. 시멘트 판과 거대한 나무 기둥에 묶여 있는 모습이 외로워 보인다. 마치 자기도 뜨거운 파리의 여름으로 돌아가고 싶다는 듯 추워 보이기도 한다.

나는 잔교로 올라서고, 잠시나마 내 피부에 닿는 햇살을 느낄 수 있을 것만 같다. 내게 두 배의 행복에 대해 설명해주는 룰루의 목소리를 들을 수 있을 것만 같다. 우리는 바로 저 난간 옆에 앉았다. 바로 저기서 두 배의 행복의 의미에 대해 서로 다른 생각을 얘기했

---

* 돛을 걸기 위한 밧줄이나 사슬.

다. 그녀는 행운이라고 말했다. 사랑이라고 내가 반박했다.

"도대체 여기서 뭐하는 거냐?"

우리 쪽으로 성큼성큼 다가오는 사람은 노란 우비를 입은 아까 그 남자다. 달아났던 잡종 개는 줄에 묶인 채 떨고 있다.

"우리 나폴레옹을 우습게 봤다가 살점을 물어뜯긴 도둑이 한둘이 아닌데, 그렇지?" 남자가 개에게 말한다. 그가 줄을 잡아당기자 나폴레옹이 애처롭게 짖는다.

"저 도둑 아니에요." 내가 프랑스어로 말한다.

남자가 코를 찡긋한다. "도둑보다 더 나쁘군! 외국인이잖아. 어쩐지 키가 너무 크더라만. 독일인?"

"네덜란드요."

"어디건 상관없어. 당장 거기서 나오지 않으면 경찰을 부르거나 나폴레옹을 풀어놓을 테다."

내가 양손을 들어 보인다. "뭘 훔치러 온 게 아닙니다. 자크 씨를 찾고 있어요."

내가 자크라는 이름을 내뱉어서인지 아니면 나폴레옹이 자기 불알을 핥기 시작해서인지 모르겠지만, 어쨌든 남자는 누그러진다. "자크를 안다고?"

"조금요."

"자크를 조금이라도 안다면 그가 비올라에 없을 때 어딜 가야 만날 수 있는지도 알겠네."

"어쩌면 조금 안다고도 말할 수 없을지 몰라요. 지난여름에 만났거든요."

"사람들이야 노상 만나지. 초대 없이 남의 배에 타서는 안 돼. 그건 엄연히 그의 왕국을 침범하는 행위라고."

"알아요. 단지 그분을 만나고 싶었을 뿐이에요. 제가 생각할 수 있는 장소는 여기뿐이었고요."

그가 눈을 가늘게 뜬다. "그 친구가 돈을 꿨나?"

"아뇨."

"확실해? 경마 문제 아니야? 그 친군 항상 말을 잘못 찍는데."

"그런 것하곤 관계없어요."

"아니면 그 친구가 자네 부인하고 잤나?"

"아뇨! 지난여름에 자크가 승객 넷을 태우고 파리를 유람했어요."

"덴마크 사람들 말하는 건가? 개자식들! 그치들한테 뱃삯을 거의 다 털렸어. 자크는 포커 실력이 형편없거든. 자네한테도 돈을 잃었나?"

"아뇨! 저희한테 돈을 받으셨어요. 백 달러요. 저하고 어떤 미국 여자애한테."

"한심한 미국인들 같으니라고. 그 인간들은 프랑스어를 하는 법이 없지."

"그 여자앤 중국어를 할 줄 알아요."

"그게 대체 무슨 소용이 있지?"

나는 한숨을 쉰다. "저기요, 그 여자애가……" 내가 설명하려 하자 그가 손을 내젓는다.

"자크를 만나려면 바르드라마린으로 가. 물위에 있지 않을 땐 술독에 빠져 사니까."

자크는 나무로 만든 기다란 바에 앉아 거의 빈 술잔을 붙잡고 있다. 우리가 들어서자마자 그가 내게 손을 흔든다. 나를 알아봐서인지 아니면 늘 하는 인사인지 확실히 알 수가 없다. 그는 새로 책정된 정박료에 관해 바텐더와 진지한 대화를 나누고 있다. 나는 친구들에게 맥주를 한 잔씩 사주고 그들을 한쪽 테이블에 앉힌 다음 자크 옆에 자리를 잡는다.

　"이분이 마시는 거 두 잔 주세요." 내가 바텐더에게 말하니, 그가 이가 시릴 정도로 단 브랜디를 온더록스로 한 잔씩 내어준다.

　"다시 만나서 반갑다." 자크가 말한다.

　"절 기억하세요?"

　"기억하고말고." 그가 눈을 가늘게 뜨고 나를 만난 장소를 떠올린다. "파리." 그가 트림을 하며 자기 가슴을 주먹으로 친다. "그렇게 놀란 표정 짓지 마라. 겨우 몇 주 전 일이잖아."

　"석 달 전이에요."

　"몇 주가 가고, 몇 달이 가고. 시간이 액체로구나."

　"맞아요. 그 말씀 하신 것 기억나요."

　"비올라를 세내고 싶니? 지금은 바짝 말라 있다만 5월이면 다시 젖을 거야."

　"배를 세낼 건 아니고요."

　"그럼 뭘 도와줄까?" 그가 남은 술을 마저 들이켜고 얼음을 으드득 깨문다. 그러고는 새로 따른 술을 마시기 시작한다.

뭐라고 대답해야 할지 모르겠다. 그가 뭘 도와줄 수 있을까?

"그때 제가 미국 여자애하고 같이 있었잖아요. 그 여자애와 연락을 하고 싶어서요. 혹시 그애가 연락을 하진 않았나요?"

"미국 여자애. 아, 물론 연락했지."

"정말이요?"

"응. 그 키 큰 개자식한테 이제 다 끝났다고, 자긴 새 남자친구를 찾았다고 전해달라더라." 그가 자신을 가리킨다. 그러곤 웃는다.

"연락이 없었나요?"

"없었어. 유감이야. 그 여자애가 널 곤경에 빠뜨렸니?"

"뭐, 비슷해요."

"그 덴마크 개자식들한테 물어보렴. 그중 한 명이 나한테 자꾸 문자를 보내던데. 연락처가 있나 한번 보자꾸나." 그가 스마트폰을 꺼내 이리저리 눌러보기 시작한다. "내 여동생이 이걸 사주면서, 항해나 예약에 도움이 될 거라고 했는데…… 방법을 알아야 말이지." 그러더니 내게 휴대전화를 넘겨준다. "네가 한번 찾아봐라."

나는 그의 수신 문자 목록을 훑어보고 아그네테가 보낸 문자를 찾는다. 문자를 열어보니 이전에 온 문자도 몇 개 보인다. 그들이 비올라를 타고 유람하던 지난여름 사진들까지. 대부분은 노란 잇꽃이 핀 들판 앞에서 찍은 자크의 사진, 소를 찍은 사진 또는 일몰 사진이지만 나는 그중 한 장을 알아본다. 생마르탱 운하의 다리 위에서 클라리넷을 연주하던 사람이다. 휴대전화를 돌려주려는 순간, 나는 본다. 한쪽 구석에 있는 룰루의 단편을. 얼굴이 아니라 뒷모습이다. 그녀의 어깨, 목, 머리카락. 그러나 어쨌든 그녀다. 그녀가 내가 지어낸 가상 인물이 아님을 일깨워주는 사진이다.

내가 얼마나 많은 사진에 우연히 찍힐지 궁금할 때가 있다. 그날 찍은 사진이 한 장 더 있었다. 우연히 찍힌 것과는 거리가 먼 사진. 룰루가 아그네테에게 부탁해서 자기 휴대전화로 찍은 그녀와 나의 사진. 룰루는 내게 보내주겠다고 했지만, 나는 됐다고 했었다.

"이 사진을 저한테 보내도 될까요?" 내가 자크에게 묻는다.

"좋을 대로." 그가 손을 내저으며 말한다.

나는 사진을 브로저의 번호로 전송한다. 내 휴대전화는 사진이 포함된 문자를 수신하지 못하기 때문이다. 그러나 내가 룰루와 나의 사진을 원하지 않았던 이유는 그게 아니었다. 그런 거절은 내게 거의 무의식적인 것이었고, 일종의 자동반사에 가까웠다. 지난해 여행하는 동안 나는 사진을 거의 찍지 않았다. 다른 사람들의 사진에 내가 여러 번 등장했겠지만, 내가 갖고 있는 사진은 없다.

바르샤바로 가는 기차에서 도난당한 배낭에는 낡은 디지털카메라가 있었다. 그 카메라에는 내 열여덟 살 생일날 야엘, 브람과 함께 찍은 사진들이 있었다. 그 사진들은 우리 셋이 마지막으로 찍은 사진들 중 일부였는데, 나는 여행길에 오르고 나서야, 어느 날 밤 너무 무료해서 메모리 스틱에 들어 있는 사진들을 전부 훑어보고 나서야 그 사진들을 발견했다. 거기 우리가 있었다.

그 사진들을 이메일로 보내두었어야 했다. 아니면 인화해두었어야 했다. 영구적으로 보관할 수 있도록 조처를 취했어야 했다. 그럴 생각이었다, 정말로. 그러나 그 일을 미루다가 어느 날 배낭을 도둑맞았고, 그렇게 늦어버렸다.

그 박탈감이 내 허를 찔렀다. 갖고 있다는 걸 줄곧 알고 있다가 잃어버리는 것과 갖고 있다는 걸 이제 막 발견하고 잃어버리는 것은 다르다. 전자는 실망인 반면, 후자는 진정한 상실이다.

전에는 그걸 몰랐다. 이제는 안다.

열넷

위트레흐트

위트레흐트로 돌아오는 길에 아그네테에게 전화를 걸어 혹시 룰루가 사진을 보냈는지, 어떤 형태로든 연락이 있었는지 묻는다. 그러나 아그네테는 내가 누구인지 거의 기억도 못한다. 맥이 빠진다. 내 기억 속에 선명하게 각인된 그날이 다른 이들에게는 그저 그런 하루였다니. 어쨌건 단 하루였고, 이제 그 하루는 끝났다.

아나 루시아와도 끝났다. 비록 그녀는 느낄 수 없을지 몰라도, 나는 느낄 수 있다. 경기에 패배하고 돌아가 그녀에게 축구 시즌이 끝났다고 말하자, 그녀는 연민을 보인다. 어쩌면 승리감일지도 모른다. 키스와 카리뇨*가 넘친다.

나는 그것들을 받아들인다. 그러나 지금부터는 시간문제라는 걸 안다. 삼 주 뒤면 그녀는 스위스로 떠난다. 사 주 뒤 그녀가 돌아올

---

*스페인어로 애정, 혹은 부부나 연인 사이에 애정의 표시로 사용하는 호칭.

때면 나는 이미 떠나고 없을 것이다. 여권을 갱신해야 한다는 걸 머릿속에 기억해둔다.

아나 루시아는 이 모든 걸 감지한 모양이다. 자기와 함께 스위스에 가자고 더 세게 밀어붙이는 걸 보면. 매일매일 새로운 유혹이 있다. "날씨가 얼마나 좋은지 한번 봐." 그녀가 어느 날 아침 수업에 들어갈 준비를 하면서 말한다. 그녀는 컴퓨터를 켜고 그슈타트의 일기예보를 읽는다. "매일 맑은 날씨가 계속되고 별로 춥지도 않대."

나는 대답하지 않는다. 애써 미소만 짓는다.

"그리고 이것 봐." 그녀가 좋아하는 여행 사이트를 클릭하더니, 노트북을 내 쪽으로 기울여 눈 덮인 알프스와 알록달록한 호두까기 인형들 사진을 보여준다. "이걸 보면 스키 말고도 할 게 얼마나 많은지 알 거야. 별장에 앉아만 있지 않아도 돼. 로잔이나 베른하고도 가깝고. 제네바도 별로 안 멀어. 거기로 쇼핑하러 갈 수도 있어. 거긴 시계가 유명해. 맞다! 내가 시계 사줄게."

내 온몸이 굳어진다. "시계 있어."

"있다고? 시계 찬 거 한 번도 못 봤는데."

시계는 블룸스트라트의 내 배낭 속에 있다. 아직도 째깍거린다. 여기서도 그 소리가 들리는 것 같다. 갑자기, 삼 주가 너무 길게 느껴진다.

"우리 얘기 좀 해." 무슨 말을 할지 미처 생각해보기도 전에 말이 튀어나온다. 작정하고 헤어지는 건 근래에 해본 적이 없다. 작별의 키스를 나누고 기차에 올라타는 편이 훨씬 쉽다.

"지금은 안 돼." 아나 루시아가 거울을 보면서 립스틱을 바르려고 일어나며 말한다. "나 늦었어."

좋아. 지금 말고. 나중에. 잘됐어. 그러면 적절한 말을 궁리할 시간을 벌 수 있을 것이다. 적절한 말이란 항상 있기 마련이니까.

그녀가 나간 뒤, 나는 옷을 입고 커피를 내리고 나가기 전에 이메일을 확인하기 위해 컴퓨터 앞에 앉는다. 그녀가 보던 여행사 페이지가 아직 열려 있어서 창을 닫으려는 찰나, 배너 광고 하나가 눈에 들어온다. '멕시코!!!'라고 외치고 있다. 밖은 춥고 잿빛이지만, 사진들은 오직 따스함과 햇살만을 약속한다.

광고를 누르니 연휴 특별 패키지 목록이 뜬다. 그런 유의 여행은 한 번도 해본 적이 없지만, 해변만 보고 있어도 마음이 한결 따뜻해진다. 그리고 그 순간 칸쿤 여행 광고가 눈에 들어온다.

칸쿤.

룰루가 매년 간다는 그곳.

룰루는 가족들과 함께 매년 똑같은 리조트에 간다고 했다. 룰루가 짜증스러워했던, 그녀 엄마의 식상한 선택이 지금 내겐 최후의 희망이다.

세부 사항을 살펴본다. 그날의 모든 게 그렇듯이, 칸쿤은 새로 칠한 페인트처럼 신선하다. 마야 사원처럼 생긴 리조트. 장벽 뒤의 미국처럼 마리아치* 스타일로 연주하는 크리스마스캐럴. 크리스마스. 그들은 연휴 때 그곳에 간다고 했다. 크리스마스. 아니면 연초였나? 그럼 둘 다 가면 되지!

더블유를 떠올리며 나는 칸쿤 리조트를 검색하기 시작한다. 수정처럼 맑은 물의 해변이 하나씩 화면에 뜬다. 마야의 성곽이나 사원처럼 생긴 거대 리조트가 끝도 없이 이어진다. 강 같은 게 있다고 했는데. 그 얘기를 듣고 궁금해했던 기억이 있다. 강이 있는 리조트라. 칸쿤을 가로지르는 자연적인 강은 없다. 골프 코스와 수영장과 다이빙 절벽과 워터슬라이드는 있다. 하지만 강이라고? 나는 우연히 발견한 팔라시오 마야라는 리조트의 시설 목록을 살펴본다. 유수 풀lazy river. 공기 주입식 보트를 타고 다닐 수 있는 일종의 인공 강이다.

범위를 좁혀본다. 마야 사원처럼 생겼고 유수 풀이 있는 리조트는 그다지 많지 않다. 찾아낸 바로는 전부 네 곳이다. 크리스마스와 새해 사이에 룰루가 머물지도 모르는 네 곳의 리조트.

밖에는 비가 쏟아지고 있지만, 이 사이트들은 멕시코의 날씨가 따뜻하고 끝없는 파란 하늘과 햇살로 가득하다고 자랑한다. 지금껏 어디로 가야 할지 몰라 옴짝달싹도 못하고 있었다. 이곳으로 못 갈 이유가 뭔가? 그녀를 찾으러 가지 못할 이유가 뭔가? 나는 항공권 가격 비교 사이트에서 칸쿤행 비행기표 두 장을 찾아본다. 비싸다. 그러나 나는 그 정도 여유가 있다.

컴퓨터를 닫는다. 머릿속에 해야 할 일의 목록이 떠오른다. 너무도 간단해 보인다.

---

* 멕시코 전통음악을 연주하는 유랑 악단.

여권을 준비한다.
브로저에게 같이 가자고 한다.
비행기표를 산다.
룰루를 찾는다.

열다섯

저녁 여섯시가 되기 전에, 나는 브로저와 나의 비행기표를 사고 플라야 델 카르멘의 싸구려 호텔방 예약까지 마친다. 지난 두 달보다 오늘 하루 더 많은 성취를 한 것 같아 뿌듯하다. 이제 남은 할 일은 한 가지뿐이다.

"얘기 좀 해." 나는 아나 루시아에게 문자를 보낸다. 곧바로 답장이 온다. "네가 무슨 얘기 하고 싶은지 알아. 여덟시에 와." 안도감에 긴장이 풀린다. 아나 루시아는 영리하다. 내가 알고 있는 것처럼, 그녀 역시 알고 있다. 이 감정이 뭔지 모르지만, 얼룩은 아니라는 걸.

나는 가는 길에 와인을 한 병 산다. 교양인답게 끝내지 못할 이유가 없다.

그녀는 빨간 비키니 차림에 그보다 더 빨간 립스틱을 바르고 나를 맞이한다. 내 손에서 와인을 받아들고 나를 안으로 이끈다. 방안 곳곳에 작은 초들이 밝혀져 있다. 마치 축일의 성당처럼. 예감이 좋지 않다.

"카리뇨, 이젠 이해할 수 있어. 네가 얼마나 추위를 싫어하는지. 내가 헤아렸어야 했는데."

"헤아렸어야 했다고?"

"물론 넌 따뜻한 곳으로 가고 싶겠지. 그리고 우리 숙모하고 삼촌이 멕시코시티에 산다는 걸 너도 알고. 하지만 무헤레스섬에 별장이 있는 걸 네가 어떻게 알았는지는 도저히 모르겠더라."

"무헤레스섬?"

"거기 정말 아름다워. 바로 바닷가에 있는데다, 수영장도 있고 고용인들도 있어. 숙모랑 삼촌이 우리가 원하면 와서 묵어도 좋다고 했어. 아니면 내륙에 머물러도 되고. 하지만 그 싸구려 호텔은 싫어." 그녀가 코를 찡긋한다. "호텔 비용은 내가 부담할게. 아무 말도 하지 마. 비행기표를 네가 샀으니까 그래야 공평해."

"비행기표를 내가 샀다고." 내가 할 수 있는 일이라고는 그녀의 말을 따라 하는 것뿐이다.

"오, 카리뇨." 그녀가 달콤하게 속삭인다. "우리 가족은 언젠가 만나게 되겠지. 우릴 위해 파티를 열어주실 거야. 스위스 여행을 취소했다고 부모님은 화가 나셨지만 네가 사랑을 위해 하는 일을 그분들도 이해하셔."

"사랑을 위해." 상황이 어떻게 돌아가는 건지 파악하고 나니 아찔한 기분이 드는데도 나는 그저 그녀의 말을 되풀이할 뿐이다. 그녀의 인터넷 브라우저. 나의 검색 기록. 두 사람을 위한 비행기표.

호텔. 내 미소는 거짓 달콤함을 가득 머금고 팽팽하게 당겨진다. 이런 상황에 적합한 말을 어떻게 찾아야 할까? 오해라고, 그녀에게 말해야 한다. 그 비행기표는 남자들의 휴가를 위한 거야, 나와 브로저. 어쨌든 진실이다.

"이걸로 깜짝 놀래주고 싶었단 거 알아." 그녀가 말을 잇는다. "그동안 네가 왜 몰래 전화를 했는지도 이제 알겠어. 하지만 아모르, 우린 삼 주 뒤에 떠나야 하는데, 나한테 언제 말할 생각이었어?"

"아냐 루시아," 내가 입을 연다. "그건 오해야."

"무슨 소리야?" 그녀가 묻는다. 그녀의 목소리엔 여전히 희망이 남아 있다. 마치 그 오해가 호텔처럼 사소한 문제에 관한 것이라는 듯이.

"그 비행기표 말이야. 널 위해 산 게 아니야. 그건······"

그녀가 내 말을 자른다. "그 여자애 거지, 그렇지? 파리에서 만났다는."

아마도 나는 내가 생각하는 것만큼 좋은 배우는 아닌가보다. 지각변동을 일으키며 경탄에서 의심으로 바뀌는 그녀의 표정이, 그녀가 줄곧 알고 있었으리라는 걸 보여주기 때문이다. 지금 이 순간에도 나는 형편없는 배우임이 분명하다. 그럴듯한 변명을 해보려고 입을 움직여보아도 내 표정이 말을 배신하고 있으니까. 아나 루시아의 표정 변화를 통해 그 사실을 알 수 있다. 그녀의 예쁜 이목구비가 믿을 수 없다는 듯 일그러지다가, 이내 수긍하는 표정으로 바뀐다.

"이호 델라 그란 푸타!* 그 프랑스 여자 때문이야? 요즘 개랑 계속 같이 있었던 거 맞지?" 아나 루시아가 소리를 지른다. "그래서 프랑스에 갔던 거야?"

"네가 생각하는 거와 달라." 내가 양손을 들어 보이며 말한다.

그녀가 기숙사 안뜰로 통하는 유리 여닫이문을 확 열어젖힌다. "내 그럴 줄 알았어!" 이렇게 말하며 나를 문밖으로 떠민다. 나는 그 자리에 우두커니 서 있다. 그녀가 초를 들어 내 쪽으로 던진다. 초는 내 뒤쪽으로 날아가 시멘트 계단 위에 그녀가 놓아두었던 장식용 쿠션 위로 떨어진다. "그 프랑스 창녀 계집애하고 계속 나 몰래 일을 꾸미고 다녔던 거잖아!" 또다른 초가 내 옆으로 휙 날아가 이번에는 관목 덤불에 떨어진다.

"그러다가 불내겠어."

"잘됐네! 네 기억을 태워버릴 거야, 쿨레로!**" 그녀가 초 하나를 더 내 쪽으로 던진다.

비가 그치고 쌀쌀한 밤인데도 캠퍼스에 있던 사람들 절반은 우리 주위로 몰려든 것 같다. 나는 아나 루시아를 안으로 데리고 들어가 진정시키려 애쓴다. 그러나 두 가지 다 성공하지 못한다.

"난 너 때문에 스위스 여행을 취소했어! 우리 가족들은 널 위해 파티를 준비했었다고! 그런데 그동안 넌 그 프랑스 창녀를 보려고 몰래 일을 꾸며왔어. 내 나라, 내 가족이 사는 나라에서!" 그녀가 벗은 자기 가슴을 친다. 마치 스페인뿐만 아니라 라틴아메리카 전

---

* '개자식'이라는 뜻의 스페인어.
** '겁쟁이'라는 뜻.

체에 대한 자신의 소유권을 주장하듯이.

　　그녀가 초를 하나 더 던진다. 내가 초를 잡자, 초가 터지면서 유리와 뜨거운 왁스가 내 손으로 흐른다. 피부가 부글거리며 부풀어오른다. 나는 문득, 이 상처도 흉터가 남을까 궁금해진다. 아마도 남지 않을 것 같다.

열여섯

12월
캉쿤

마야 문명의 전성기로부터 천 년도 더 지났지만, 당시의 가장 신성한 사원들도 현대의 마야 델 솔만큼 경비가 삼엄했을 것 같지는 않다.

"방 번호가 어떻게 되시죠?" 양쪽으로 1킬로미터씩은 뻗어 있는 듯 보이는 으리으리한 부조 장식 벽에 난 정문으로 다가가자 경비들이 브로저와 내게 묻는다.

"407호요." 내가 대답하기 전에 브로저가 말해버린다.

"카드키 주세요." 경비가 말한다. 그의 니트 조끼 옆면 전체가 땀으로 젖어 있다.

"그게, 방에 두고 왔는데요." 브로저가 대답한다.

경비가 바인더를 펼치더니 종이 뭉치를 훑어본다. "요시모토 내외분 되시나요?" 그가 묻는다.

"그렇습니다만." 내 팔짱을 끼며 브로저가 말한다.

경비는 짜증이 난 것 같다. "투숙객만 입장할 수 있습니다." 그가 바인더를 세게 덮고는 작은 창문을 닫으려 한다.

"저희는 투숙객이 아니에요." 공모자의 미소를 지으며 내가 말한다. "하지만 투숙객을 찾고 있어요."

"투숙객 성함이?" 그가 다시 바인더를 든다.

"저도 정확히는 몰라요."

선팅을 한 검은색 메르세데스가 미끄러져 다가오자 거의 차가 멈출 새도 없이 경비들이 게이트를 올려 손짓으로 들여보낸다. 경비가 우리 쪽으로 돌아서더니 지친 표정을 지어서, 나는 잠시나마 우리가 이겼다고 생각한다. 그러나 다음 순간 그가 말한다. "그만 가라. 경찰 부르기 전에."

"경찰이요?" 브로저가 놀라 소리친다. "워, 워, 워. 잠깐 진정 좀 하세요. 니트 조끼 좀 벗으시고. 술이라도 한잔 드세요. 바에 가셔도 좋고요. 호텔이니까 근사한 바가 있겠죠. 저희가 맥주 한잔 가져다드릴게요."

"여긴 호텔이 아니야. 바캉스 클럽이지."

"그게 정확히 무슨 뜻인데요?" 브로저가 묻는다.

"너희는 들어갈 수 없다는 뜻."

"자비를 좀 베푸세요. 우린 네덜란드에서 왔어요. 얘가 여자를 찾고 있거든요." 브로저가 말한다.

"안 그런 사람이 어딨어?" 그의 뒤에 있던 경비가 말하고, 두 사람은 함께 웃는다. 그러면서도 우릴 들여보내주진 않는다.

나는 모페드*에 분노의 발길질을 하고, 그나마 모페드는 툴툴거리며 살아난다. 지금까지는 예상대로 된 일이 하나도 없다. 심지어 날씨까지도. 멕시코가 따뜻할 거라고 생각했는데, 하루종일 오븐 속에 들어가 있는 기분이다. 혹은 브로저는 지혜롭게도 바람이 시원한 해변에서 첫날을 보낸 반면, 나는 어제 하루를 툴룸 유적지에서 보냈기 때문에 그렇게 느끼는 건지도 모른다. 룰루는 자기 가족이 해마다 똑같은 유적지에 간다고 했고, 툴룸이 가장 가까운 유적지였다. 거기서 그녀를 만날 수 있을지도 모른다고 생각했다. 네 시간 동안 나는 관광버스와 미니밴과 렌터카에서 쏟아져나오는 사람들을 지켜보았다. 두 번이나 그녀를 보았다고 생각하고 쫓아갔다. 헤어스타일은 똑같았지만 그녀가 아니었다. 그러고 나서야 지금은 그런 스타일이 아닐 수도 있겠다는 생각이 들었다.

나는 햇볕에 그을린 피부와 두통을 안고 우리의 조그만 호텔로 돌아왔고, 이 여행에 품었던 희망은 가라앉는 듯한 기분으로 변질되었다. 브로저는 보다 제한된 장소인 호텔에 가보자고 기운을 북돋우며 제안했다. 그리고 거기서 찾지 못한다 해도 "여자들은 여기에도 얼마든지 있잖아"라고, 발 디딜 틈도 없이 비키니로 가득한 해변을 가리키며 속삭이듯이, 거의 숭배하는 투로 말했다.

여자들이 이렇게 많은데, 나는 생각했다. 왜 꼭 한 명만 찾으려는 거지?

팔라시오 마야는 내 조사 대상 목록에 포함된 또하나의 가짜 마

---

* 배기량이 적은 소형 오토바이.

야 리조트로 여기서 몇 킬로미터 북쪽에 있다. 우리는 지나가는 관광버스와 트럭이 내뿜는 매연 속에서 숨을 참으면서 통통거리며 고속도로를 달린다. 이번에는 정문 쪽으로 난 구불구불한 길을 따라 말끔하게 다듬은 꽃나무 수풀 속에 모페드를 숨긴다. 팔라시오 마야는 마야 델 솔과 상당히 비슷하지만, 하나의 암석으로 이루어진 벽 대신 거대한 피라미드가 있고 한복판에 경비가 지키는 정문이 있다. 이번엔 나도 준비가 되었다. 스페인어로. 나는 경비에게 여기 묵고 있는 친구를 만나려 한다고, 그런데 그 친구를 놀래주고 싶다고 말한다. 그러고는 그에게 이십 달러를 내민다. 그는 군소리 없이 문을 열어준다.

"이십 달러라." 브로저가 말하며 고개를 끄덕인다. "맥주 몇 잔보다 훨씬 세련된 방법이군."

"이런 데선 겨우 맥주 한두 잔 값일걸."

우리는 포장된 길을 따라 걷는다. 호텔, 혹은 호텔의 흔적이라도 찾기 위해. 그러나 우리 앞에 나타난 건 또다른 경비 초소다. 경비들이 우리에게 미소를 지으며 "부에노스 디아스"라고 인사한다. 마치 우리를 기다리고 있었다는 듯이. 고양이가 쥐를 보듯 우리를 훑어보는 모양새로 보아, 정문의 경비들이 그들에게 연락을 취한 것 같다. 나는 말없이 지갑을 꺼내 다시 십 달러를 건넨다.

"오, 그라시아스, 세뇨르,"* 경비 하나가 말한다. "케 헤네로소!"**

---

* '감사합니다, 선생님'이라는 뜻.
** '인심이 후하시네요!'라는 뜻.

그러고는 주위를 둘러본다. "그런데 어쩌나? 사람이 둘인데."

나는 다시 지갑을 꺼낸다. 우물이 말랐다. 나는 텅 빈 지갑을 보여준다. 그가 고개를 젓는다. 나는 첫번째 문에서 과용했음을 깨닫는다. 십 달러를 먼저 건넸어야 했다.

"저기요," 내가 말한다. "그게 전부예요."

"여기 방값이 얼만지 알아?" 그가 묻는다. "하룻밤에 천이백 달러야. 너하고 네 친구가 들어가서 수영장과 해변, 테니스, 뷔페를 즐기려면 돈을 내야지."

"뷔페?" 브로저가 끼어든다.

"쉿!" 내가 속삭인다. 그러곤 다시 경비에게 말한다. "그런 건 관심 없고요. 우린 여기 묵고 있는 투숙객을 찾고 있어요."

경비가 눈썹을 치켜세운다. "투숙객을 아는데 왜 도둑처럼 살금살금 들어왔지? 피부가 희고 십 달러짜리 지폐를 갖고 있다고 해서 네가 부자라고 생각할 줄 알아?" 그가 웃는다. "그건 옛날에나 통하던 수법이야, 아미고.*"

"뭘 훔치려는 게 아니에요. 여자를 찾고 있어요. 미국 여자요. 여기 묵고 있을지도 모른다고요."

내 말에 경비는 더 크게 웃음을 터뜨린다. "미국 여자? 나도 하나 있으면 좋겠다. 걔들은 십 달러로는 어림도 없어."

우리는 서로 쏘아본다. "제 돈 돌려주세요." 내가 말한다.

"무슨 돈?" 경비가 묻는다.

---

* '친구'라는 뜻.

모페드로 돌아가는 길에 나는 머리끝까지 화가 난다. 쓸데없이 삼십 달러를 뜯겼다고 중얼거리는 브로저도 마찬가지다. 하지만 돈이 문제가 아니다. 경비들한테 화가 난 것도 아니다.

나는 머릿속에서 룰루와 나눈 대화를 계속 재생하고 있다. 멕시코에 관해 그녀가 했던 얘기들을. 그녀는 해마다 가족들하고 똑같은 리조트에 가는 일이 얼마나 짜증나는지에 대해 얘기했다. 나는 그녀에게 다음번 칸쿤에 갈 때는 한번 몰래 빠져나가보라고 했다. "운명을 시험해봐." 내가 말했다. "무슨 일이 일어나는지 한번 지켜보는 거야." 언젠가 나도 멕시코에 갈 거라고, 그래서 우리가 우연히 마주치면 밀림으로 함께 도망치자고 했다. 그때만 해도 이 한심한 여담이 일종의 사명이 되리라고는 생각지 못했다. "그런 일이 일어날 거라고 생각해?" 그녀가 물었다. "우리가 우연히 서로 만날 수 있다고?" 나는 그녀에게 그것이 또 한번의 커다란 우연 accident이 될 거라고 말했고, 그녀는 그 말을 되받아 놀리듯이 물었다. "너 지금 내가 너한테 하나의 우연이라고 말하는 거야?"

내가 그렇다고 하자 그녀는 이상한 말을 했다. 그 말이 지금까지 들어본 말 중에서 가장 기분좋은 말이라고. 내게 좋은 말을 들으려고 그런 말을 하는 게 아니었다. 그녀는 솔직하게 자기 속내를 드러냈고, 그 말은 사람을 완전히 무장해제시켜서 그녀 자신은 물론이고 나까지 발가벗기는 것 같았다. 그녀가 그 말을 했을 때, 나는 뭔가 아주 중요한 일을 위임받은 듯한 기분이 들었다. 그래서 서글펐다. 왜냐하면 그게 바로 진실임을 알았기 때문이다. 그리고 그게 진실이라면, 그건 잘못된 일이었다.

나는 수많은 여자들에게 듣기 좋은 말을 해왔다. 그 말을 들을 자격이 있는, 혹은 자격이 없는 수많은 여자들에게. 룰루에겐 자격이 있었다. 우연이라는 말보다 훨씬 더 좋은 말을 들을 자격이. 그래서 나는 뭔가 좋은 말을 하려고 입을 떼었다. 뒤이어 내 입에서 나온 말에 우리 둘 다 놀란 것 같았다. 나는 그녀에게, 그녀는 돈을 주우면 되돌려주는 사람, 울 만한 영화가 아닌 영화를 보고 우는 사람, 그리고 두려워하는 일에 도전하는 사람이라고 말했다. 그런 말들이 어디서 나오는지조차 알 수 없었지만, 그 말을 하는 순간 그 말이 진실이라는 것만큼은 확신했다. 왜냐하면, 믿기 힘든 일이지만, 나는 그녀를 알았기 때문이다.

내가 얼마나 잘못 생각했는지 이제야 알 것 같다. 나는 그녀를 전혀 알지 못했다. 나는 가장 단순한 질문조차 하지 않았다. 멕시코에서 어디 머물렀는지, 언제 갔는지, 그녀의 성이 무엇인지, 혹은 이름이 무엇인지. 그 탓에 나는 보안 경비들의 처분에 맡겨진 채 이곳에 있다.

우리는 플라야 델 카르멘의 허름한 동네, 떠돌이 개와 쇠락한 가게로 가득한 거리의 호스텔로 돌아온다. 호스텔 옆 술집에서는 싸구려 맥주와 생선 타코를 판다. 우리는 각자 몇 개씩 주문을 한다. 우리 호스텔에 묵는 여행객 몇 명이 술집으로 들어온다. 브로저가 그들에게 손짓을 하고 우리의 하루에 대해 얘기하기 시작한다. 거의 재미있게 들릴 정도로 꾸며가면서. 멋진 여행담은 이런 식으로 탄생한다. 악몽은 짜릿한 모험으로 탈바꿈한다. 그러나 상황을 재미있게 바라보기엔 나의 분노가 너무도 생생하다.

예쁜 캐나다 여자 마저리가 동정하듯 혀를 찬다. 삐죽삐죽한 짧은 갈색 머리의 커샌드라라는 영국 여자는 멕시코의 빈곤 상태와 북미자유무역협정의 실패에 대해 탄식하고, 텍사스에서 왔다는 햇볕에 그을린 남자 티제이는 그저 웃는다. "나도 마야 델 솔이라는 데 봤어. 꼭 리비에라의 디즈니랜드 같더라."

우리 뒤쪽 테이블에서 누가 낄낄거리며 웃는 소리가 들린다. "마스 코모 디즈니랜드 델 인피에르노."*

내가 돌아본다. "거기 알아?" 내가 스페인어로 묻는다.

"우린 거기서 일해." 키가 더 큰 남자가 스페인어로 대답한다.

내가 손을 내민다. "난 빌럼이야."

"에스테반." 그가 대답한다.

"호세." 키 작은 남자가 말한다. 그들 역시 약간은 스파게티와 미트볼 짝꿍이다.

"혹시 나 좀 거기 들여보내줄 수 있어?"

에스테반이 고개를 젓는다. "그랬다간 잘릴걸. 하지만 쉽게 들어가는 방법이 있어. 심지어 방문해달라고 돈까지 줘."

"진짜?"

에스테반이 내게 신용카드가 있는지 묻는다.

나는 지갑에서 새로 발급받은 비자 카드를 꺼내 보여준다. 거액을 예치한 뒤 은행에서 사례로 만들어준 것이다.

"좋아, 그거면 됐어." 에스테반이 말한다. 그러고는 내 복장을

---

* '그보다는 지옥의 디즈니랜드에 가깝지'라는 뜻.

훑어본다. 티셔츠에 낡은 카키색 바지. "좋은 옷도 필요해. 이런 서퍼 스타일 말고."

"그건 문제없어. 그다음엔?"

에스테반은 캉쿤에 사람들을 리조트로 불러들여 타임셰어*를 판매하려는 영업 사원들이 엄청나게 많다고 설명한다. 그들은 렌터카 업체나 공항, 심지어는 몇몇 유적지에까지 진을 치고 있다. "네가 돈이 있다고 생각하면 투어에 초대할 거야. 그리고 투어의 수고비까지 너한테 지불해줘. 돈, 무료 관광, 마사지로."

나는 전부 브로저에게 통역해준다.

"사실이라기엔 너무 그럴듯한데." 브로저가 말한다.

"사실이라기엔 너무 그럴듯한 게 아니라, 그냥 사실이야." 호세가 영어로 대답한다. "많은 사람들이 단 하루 만에 그런 엄청난 결정을 내리거든." 그러곤 고개를 젓는다. 놀랍다는 듯, 혹은 역겹다는 듯, 아니면 둘 다일 수도.

"바보들이고 돈이 썩어나니까 그러겠지." 티제이가 웃으며 말한다. "그러니까 너희도 돈이 엄청 많은 사람처럼 보여야겠네."

"근데 앤 진짜로 돈 많아." 브로저가 말한다. "그렇게 보이는 게 뭐가 중요해?"

호세가 말한다. "네가 어떤 사람인지는 중요하지 않아. 어떻게 보이느냐가 중요하지."

---

* 여러 명이 휴가 시설을 공동으로 소유하고 일정 기간 동안 돌아가면서 이용하는 방식.

나는 브로저와 내가 입을 리넨 바지와 버튼업 셔츠를 거저나 다름없는 값에 사고 마을 관광지의 한 가판에서 터무니없는 금액을 지불하고 아르마니 선글라스 두 개를 산다.

브로저가 선글라스 가격을 보고 기겁한다. 그러나 나는 필요한 물건이라고 말한다. "작은 것들이 큰 이야기를 들려주는 법이야." 게릴라 월에서 최소한의 의상을 갖춰 입는 이유를 설명하면서 토어가 늘 하던 말이다.

"큰 이야기가 뭔데?" 그가 묻는다.

"우리가 무헤레스섬에 별장을 빌려 머물고 있는, 엄청난 유산을 상속받은 게으름뱅이 플레이보이라는 거."

"별장 대목만 빼고 네 모습을 그대로 보여주면 되겠네?"

다음날이 크리스마스라 우리는 그다음날까지 기다렸다가 작업에 착수한다. 처음 들른 렌터카 회사에서 실제로 차를 한 대 빌리고 나서야 우리는 아무도 우리에게 투어를 제안하지 않는다는 걸 깨닫는다. 두번째 렌터카 회사에서 치아가 큼직한 금발의 미국 여자가 다가와 미소를 짓고, 우리에게 얼마나 오래, 어디 머물 건지 묻는다.

"어머, 저도 그 섬 좋아해요." 우리가 별장 얘기를 하자 그녀가 아양을 떨며 말한다. "망고에서 식사해봤어요?"

브로저는 조금 당황한 듯하지만 나는 살짝 미소를 짓는다. "아직이요."

"아." 그녀가 말한다. "별장에 요리사도 있나요?"

나는 계속 미소를 짓는다. 이번에는 살짝 부끄러워하면서. 마치 내 풍족함이 부끄럽다는 듯이.

"잠깐. 혹시 그 인피니티 풀*이 있는 하얀 벽돌집 빌리셨어요?"

이번에도 나는 그저 웃는다. 약간 고개를 끄덕이면서.

"거기 요리사가 로사 맞죠?"

나는 대답하지 않는다. 대답할 필요가 없다. 멋쩍게 어깨를 으쓱하는 것으로 충분하다.

"아, 전 그곳을 사랑해요. 로사의 몰레**는 정말 최고죠. 생각만 해도 배가 고프네."

"난 항상 배가 고파요." 브로저가 음흉하게 웃으며 말한다. 그녀가 의아해하는 표정으로 그를 쳐다본다. 나는 브로저를 슬쩍 발로 찬다.

"거기 엄청 비싸죠." 그녀가 말한다. "이 동네에 하나 장만하실 생각은 없고요?"

내가 싱긋 웃는다. "신경써야 할 게 너무 많아서요." 백만장자 플레이보이 빌럼이 말한다.

그녀가 마치 여러 곳의 부동산을 관리해야 하는 부담을 십분 이

---

* 가장자리 부분이 경계가 없는 느낌을 주는 수영장.
** 멕시코 요리에서 칠리와 각종 양념을 섞어 만드는 진하고 걸쭉한 소스.

해한다는 듯 고개를 끄덕인다. "그렇죠. 하지만 다른 방법이 있어요. 집을 소유하면서 관리는 다른 사람에게 맡기고, 심지어 그 관리인이 임대도 할 수 있어요." 그녀가 마야 델 솔을 포함한 호텔 몇 곳의 반들거리는 브로슈어를 꺼내놓는다.

나는 턱을 긁적이며 홍보 책자들을 바라본다. "조세 피난처 목적의 투자 얘길 듣긴 했는데." 마르욜레인에게서 주워들은 얘기를 던져본다.

"아, 돈을 벌면서 절약하기도 하는 환상적인 방법이죠. 이곳들을 꼭 보셔야 해요."

나는 무심히 브로슈어를 보는 척한다. "여기 괜찮아 보이네요." 마야 델 솔의 브로슈어 쪽으로 손가락을 튕기며 내가 말한다.

"사악할 정도로 퇴폐적인 곳이죠." 그녀가 그곳에 대해 내가 알고 있는 사실을 늘어놓기 시작한다. 해변과 수영장과 레스토랑과 극장과 골프. 나는 무관심을 가장한다.

"글쎄요." 내가 말한다.

"아, 일단 투어를 한번 해보세요!" 이제 그녀는 거의 애원하다시피 한다. "오늘 당장 하실 수도 있어요."

나는 크게 한숨을 쉬고는 짧은 순간 그녀를 보며 눈을 깜박인다. "유적지를 둘러볼 계획이었거든요. 그래서 차도 빌리려는 거고요."

"유적지 무료 관광도 저희가 준비해드릴 수 있어요." 그녀가 또 다른 브로슈어를 집으려 손을 뻗는다. "이게 코바로 가는 건데, 세노테*에서 수영도 하고 집라인**도 탈 수 있어요. 두 분께 제공해드릴게요. 무료로."

나는 생각해보는 척 잠시 침묵한다.

"일단 가서서 오늘 하루 둘러보세요." 그녀가 내게 가까이 오라고 손짓한다. "제가 얘기했다고 하지 마세요. 잘하면 오늘밤 거기서 묵으실 수도 있어요. 정문만 통과하면 거기서부터는 호텔 내부니까요."

나는 브로저를 쳐다본다. 이 아가씨의 호의를 받아들이고 이 투어를 해도 되는지 허락을 구하는 것처럼. 그는 덩달아 연기를 하면서 뭐, 네가 정 그러고 싶다면, 이라고 말하는 듯한 표정을 꾸민다.

나는 여자에게 미소를 지어 보이고 그녀는 긍정적이고 환한 웃음으로 답한다. "잘 생각하셨어요!" 서류를 작성하는 내내 그녀는 우리가 참여할 투어에 대해 신나게 설명한다. "섬으로 들어가시면 망고에 꼭 가보세요. 거기 브런치는 목숨하고도 맞바꿀 수 있을 정도예요." 그러더니 서류에서 고개를 든다. "제가 모시고 갈 수도 있는데."

"그렇게 하세요." 내가 허락한다.

"새해에도 여기 계실 건가요?"

내가 고개를 끄덕인다.

"뭐하실 건데요?"

내가 어깨를 으쓱하고 양손을 들어 보인다. 수많은 선택지가 있음을 암시하듯이.

---

* 석회암 암반이 함몰되어 지하수가 드러난 마야문명 지역의 천연 샘.
** 양 기둥 사이로 튼튼한 와이어를 설치하고 탑승자와 연결된 도르래를 와이어에 걸어 빠른 속도로 반대편으로 이동하는 수단 또는 레포츠.

"푸에르토모렐로스 해변에서 성대한 파티가 열려요. 라스 올라스 데 몰라스라는 끝내주는 레게 밴드가 연주를 해요. 플라야 전체에서 가장 멋진 행사죠. 수많은 사람들이 밤새도록 춤을 추고, 그러다가 가끔씩 페리를 타고 섬으로 가서 해장 브런치를 먹어요."

"그럼 거기서 보면 되겠네요."

그녀가 미소를 짓는다. "꼭 가겠다고 약속할게요. 이게 투어에 필요한 서류들이에요." 그러면서 자신의 개인 휴대전화 번호가 적힌 명함과 함께 서류를 내게 건네준다. "케일라예요. 뭐든 필요한 게 있으면 전화해요. 뭐든지."

니트 조끼를 입고 땀을 흘리는 똑같은 보안 경비들이 마야 델 솔의 정문을 지키고 있지만 우리를 알아보지는 못한다. 혹은 신경도 쓰지 않는다. 세 겹으로 작성된 서류를 손에 든 채 택시 뒷좌석에 앉아 있는 나는 딴사람으로 변신했다.

우리는 정문 로비 앞에서 내린다. 로비는 대나무, 꽃, 홰에 묶인 열대의 새들로 가득찬 거대한 아트리움이다. 고리버들로 만든 2인용 안락의자에 앉아 있는 동안, 매끄러운 피부의 멕시코 여자가 우리 신분증을 확인하고 신용카드를 복사한다. 그러고 나서 우리는 거북딱지 재질의 레이밴 선글라스로 황금빛 머리카락 한 움큼을 뒤로 넘긴, 좀더 나이가 든 멕시코 남자에게 인계된다.

"어서 오세요!" 그가 말한다. "제 이름은 조니 맥시모입니다! 마야 델 솔에서는 환상이 현실이 된다는 걸 알려드리러 왔어요."

"그게 바로 이 친구가 원하는 거죠." 브로저가 말한다.

조니가 미소를 짓는다. 그가 손에 든 서류를 흘긋 쳐다본다. "자, 윌리엄 그리고 로버트. 로버트인가요, 아니면 밥인가요?"

"로베르트 안입니다." 브로저가 말한다.

"그럼 로버트로군요. 휴가용 부동산을 소유하신 적이 있습니까?"

"소유한 적이 있다고는 말할 수 없겠는데요."

"그럼 손님은 어떠신가요, 윌리엄?"

"저는 세계 곳곳을 둘러보고 다니는 편이라."

조니가 웃는다. "저도 그래요. 세계의 모든 여자들을 둘러보죠. 그럼 두 분이 바캉스 클럽에도 가본 적 없다고 봐도 되겠군요."

"그렇다고 봐야겠죠, 조니." 브로저가 말한다.

"한 가지 말씀드릴게요. 인생이란 이런 겁니다. 휴가용 별장을 소유할 수 있는데 왜 임차를 하나요? 완전한 삶을 살 수 있는데 왜 반쪽짜리 삶을 살죠?"

"아니면 두 개의 삶이라고 볼 수도 있겠죠." 브로저가 말한다.

"여기가 우리 호텔 수영장들 중 한 곳입니다. 수영장이 전부 여섯 개입니다." 조니가 으스대며 말한다. 수영장은 등받이가 뒤로 젖혀지는 긴 의자들과 꽃나무 수풀로 둘러싸여 있다. 그 너머로는 배경이 되는 게 유일한 목적이라는 듯 카리브해가 펼쳐져 있다. "전망이 훌륭하지 않습니까?" 조니가 한 줄로 누워 일광욕을 하는 여자들을 가리키며 웃는다.

"아주 훌륭하네요." 내가 여자들을 한 명씩 훑어보며 말한다.

"저, 무슨 일을 하시죠, 윌리엄?"

"부동산업이요." 내가 대답한다.

"아, 그럼 부동산이 얼마나 수익성이 좋은지 아시겠군요. 실은⋯⋯" 그가 내게 가까이 오라고 손짓한다. "제가 한때 멕시코에서 잘나가는 영화배우였거든요." 과장스러운 속삭임으로 그가 말한다. "하지만 지금은⋯⋯"

"배우였다고요?" 내가 그의 말을 자른다.

내 질문이 그의 허를 찌른다. "예전에요. 하지만 배우 일로 번 것보다 훨씬 더 큰 돈을 부동산으로 벌었어요."

"어떤 영화를 찍으셨는데요?" 내가 묻는다.

"뭐, 아실 만한 영화는 아니고요."

"네덜란드엔 외국영화가 상당히 많이 들어와요. 말씀해보세요."

"아마 못 들어보셨을 거예요. 아먼드 아산티*와 같은 영화에 출연했어요. 그리고 주로 텔레노벨라**에 출연했죠."

"드라마 같은 거요? 〈좋은 시절 나쁜 시절〉 같은?" 브로저가 약간 코웃음을 치며 묻는다.

"여기선 얼마나 대단했는데요." 조니가 콧방귀를 뀌며 말한다.

"멋지네요." 내가 말한다. "배우 일을 직업적으로 하셨다는 게."

조니의 얼굴이 잠시 펴진다. 심지어 그을린 피부색마저 엷어지는 듯 보인다. 그러나 그는 이내 정색하며 말한다. "하지만 그건 그때 얘기고, 지금은 돈을 훨씬 더 많이 벌어요." 그가 손뼉을 치

---

* 1970년대부터 다양한 영화와 드라마에 출연해온 미국 배우.

** 스페인어 'televisión'(텔레비전)과 'novela'(소설)의 합성어. 중남미 국가에서 제작하는 드라마를 말한다.

더니 내 쪽으로 돌아선다. "자, 윌리엄, 뭘 보고 싶으시죠?" 그가 리조트 경내를 손으로 가리키고, 나는 처음으로 룰루가 여기 있을지도 모른다는, 작지만 현실적인 느낌이 든다. 비록 작은 가능성이지만, 몇 달 만에 가장 행복하다.

"이 리조트를 샅샅이 보고 싶어요." 내가 말한다.

"음, 1제곱킬로미터가 넘어서 시간이 좀 걸릴 겁니다. 하지만 의욕이 넘치시는 걸 보니 기쁘네요."

"제가 얼마나 의욕이 넘치는지 모르실걸요." 말하고 보니 우습다는 생각이 든다. 어제만 해도 전혀 의욕이 없었기 때문이다. 그러나 지금은 마치 역할에 몰입하는 것 같은 기분이다.

"세계적인 수준의 레스토랑부터 둘러보시면 어떨까요? 총 여덟 곳이 있습니다. 멕시칸, 이탈리안, 버거 바, 스시⋯⋯"

"좋습니다." 브로저가 말한다.

"이 시간에 투숙객들이 가장 선호하는 레스토랑부터 보여주시겠어요?" 내가 제안한다. "투숙객들 구성도 좀 보고 싶네요."

"아, 그럼 올레를 보시죠. 올레는 야외 식당입니다. 점심 뷔페가 있어요."

브로저가 미소를 짓는다. 점심 뷔페. 마법의 단어.

룰루는 점심 뷔페에 없고, 우리가 다섯 시간 동안 둘러본 다른 일곱 군데의 레스토랑에도 없다. 그녀는 여섯 개의 수영장에도 없고 두 곳의 해변에도 없고 열두 개의 테니스 코트에도 없고 두 곳의 나이트클럽에도 없고 세 개의 로비에도 없고 젠 스파에도 없고 끝없이 펼쳐진 정원에도 없다. 동물을 만져볼 수 있는 동물원에도 그녀는 없다.

그렇게 하루가 더디게 흘러가고, 나는 너무도 많은 변수가 있음을 깨닫는다. 어쩌면 이곳이 아닐지도 모른다. 어쩌면 여기가 맞지만 시간을 못 맞춘 건지도 모른다. 어쩌면 여기가 맞고 시간도 맞지만 내가 수영장에 있을 때 그녀는 방에서 TV를 보고 있었는지도 모른다. 내가 전시용 방을 둘러보고 있는 지금 그녀는 수영장 중 한 곳에 앉아 있을지도 모른다.

어쩌면 바로 옆에서 그녀를 지나치고도 내가 알아차리지조차 못했는지도 모른다.

아까 느꼈던 행복감이 와르르 무너져내린다. 그녀는 어디든 있을 수 있다. 어디에도 없을 수도 있다. 가장 끔찍한 건, 그녀가 바로 여기 있는데도 내가 그녀를 알아보지 못하는 것이다.

비키니를 입은 여자 두 명이 웃으며 도도하게 내 곁을 지나친다. 브로저가 나를 툭 치지만 나는 그들을 쳐다보지 않는다. 서서히 내가 나 자신을 속여왔다는 생각이 들기 시작한다. 진실은 내가 그녀를 모른다는 것이다. 내가 아는 것이라고는 그녀가 루이즈 브룩스와 살짝 닮았다는 사실뿐이다. 그러나 그게 대체 뭐란 말인가? 그것은 한 사람의 윤곽, 그나마도 스크린에 투영된 환상에 지나지 않는다.

열일곱

"기운 내, 옴브레*, 이제 거의 새해잖아."

에스테반이 병을 하나 건넨다. 그와 호세, 브로저, 커샌드라와 나는 택시에 몸을 욱여넣고 푸에르토모렐로스에서 열리는 파티에 가기 위해 휴일의 교통 체증을 뚫고 북쪽으로 향하고 있다. 케일라가 알려준 파티다. 호세와 에스테반도 그 파티에 대해 알고 있는 걸 보니 꼭 가야 하는 곳인 모양이다.

"맞아, 기운 내. 새해잖아." 커샌드라가 말한다.

"넌 마음만 먹으면 허탕 치지 않고 돌아갈 수 있다고." 브로저가 말한다. "우리 중 누구와는 달리." 과장스러운 자기 연민을 담아 그가 덧붙인다.

"가엾은 브루제." 커샌드라가 말한다. "내가 네 이름 제대로 발

---

* '남자'라는 뜻의 스페인어.

음한 거야?"

"브로-저." 브로저가 발음을 바로잡아주고는 "샌드위치라는 뜻이야"라고 덧붙인다.

커샌드라가 미소를 짓는다. "걱정 마, 샌드위치 보이. 오늘밤 누군가가 널 한입 베어먹게 만들어줄 테니까."

"아무래도 얘가 내 샌드위치를 한입 먹고 싶은가봐." 브로저가 희망에 들떠 싱글거리며 네덜란드어로 말한다. 나는 미소로 답하려 애쓴다. 그러나 솔직히, 나는 이제 지쳤다. 마야 델 솔을 둘러보고 나서부터 줄곧 그런 기분이었다. 비록 그사이에 호세와 에스테반이 팔라시오 마야에 들어가는 법을 알려주고 마야 비에하의 손목 밴드를 구해준 덕분에 다른 리조트들도 꼼꼼히 확인하긴 했지만, 그 모든 게 형식적인 절차처럼 느껴질 뿐이었다. 내가 찾고 있는 사람이 누군지도 모르면서 어떻게 그녀를 찾는단 말인가?

개발되지 않은 기다란 해변에 택시가 멈춘다. 우리는 기사에게 요금을 지불하고 해변으로 내려선다. 커다란 스피커에서 음악이 울려퍼지고 해변 곳곳에 수백 명이 흩어져 있다. 파티장 입구에 높이 쌓여 있는 신발 무더기로 보아 모두가 맨발인 것 같다.

"신발을 보고 찾아보면 어떨까?" 커샌드라가 말한다. "신데렐라처럼. 현대 여성의 유리 구두는 어떻게 생겼을까? 이건 어때?" 그녀가 반짝이는 오렌지색 플립플롭을 들어 보인다. 그러곤 신발을 신어본다. "너무 크네." 그러더니 다시 신발 무더기에 던져놓는다.

"아름다운 아가씨, 저와 춤을 추시겠습니까?" 호세가 커샌드라에게 묻는다.

"그럼요." 그녀가 활짝 웃으며 말한다. 두 사람이 멀어진다. 호세는 이미 한 손을 그녀의 허리에 올리고 있다.

브로저의 표정이 시무룩해진다. "저 친구 타코가 내 샌드위치보다 더 구미가 당기나보군."

"네가 계속 나한테 일깨워주는 것처럼 여자들은 엄청나게 많아. 네 샌드위치를 한입 먹고 싶어하는 여자가 분명 있을 거야."

정말이지 여자들이 너무나 많다. 수백 명이 파티를 위해 각양각색으로 치장하고 향수를 뿌리고 만반의 준비를 했다. 다른 새해 첫날이었다면 희망적인 출발을 의미했을 것이다.

바 앞에 늘어선 줄이 야자수와 해먹들 주변으로 꼬불거리며 이어져 있다. 조금씩 앞으로 나아가고 있는데 사롱*을 두르고, 미소를 머금고, 그것 말고는 별로 걸친 게 없는 여자가 비틀거리며 내게 부딪친다.

"조심하세요." 내가 그녀의 팔꿈치를 잡으며 말한다. 그녀가 반쯤 빈 테킬라 병을 들어 보이며 무릎을 굽혀 인사하더니 길게 한 모금 들이켠다.

"속도 좀 조절하셔야겠어요." 내가 말한다.

"당신이 좀 조절해줄래요?"

"좋아요." 내가 그녀에게서 병을 받아들고 꿀꺽꿀꺽 들이켠다. 나는 브로저에게 병을 건네고 그도 똑같이 한다. 브로저가 다시 그녀에게 병을 건넨다.

---

* 말레이시아, 인도네시아 등지에서 남녀 구분 없이 허리에 둘러 입는 천.

그녀가 병을 쳐들고 흔들자 안에 든 애벌레가 공중제비를 돈다. "그 벌레 가져도 돼요, 원한다면." 그녀가 끈적한 목소리로 말한다. "벌레야, 벌레야, 섹시한 남자가 널 먹어도 되니?" 그러곤 병을 자기 귀에 댄다. "벌레가 그래도 된다네요." 그녀가 가까이 기대오더니 뜨겁게 속삭인다. "나도 먹어도 돼요."

"그건 사실 벌레가 아니에요." 브로저가 말한다. "용설란 유충이에요." 바텐더인 호세가 우리에게 설명해주었더랬다.

그녀의 눈이 초점을 잃고 휘둥그레진다. "그게 뭐가 다르죠? 벌레나 유충이나. 그런 말 알아요? 일찍 일어나는 새가 벌레를 잡고……" 그녀가 브로저에게 술병을 넘기더니 내 어깨에 양팔을 걸치고 내 입술에 키스하기 시작한다. 빠르고, 축축하고, 술에 전 키스다. 그리고 뒤로 비틀거리며 물러나 테킬라 병을 도로 받아든다. "키스도 한다!" 그녀가 깔깔거리며 말한다. "해피 뉴 이어."

브로저와 나는 비틀거리며 백사장을 가로지르는 그녀를 바라본다. 브로저가 내 쪽으로 돌아선다. "너하고 같이 다니는 게 어떤 기분인지 잠시 잊고 있었어. 네가 어떤 앤지."

여섯 달 전이었다면 나는 그녀에게 다시 키스했을 것이고, 그날 밤은 그렇게 결정되었을 것이다. 브로저는 내가 어떤 앤지 아는 모양인데 나는 잘 모르겠다.

술을 사고 나서 브로저는 춤추는 장소로 향한다. 나는 그에게 나중에 보자고 한다. 해변 위쪽, 무대와 춤추는 장소에서 떨어진 곳에 작은 모닥불에 둘러앉아 기타를 치는 사람들이 보인다. 그쪽으로 걸어가는데 누가 내 쪽으로 다가온다. 렌터카 회사의 케일라가,

정말 내가 맞는지 잘 모르겠다는 듯 조심스럽게 손을 흔든다.

나는 내가 아닌 척하고 바다 쪽으로 돌아선다. 바닷물은 놀라울 정도로, 파티가 북적이고 혼란스러운 만큼이나 고요하다. 물속에서 첨벙거리는 사람이 몇 명 보인다. 그 너머로는 텅 빈 수면 위에 비치는 달빛뿐이다. 밤인데도 바닷물은 내가 상상했던 것보다 푸르다. 이번 여행에서 유일하게 내 기대에 미치는 대목이다.

나는 속옷만 남기고 옷을 벗은 다음 물에 뛰어들어 멀리까지 헤엄을 친다. 떠다니는 뗏목에 닿을 때까지. 쪼개진 나뭇조각을 움켜쥔다. 〈Stairway to Heaven〉을 연주하는 기타 소리와 레게 밴드의 묵직한 베이스 소리가 수면에 울려퍼진다. 보드랍고 따스한 밤, 아름다운 해변에서 열리는 멋진 파티. 한때는 날 충족시켰던 모든 것.

조금 더 멀리 헤엄쳐가서 물속으로 들어가본다. 조그만 은빛 물고기들이 내 곁을 스쳐지나간다. 만져보려고 손을 뻗지만 너무 쏜살같이 빠져나가서 마치 비행운을 남기는 것 같다. 더이상 숨을 참을 수 없어 물위로 떠올랐을 때 레게 밴드 가수의 목소리가 들려온다. "새해까지 삼십 분 남았습니다. 모든 게 다시 시작되는 시간. 아뇨 누에보. 그것은 타불라 라사*."

나는 숨을 들이켜고 다시 물속으로 들어간다. 모래를 한 움큼 쥐었다가 흘려보내고, 모래 알갱이들이 물속에 흩어지는 모습을 바라본다. 그리고 다시 위로 올라간다.

---

* tabula rasa, '아무것도 쓰여 있지 않은 흰 종이'라는 뜻의 라틴어.

"자정을 알리는 종이 울리면, 사랑하는 연인에게 키스하기 전에, 운 베소 파라 티."

당신 자신에게 키스를.

내가 처음으로 그녀에게 키스하기 전에, 룰루는 또 한번 이상한 말을 했다. 나는 위험에서 벗어났어. 그녀는 힘주어 말했고 눈빛에선 불길이 일었다. 그녀가 나와 스킨헤드족 사이를 가로막고 나섰을 때처럼. 그 말은 이상하게 들렸다. 내가 그녀에게 키스하기 전에는. 그리고 그 순간 나는 느꼈다. 지금 나를 감싼 물처럼 강렬하고 압도적인 그 느낌. 위험에서 벗어난다는 것. 그녀가 말하는 위험이 무언지 나는 모른다. 내가 알았던 것은 룰루에게 키스하면서 내가 안도감을 느꼈다는 것뿐이다. 마치 긴 여행을 마치고 마침내 어딘가에 안착하는 것처럼.

나는 등을 대고 누워 별이 수놓인 하늘의 캔버스를 바라본다.

"타불라 라사…… 아세르 보론 이 쿠엔타 누에바, 칠판을 깨끗하게 닦을 시간." 가수가 노래를 한다.

칠판을 깨끗하게 닦으라고? 내 칠판은 지나치게 깨끗한 것 같고 끊임없이 싹 닦이는 것 같다. 내가 원하는 건 그 반대다. 지저분한 낙서가 있었으면, 결코 닦아낼 수 없는 것들의 별자리로 가득찼으면.

그녀는 분명히 이곳에 있다. 이 파티, 혹은 이 해변, 혹은 내가 갔던 리조트에는 없을지 몰라도 여기 어딘가에 있다. 이 물속에서, 내가 몸을 담그고 있는 이 물과 같은 물에서 헤엄치고 있다.

그러나 이것은 거대한 바다다. 그리고 세상은 그보다 더 넓다. 어쩌면 이것이 우리 사이에 존재해야만 하는 거리인지도.

열여덟

1월
캉쿤

원숭이 모양 버스는 노인들로 붐비고, 나는 그 버스를 타고 싶지 않다. 그러나 브로저는 타고 싶어한다. 그를 끌고 리비에라 마야에 있는 리조트 절반을 다녔기 때문에 나는 반대할 입장이 아니다.

"첫번째 목적지는 코바, 그다음은 마야 마을이야. 그다음이 집라인인데…… 이 사람들하고 집라인을 타는 게 어떨지 모르겠다." 대부분 머리가 허옇게 센 우리 일행을 턱으로 가리키며 브로저가 말한다. "그런 다음 세노테에서 수영을 하고─세노테는 지하 동굴 호수 같은 거야─그다음엔 툴룸." 그가 브로슈어를 뒤적인다. "일인당 백오십 달러짜리 투어인데 우린 공짜로 하는 거야."

"흠." 내가 말한다.

"이해가 안 가. 넌 반은 네덜란드인이고 반은 이스라엘인이잖아. 그렇다면 어디로 보나 이 세상에 현존하는 가장 싸구려 개자식이어야 하는데."

"아하."

"내 말 듣고 있냐?"

"미안. 너무 피곤해."

"그보단 숙취 때문이겠지. 이따 점심 먹을 때 테킬라도 좀 마시자. 티제이는 그걸 개털*이라고 부르더라."

나는 배낭을 베개 삼아 창문에 머리를 기댄다. 브로저는 〈푸트발 인터내셔널〉을 꺼낸다. 버스가 덜컹거린다. 나는 잠이 들었다가 코바에 도착해 깨어난다. 우리는 터덜터덜 버스에서 내려서 한 무리의 사람들 속에 선 채로 고대 마야 유적지에 대한 가이드의 설명을 듣는다. 밀림의 나무와 덩굴이 반을 잠식한 외딴 사원과 피라미드들에 대해. "이곳은 아주 특별합니다." 가이드가 말한다. "여러분이 올라갈 수 있는 몇 안 되는 유적지 중 한 곳이죠. 석호, 라이글레시아, 교회죠. 그리고 구기 경기장도 흥미로울 거예요."

우리 뒤쪽에 있던, 유일하게 우리 또래인 여자애가 묻는다. "구기 경기장이요? 어떤 종류의 구기인데요?"

"일종의 농구예요." 가이드가 대답한다.

"아……" 실망한 목소리다.

"농구 안 좋아해?" 브로저가 그녀에게 묻는다. "미국인들은 농구 좋아하는 줄 알았는데."

"앤 축구 선수란다." 어떤 할머니가 말한다. "고등부 주 대표 선

---

* hair of the dog. '해장술'이라는 뜻. 먼 옛날 개에 물리면 그 개의 털을 상처에다 대면 낫는다는 미신에서 유래한 말로 '독은 독으로 다스린다'는 개념.

수였어."

"할머니!"

"진짜? 포지션은?" 브로저가 묻는다.

"스트라이커."

"난 미드필더." 그가 자기 가슴을 툭 치며 말한다.

두 사람이 서로를 쳐다본다. "구기 경기장 보고 싶어?" 그녀가 묻는다.

"물론."

"삼십 분 내로 돌아와라, 캔디스." 할머니가 말한다.

"알았어요."

브로저가 같이 가자며 날 쳐다보지만 나는 혼자 가라는 뜻으로 고개를 끄덕인다. 나머지 일행이 석호 쪽으로 향할 때 나는 곧장 노오치 물 피라미드로 가서 정상까지 거의 수직으로 뻗은 백이십 개의 계단을 오른다. 한낮이고 날씨가 더워서 정상에는 사진을 찍는 한 가족 말고는 사람이 없다. 나무들 사이로 바람이 스치는 소리, 열대의 새들이 꽥꽥거리는 소리, 귀뚜라미의 금속성 울음소리가 크게 들릴 만큼 고요하다. 후덥지근한 한 줄기 바람이 마른 나뭇잎 하나를 밀림의 나무 지붕 위로 실어나른다.

두 아이가 그 정적을 깬다. 아이들이 새 울음소리를 흉내내며 서로의 이름을 부른다. "조시!" 여자아이가 꽥꽥거리는 소리로 이름을 부르자 남자아이가 웃는다.

"앨리!" 아마도 조시인 듯한 남자아이가 받아친다.

"조슈아, 앨리슨, 쉿!" 아이들의 엄마가 나를 가리키며 아이들을 꾸짖는다. "여기 너희들만 있는 게 아니잖아."

아이들이 나를 쳐다보면서 나도 이름을 불러보라는 듯 고개를 갸우뚱하지만, 나는 양손을 들어 보이며 어깨를 으쓱한다. 부르고 싶은 이름을 알지도 못하기 때문이다. 이젠 그 이름을 계속 부르고 싶은지도 잘 모르겠다.

다시 원숭이 버스로 돌아가니 브로저와 캔디스가 콜라 하나를 사서 빨대 두 개를 꽂고 나눠 마시고 있다. 사람들이 느릿느릿 버스에 오른 뒤에 나는 혼자 여행중인 할아버지의 옆자리에 앉아 브로저와 캔디스가 나란히 앉게 해준다. 두 사람이 판페르시와 메시 중 누가 최고의 스트라이커인지 논쟁을 벌이는 것을 듣고 내가 미소를 짓자 옆자리 노신사도 내게 미소로 답한다.

점심식사를 하고 마야 전통 마을에 도착하니 십 달러를 내면 마야 제사장이 영혼을 정화해준다고 한다. 내가 한옆에 비켜서 있는 동안 다른 사람들이 차례로 연기가 피어오르는 천막 아래 선다. 그러고는 다시 버스로 돌아간다. 문이 열린다. 브로저가 타고, 캔디스가 타고, 샌들에 양말을 신은 내 옆자리 친구가 타고, 가이드가 탄다. 모두가 버스에 탄다. 나만 빼고.

"빌리, 안 타?" 브로저가 소리친다.

문 앞에서 머뭇거리는 나를 보고 브로저가 통로를 걸어와 묻는다. "빌리, 무슨 문제라도 있어? 혹시 내가 캔디스하고 앉아서 화났냐?"

"그럴 리가. 잘된 일이야."

"어서 가자."

나는 머릿속으로 계산을 해본다. 캔디스는 우리보다 오래, 18일까지 이곳에 머문다고 했다. 브로저에겐 친구가 있을 것이다.

"난 여기서 빠질게." 그 말을 내뱉는 순간, 익숙한 안도감이 밀려든다. 여행을 할 때면 항상 다음 정류장이 이전 정류장보다 좋으리라는 희망이 있다.

브로저의 표정이 심각해진다. "전에 내가 한 말 때문에 그래? 네가 여자들을 다 차지한다고 해서? 걱정 마. 적어도 한 명은 날 좋아하는 것 같으니까."

"정말 그런 것 같더라. 그러니까 마음껏 즐겨. 돌아가는 비행기 탈 때 공항에서 만나."

"뭐? 그건 나흘 뒤라고. 너 짐도 없잖아."

"필요한 건 다 있어. 나머지 물건들만 챙겨서 공항으로 가지고 와줘."

버스 기사가 시동을 건다. 가이드가 시계를 툭툭 친다. 브로저는 당황한 표정이다.

"괜찮아." 나는 그를 안심시키고 배낭끈을 조인다.

"길 잃어버리지 않을 수 있겠어?" 그가 묻는다.

나는 그를 안심시키는 미소를 지어 보인다. 그러나 사실은, 그게 바로 내가 원하는 일이다.

열아홉

멕시코, 바야돌리드

그뒤로 트럭을 두 번 얻어타고 도착한 곳은 조그만 옛 식민지 마을 바야돌리드의 외곽이다. 나는 중앙 광장을 어슬렁거린다. 광장을 가득 메운 파스텔색의 야트막한 식민지 양식 건물들이 커다란 분수에 반사된다. 얼마 안 가 싸구려 호텔에 다다른다.

여기는 리비에라 마야와는 전혀 다른 세상 같다. 대규모 리조트와 파티를 즐기는 관광객들이 없어서만은 아니다. 내가 여기까지 오게 된 과정이 그렇다. 나는 일부러 찾지 않고, 그저 발견했다.

나에겐 일정이 없다. 피곤할 때 자고 배고플 때 먹는다. 아무 노점에서나 뜨겁고 매운 음식으로 끼니를 때운다. 밤늦도록 어슬렁거린다. 누구도 찾지 않는다. 누구와도 얘기하지 않는다. 블룸스트라트에 머문 몇 달간 항상 친구들과 어울리거나 아니면 아나 루시아와 보낸 터라, 혼자 있는 게 어색하다.

분수 가장자리에 앉아 사람들을 바라보다가 잠시 룰루가 그들 틈에 있다고 멋대로 상상해본다. 실제로 우리가 멕시코의 밀림으로 탈출했다고 상상해본다. 우리는 이곳으로 왔을까? 저 파라솔 아래 커플처럼 카페에 앉아 서로 발목을 감고 머리를 가까이 기대고 있을까? 밤새도록 얘기를 나눌까? 몰래 키스하려고 골목길로 숨어들까? 다음날 아침에 일어나 서로 엉켜 있던 몸을 풀고, 지도를 꺼내고, 눈을 감고, 이번엔 어디로 갈지 결정할까? 아니면 침대 밖으로 한 발짝도 안 나갈까?

아니! 이제 그만! 다 부질없는 짓이다. 어디에도 이르지 않는 길. 나는 일어나 바지를 털고 호텔로 돌아간다. 침대에 누워 이십 페소짜리 동전을 손가락 마디 위에서 돌리다가 이제 뭘 할지 생각해본다. 동전이 바닥으로 떨어져서 집으려고 손을 뻗는다. 그러다 멈춘다. 앞면이 나오면 바야돌리드에 하루 더 머문다. 뒷면이 나오면 다른 곳으로 간다. 뒷면이다.

비록 지도 위에서 찍는 건 아니지만 이거면 됐다.

다음날 아침 아래층으로 내려가 커피를 찾는다. 낡은 식당은 거의 텅 비었다. 스페인어를 하는 가족이 한 테이블에 둘러앉아 있고, 창문 옆 구석자리에는 적갈색 머리에 예쁘장하게 생긴 내 또래 여자가 앉아 있다.

"안 그래도 네가 궁금했어." 그녀가 영어로 말을 건넨다. 미국인인 것 같다.

나는 사모바르*에서 커피를 따른다. "나도 내가 종종 궁금해."

내가 대답한다.

"어젯밤에 노점에서 널 봤어. 나도 용기를 내서 먹어보려고 했는데 어떤 음식을 파는 건지, 혹시라도 먹었다가 나 같은 그링고**가 죽는 건 아닌지 알 수가 있어야 말이지."

"돼지고기였던 것 같아. 난 별로 질문을 많이 하는 편이 아니라서."

"어쨌든 죽진 않았네." 그녀가 웃는다. "우릴 죽이지 않는 모든 것은 우릴 강하게 한다잖아."

우리는 잠시 그대로 있는다. 내가 그녀의 테이블에 앉아도 되겠느냐고 손짓하는 동시에 그녀가 자기 테이블에 앉으라고 손짓한다. 나는 그녀와 마주앉는다. 낡은 턱시도를 입은 웨이터가 멕시칸 스위트브레드를 앞에 내려놓는다.

"조심해." 그녀가 터키석색으로 칠한 손톱으로 식은 빵을 툭 치며 말한다. "나 이 부러질 뻔했어."

빵을 두드려본다. 속 빈 통나무 소리가 난다. "이것보다 더한 것도 먹어봤어."

"너 뭐하는 사람인데? 혹시 프로 음식 탐험가?"

"뭐 비슷해."

"어디 출신이야?" 그녀가 손을 든다. "잠깐, 내가 맞혀볼게. 다른 얘기 해봐."

---

* 주로 러시아 가정에서 물을 끓이는 데 사용하는 주전자.
** 라틴아메리카 국가에서 미국인을 칭하는 말.

"다른 얘기?"

그녀가 손가락으로 관자놀이를 두드리더니 딱 소리를 낸다. "네덜란드에서 왔구나."

"귀가 밝네."

"근데 억양이 별로 없다."

"진짜 귀가 밝구나. 영어 쓰면서 자랐어."

"영국에서 살았어?"

"아니. 엄마가 네덜란드어로 말하는 걸 별로 좋아하지 않았어. 독일어하고 너무 비슷하다고. 그래서 집에선 영어를 썼어."

그녀가 테이블 위의 휴대전화를 힐긋 본다. "음, 뭔가 근사한 얘기가 있을 것 같긴 한데, 아쉽지만 미스터리로 남겨둬야겠네." 그러고는 잠시 말을 멈춘다. "이미 하루 늦었거든."

"뭐에 늦어?"

"메리다에 가는 거. 어제 도착하기로 되어 있었는데, 차가 고장이 나더니 그뒤로 실수 연발 코미디였어. 넌? 어디로 가는 길이야?"

나는 잠시 침묵한다. "메리다. 네가 날 태워주면."

"어느 쪽이 데이비드를 더 화나게 할지 모르겠다. 혼자 운전하는 거하고 낯선 남자를 태워 가는 거 중에."

"빌럼이야." 내가 손을 내민다. "이젠 낯선 남자 아니야."

그녀가 눈을 가늘게 뜨고 내가 내민 손을 쳐다본다. "이걸론 좀 부족할 것 같은데."

"미안. 빌럼 더 라위터르야." 나는 가방에서 빳빳한 새 여권을 꺼내 그녀에게 내민다. "신분증 확인해봐."

그녀가 여권을 획획 넘긴다. "사진 잘 나왔다, 빌럼. 난 케이트야. 케이트 로블링. 하지만 내 여권은 안 보여줄래. 사진이 망했거든. 그냥 내 말 믿는 게 좋을 거야."

그녀가 웃으며 내 여권을 테이블 위로 민다. "좋아, 빌럼 더 라위터르. 여행하는 음식 탐험가. 정비소가 이제 막 문을 열었으니까 난 차를 가지러 갈 거야. 차 수리가 끝났으면 삼십 분 내로 출발할 거고. 그 정도면 짐 챙기고 준비할 시간 충분해?"

나는 바닥에 놓인 배낭을 가리킨다. "짐은 이미 챙겼고 떠날 준비도 됐어."

케이트가 덜컹거리는 폭스바겐 지프로 나를 데리러 온다. 좌석은 찢어져서 스펀지가 밖으로 삐져나와 있다. "이게 수리된 거라고?" 차에 타며 내가 말한다.

"겉보기만 그런 거야. 전에 어땠는지 네가 봤어야 하는데. 소음기가 떨어져나와서, 말 그대로 차 뒤로 질질 끌리면서 불꽃을 튀겼다고. 얘 때문에 여기 열대우림이 다 불에 탈 뻔했어. 기분 나빠하지 말아요, 예쁜 아가씨?" 그녀가 계기반을 두드린 뒤 내 쪽으로 돌아앉아 속삭인다. "상냥하게 대해야 해. 안 그럼 꼼짝도 안 하거든."

나는 가상의 모자를 조금 들어올리며 말한다. "죄송합니다."

"앤 사실 아주 훌륭한 차야. 겉모습이 전부는 아니니까." 그녀가 시동을 건다.

"그런 것 같네."

"천만다행이지 뭐야. 하마터면 일을 망칠 뻔했어."

"은행 강도?"

"뭐? 나 배우야."

"진짜?"

그녀가 날 돌아본다. "왜? 너도 그쪽이야?"

"뭐, 별로."

그녀가 한쪽 눈썹을 추켜올린다. "'뭐, 별로'? 그건 나 '약간' 임신했어, 라고 말하는 거나 마찬가지라고. 그렇거나 아니거나 둘 중 하나여야지."

"전에 배우 일을 했었는데, 별로 진지하진 않았고, 이젠 배우가 아니라고 하면 이해돼?"

"아, 혹시 '제대로 된 직업'을 가져야만 하는 상황이었어?" 그녀가 동정하듯 묻는다.

"아니, 사실 난 직업이 없어."

"그럼 그냥 여행하면서 아무거나 먹고 다니는 거야?"

"말하자면."

"멋진 인생이네."

"뭐, 그런 편이지." 차가 도로의 움푹 파인 곳을 지나면서 내 위장이 천장에 부딪힐 듯 솟구쳤다가 다시 바닥으로 쑥 꺼진다. "어떤 연기를 했는데?" 다시 중심을 잡은 뒤 내가 묻는다.

"난 뉴욕에 있는 러커스라는 작은 극단의 공동 창립자 겸 예술감독이야. 우린 제작도 하고 훈련 및 교육 프로그램도 운영하고 있어."

"하나도 안 놀라운 얘기네."

"알아, 하나도 안 놀랍지? 사실 처음부터 이런 야심이 있었던 건 아니었어. 친구랑 같이 뉴욕에 왔는데, 우리가 원하는 배역을 맡을 수가 없어서 직접 극단을 차렸어. 그런데 그 극단이 이렇게 나름의 성장을 한 거고. 우리는 자체적으로 연극을 제작하고 가르치는데, 이제 해외 진출을 도모하고 있어. 그래서 멕시코에 온 거야. 메리다에서 유카탄 자치대학하고 셰익스피어에 관한 워크숍을 진행하고 있어."

"스페인어로 셰익스피어를 가르친다고?"

"내가 하는 건 아니고. 난 스페인어는 한마디도 못하거든. 나는 영어권을 맡고 있고, 내 약혼자 데이비드가 스페인어를 해. 재미있는 건, 번역한 셰익스피어 작품을 연습할 때에도 어느 장면인지 안다는 거야. 내가 셰익스피어를 너무 잘 알아서 그렇겠지. 아니면 셰익스피어가 언어를 초월해서 그렇거나."

내가 고개를 끄덕인다. "셰익스피어 공연을 처음 할 때 난 프랑스어로 했어."

그녀가 날 돌아본다. 그녀의 눈동자는 초록빛이고, 가을 사과의 빛깔처럼 환하고, 콧등을 가로지르며 주근깨가 조금 나 있다. "셰익스피어를 했다고? 그것도 프랑스어로?"

"물론 대부분 영어로 했지만."

"그야 당연히 그랬겠지." 그녀가 잠시 말을 멈춘다. "진지하지 않은 배우치곤 경력이 꽤 훌륭하네."

"잘했다고 말한 적은 없는데."

그녀가 웃는다. "아, 난 네가 잘했다는 거 알아."

"그래?"

"응. 내가 그쪽으론 좀 감이 있거든." 그녀가 껌 한 통을 꺼내더니 한 개를 빼서 내게 권한다. 땀띠약과 코코넛을 섞은 맛이라 여전히 울렁거리는 속이 조금 더 울렁거린다. 나는 껌을 뱉는다.

"역하지? 근데 이상하게 중독성이 있어." 그녀가 또하나를 꺼낸다. "그런데 대체 어쩌다가 네덜란드 남자가 프랑스어로 셰익스피어를 연기하게 됐어?"

"여행중이었어. 돈이 다 떨어졌고. 리옹에 있었어. 게릴라 윌이라는 셰익스피어 극단을 만났어. 보통은 영어로 셰익스피어를 공연했는데, 감독이 약간…… 괴짜라서 다른 거리 공연들을 이길 수 있는 방법은 그 나라 언어로 공연하는 것뿐이라고 생각했어. 그래서 프랑스에서 프랑스어로 〈헛소동〉을 연기할 배우들을 모았지. 그런데 클로디오 역을 맡았던 남자가 웬 노르웨이 남자랑 눈이 맞아서 달아나버리고, 모두가 이미 역할이 꽉 차 있어서 프랑스어를 할 줄 아는 사람이 필요했던 거지. 내가 프랑스어를 할 줄 알았고."

"그전엔 셰익스피어를 한 번도 한 적 없어?"

"연기를 한 번도 한 적이 없어. 곡예단하고 돌아다녔거든. 그러니 전부 우연이었다고 말할 수 있어. 농담 아니야."

"그거 말고 다른 연극도 했지?"

"응, 〈헛소동〉은 완전히 재앙이었지만 토어가 그 사실을 깨닫게 될 때까지 나흘 동안 공연했어. 그러다 게릴라 윌이 다시 영어 연극을 했고, 난 거기 계속 남았어. 벌이가 꽤 괜찮았거든."

"그러고 보니, 너도 그런 부류였구나. 돈을 벌려고 셰익스피어를 하다니." 그녀가 장난을 친다. "이런 매춘부 같으니라고."

내가 웃는다.

"그거 말고 또 어떤 거 했어?"

"〈로미오와 줄리엣〉도 당연히 했지. 〈한여름 밤의 꿈〉 〈끝이 좋으면 다 좋아〉 〈십이야〉처럼 관객들이 좋아할 만한 것들."

"나 〈십이야〉 좋아해. 내년에 시간이 나면 해보려고 의논중이야. 오프브로드웨이에서 이 년짜리 〈심벌린〉을 이제 막 끝냈거든. 그걸로 투어를 하고 있어. 그 작품 알아?"

"들어본 적은 있는데 본 적은 없어."

"사랑스럽고 재미있고 로맨틱한 연극이고 음악이 많이 나와. 적어도 우리가 하는 방식은 그래."

"우리도 그렇게 했어. 우리 〈십이야〉에는 드럼 팀이 나와."

그녀가 도로에 시선을 고정한 채 나를 흘긋 쳐다본다. "우리 〈십이야〉?"

"그 사람들. 게릴라 윌."

"듣자 하니 매춘부가 고객하고 사랑에 빠진 것 같다."

"아니, 사랑에 빠진 건 아니야." 내가 말한다.

"하지만 그립지?"

나는 고개를 젓는다. "마음 접었어."

"그렇구나." 우리는 한동안 잠자코 있다. 그러다가 그녀가 말을 꺼낸다. "그거 자주 해? 마음 접는 거?"

"어쩌면. 하지만 그건 단지 내가 여행을 많이 하기 때문이야."

그녀가 자기에게만 들리는 박자에 맞춰 운전대를 두드린다. "마음을 접을 수 있기 때문에 여행을 많이 하는 건 아니고?"

"그럴지도."

그녀가 다시 입을 다물었다가 묻는다. "그래서 지금도 마음 접는 중이야? 그래서 이 위대한 메트로폴리스 바야돌리드에 온 거야?"

"아니. 바람이 날 이리 데려왔어."

"뭐? 네가 무슨 비닐봉지라도 돼?"

"그보다는 한 척의 배라고 생각하고 싶은데. 범선이라든가."

"하지만 범선은 바람으로 목적지를 정하지 않아. 바람을 동력으로 움직일 뿐이지. 얘기가 달라."

나는 창밖을 내다본다. 사방이 밀림이다. 다시 그녀를 돌아본다. "뭘 접어야 하는지 모르는 상태에서도 마음을 접을 수 있을까?"

"사람은 모든 것에 대해 마음을 접을 수 있어." 그녀가 대답한다. "하지만 네 문젠 약간 복잡한 것 같네."

"맞아." 내가 말한다. "복잡해."

케이트는 대답하지 않는다. 침묵이 뻗어나가 우리 앞에 펼쳐진 도로처럼 희미하게 반짝인다.

"그리고 얘기가 길어." 내가 덧붙인다.

"어차피 갈 길도 멀어." 그녀가 대답한다.

케이트에게는 룰루를 연상시키는 무언가가 있다. 어쩌면 단순히 두 사람 다 미국인이고, 내가 두 사람을 만난 방식이 같기 때문일지도 모른다. 여행중에, 음식 얘기를 꺼내면서.

혹은 몇 시간 뒤면 다시는 케이트를 볼 일이 없어서일지도 모른다. 잃을 게 없다. 그래서 차를 타고 달리는 동안, 나는 그날의 얘기를 케이트에게 들려준다. 그러나 브로저를 비롯한 친구들에게 들려준 것과는 다른 버전이다. 관객에 맞게 공연을 해야 한다고 토어는 늘 말했다. 아마도 그것이 내가 브로저와 친구들에게 말하지 않았던—못했던—대목을 케이트에게는 말할 수 있는 이유일 것이다. "꼭 날 아는 것 같았어." 내가 말한다. "보자마자 바로, 날 알았어."

"어떻게?"

나는 케이트에게 기차의 식당칸에 내가 너무 오래 있었을 때 룰루는 내가 자기를 버렸다고 생각했다는 얘기를 한다. 미친듯이 웃으면서, 밑도 끝도 없이, 그녀는 내가 열차에서 내린 줄 알았다고 말했고, 나는 그녀의 묘한 솔직함을 엿볼 수 있었다.

"정말 그럴 생각이었어?" 케이트가 눈을 커다랗게 뜨고 묻는다.

"아니, 물론 아니지." 내가 대답한다. 그럴 생각은 아니었다. 그러나 내가 나중에 한 일 때문에, 그 기억을 떠올릴 때면 여전히 부끄러워진다.

"그래, 정확히 걔가 널 어떻게 봤는데?"

"숨은 동기 없이 자기한테 같이 가자고 한 이유를 이해할 수 없다고 했어."

케이트가 웃는다. "물론 예쁜 여자랑 자고 싶은 게 숨은 동기였다고는 절대 생각 안 해."

물론 나는 그녀와 자고 싶었다. "하지만 그건 숨은 동기가 아니었어. 난 그날 네덜란드로 돌아가기 싫어서 걔한테 파리에 가자고 한 거야."

"왜?"

다시 한번 위장이 요동친다. 브람이 떠났고, 야엘도 떠난 것이나 다름없었다. 우리가 살던 보트도, 내가 서명만 하면 사라져버릴 터였다. 나는 애써 미소를 짓는다. "그 얘긴 훨씬 더 길어. 이 얘기도 아직 안 끝났고."

나는 룰루가 내게 들려주었던 두 배의 행복 이야기를 케이트에게 들려준다. 중국에서 어떤 남자가 중요한 시험을 치르기 위해 여행길에 올랐는데 가는 길에 병이 난 얘기. 그를 돌봐준 산골 의사. 의사의 딸이 그에게 들려준 이상한 시. 남자가 시험에 합격하고 나서 황제가 그 이상한 시를 그에게 읊어준 일. 남자는 곧바로 그 시가 여자가 들려주었던 시의 나머지 반이라는 것을 알아차렸다는 얘기. 그래서 여자가 알려준 시를 읊어서 왕을 기쁘게 하고, 일자리를 얻고 돌아가 여자와 결혼했다는 얘기. 두 배의 행복 얘기.

"푸른 나무들은 봄비 내리는 하늘 아래 선명한데 하늘이 봄나무들을 흐릿하게 지우려 하네. 붉은 꽃이 바람에 쫓기며 대지를 수놓고 그 입맞춤에 대지는 온통 붉게 물드네." 이행시였다. 룰루가 그 시를 알려준 순간부터 나는 왠지 그 시가 친근하게 느껴졌다. 한 번도 들어본 적 없는 시이고, 한 번도 들어본 적 없는 이야기인데도. 몰랐지만 친근했다. 그리고 그 무렵 나는 룰루에게도 그런 감정을 느꼈다.

나는 케이트에게 룰루가, 마치 대답을 알고 있는 것처럼, 나를 누가 돌봐주는지 묻더라는 얘기를 했다. 그리고 그녀가 실제로 나를 돌봐주었다는 얘기도 했다. 나와 스킨헤드족 사이를 가로막고 나선 일. 책을 던진 일. 그들의 주의를 분산시켜 우리가 다치기 전에 탈출할 수 있었던 일. 그러다가 그녀가 다쳤다. 스킨헤드 중 한 명이 그녀에게 병을 던져서 그녀의 목에 피가 흘렀던 기억을 떠올리면, 몇 달이 지난 일인데도, 아직도 속이 울렁거린다. 그리고 창피하다. 그 얘긴 케이트에게 하지 않는다.

"진짜 용감하다." 룰루가 한 일을 들려주자 케이트가 말한다.

사바는 용감한 것과 용기 있는 것은 다르다고 말하곤 했다. 용감한 건 생각하지 않고 위험한 일을 하는 것이고, 용기 있는 건 그 위험을 너무 잘 알면서도 위험 속으로 걸어들어가는 거라고.

"아니." 내가 케이트에게 말한다. "그건 용기 있는 행동이었어."

"너희 둘 다 용기 있었어."

하지만 난 아니었다. 나는 룰루를 돌려보내려고 했다. 겁쟁이처럼. 그러나 그러지 못했다. 겁쟁이처럼. 이 대목도 케이트에게 말하지 않는다.

"그래서 멕시코엔 왜 온 거라고?" 그녀가 묻는다.

나는 친구들을 떠올린다. 그들은 내가 일종의 예방주사를 맞으러 멕시코에 왔다고 생각한다. 룰루를 찾아, 몇 번 더 자고, 잊어버리기 위해.

"잘 모르겠어…… 그애를 찾으려고. 기록이라도 바로잡으려고."

"어떤 기록? 쪽지를 남겼다며."

"응, 하지만……" 나는 하마터면 말할 뻔한다. 그러다가 그만둔다.

"하지만 뭐?" 케이트가 묻는다.

"하지만…… 난 돌아가지 않았어." 내가 말을 맺는다.

케이트가 나를 한참 쳐다본다. 자동차가 도로에서 벗어나기 시작하고 그녀가 다시 운전에 집중한다.

"빌럼, 혹시 네가 모를까봐 말하는 건데, 캉쿤은 저쪽 방향 아니야?" 그녀가 반대 방향을 가리킨다. 나는 고개를 끄덕인다. "네가 그 여자애를 찾을 확률은 전혀 엉뚱한 도시로 가지 않아도 이미 썩 높지 않아."

"그런 일은 일어나지 않을 거야. 난 알아."

"그걸 어떻게 알아?"

"왜냐하면, 무언가를 찾고 있을 땐 찾을 수 없는 법이니까. 찾지 않아야 찾아."

"만약 그게 사실이라면, 아무도 자기 열쇠를 못 찾겠네."

"열쇠 말고. 더 큰 것들."

그녀가 한숨을 쉰다. "무슨 말인지 모르겠어. 넌 한편으로는 너한테 일어난 우연에 대한 믿음이 확고하면서, 또 한편으로는 그런 일이 일어날 확률 자체를 부정하고 있잖아."

"확률을 부정하는 게 아니야. 결국 캉쿤까지 먼길을 왔잖아."

"그리고 곧바로 메리다로 향하고 있지."

"못 찾았을 거야. 그앨 찾으러 다니는 한." 나는 고개를 젓는다. 이 대목을 설명하기가 힘들다. "찾을 수 없게 되어 있어."

"찾을 수 없게 되어 있다고." 케이트가 코웃음을 친다. "미안한데, 난 이런 미신 같은 얘기가 도무지 이해가 안 가." 그녀가 양팔을 번쩍 드는 바람에 다시 운전대를 잡을 때까지 내가 운전대를 잡고 있어야 한다. "의지 없이는 아무 일도 일어나지 않아, 빌럼. 아무 일도. 네 이론은, 삶이 우연에 지배된다는 그런 얘기는, 너의 수동성에 대한 그럴듯한 변명 아니야?"

부정하려는 순간, 아나 루시아의 모습이 머릿속을 스쳐지나간다. 적절한 시간, 적절한 장소. 그때만 해도 근사한 우연처럼 느껴졌다. 지금 생각해보면 그보다는 굴복처럼 느껴진다.

"그럼 우리는 어떻게 설명해?" 내가 케이트와 날 가리키며 묻는다. "지금 이 순간, 바로 여기서, 우리가 이런 얘기를 나누고 있는 게 우연이 아니면 뭐야? 넌 자동차 소음기가 고장나서 바야돌리드에 발이 묶였고, 난 여기 올 생각도 없었는데?" 바닥에 떨어진 동전으로 결정했다는 말은 하지 않는다. 그게 내 주장을 뒷받침해줄 것 같았는데도.

"오, 제발. 나하고 사랑에 빠지진 마." 케이트가 웃으며 손가락의 반지를 두드린다. "운명의 신비한 손길을 무시하는 건 아니야. 어쨌든 난 배우이고, 게다가 셰익스피어를 숭배하는 사람이니까. 하지만 우연은 네 삶을 지배하는 힘이 될 수 없어. 네가 운전자가 되어야 해. 그건 그렇고, 물론 우리가 이런 대화를 나누고 있는 건 내 차에, 사랑스럽고 귀여운 내 차에," 그녀가 계기반을 어루만지며 아기를 달래듯 말한다. "기계적인 문제가 있었기 때문이긴 해. 하지만 나한테 차를 태워달라고 말한 건 너였어. 네가 차를 태워달라고 날 설득했고, 넌 바로 그 지점에서 네 이론을 부정한 거야. 그건 순수한 의지였다고, 빌럼. 때로 운명은, 혹은 삶은, 그걸 뭐라고 부르건, 문을 조금 열어둘 뿐이고, 네가 그 문으로 들어가는 거야. 때로는 문이 잠겨 있어서 열쇠를 찾아야 하거나 자물쇠를 따야 하

172

거나, 아니면 그 빌어먹을 문을 부숴야 하지. 때로는 문조차 아예 보여주지 않아서 직접 문을 만들어야 하고. 하지만 문이 열리기를 계속 기다리기만 하다가는……" 그녀가 말끝을 흐린다.

"기다리기만 하다가는?"

"두 배의 행복은커녕 하나의 행복조차 찾기 힘들걸."

"난 두 배의 행복이 존재하는지조차 의심하기 시작했어." 내 부모를 생각하며 내가 말한다.

"그건 네가 그걸 찾고 있기 때문이야. 의심은 탐색의 일부니까. 믿음처럼."

"그 두 가지는 반대 아니야?"

"어쩌면 이행시의 두 행일 뿐일지도 모르지."

그 말을 듣는 순간 사바가 늘 하던 말이 떠오른다. 진실과 그 반대는 동전의 양면과 같아. 전에는 그 말이 가슴에 와닿은 적이 한 번도 없었다.

"빌럼, 네 마음 깊은 곳에서는 정확히 네가 왜 여기 있는지, 정확히 네가 원하는 게 뭔지 알고 있을 거야. 하지만 인정하고 싶지 않겠지. 소유하는 건 고사하고 갈망한다는 것조차. 왜냐하면 그 두 가지 모두 두려우니까."

그녀가 고개를 돌려 날 꿰뚫는 듯한 눈빛으로 한참을 쳐다본다. 그러는 동안 차가 다시 경로를 이탈하기 시작한다. 이번에도 나는 차가 차선을 벗어나지 않도록 운전대를 잡는다. 그녀가 양손을 완전히 놓는 바람에 내가 양손으로 핸들을 잡는다.

"봐, 빌럼. 네가 핸들을 잡고 있잖아."

"그래야 차가 충돌하지 않으니까."

"아니면, 이건 어때? 그래야 사고accident가 안 나니까."

스물

멕시코, 메리다

메리다는 옛 식민지 색채가 남아 있는 파스텔 빛깔의 도시로 좀
더 큰 바야돌리드 같다. 케이트는 괜찮은 호스텔이라고 들었다며
고풍스러운 복숭아색 건물 앞에 나를 내려준다. 나는 광장이 내려
다보이는 발코니가 딸린 방을 잡고, 오후의 햇볕을 피하는 사람들
을 바라보며 앉아 있다. 시에스타 시간이라 가게들이 문을 닫고
있다. 주변을 둘러보고 점심 먹을 곳을 찾아볼 생각이었지만 사실
별로 배가 고프지 않다. 아침부터 차를 타고 오느라 약간 피곤한데
다 아직도 울퉁불퉁한 고속도로를 달리는 것처럼 속이 울렁거린
다. 나도 시에스타 시간을 갖기로 한다.

땀에 흠뻑 젖은 채 잠에서 깨어난다. 밖은 어둡고 방안의 공기
는 답답하고 퀴퀴하다. 나는 창문이나 발코니 문을 열기 위해 일어

난다. 그러나 일어나자마자 속이 뒤집힌다. 나는 침대에 도로 누워 눈을 감고 잠을 청해본다. 때로는 내 몸이 뭔가 잘못되었다는 사실을 깨닫기 전에 몸을 바로잡을 수 있다. 때로는 그 방법이 통한다.

그러나 오늘밤은 그렇지 않다. 나는 어젯밤에 먹은 갈색 소스의 돼지고기를 떠올린다. 생각만 해도 속이 출렁거리고 퍼덕거린다. 마치 조그만 야생동물이 뱃속에 갇힌 것처럼.

식중독. 틀림없다. 나는 한숨을 쉰다. 좋아. 몇 시간 고생하고, 잠을 푹 자면 된다. 그러고 나면 끝나겠지. 잠드는 게 관건이다.

몇시인지 모르니 해가 뜨기까지 얼마나 남았는지도 알 수 없다. 하지만 해가 뜰 때까지 나는 한숨도 못 잔다. 얼마나 여러 번 토했는지 플라스틱 쓰레기통이 거의 꽉 찼다. 몇 번이나 복도 끝에 있는 공용 화장실로 기어가려 했지만 문턱을 넘어서지도 못했다. 해가 뜨고 나니 방안이 더워진다. 쓰레기통에서 유독가스가 퍼져나와 나를 다시 독살하는 장면이 눈에 보이는 듯하다.

나는 계속 토한다. 토하는 사이사이의 휴식도 없고 위안도 없다. 아무것도 남지 않을 때까지 토한다. 음식도, 담즙도, 나의 전부를 남김없이 토하는 것 같다.

그리고 나니 갈증이 밀려오기 시작한다. 마지막 남은 물을 마신 지 한참이 지났고 그것마저 토해버렸다. 나는 산골짜기의 시내, 폭포, 소나기, 심지어 네덜란드의 운하를 공상하기 시작한다. 할 수만 있다면 그 물이라도 마셨을 것이다. 아래층에서 생수를 판다. 화장실에 수도꼭지가 있다. 그러나 일어서는 것, 물이 있는 곳까지 가는 것은 고사하고 일어나 앉을 수조차 없다.

176

누구 없어요? 내가 소리친다. 네덜란드어로. 영어로. 스페인어를 기억하려 애쓰지만 말이 뒤엉킨다. 내가 말을 하는 것 같긴 한데 제대로 하는 건지도 모르겠고, 광장이 무척 시끄럽기 때문에 내 가냘픈 목소리가 들릴 리도 없다.

누가 문을 두드리진 않는지 귀를 기울인다. 물 한 잔, 깨끗한 시트, 차가운 물수건, 이마를 짚어주는 부드러운 손길을 간절히 바라면서. 그러나 아무도 오지 않는다. 여긴 호스텔이고, 기본적인 것들만 갖춰져 있고, 객실 청소도 하지 않고, 나는 2박 숙박비를 선불했다.

다시 구역질이 난다. 눈물 말고는 아무것도 나오지 않는다. 이제 스물한 살인데 나는 아직도 토할 때 운다.

마침내 잠이 나를 구원하러 온다. 그러다가 잠에서 깨어 그녀를 본다, 아주 가까이. 오직 한 가지 생각만 떠오른다. 널 볼 수만 있다면 견딜 수 있어.

지금은 누가 널 돌봐주는데? 그녀가 속삭인다. 그녀의 입김이 서늘한 바람 같다.

네가…… 내가 속삭인다. 네가 날 돌봐줘.

내가 너의 산골 아가씨가 되어줄게.

그녀를 잡으려 손을 뻗어보지만 그녀는 사라지고 이제 방안에는 다른 사람들이 가득하다. 셀린과 아나 루시아와 케일라와 사라, 벌레를 가지고 있던 여자, 그리고 그 외에도 더 있다. 리가에서 만난 프랑케, 프라하에서 만난 지아나, 튀니스에서 만난 조스라. 그들이 한꺼번에 내게 말을 걸기 시작한다.

우리가 널 돌봐줄게.

가버려. 룰루를 다시 보고 싶어. 룰루에게 다시 돌아오라고 말해줘.

초록 거북이들, 빨간 피, 파란 하늘, 두 배의 행복, 랄랄라. 그들이 노래를 부른다.

아니야! 그렇게 하는 게 아니야. 두 배의 행복은 그렇게 부르는 게 아니야.

그러나 나도 어떻게 부르는지 기억나지 않는다.

걘 널 이런 꼴로 두고 가버렸어.

내가 돌봐줄게.

프랑스 창녀.

뭐든 필요한 게 있으면 전화해요.

같이 앉을래?

그만해! 내가 소리지른다.

운전대를 잡아! 이번에는 케이트가 소리를 지른다. 다만 운전대가 보이지 않고, 마치 꿈속에서처럼, 금방이라도 충돌할 것 같은 섬뜩한 느낌이 끼친다.

안 돼! 그만! 다들 가버려! 전부 다! 너희는 현실이 아니야. 너희 중 누구도! 룰루마저도! 나는 눈을 질끈 감고 땀에 젖은 베개로 귀를 막은 채 태아처럼 몸을 웅크린다. 그리고 마침내, 마침내, 그 자세로, 나는 잠에 빠져든다.

잠에서 깨어난다. 피부가 서늘하다. 하늘은 자줏빛이다. 황혼인지 여명인지, 내가 얼마나 오래 정신을 잃고 있었는지 알 수 없다. 조만간 칸쿤으로 돌아가서 브로저를 만나 네덜란드로 날아가야 한다는 걸 알 정도로는 정신이 든다. 어떻게든 브로저에게 연락해야 한다. 나 없이 떠나야 할 수도 있다고. 다리를 침대 옆으로 내린다. 눈앞에서 방이 흔들리지만 비틀거리진 않는다. 발을 디뎌본다. 일어서본다. 걸음마하는 아기 또는 아주 늙은 노인처럼 걸음을 내딛는다. 한 번에 한 발짝씩, 로비로.

한쪽 구석에 장거리전화를 할 수 있는 인터넷 카페가 있다. 몇 달 동안 어둠 속에 있었던 것처럼 모니터들이 내뿜는 불빛에 눈이 아리다. 나는 돈을 내밀며 전화를 부탁하고, 통화용 헤드셋이 딸린 컴퓨터들 쪽으로 안내를 받는다. 수첩을 펼친다. 맨 위에 빨간 글씨로 러커스 시어터 컴퍼니라고 적힌 케이트의 명함이 떨어진다.

나는 번호를 누른다. 숫자들이 페이지에서 헤엄을 치고, 국가 번호와 전화번호를 제대로 눌렀는지 확신할 수가 없다.

그러나 곧 깡통 소리 같은 신호음이 울린다. 그리고 이어지는 목소리. 멀고, 터널에서 울리는 것 같지만, 틀림없는 그녀의 목소리다. 그 목소리를 듣는 순간 목이 메어온다.

"여보세요. 여보세요? 누구시죠?"

"엄마?" 내가 가까스로 내뱉는다.

침묵. 그녀가 내 이름을 말하는 순간 나는 울고 싶어진다.

"엄마." 내가 다시 한번 말한다.

"빌럼, 지금 어디 있니?" 그녀의 목소리는 언제나처럼 건조하고, 도도하고, 사무적이다.

"저 길을 잃었어요."

"길을 잃었다고?"

나는 전에도 길을 잃어본 적이 있다. 나를 바로잡아줄 익숙한 랜드마크가 없는 낯선 도시에서, 내가 어디 있는지 혹은 내 옆에 있는 사람이 누군지도 모르는 채, 낯선 침대에서 깨어난 적이 있다. 그러나 지금에야 깨닫는다. 그건 길을 잃은 게 아니었다고. 그건 다른 것이었다. 이건…… 내가 어디 있는지 정확히 알고 있는데도―멕시코 메리다의 중앙 광장에 있는 호스텔―이렇게 붕 떠 있는 듯한 기분이 드는 건 처음이다.

긴 침묵이 이어지고 나는 전화가 끊겼을까봐 두려워진다. 그러나 그 순간 야엘이 말한다. "엄마한테 와. 비행기표 보내줄게. 엄마한테 와."

내가 정말로 듣고 싶은 말은 그게 아니다. 내가 듣고 싶은 말은, 못 견디게 듣고 싶은 말은 이거다. 집으로 돌아와.

그러나 내가 그곳으로 갈 수 없는 것처럼, 그녀는 더이상 존재하지 않는 곳으로 돌아오라고 내게 말할 수 없다. 지금으로선 우리 둘 다에게 이게 최선이다.

스물하나

2월

인도, 뭄바이

에미리트항공 148

2월 13일: 출발 14:40 암스테르담—00:10 두바이

에미리트항공 504

2월 14일: 출발 03:55 두바이—08:20 뭄바이

편안한 여행 되십시오.

내 여행 일정표가 포함된 이 이메일에는 지난달 멕시코에서 돌아온 이후 야엘과 나 사이에 오간 대화의 대부분이 담겨 있다. 캉쿤에서 돌아왔을 때, 무케시라는 이름의 친절한 여행사 직원이 내게 전화해 여권 복사본을 요청했다. 일주일 뒤 나는 야엘로부터 여행 일정표를 받았다. 그뒤로는 거의 들은 얘기가 없다.

나는 그 사실에 너무 큰 의미를 두지 않으려 애쓴다. 이게 바로 야엘이다. 그리고 이게 바로 나다. 가장 너그러운 해석은, 야엘이

가벼운 대화 소재를 일부러 비축하고 있다는 것이다. 그래야 앞으로 다가올…… 이 주? 한 달? 육 주? 어쨌든 그 시간 동안 우리가 서로에게 할 얘기가 있을 테니까. 얼마나 머물지는 나도 모른다. 그 얘기는 하지 않았다. 무케시는 비행기표가 석 달간 유효하다고 했고, 만약 인도 내에서 이동하거나 인도 밖으로 나가는 비행기를 예약하는 데 도움이 필요하면 자기에게 연락하라고 했다. 나는 그 말에도 너무 큰 의미를 부여하지 않으려 애쓴다.

입국 심사 줄에서 나는 신경이 날카로워진다. 야엘에게 주려고 면세점에서 샀다가 결국 비행기가 뭄바이로 하강할 때 먹어버린 토블론 초콜릿도 도움이 되지 않는 것 같다. 줄이 앞으로 움직일 때, 참을성 없는 인도 여자가 사리를 휘감은 불룩한 배로 나를 밀친다. 그렇게 하면 일이 더 빨리 진행된다는 듯이. 나는 잠시 그녀와 자리를 바꿀까 생각한다. 밀치는 걸 막기 위해서. 조금이라도 더 느리게 가기 위해서.

입국장으로 빠져나가니 눈앞에 우주 시대 같기도 하고 성서 시대 같기도 한 풍경이 펼쳐진다. 공항은 현대적이고 신식인데, 입국장은 자신의 세간 전부를 카트에 싣고 끌고 다니는 듯한 사람들로 북적인다. 세관을 통과하는 순간 나는 야엘이 이곳에 없음을 깨닫는다. 내 눈에 띄지 않아서가 아니다. 물론 눈에 띄지 않은 것도 사실이지만, 야엘이 마중나오겠다고 말한 적이 없다는 사실을 뒤늦게 깨달았다는 의미다. 야엘이 나올 거라고 나 혼자 추측했을 뿐이다. 엄마에 관해서는 결코 추측이 통하지 않는다.

거의 삼 년 만이다. 그리고 그녀가 나를 인도로 불렀다. 나는 입국장을 서성거린다. 내 주위로 사람들이, 보이지 않는 결승선을 놓고 경주라도 하듯, 모이고 밀고 밀친다. 그러나 야엘은 없다.

낙천적인 생각에, 혹시 야엘이 밖에서 기다리나 보려고 밖으로 나가본다. 환한 아침 햇살에 눈이 부시다. 나는 십 분을 기다린다. 십오 분. 엄마의 모습은 보이지 않는다.

승객을 잡으려는 택시 운전사들과 짐꾼들이 검투 경기를 벌이고 있다. 쉬! 그들이 나를 향해 입소리를 낸다. 나는 손안에서 축 늘어진 여행 일정표를 들여다본다. 그걸 들여다보면 결정적인 새 정보를 얻을 수 있으리라는 듯이.

"누가 마중나왔어?"

내 앞에 웬 남자가 서 있다. 아니면 소년이거나. 그 중간 어디쯤. 내 또래로 보인다. 눈만 빼고. 그의 눈은 노인의 눈이다.

나는 주위를 한번 더 둘러본다. "안 나온 것 같은데."

"운전기사 필요해?"

"그런 것 같아."

"어디 가는데?"

나는 조금 전 세 겹으로 되어 있는 입국 서류에 기재한 주소를 떠올린다. "봄베이 로열. 콜라바. 어딘지 알아?"

그는 딱히 확신을 주지 않는, 반은 끄덕이고 반은 젓는 듯한 고갯짓을 한다. "거기로 데려다줄게."

"너 운전기사야?"

그가 다시 고갯짓을 한다. "가방은 어디 있어?"

나는 등에 멘 작은 배낭을 가리킨다.

그가 웃는다. "쿠르마 같다."

"먹는 거?"

"아니. 그건 코르마*고. 쿠르마는 비슈누의 화신 중 하나인데, 거북이라서 등에 자기 집을 지고 다녀. 그런데 혹시 코르마를 좋아하면 내가 좋은 곳에 데려가줄 수 있어."

소년이 프라틱이라고 자신을 소개한 다음 자신 있게 사람들 틈을 헤치고 공항 주차장을 지나 비포장 주차장으로 안내한다. 주차장 한편에 활주로들이 있고 다른 한편에선 높은 빌딩들과 그보다 더 높은 크레인들이 바람에 흔들린다. 프라틱이 자기 차를 찾는다. 네덜란드에서라면 빈티지로 불렸을 법한 차지만, 내가 그렇게 칭찬하자 그가 얼굴을 찌푸리며 이 차는 자기 삼촌 거라고, 언젠가 자기 차를 살 거라고, 마루티나 타타 말고 르노나 포드 같은 멋진 외제차를 살 거라고 말한다. 그는 차를 지키고 있던 마르고 지저분한 소년에게 동전 몇 닢을 지불한 다음 뒷좌석 문을 연다. 나는 배낭을 뒷좌석에 던지고 앞좌석 문을 열려고 한다. 프라틱이 내게 기다리라고 하더니, 덜거덕거리다가 비틀었다가 하는 일련의 복잡한 과정을 거쳐 안에서 문을 열어주고는 조수석에 있던 잡지 한 무더기를 치운다.

차가 부르르 떨며 살아나고 계기반 위에 고정되어 있던 조그만 황동 조각상이 춤을 추기 시작한다. 끊임없이 즐거워하는 듯한 미소를 머금은 작은 코끼리 조각상이다.

---

* 요구르트와 크림을 넣어 걸쭉하게 만든 인도식 커리.

"가네샤." 프라틱이 말한다. "장애물을 치워주는 신."

"지난달에 너 어디 있었니?" 내가 조각상에게 묻는다.

"여기 있었지." 프라틱이 진지하게 대답한다.

우리는 공항을 빠져나가 금방이라도 무너질 것 같은 집들을 지나 고가도로로 진입한다. 나는 창문 밖으로 고개를 내민다. 기분좋게 포근하지만, 앞으론 더 더워질 거라고 프라틱이 경고한다. 아직 겨울이고, 6월에 우기가 시작될 때까지 점점 더 더워질 거라고.

차를 타고 가는 동안 프라틱이 랜드마크들을 가리킨다. 유명한 사원. 마힘만을 가로지르는 거미 같은 현수교. "발리우드 스타들 상당수가 여기 살아. 공항 근처의 스튜디오에서 가깝거든." 그가 엄지손가락으로 뒤쪽을 가리킨다. "주후 비치에 사는 사람들도 있긴 해. 말라바르 힐에 사는 사람도 있고. 네가 가는 콜라바에 사는 사람도 있어. 타지마할 호텔이 거기 있거든. 앤젤리나 졸리, 브래드 피트, 007 로저 무어. 미국 대통령들도 다 거기 묵었어."

차가 막히기 시작한다. 차의 속도가 느려지자 가네샤가 춤을 멈춘다. "가장 좋아하는 영화가 뭐야?" 프라틱이 내게 묻는다.

"하나만 고르긴 어려운데."

"가장 최근에 본 영화가 뭐야?"

비행기에서 영화 대여섯 편을 찔끔찔끔 보긴 했지만 어느 것에도 집중하지 못했다. 내가 마지막으로 제대로 본 영화는 〈판도라의 상자〉인 것 같다. 이 모든 일의 발단이 된 영화이자, 재앙이었던 멕시코 여행을 부른 영화였다. 우습게도, 그 영화가 지금 나를 이곳으로 이끌었다. 룰루. 예전에도 멀리 있었지만 지금은 더 멀어졌다. 이제 우리 사이에는 대양 하나가 아니라 대양 두 개가 놓여 있다.

"그런 영화는 못 들어봤는데." 프라틱이 고개를 저으며 말한다. "작년에 본 영화 중에 내가 가장 좋아하는 영화는 두 편이야. 하나는 〈와시푸르의 갱들〉이라는 스릴러야. 또하나는 〈런던, 파리, 뉴욕〉. 할리우드 스튜디오에서 일 년에 영화를 몇 편 만드는지 알아?"

"모르겠는데."

"한번 맞혀봐."

"천 편."

그가 얼굴을 찌푸린다. "스튜디오를 말하는 거야. 카메라를 든 아마추어 말고. 천 편이라니, 불가능해."

"백 편?"

스위치를 켠 듯 그의 미소가 돌아온다. "틀렸어! 사백 편. 그럼 발리우드에선 일 년에 영화를 몇 편 만드는지 알아? 맞혀보라고 안 할게. 보나마나 틀릴 테니까." 그가 극적인 효과를 고조하기 위해 잠시 말을 멈춘다. "팔백 편!"

"팔백 편." 나는 그 말을 되풀이한다. 그 말은 되풀이되어야 마땅하다고 그가 믿고 있는 게 빤히 보이기 때문이다.

"맞아!" 그가 이제는 환하게 웃는다. "할리우드의 두 배야. 매일 얼마나 많은 인도 사람이 영화를 보러 가는지 알아?"

"왠지 네가 말해줄 것 같은 기분이 든다."

"천사백만 명. 독일에서도 매일 천사백만 명이 영화를 보러 가?"

"그건 잘 모르겠는데. 난 네덜란드에서 왔어. 전체 인구가 천육백만 명이 조금 넘으니 그럴 것 같진 않다."

그의 얼굴이 자부심으로 환해진다.

우리는 고속도로를 빠져나가 키 큰 나무들과 검은 배기가스를 내뿜는 2층 버스들이 줄지어 서 있는, 식민지 시대 뭄바이의 흔적이 완연한 거리로 접어든다.

"저게 인도의 문*이야." 프라틱이 아라비아해에 면한, 아치형의 문이 나 있는 석조 건축물을 가리키며 말한다. "저건 내가 말했던 타지마할 호텔." 그러고는 온통 돔과 처마 돌림띠로 장식된 거대하고 정교한 호텔 건물을 지나 차를 세운다. 펄럭이는 흰 로브를 입은 아랍인 일행이 짙게 선팅한 SUV 몇 대에 차례로 올라탄다. "저 안에 스타벅스가 있어." 그가 목소리를 낮춘다. "스타벅스 커피 마셔본 적 있어?"

"있어."

"내 사촌이 그러는데 미국에서는 사람들이 끼니때마다 그걸 마신대." 그가 잿빛으로 변해가는 또다른 건물 앞에 차를 세운다. 빅토리아 양식의 건물은 더위에 땀을 흘리고 있는 것처럼 보인다. 바랬지만 멋을 낸 필기체로 'BO BAY RO AL'이라고 쓰인 간판이 보인다. "여기야. 봄베이 로열."

나는 프라틱을 따라 어둡고 서늘한 호텔 로비로 들어선다. 천장

---

* 뭄바이 남쪽 해안에 위치한 기념물로 1911년 영국 왕 조지 5세 부부의 인도 방문을 기념하여 세워졌다.

의 팬이 돌아가며 작게 웅웅거리고 삐걱거리는 소리, 벽 어딘가에
자리잡은 귀뚜라미가 쓰르르 우는 희미한 소리를 빼면 고요하다.
긴 마호가니 데스크 뒤에서 건물만큼이나 늙은 노인이 낮잠을 자
고 있다. 프라틱이 요란하게 종을 울리자 그가 깜짝 놀라며 잠에서
깨어난다.

두 사람이 곧바로 실랑이를 벌이기 시작한다. 주로 힌디어이지
만 몇몇 영어 단어가 불쑥불쑥 튀어나온다. "규정." 노인이 반복해
서 말한다.

결국 프라틱이 내게 돌아선다. "여기 묵을 수 없다는데."

나는 고개를 젓는다. 도대체 엄마는 왜 인도로 오라고 했지? 내가 어
쩌자고 여길 왔지?

"여긴 개인 레지던스 클럽이래, 호텔이 아니고." 프라틱이 설명
한다.

"응. 그런 얘기는 들었어."

프라틱이 얼굴을 찌푸린다. "콜라바엔 다른 호텔들도 있어."

"하지만 여기가 맞는 것 같은데." 이곳이 지난 몇 년 동안 내가
알고 있던 엄마 주소다. "우리 엄마 이름을 찾아보라고 해. 야엘
실로."

그녀의 이름을 듣는 순간 노인이 고개를 번쩍 든다. "빌럼 사브*?"
그가 묻는다.

"빌럼. 네, 제가 빌럼이에요."

---

* 아랍어 'sahib'에서 비롯된 말로 인도, 파키스탄 등지에서 사용하는 존칭.

그가 눈을 가늘게 뜨며 내 손을 잡는다. "멤사히브*를 하나도 안 닮았네." 그가 말한다.

누굴 두고 하는 말인지 물어볼 필요조차 없다. 다들 하는 말이니까.

"그런데 멤사히브는 어디 계시죠?" 그가 내게 묻는다.

일말의 안도감이 든다. 나만 모르는 게 아니다. "아, 엄마를 아시는군요." 내가 말한다.

"알죠, 알죠, 알죠." 그가 프라틱과 똑같이, 끄덕이면서 동시에 젓는 듯한 고갯짓을 한다.

"그럼 제가 엄마 아파트에 들어갈 수 있나요?" 내가 노인에게 묻는다.

그가 짧은 턱수염을 긁으며 고민한다. "규정에 의하면 회원들만 여기 머물 수 있어요. 멤사히브가 회원으로 가입시켜주면 회원이 되는 거지요."

"하지만 지금 안 계시잖아요." 프라틱이 나를 거든다.

"규정." 노인이 말한다.

"하지만 제가 온다는 걸 알고 계셨잖아요." 내가 말한다.

"하지만 지금 멤사히브와 같이 있지 않잖아요. 진짜 빌럼 사브인지 내가 어떻게 알지요? 증거 있어요?"

증거? 어떤 증거를 말하는 건지. 성? 내 성은 다른데. 사진? "여기요." 내가 말하며 눅눅하고 구겨진 이메일 프린트 한 장을 내민다.

---

* 과거 인도에서 신분 높은 기혼 여성, 흔히 유럽 여성을 칭하던 말.

그는 나이가 들어 흐릿해진 검은색 눈을 가늘게 뜨고 메일을 본다. 그러더니 그거면 됐다고 생각한 모양이다. 그가 고개를 두 번 끄덕이고 내게 말한다. "환영합니다, 빌럼 사브."

"마침내." 프라틱이 말한다.

"전 차우다리라고 합니다." 노인이 프라틱을 무시하고 내게 작성할 서류를 한 뭉치 내어주며 말한다. 내가 서류를 다 작성하자 그는 프런트 데스크의 문을 힘겹게 당겨 삐걱거리는 소리를 내며 밖으로 나온다. 그러곤 발을 끌며 흠집이 난 나무 바닥 복도를 걸어간다. 나는 그의 뒤를 따른다. 프라틱이 내 뒤에서 따라온다. 엘리베이터 앞에 다다르자 차우다리가 프라틱을 향해 손가락을 까딱인다. "엘리베이터는 회원만 탈 수 있어." 차우다리가 프라틱에게 말한다. "원한다면 계단을 이용해도 좋아."

"하지만 지금 저하고 같이 있잖아요." 내가 말한다.

"규정이에요, 빌럼 사브."

프라틱이 고개를 젓는다. "아무래도 삼촌한테 차를 돌려주러 가야 할까봐." 그가 말한다.

"참, 요금 낼게." 나는 더러운 루피 한 다발을 꺼낸다.

"에어컨이 없으면 삼백 루피, 있으면 사백 루피." 차우다리가 말한다. "그게 규칙이지요."

나는 프라틱에게 오백 루피를 건넨다. 네덜란드에선 샌드위치 하나 값이다. 그가 떠나려고 뒤로 물러선다. "어이, 코르마는 어쩔 건데?" 내가 그에게 묻는다.

그가 얼빠진 미소를 짓는다. 브로저의 미소를 조금 닮았다. "연락할게." 그가 약속한다.

엘리베이터가 5층으로 덜컹거리며 올라간다. 차우다리가 빛으로 가득하고 바닥용 왁스와 향 냄새가 풍기는 복도로 통하는 문을 연다. 가는 널빤지를 이어 붙인 나무문들을 지나 맨 끝 방 앞에 멈춰 서서 마스터키를 꺼낸다.

처음엔 그가 방을 잘못 찾아왔다고 생각한다. 야엘은 이곳에서 이 년이나 살았는데, 이 스위트룸은 텅 비어 있기 때문이다. 특징 없는 큼직한 가구들, 사막의 요새나 벵골호랑이가 그려진 흔한 그림들. 유리 여닫이문 앞에 놓인 조그맣고 둥근 테이블 하나.

그런데 그 순간 나는 그 향기를 맡는다. 양파와 향과 암모니아와 왁스 냄새 틈에서 틀림없이 느껴지는 감귤 향과 젖은 흙내음. 나는 그 향기가 내가 늘 알고 있었던, 그러나 전에는 식별할 필요가 없었던 엄마의 향기라는 걸 깨닫는다.

조심스럽게 복도로 들어서자 또 한차례 거센 바람이 내게로 훅 불어온다. 그리고 그 순간, 나는 인도에 있지 않다. 나는 암스테르담에, 우리집에, 긴 여름의 황혼 속에 있다. 마침내 비가 멎었고, 야엘과 브람은 밖에서 햇살이라는 작은 기적을 즐기고 있었다. 비 때문에 여전히 쌀쌀했고, 나는 따가운 모직 담요를 뒤집어쓰고 집안에 앉아 커다란 통창으로 그들의 모습을 바라보았다. 운하 맞은편 아파트에 사는 학생들이 틀어놓은 음악이 쿵쿵 울렸다. 흘러나온 노래는 야엘과 브람이 어렸을 때 듣던 뉴웨이브 음악이었고, 브람이 야엘을 이끌어 두 사람은 춤을 추었다. 느린 곡이 아니었는데도, 머리를 맞댄 채로. 나는 두 사람에게 시선을 고정한 채 유리 너머로 그들을 바라보았다. 거기 없는 척하면서. 그때 내 나이가 열한 살 혹은 열두 살이었을 것이다. 그런 모습을 보면 부끄러워할 나이였지만 나는 그러지 않았다. 야엘이 내가 보고 있는 걸 보았다. 그런데 날 놀라게 한 일은, 지금 생각해도 여전히 놀라운 일은, 그녀가 안으로 들어왔다는 것이다. 나를 끌어내지도, 같이 춤을 추자고 하지도 않았다. 브람이라면 그랬을 텐데. 대신 야엘은 담요를 개어놓더니 내 팔꿈치를 잡아 날 일으켰다. 나는 그녀의 오렌지와 나뭇잎 향기에, 그녀에게서 언제나 풍겨오는 팅크*의 비옥한 흙내음에, 운하와 그 탁한 비밀들에 휩싸였다. 나는 순순히 따르는 척, 그저 이끌려가는 척하려 애썼고, 얼마나 기쁜지 드러내지 않으려 애썼다. 그러나 감정을 완전히 감출 수는 없었는지 그녀가 내게 미소를 지으며 말했다. "해를 붙잡을 수 있을 때 얼른 붙잡아야지, 안 그래?"

그녀는 그렇게 따스할 수도 있는 사람이었다. 그러나 그 따스함은 네덜란드의 햇빛만큼이나 규칙적으로 나타났다가 사라졌다. 브람에게만 빼고. 그러나 어쩌면 그것은 반사된 따스함이었는지도 모른다. 결국 브람이 그녀의 태양 아니었던가.

차우다리가 돌아간 뒤 나는 소파에 눕는다. 묵직한 나무 팔걸이에 머리가 불편하게 닿지만 자세를 고치지 않는다. 나는 햇살 속에 있고, 내겐 수혈과도 같은 온기가 필요하기 때문이다. 야엘한테 연락해야 할 텐데, 나는 생각한다. 그러나 졸음과 비행기 여행의 피로

---

* 생약을 에탄올 또는 에탄올과 정제수의 혼합액에 침출시킨 액제.

와 일종의 안도감이 나를 아래로 끌어당기고, 나는 신발을 겨우 벗
자마자 잠들어버린다.

　나는 다시 날고 있다. 다시 비행기 안이고, 뭔가 잘못되었다는
느낌이 든다. 이제 막 비행기에서 내렸으니까. 그러나 너무 생생하
고 현실적이라 이 상황을 꿈으로 인식하기까지 평상시보다 시간이
더 걸린다. 이어서 꿈이 일그러지고 현란해지고 초현실적으로 변
하고 무겁고 느려진다. 어그러진 생체 시계에 정신이 대항할 때 꾸
는 꿈이 늘 그렇듯이. 아마도 그래서 이 꿈에는 착륙이 없는 것 같
다. 안전벨트 경고등이 켜지지도 않고 알아들을 수 없는 기장의 안
내 방송도 없다. 그저 윙윙거리는 엔진 소리와 하늘에 떠 있는 느
낌뿐이다. 그저 비행할 뿐이다.
　그런데 내 옆자리에 누군가가 있다. 나는 그 사람을 돌아보고 물
어보려 애쓴다. 여기가 어디죠? 그러나 모든 게 무겁고, 침울하고,
입을 제대로 움직일 수가 없다. 왜냐하면 결국 내 입에서 나온 말
은 누구세요?였기 때문이다.
　"빌럼." 장거리전화 속 목소리.
　꿈속의 그 사람이 돌아본다. 여전히 얼굴이 없다. 이미 익숙한
상황이다.
　"빌럼." 다시 그 목소리. 나는 대답하지 않는다. 아직은 꿈에서
깨어나고 싶지 않다, 이번만큼은. 다시, 나는 옆자리에 앉은 사람
을 돌아본다.

"빌럼!" 이번에는 날카로운 목소리가 나를 꿀처럼 끈적한 잠에서 끌어낸다.

나는 눈을 뜬다. 일어나 앉는다. 그리고 잠시 동안, 우리는 눈을 깜빡이며 서로를 쳐다본다.

"여기서 뭐하는 거니?" 그녀가 묻는다.

지난 한 달 동안 나도 그게 궁금했다. 이 여행에 대해 처음 품었던 낙관은 양가감정으로 잦아들었다가 이내 비관으로 응고되고 이제 후회로 시들어버렸다. 내가 여기서 뭐하는 거지?

"저한테 비행기표 보내주셨잖아요." 농담처럼 말하고 싶었지만 머릿속은 꿈 때문에 뒤숭숭하고 야엘은 그저 얼굴을 찌푸릴 뿐이다.

"내 말은 왜 여기 있느냐고. 우리가 공항에서 널 얼마나 찾았는데."

우리? "엄마 못 봤는데."

"치료소에 일이 있었어. 기사를 보냈는데 조금 늦게 갔더라. 너한테 문자를 몇 통 보냈다던데."

나는 휴대전화를 꺼내 전원을 켜본다. 아무 일도 일어나지 않는다. "여기선 안 되나봐요."

야엘이 내 휴대전화를 역겹다는 듯 쳐다보고, 나는 갑자기 휴대전화에 강한 애착을 느낀다. 뒤이어 그녀가 한숨을 쉰다. "어쨌든 중요한 건 네가 왔다는 거야." 그녀가 말한다. 자명하면서도 긍정적인 말이다.

나는 일어선다. 목에서 경련이 일어나고 목을 돌리자 요란한 뚝 소리가 나서 야엘이 또 얼굴을 찌푸린다. 나는 일어서서 기지개를 켜고, 방을 둘러본다.

"여기 좋네요." 나는 지난 삼 년 동안 우리 둘 사이를 유지해왔던 소소한 대화를 이어간다. "이 방 꾸며놓으신 거 마음에 들어요."

마치 조건반사와도 같다, 엄마를 미소 짓게 하려 애쓰는 것은. 한 번도 통한 적 없고 지금도 통하지 않는다. 엄마가 돌아서서 발코니로 난 여닫이문을 연다. 인도의 문과 그 뒤로 바다가 보인다. "안데리에서 더 가까운 곳에 집을 구했어야 했는데, 아무래도 물 위에서 사는 생활에 너무 익숙해졌나보다."

"안데리?"

"치료소가 있는 곳." 그녀가 말한다. 마치 내가 알고 있었어야 한다는 듯이. 하지만 내가 어떻게? 우리가 가볍게 주고받는 이메일 대화에서 그녀의 일 얘기는 접근이 엄격하게 금지된 주제다. 날씨. 음식. 수많은 인도의 축제들. 예쁜 그림이 없는 우편엽서들.

나는 야엘이 아유르베다 요법*을 공부하기 위해 인도에 왔다는 걸 안다. 내가 대학에 진학하면 브람과 야엘은 그럴 계획이었다. 여행을 더 하고. 야엘은 전통 치료법을 공부하고. 인도가 첫번째 목적지였다. 비행기표는 브람이 죽기 전에 예약해두었다.

브람이 죽은 뒤 나는 야엘이 무너질 거라고 생각했다. 이번만큼은 내가 곁에 있겠다고. 내 슬픔은 접어두고 그녀를 돕겠다고. 마침내 그녀의 위대한 사랑을 방해하는 침입자가 아니라 사랑의 산물이 되겠다고. 위로가 되겠다고. 엄마로서 그녀가 내게 주지 못했

---

* 고대 인도의 힌두교 경전 〈베다〉에 의해 전승된 전통 의학으로, 서양 문화권에서 대체의학으로 주목받으며 널리 알려졌다.

던 것을, 아들인 내가 주겠다고.

이 주 동안 야엘은 브람이 그녀를 위해 지은 꼭대기 층 방에 틀어박혀 지냈다. 덧창을 내리고, 방문을 잠그고, 집에 찾아온 조문객들을 거의 다 외면했다. 생전에 브람은 그녀만의 것이었는데 죽어서도 그 사실은 변하지 않았다.

그리고 육 주 후, 그녀는 예정대로 인도로 떠났다. 마치 아무 일도 없었던 것처럼. 마르욜레인은 야엘이 상처를 핥는 거라고 했다. 곧 돌아올 거라고.

그러나 두 달 뒤, 야엘은 돌아오지 않겠다는 소식을 전해왔다. 아주 오래전, 자연요법 의학을 공부하기 전에, 그녀는 간호학 학위를 받아두었고, 이제 다시 그 일로 돌아가 뭄바이의 치료소에서 일할 거라고 했다. 그리고 보트를 팔겠다고 했다. 중요한 물건들은 이미 챙겨놓았고, 나머지는 전부 팔아치울 거라고. 필요한 물건이 있으면 가져가라고. 나는 내 물건을 몇 상자 챙겨 다니엘 삼촌의 집 다락방에 두었다. 다른 것들은 전부 남겨두었다. 머지않아 나는 대학에서 퇴학을 당했고 그 길로 짐을 챙겨 여행길에 올랐다.

"꼭 네 엄마 같구나." 내가 떠난다고 했을 때, 마르욜레인이 애처로운 목소리로 말했다.

그러나 우리 둘 다 그 말이 사실이 아니라는 걸 알았다. 나는 엄마와 완전히 다르다.

야엘이 공항에 가는 걸 막았던 그 응급 상황이, 나와 재회한 지한 시간 만에 다시 그녀를 치료소로 부른다. 그녀는 같이 가자고 하지만, 그 초대는 건성이고 형식적이다. 인도로 오라는 초대와 상당히 비슷하다는 생각이 든다. 나는 비행기 여행의 피로를 핑계 삼아 공손히 거절한다.

"햇볕을 쬐어야 해. 햇볕이 가장 훌륭한 치료제야." 그녀가 나를 바라본다. "이 상처는 꼭 가려라." 내 상처가 있는 부위를 자기 얼굴에서 가리키며 그녀가 말한다. "생긴 지 얼마 안 됐구나."

나는 상처를 만져본다. 이제 여섯 달이 지났다. 나는 잠시, 야엘에게 그 얘기를 들려주는 상상을 한다. 스킨헤드족의 관심을 여자애들에게서 내게로 돌리려고 내가 그들에게 했던 말을 그녀가 안다면 불같이 화를 낼 것이다. A14603. 나치가 사바의 팔목에 새겼던 식별 번호. 어쨌건 내 말은 그들의 반응을 끌어냈다.

그러나 나는 야엘에게 말하지 않는다. 그건 가벼운 대화를 한참 벗어난 얘기고, 우리가 절대 입에 올리지 않는 고통스러운 일들로 연결되는 얘기다. 사바. 전쟁. 야엘의 어머니. 야엘의 어린 시절. 나는 상처를 만져본다. 상처가 뜨겁게 느껴진다. 마치 그날 일을 떠올리는 것만으로도 상처에 불이 붙는 것처럼. "얼마 안 된 상처는 아닌데," 내가 그녀에게 말한다. "제대로 아물지가 않아요."

"거기 바를 거 만들어줄게." 야엘이 상처를 부드럽게 만진다. 그녀의 손가락은 거칠고 굳은살이 박였다. 브람은 정작 손이 거칠어야 하는 사람은 자기인데 야엘의 손이 노동자의 손이라고 말하곤 했다. 그제야 나는 우리가 포옹도, 키스도, 재회의 순간에 기대할 법한 그 어떤 행동도 하지 않았음을 깨닫는다.

그런데도 야엘이 손을 거두는 순간, 나는 그러지 않기를 바란다. 야엘이 짐을 챙기면서 하루 휴가를 내고 함께 할 일들을 약속하는 동안, 나는 그녀에게 스킨헤드족, 파리, 룰루에 대해 얘기할 걸 그 랬다는 생각을 한다. 설령 얘기를 꺼냈다 해도, 어떻게 설명해야 할지는 몰랐겠지만. 엄마와 나는, 둘 다 네덜란드어와 영어를 할 줄 아는데도, 도무지 같은 언어로 대화할 수가 없다.

스물둘

전화벨 소리에 잠에서 깬다. 휴대전화를 잡으려 손을 뻗다가, 내 전화가 여기서 작동하지 않는다는 사실을 떠올린다. 전화벨이 계속 울린다. 집전화다. 벨이 멈추지 않는다. 마침내 내가 수화기를 든다.

"빌럼 사브. 차우다리입니다." 그가 헛기침을 한다. "전화가 왔어요, 프라틱 사누라고 합니다." 그가 정중하게 말을 잇는다. "무슨 용건인지 물어볼까요?"

"아뇨, 괜찮아요. 연결해주세요."

"잠시만요." 몇 차례 딸깍거리는 소리가 들린다. 이어서 여보세요 하는 프라틱의 목소리가 메아리처럼 울리고 선언하는 듯한 차우다리의 목소리가 끼어든다. "빌럼 실로를 찾는 프라틱 사누의 전화입니다."

야엘과 사바의 성으로 불리는 게 우습다. 나는 굳이 정정하지 않는다. 잠시 정적이 흐른 뒤 차우다리가 전화를 끊는다.

"빌럼!" 프라틱이 소리친다. 마치 우리가 마지막으로 만난 게 몇 시간 전이 아니라 몇 달은 된 듯이. "기분은 어때?"

"좋아."

"맥시멈 시티*는 어때?"

"별로 못 봤어." 내가 솔직하게 말한다. "계속 잤거든."

"지금 일어나 있잖아. 일정이 어떻게 돼?"

"아직 생각 못했는데."

"내가 제안 하나 할게. 크로퍼드 시장으로 날 만나러 와."

"좋아."

프라틱이 내게 길을 일러준다. 나는 차가운 물로 샤워한 뒤 밖으로 나선다. 차우다리가 뒤쫓아오며 섬뜩한 경고를 한다. "소매치기, 도둑, 창녀, 떠돌이 불량배들을 조심하세요." 굵은 손가락으로 그 위협들을 하나하나 꼽아가며 말한다. "다가와서 말을 걸 거예요."

나는 그 정도는 대처할 수 있다고 그를 안심시킨다. 실제로 내게 접근하는 사람들은 구걸하는 엄마들뿐이다. 그늘진 거리 한가운데의 잔디밭에 모여서 품안에 잠들어 있는 아기의 이유식값을 달라고 한다.

뭄바이의 이 지역은 부식해가는 식민지 시대 건물들 때문에 조

---

* 뭄바이를 가리키는 말로, 뭄바이 출신의 작가 수케투 메타가 쓴 논픽션 제목에서 유래했다.

금은 런던을 연상시킨다. 다만 이곳은 온갖 빛깔의 향연장이다. 여자들의 사리, 금빛으로 장식된 사원들, 희한한 색으로 칠한 버스들. 모든 것이 환한 햇빛을 흡수하고 또 반사하는 것 같다.

밖에서 보면 크로퍼드 시장은 옛 영국에서 뽑아온 또 한 채의 건물 같지만, 안에서 보면 영락없는 인도다. 분주한 거래와 초현실적으로 밝은 색채. 나는 과일가게와 옷가게를 지나 프라틱이 찾아오라고 알려준 전자제품가게로 향한다. 누가 내 어깨를 두드린다.

"길 잃었어?" 프라틱이 묻는다. 그의 얼굴에 미소가 번진다.

"나쁜 방식으로는 아냐."

내 말에 어리둥절해진 그가 얼굴을 찌푸린다. "걱정했어." 그가 말한다. "전화를 하고 싶었는데 네 휴대전화 번호가 없더라고."

"내 전화는 여기서 먹통이야."

미소가 되돌아온다. "공교롭게도, 우리 삼촌 가게에 다양한 휴대전화가 구비되어 있어."

"그래서 여기로 오라고 한 거야?" 내가 장난을 친다.

프라틱은 모욕당한 것 같은 표정을 짓는다. "절대 아니거든. 네가 전화가 필요하다는 걸 내가 어떻게 알았겠어?" 그러고는 주위의 가게들을 가리킨다. "다른 가게에서 사도 돼."

"농담이야, 프라틱."

"아." 그가 나를 자기 삼촌 가게로 안내한다. 가게에는 휴대전화, 라디오, 컴퓨터, 짝퉁 아이패드, 텔레비전, 그 밖에도 다양한 제품들이 천장까지 가득 쌓여 있다. 그는 삼촌에게 날 소개한 뒤, 돌아다니며 차를 파는 상인인 차이왈라로부터 우리가 마실 차를 산다. 그러곤 나를 가게 안쪽으로 안내하고, 우리는 곧 주저앉을 것 같은 간이의자에 앉는다.

"여기서 일해?"

"월요일, 화요일, 금요일에."

"다른 날엔 뭐해?"

그가 끄덕이면서 동시에 내젓는 예의 고갯짓을 한다. "회계 공부해. 어떤 날은 엄마 일을 돕고. 그리고 가끔 사촌이 영화에 출연할 고레를 찾는 걸 도와."

"고레?"

"너 같은 백인들. 그래서 오늘 공항에 갔던 거야. 사촌을 태워다줘야 했거든."

"근데 나한텐 왜 안 물어봤어?" 내가 농담을 한다.

"난 캐스팅감독이 아니야. 보조의 보조도 아니지. 나는 그냥 라훌을 공항에 데려다주는 거고 돈이 필요한 배낭족들을 찾는 건 라훌이야. 너도 돈이 필요해, 빌럼?"

"아니."

"그럴 거라 생각했어. 봄베이 로열에 묵잖아. 거긴 아주 고급이지. 그리고 엄마를 만나러 왔고. 아빠 어디 계셔?" 그가 묻는다.

그런 질문을 받는 게 꽤 오랜만이다. "돌아가셨어."

"아, 우리 아빠도." 프라틱은 거의 신이 난 것처럼 말한다. "하지만 삼촌들이 많아. 사촌들도 있고. 넌?"

나도 그렇다고 말할 뻔한다. 나에겐 삼촌이 한 명 있다. 그러나 다니엘을 어떻게 설명해야 할까? 말썽꾼이라기보다는 투명 인간,

브람에 가려진 사람, 그리고 야엘에게도. 다니엘은 야엘과 브람의 이야기에 달린 주석, 굳이 아무도 읽어보려 하지 않는 작은 글자다. 다니엘은 더 어리고, 수염이 더 듬성듬성하고, 더 지저분하고, 더 어수선한—그리고 결코 잊어서는 안 되는 사실, 더 키가 작은—형제다. 다니엘, 피아트의 뒷좌석으로 물러난, 그래서 결과적으로 삶의 뒷전으로 물러난 사람.

"가족은 별로 없어." 결국 내 입에서 나온 말은 이게 전부다. 어깨를 으쓱하는 것으로 나의 모호함을 마무리한다. 그게 내 방식의 고갯짓이다.

프라틱이 내게 휴대전화들을 보여준다. 나는 그중 하나와 심카드를 산다. 프라틱은 곧바로 자기 번호를 저장하고 삼촌의 번호도 저장한다. 차를 마저 마시고 나서 그가 선언한다. "이제 넌 극장에 가야 해."

"나 이제 막 여기 왔는데."

"맞아. 하지만 그보다 더 인도다운 일이 어디 있어? 천사백만 명이……"

"하루에 영화를 보러 가지." 내가 끼어든다. "맞아, 들었어."

프라틱이 가방에서 잡지 한 무더기를 꺼낸다. 차에서 보았던 것들이다. 〈마그나〉〈스타더스트〉. 그가 그중 하나를 펼쳐 매혹적인 사람들이 나온 페이지를 보여준다. 모두 치아가 극단적으로 하얗다. 그가 여러 이름들을 나열하지만, 내가 그들을 아무도 모른다는 것을 확인하고 경악한다.

"지금 가야 해." 그가 선언한다.

"일해야 하지 않아?"

"인도에서 일은 주인이지만, 손님은 신이야." 프라틱이 말한다. "더구나 휴대전화하고 택시 일의 막간에는……" 그가 미소를 짓는다. "삼촌도 반대하지 않으실 거야." 그러곤 신문을 펼친다. "〈딜 메라 골말〉이 상영중이네. 〈와시푸르의 갱들〉도. 아니면 〈달 가야 딘〉. 뭘 보는 게 좋을까요, 바바?"

프라틱과 그의 삼촌은 힌디어와 영어를 섞어가며 세 영화의 장단점에 관해 열띤 토론을 벌인다. 마침내 그들은 〈딜 메라 골말〉로 결론을 내린다.

극장은 흰 페인트칠이 벗겨져가는 아르데코 건물로, 사바가 우리집에 올 때면 나를 데리고 가던 재상영관과 별반 다르지 않다. 내가 영화표와 팝콘을 산다. 프라틱이 그 대가로 영화를 통역해주겠다고 약속한다.

영화는 난해한 〈로미오와 줄리엣〉 같다. 대치하는 가문, 갱, 핵무기를 훔칠 음모를 꾸미는 테러리스트, 거기다 수많은 폭발과 댄스곡까지, 통역이 별로 필요 없다. 터무니없으면서도 이상하게 설명적이다.

그런데도 프라틱은 나름대로 애를 쓴다. "이 사람은 저 사람하고 형제인데 그 사실을 모르고 있어." 그가 속삭인다. "한 명은 악당이고 또 한 명은 착한 사람인데, 여자가 악당하고 약혼한 상태지만 사실은 착한 사람을 사랑해. 여자의 가족은 남자의 가족을 증오하고 남자의 가족은 여자의 가족을 증오하지만, 사실은 그렇지 않아. 왜냐하면 그 불화는 저 사람의 아버지하고 관계가 있거든. 그 사람이 갓 태어난 아기를 훔치면서 불화를 일으킨 거야. 그 사람도 테러리스트야."

"그렇구나."

그러다가 댄스곡이 이어지고, 전투 장면이 등장하더니, 느닷없이 우리는 사막에 있다. "두바이야." 프라틱이 속삭인다.

"도대체 왜?" 내가 묻는다.

오일 컨소시엄이 거기 있기 때문이라고 프라틱이 설명한다. 테러리스트들도 마찬가지다.

사막에서 몇 장면이 펼쳐지는데 헹크가 좋아할 만한 몬스터 트럭 두 대의 결투도 나온다.

그러다 돌연 영화의 무대가 파리로 바뀐다. 카메라가 센강을 넓게 훑는다. 그리고 잠시 후 강둑에서 총성이 울려퍼진다. 거기서 여주인공과 쌍둥이 형제 중 착한 편이 나오고, 프라틱은 두 사람이 결혼해서 함께 도망쳤다고 설명한다. 두 사람이 노래를 부르기 시작한다. 그러더니 어느 순간 그들은 더이상 센강에 있지 않다. 빌레트의 운하를 가로지르는 아치 모양의 다리 위에 있다. 나는 그 다리를 알아본다. 룰루와 나는 그 다리 밑을 지나갔다. 나란히 앉아서, 다리로 선체를 두드리면서. 이따금 우연히 서로의 발목이 부딪쳤고 그럴 때면, 단지 그것만으로도 왠지 모를 전기가, 짜릿함이 느껴졌다.

이 퀴퀴한 극장 안에서 나는 그 기분을 느낀다. 거의 반사적으로 내 엄지손가락이 손목 안쪽으로 움직이지만, 이 어둠 속에서 그 행동은 아무런 의미가 없다.

머지않아 노래가 끝나고 우리는 대장정을 마무리하기 위해 다시 인도로 돌아온다. 가족들은 재회하고 화해하고 또 한차례의 성대한 결혼식과 댄스곡이 이어진다. 로미오와 줄리엣과는 달리 이 연인은 해피 엔딩을 맞는다.

영화를 보고 나서 우리는 북적이는 거리를 걷는다. 어느덧 어두워졌고 열기는 흐느적거린다. 우리는 구불구불한 길을 걸어 초승달 모양의 백사장에 다다른다. 프라틱은 "차우파티 비치"라고 설명하면서, 마린 드라이브의 고급스러운 고층 건물들을 가리킨다. 가냘프게 휘어진 만의 손목을 배경으로 건물들이 다이아몬드처럼 반짝인다.

해변은 음식을 파는 상인과 광대와 풍선 공예가와 야자나무 뒤에서 어둠을 틈타 도둑 키스를 하려는 연인으로 가득찬 축제 분위기다. 나는 그들을 쳐다보지 않으려 애쓴다. 도둑 키스의 추억을 떠올리지 않으려 애쓴다. 그날의 첫키스를 기억하지 않으려 애쓴다. 그녀의 입술이 아니라 손목의 반점에 한 키스. 그날 하루종일 거기에 키스하고 싶었다. 이유는 몰라도, 나는 그 반점이 정확히 어떤 맛일지 알고 있었다.

바닷물이 해변으로 밀려든다. 아라비아해. 대서양. 우리 사이에는 두 대양이 있다. 그런데 그걸로도 충분치가 않다.

스물셋

나흘 뒤, 마침내 야엘이 하루 휴가를 낸다. 접이식 침대에서 일어났을 때, 서둘러 문을 나서는 엄마가 아니라 잠옷 바람의 엄마를 본다. "아침식사를 주문했어." 야엘이 건조한 목소리로 말한다. 오랜 세월 동안 영어를 하면서 밋밋해진 이스라엘 억양의 후두음으로.

노크 소리가 들린다. 항상 일하는 중이고 이곳의 모든 일을 도맡아 하는 것 같은 차우다리가 발을 끌며 트롤리를 밀고 들어온다. "아침식사입니다, 멤사히브." 그가 정중하게 말한다.

"고마워요, 차우다리." 야엘이 말한다.

그가 우리 두 사람을 쳐다본다. 그러고는 고개를 젓는다. "아드님이 멤사히브를 전혀 안 닮았어요." 그가 말한다.

"아빠를 닮았어요." 야엘이 대답한다.

그 말이 사실이란 건 알지만, 그녀가 말하는 걸 들으니 기분이 이상하다. 그러나 죽은 남편의 얼굴이 자신을 바라보고 있는 것만

큼 이상하지는 않을 것 같다. 가끔 마음이 너그러워질 때면, 지난
삼 년 동안 야엘이 나와 거리를 두려 했던 건 바로 그런 이유 때문
일 거라고 합리화하곤 한다. 그러나 뒤이어 덜 너그러운 마음 한편
이 내게 묻곤 한다. 그럼 그전 십팔 년 동안엔 왜?

과장스러운 동작으로 차우다리가 토스트, 커피, 차, 주스를 차린
다. 그러고는 문 쪽으로 물러난다.

"저 사람은 자릴 비우는 법이 없어요?" 내가 묻는다.

"없어, 거의. 자식들은 전부 해외에 살고 아내는 세상을 떠났어.
그래서 이 일을 하는 거야."

"딱하게 됐네요."

그녀가 특유의 뜻 모를 표정으로 나를 쳐다본다. "적어도 목적
이 있잖아."

그녀가 신문을 펼친다. 신문마저도 색깔이 현란하다. 연어 살색
에 가까운 분홍색이다. "지난 며칠은 뭘 하며 지냈니?" 눈으로는
신문 헤드라인을 훑으면서 그녀가 묻는다.

나는 차우파티 비치와 콜라바 근처의 시장들, 그리고 인도의 문
에 다녀왔다. 프라틱과 영화를 한 편 더 보았다. 주로 이리저리 거
닐었다. 특별한 목적 없이. "이것저것." 내가 말한다.

"그럼 오늘도 이것저것 하자." 그녀가 대답한다.

아래층에서 우리는 늘 모여드는 걸인들에 둘러싸인다. "십 루피
만 주세요." 잠든 아기를 안고 있는 여자가 말한다. "아기한테 줄
이유식이 필요해요. 저하고 같이 가서 사주세요."

내가 돈을 꺼내려는 순간 야엘이 나를 제지하며 여자에게 힌디

어로 쏘아붙인다.

나는 잠자코 있다. 그러나 야엘이 화가 나서 설명하는 것을 보니 내 표정에 뭔가가 드러난 모양이다. "이거 사기야, 빌럼. 아기는 소품일 뿐이야. 여자는 걸인 집단의 일부고, 그 집단은 범죄 조직이 운영해."

나는 여자를 바라본다. 여자는 타지마할 호텔 맞은편에 서서 어깨를 으쓱한다. "그래서요? 그래도 돈은 필요하잖아요."

야엘이 고개를 끄덕이고 인상을 쓴다. "맞아, 저 여자는 돈이 필요하지. 아기는 먹을 게 필요하고. 그건 의심의 여지가 없어. 하지만 두 사람 다 원하는 걸 얻지 못해. 네가 저 여자에게 우유를 사주면, 너는 부풀려진 값을 치르고 선행을 했다는 부풀려진 기분을 얻겠지. 어느 엄마가 아기를 먹이는 걸 도와준 거야. 그보다 좋은 일이 어디 있겠어?"

나는 아무 말도 하지 않는다. 나는 그들에게 매일 돈을 주고 있었고, 그런 나 자신이 바보처럼 느껴진다.

"네가 돌아서서 가는 순간 우유는 가게로 돌아가. 그리고 네 돈은? 가게 주인이 일부를 챙기고, 범죄 조직 보스들이 또 일부를 챙겨. 여자들은 노예에 가까운 고용계약으로 묶여 있고 아무것도 못 건져. 그리고 아기들은……" 그녀가 불길한 여운을 남기며 말끝을 흐린다.

"아기들은요?" 대답을 모르는 편이 나을지도 모른다는 생각이 들기도 전에, 내 입에서 질문이 튀어나온다.

"아기들은 죽어. 영양실조로 죽기도 하고 폐렴으로 죽기도 해. 극도로 허약한 상태에서는 아주 가벼운 병으로도 아기가 죽으니까."

"알아요." 내가 말한다. 때로는 그렇게 허약하지 않은 생명도 죽죠, 라고 생각한다. 그녀도 같은 생각을 하고 있는지 궁금하다.

"사실 네가 도착하던 날 그런 아기들 중 한 명이 응급 상태여서 내가 늦은 거야." 그녀는 더 설명하지 않고 내가 조각들을 맞추게 둔다.

해명하지 않는 야엘의 태도는 오히려 그녀를 오해했던 일에 대해 죄책감이 들게 만든다. 그녀에겐 더 중요한, 그리고 더 씁쓸한 일이 있었다. 그녀에겐 항상 더 중요한 일이 있었다. 그러나 무엇보다도 나는 피로감을 느낀다. 내가 죄책감과 씁쓸함을 느끼지 않게 말해줄 수는 없었을까?

그러나 한편으론, 때로는 죄책감과 씁쓸함이야말로 야엘과 나의 진정한 공용어일지도 모른다는 생각이 든다.

우리가 맨 먼저 들른 곳은 스리 시디비나야크 사원으로 관광객 개미떼의 습격을 받은 섬세한 웨딩케이크 같다. 야엘과 나는 사람들 틈을 비집고 답답한 황금 홀 안으로 들어서서 꽃으로 장식된 코끼리 신 동상 쪽으로 향한다. 코끼리 신은 비트의 붉은빛이다. 부끄러움을 타는 듯, 혹은 신 역시 너무 더운 듯.

"가네샤." 야엘이 내게 말한다.

"장애물을 없애주는 신."

그녀가 고개를 끄덕인다.

우리 주위의 사람들은 모두 성전에 화환을 놓거나 노래를 부르거나 기도를 한다.

"공물을 바쳐야 하나요?" 내가 묻는다. "장애물을 제거하기 위해서?"

"그래도 돼." 그녀가 대답한다. "아니면 만트라를 외우거나."

"어떤 만트라요?"

"몇 가지가 있어." 야엘은 한동안 아무 말도 하지 않는다. 그러다가 낮고 또렷한 목소리로 만트라를 읊는다. "옴 감 가나파타야에 나마하." 그녀가 나를 흘긋 쳐다본다. 이 정도면 됐다는 듯이.

"무슨 뜻이에요?"

그녀가 고개를 갸웃한다. "번역된 내용을 들었는데, 대충 '깨어나라' 정도."

"깨어나라?"

그녀가 잠시 나를 쳐다본다. 우리 두 사람은 똑같은 눈을 가졌는데도, 나는 그녀가 그 눈으로 무얼 보는지 전혀 알지 못한다.

"만트라에서 중요한 건 번역이 아니야. 의도지." 그녀가 말한다. "이건 새로운 시작을 원할 때 읊는 거야."

사원에서 나온 우리는 인력거를 잡는다. "이제 어디 가요?" 내가 묻는다.

"무케시 만나서 점심 먹을 거야."

무케시? 내 비행기표를 예약해준 그 여행사 직원?

우리는 그뒤로 삼십 분을 침묵 속에서 보내며 점점 더 많은 차량들 사이를 요리조리 누비고, 더 많은 소들을 피하고, 마침내 칙칙한 쇼핑센터 같은 곳에 다다른다. 인력거 기사에게 돈을 지불하고 있는데, 품이 넉넉한 흰 셔츠를 입은, 키가 크고 어깨가 넓고 미소를 머금은 남자가 아웃바운드 트래블이라는 곳에서 뛰어나온다.

"빌럼!" 그가 따스하게 나를 반기며 내 양손을 잡는다. "환영한다."

"고맙습니다." 내가 그와 야엘을 번갈아 쳐다보며 말한다. 야엘은 일부러 그를 외면하는 것 같다. 도대체 뭐가 어떻게 돌아가는 건지. 두 사람이 사귀나? 엄마답다. 자기 남자친구를 남자친구라고 소개하지 않고 내가 알아내도록 내버려두는 것.

무케시가 우리를 싣고 온 기사에게 기다리라고 한 뒤 여행사로 들어가 비닐봉지 하나를 들고 오고, 우리는 다시 인력거를 타고 십오 분 정도를 더 달려 레스토랑에 도착한다.

"중동식이야." 무케시가 자랑스럽게 말한다. "네 엄마처럼."

무케시가 메뉴를 한옆으로 치우고 웨이터를 부른 다음 후무스*와 포도 잎, 바바가누시**와 타불리***를 주문한다.

후무스가 나오자 무케시가 지금까지 맛본 인도 음식이 입에 잘 맞았느냐고 묻는다.

나는 노점에서 먹어본 도사****와 파코라*****에 대한 감상을 이

---

* 병아리콩을 으깨어 만든 음식으로 이집트, 시리아, 레바논 등에서 널리 먹는다.

** 구워서 으깬 가지에 다진 토마토, 마늘, 허브 등을 섞은 음식.

*** 밀과 잘게 다진 야채로 만든 샐러드.

야기한다. "아직 제대로 된 커리는 못 먹어봤어요."

"우리가 예약을 해야겠구나." 그가 말한다. "그래서 내가 여기 온 거야." 그러더니 비닐봉지 안에서 반짝이는 브로슈어들을 꺼낸다. "시간이 얼마 없으니까 한 지역만 골라서 돌아보렴. 라자스탄, 케랄라, 우타르프라데시 중에서. 맘에 들지 모르겠지만 일단 내가 몇 가지 추천 코스를 골라봤단다." 그가 내게 프린트 한 장을 내민다. 하나는 라자스탄 여행이다. 모든 게 있다. 자이푸르 왕복 비행기표, 조드푸르, 우다이푸르, 그리고 자이살메르로 이동하는 교통편까지. 심지어 낙타 투어도 있다. 케랄라 여행에도 비슷한 구성의 여행 일정표가 있다. 비행기, 교통편, 리버 크루즈.

나는 혼란스럽다. "우리 여행 가요?" 내가 야엘에게 묻는다.

"아니, 아니야." 무케시가 그녀 대신 대답한다. "엄만 일해야 해. 이건 너만을 위한 특별한 여행이란다. 인도에 머무는 동안 네가 최고의 시간을 보낼 수 있도록."

그제야 나는 죄책감 어린 엄마의 표정을 이해한다. 무케시는 남자친구가 아니다. 그는 여행사 직원이다. 나를 이곳으로 부른 사람. 나를 어딘가로 보낼 사람.

적어도 내가 왜 지금 여기에 있는지는 알 것 같다. 새로운 시작을 위해서는 아니다. 섣부른 초대를 한 건 어리석었고, 그 초대에 응한 것도 어리석었다. 무엇보다 가장 어리석었던 건 야엘에게 도

**** 쌀가루 반죽을 얇게 구워내 기호에 따라 소스, 내용물을 첨가한 것.

***** 인도식 튀김.

움을 청한 것이었다.

"어떤 여행이 좋겠니?" 무케시가 묻는다. 그는 자신이 우연히 끼어들게 된 난처한 상황을 인식하지 못하는 것 같다.

분노가 금방이라도 폭발할 듯 뜨겁게 달아오르지만 나는 그 분노를 가두고, 두 배가 된 분노는 결국 나 자신에게로 향한다. 미친 짓의 정의가 뭐였더라? 같은 일을 반복하면서 결과가 다르기를 기대하는 것.

"이거요." 내가 맨 위에 있는 브로슈어를 툭 치며 말한다. 그게 어디로 가는 건지 보지도 않는다. 그건 전혀 중요하지 않아 보인다.

스물넷

3월

인도, 자이살메르

　오전 열시 자이살메르에선 사막의 태양이 성곽도시의 모랫빛 돌 위로 사정없이 내리쬔다. 좁은 골목들과 계단들은 이른 아침부터 가축 배설물을 태우는 열기와 연기로 자욱하고, 어디서나 보이는 낙타들과 소들이 도시에 특별한 향을 더한다.

　나는 한 무리의 여자들 곁을 지나친다. 눈가에 콜*을 바르고 내리깐 눈빛은 수줍어 보이지만, 그 와중에도 쨍한 빛깔의 사리를 펄럭이거나 발목의 발찌를 짤랑거리며 또다른 방식으로 추파를 던진다.

　언덕 아래에서 나는 지역에서 만든 직물을 파는 가판 몇 곳을 지난다. 그러다 한 곳에 멈춰 서서 자줏빛이 감도는 벽걸이 장식을 바라본다.

---

*중동 국가에서 여성들이 화장용으로 눈가에 바르는 검은 가루.

"저거 마음에 들어?" 카운터 뒤의 젊은 남자가 내게 가볍게 묻는다. 눈동자의 반짝임 외에는 나를 알아보는 기색이 없다.

"어쩌면." 내가 애매하게 말한다.

"특별히 맘에 드는 게 있어?"

"눈이 가는 게 있긴 해."

나왈이 진지하게 고개를 끄덕인다. 웃음기라고는 찾아볼 수 없고, 지난 나흘 동안 우리가 거의 똑같은 대화를 나누었음을 드러내는 기색도 없다. 이건 일종의 게임이다. 혹은 처음 내가 원하는 태피스트리를 찾은 순간 시작된 연극이다. 아니, 정확히는 프라틱이 원하는.

라자스탄 여행 이틀째, 여전히 씁쓸하고 화가 치밀고 한편으로는 암스테르담으로 돌아가버릴까 생각하고 있던 차에, 프라틱이 "엄청난 제안!!!!!!!"을 문자로 보내왔다. 알고 보니 그리 엄청나진 않았지만. 내가 라자스탄의 공예품을 사오면 자기가 이윤을 붙여 뭄바이에서 되팔겠다는 계획이었다. 내가 쓴 돈을 돌려주고 이윤은 반으로 나누겠다면서. 처음엔 싫다고 했다. 그가 보낸 쇼핑 목록을 보고는 더더욱. 그러다가 자이푸르에 있던 어느 날 딱히 할 일도 없이 바푸 바자에 가게 되었고, 이왕 간 김에 프라틱이 말한 가죽 샌들을 찾기 시작했다. 그리고 그때부터 계속 그렇게 했다. 향신료와 팔찌와 아주 특이한 형태의 슬리퍼를 찾아 시장을 훑고 다니면서 여행에 일종의 틀이 생겼고, 그러다보니 이 여행이 사실은 추방이라는 사실을 잊을 수 있었다. 그래서 나는 이 추방을 연장했다. 무케시에게 일주일을 연장해달라고 했다. 이제 삼 주를 떠나 있었던 셈이고, 뭄바이에 돌아가면 며칠 뒤 암스테르담으로 돌아가는 비행기를 탄다.

프라틱은 내게 자이살메르에서 유명한 태피스트리를 사오라고 했다. 실크여야 하고, 실크가 맞는지 확인하려면 실 한 가닥을 태워봐야 한다고, 그러면 머리카락 타는 냄새가 날 거라고 했다. 또 수를 놓은 것이어야 하는데, 접착제로 붙인 게 아니라 바느질한 것이어야 하니 꼭 뒤집어서 실을 당겨보라고, 자수 역시 실크여야 하니까 성냥으로 태워보라고 했다. 그리고 이천 루피 이상을 지출해선 안 되기 때문에 흥정을 해야 한다고, 아주 세게 밀어붙이라고 했다. 프라틱은 내 흥정 능력을 얕보았다. 자기한테 택시비를 너무 많이 주었다면서. 하지만 나는 할아버지가 알베르트카위프 시장*에서 치즈 한 덩어리를 반값에 사는 걸 보았다고, 나도 그런 능력을 타고났다고 그를 안심시켰다.

"구경하는 동안 차 한잔할래?" 나왈이 묻는다. 카운터 아래쪽을 보니, 어제처럼 이미 차가 준비되어 있다.

"안 될 거 없지."

이쯤 되면 대사는 끝나고 대화가 시작된다. 몇 시간의 대화. 나는 나왈 옆 캔버스 의자에 앉아 지난 나흘 동안 그랬던 것처럼 이야기를 나눈다. 너무 더워지거나, 진지하게 물건을 사려는 손님이 오면 나는 자리를 뜬다. 내가 떠나기 직전에 그는 태피스트리 가격을 오백 루피 깎아준다. 내가 다음날도 와서 그 과정을 처음부터

---

* 1905년에 문을 연 암스테르담의 대표적인 재래시장.

반복하도록.

나왈이 화려하게 장식된 쇠주전자에서 톡 쏘는 차를 따른다. 그의 라디오에서는 프라틱이 좋아하는 것과 똑같은 괴상한 힌디 노래가 흘러나온다. "이따가 크리켓 경기 중계해. 혹시 듣고 싶으면 말해." 그가 내게 알려준다.

나는 차를 한 모금 마신다. "크리켓? 정말? 귀뚜라미를 보는 것보다 더 따분한 일이 있다면 바로 귀뚜라미 소리를 듣는 거야."*

"경기를 이해 못하니까 그런 소릴 하지."

나왈은 내가 이해하지 못하는 걸 가르쳐주기를 좋아한다. 나는 크리켓을 이해하지 못하고, 그런 관점으로 본다면 축구도 이해하지 못하고, 인도와 파키스탄 간의 정치 문제를 이해하지 못하고, 지구온난화의 진실을 이해하지 못하고, 왜 연애결혼이 중매결혼보다 열등한지 결코 이해하지 못한다. 어제 나는 연애결혼이 뭐가 문제냐고 묻는 실수를 저지르는 바람에 한바탕 강의를 들어야 했다.

"인도의 이혼율은 세계 최저야. 서방국가에서는 50퍼센트에 달하지. 그것도 그나마 결혼을 하는 경우의 얘기지만." 나왈이 역겹다는 듯이 말했다. "자, 들어봐. 내 조부모, 이모와 고모와 삼촌들, 부모님 그리고 형제들 모두 중매결혼을 했어. 행복하게 살았지. 장수했고. 반면 내 사촌은 연애결혼을 했는데, 이 년 뒤에 아이도 없이 아내가 떠나버렸어, 망신스럽게."

"무슨 일이 있었는데?" 내가 물었다.

---

* 영어 'cricket'에는 '크리켓 경기' 외에도 '귀뚜라미'라는 뜻이 있다.

"무슨 일이 있었느냐면, 두 사람이 서로 맞지 않았던 거야." 그가 말했다. "지도도 없이 차를 몰았던 거지. 그러면 안 돼. 제대로 상성을 봐야지. 내가 내일 보여줄게."

그래서 오늘 나왈은 자신과 자신의 약혼자인 기타가 서로 맞는지 확인하기 위해 뽑은 점성술 도표를 가지고 온다. 나왈은 그 도표가 신들이 예정한, 자신과 기타의 행복한 미래를 보여준다고 주장한다. "이런 문제에 관해서는, 인간의 마음보다 더 큰 힘에 기대야 해." 그가 말한다.

그 도표는 더블유의 수학 공식과 크게 다르지 않아 보인다. 종이는 여러 구역으로 분할되어 있고 각각의 영역에 고유한 상징이 있다. 더블유가 삶의 모든 문제를 수학 법칙으로 풀 수 있다고 믿는 건 알지만, 그런 그조차도 이건 좀 심하다고 생각할 것 같다.

"넌 안 믿어?" 나왈이 따지듯 묻는다. "오래 지속되는 연애결혼 사례를 한 가지라도 들어봐."

룰루도 그와 비슷한 질문을 했다. 카페에 앉아 사랑에 관해 얘기하면서, 그녀는 한 쌍이라도 여전히 서로를 사랑하는, 여전히 얼룩져 있는 이들이 있는지 알고 싶어했다. 그래서 나는 야엘과 브람이라고 대답했다. 두 사람의 이름이 불쑥 튀어나왔다. 참 이상한 일이었다. 그날 이전에는 이 년 가까이 여행하면서 누구에게도 그들 얘기를 한 적이 없었기 때문이다. 꽤 오랫동안 함께 여행했던 이들에게조차 말이다. 그 얘기를 하고 나니 그들의 전부를 얘기하고 싶어졌다. 그들이 어떻게 만났는지, 얼마나 서로 완벽하게 맞물리는 퍼즐 같았는지, 때로는 내가 얼마나 그 공식에 들어맞지 않는 존재처럼 느껴졌는지. 그러나 그들 이야기를 꺼낸 게 하도 오랜만이라 어떻게 말해야 할지 몰랐다. 그런데 참 이상하게도, 그것 역시 내가 말하지 않았는데도 그녀가 알고 있는 또하나의 사실 같았다. 그래도 그때 전부 말할 걸 그랬다는 생각이 든다. 이 역시 후회의 목록에 들어 있다.

나왈에게 그들 얘기를 할 생각이다. 제법 화려한 연애결혼을 했던 내 부모에 대해. 그러나 어쩌면, 두 사람의 결혼이 결국 어떻게 끝날지 저 도표에 다 나와 있을지도 모른다. 가끔 나는 궁금하다. 만약 이십오 년간의 사랑이 당신을 결국 망가뜨리리라는 걸 알게 된다면, 그래도 그 위험을 감수할 수 있을까? 어쩌면 그건 피할 수 없는 일 아닐까? 그토록 큰 행복을 인출하려면, 그에 상당하는 예치금을 넣어야 할 테니까. 결국 모든 것은 우주의 균형 법칙으로 귀결된다.

"내가 보기엔 사랑에 빠지는 것 자체가 하나의 실수야." 나왈이 말을 잇는다. "너만 봐도 그래." 마치 고발하듯 그가 말한다.

"내가 어때서?"

"스물한 살인데 늘 혼자잖아."

"항상 혼자는 아니야. 지금 여기 너하고 같이 있잖아."

나왈이 딱하다는 듯 나를 쳐다본다. 최근 며칠간 즐거운 시간을 보내긴 했지만 자기는 물건을 팔기 위해 여기 있는 것이고, 나는 물건을 사기 위해 여기 왔다는 걸 일깨워준다.

"넌 아내가 없어. 보나마나 사랑은 해봤겠지. 서양 영화에 나오는 것처럼 여러 번."

"사실 난 사랑을 해본 적이 없어." 내 말에 나왈이 놀란 표정을 짓는다. 나는 사랑에 빠진 건 여러 번이지만 사랑을 해본 적은 없다고 설명하려 한다. 그 둘은 전혀 다른 거라고.

그러나 그만둔다. 왜냐하면 내가 다시 한번 라자스탄의 사막에서 파리의 카페로 옮겨갔기 때문이다. 사랑에 '빠지는' 거랑 사랑을 '하는' 건 달라. 내가 그 얘기를 했을 때 룰루의 목소리에 담겼던 냉소가 들리는 것만 같다. 그러고 나서 나는 누텔라를 그녀의 팔목에 묻혔다. 내 말의 요점을 보여주려고 한 행동이었지만, 실은 그녀가 어떤 맛인지 알아볼 구실이기도 했다.

그녀는 나를 비웃었다. 사랑에 빠지는 것과 사랑하는 것이 다르다는 건 거짓이라고 말했다. 그냥 이 여자 저 여자하고 자고 싶단 말처럼 들려. 하지만 그건 네 얘기일 뿐이야.

그 기억을 떠올리며 나는 미소를 짓는다. 그날 룰루는 여러 가지 면에서 나를 제대로 보았지만 그것만큼은 틀렸다. 야엘은 이스라엘 방위군에서 공수부대원으로 훈련을 받았는데, 한번은 비행기에서 뛰어내리는 게 어떤 기분인지 설명한 적이 있다. 허공을 가르는 기분, 온몸을 감싸는 바람, 그 흥분, 그 속도, 위장이 목구멍에 걸린 느낌, 착지시의 충격. 나는 여자와 함께할 때의 느낌이 꼭 그렇다고 생각했다. 바람과 흥분, 돌진, 갈망, 그리고 자유낙하. 느닷없는 끝.

그런데 이상하게도, 그날 룰루와는 낙하하는 기분이 아니었다. 도착하는 기분이었다.

나왈과 나는 차를 마시고 음악을 들으며 다가오는 인도의 선거와 축구 토너먼트에 대해 얘기한다. 햇살이 덮개 지붕 틈새로 들이치고 열기 속에서 우리는 조용해진다. 하루 중 이맘때가 되면 손님이 없다.

내 휴대전화 벨소리가 고요함을 깨뜨린다. 무케시. 여기서 내게 전화를 거는 사람은 무케시뿐이다. 프라틱은 문자를 보낸다. 야엘은 둘 다 하지 않는다.

"빌럼, 다 최고니?" 그가 묻는다.

"더할 나위 없어요." 내가 대답한다. 무케시의 언어 계층구조에서 '더할 나위 없이A-okay'는 '최고의tip-top'보다 한 단계 위다.

"잘됐구나. 널 걱정하는 건 아니다만 일정에 변동이 있어서 전화했단다. 낙타 투어가 취소됐어."

"취소됐다고요? 왜요?"

"낙타들이 병이 났어."

"병이 났다고요?"

"그래, 그래. 토하고, 설사하고, 끔찍하다, 끔찍해."

"다른 낙타 투어 예약하면 안 돼요?" 사흘간의 사막 낙타 투어는 그가 계획한 여정 중에서 내가 내심 기대하고 있던 일정이었다. 여정을 일주일 연장했을 때 나는 무케시에게 낙타 투어 일정을 다시 잡아달라고 부탁했었다.

"그러려고 했어. 하지만 안타깝게도 앞으로 일주일 내로는 다음 투어 일정을 잡을 수가 없고, 그 투어를 하면 다음주 월요일에 두

바이로 가는 비행기를 놓치게 돼."

"무슨 문제라도 생긴 거야?" 나왈이 묻는다.

"낙타 투어가 취소됐대. 낙타들이 아프대."

"우리 사촌도 낙타 투어 해." 나왈은 이미 휴대전화를 들고 있다. "내가 예약해줄 수 있어."

"무케시, 여기 내 친구가 다른 투어를 예약해줄 수 있대요."

"오, 안 돼! 빌럼. 그건 절대 있을 수 없는 일이야." 항상 친절하던 그의 말투가 퉁명스러워진다. 그러더니 한결 누그러진 목소리로 말을 잇는다. "이미 오늘밤 자이푸르행 기차와 내일 뭄바이행 비행기 편을 예약해놨거든."

"오늘밤이요? 뭐가 그리 급해요? 떠나려면 일주일이나 더 있어야 하는데." 무케시에게 라자스탄 여행을 일주일 더 연장해달라고 부탁하면서 암스테르담으로 돌아가는 비행기표도 내가 뭄바이로 돌아가기로 예정되어 있는 날짜에서 며칠 뒤로 예약해달라고 부탁했었다. 모든 일정을 교묘하게 조정해 떠나기 직전 이틀 정도만 야엘을 보면 되게 해둔 거다. "여기 며칠 더 있으면 안 될까요?"

무케시가 혀를 끌끌 찬다. 그의 독특한 은어들 가운데 그것은 더할 나위 없이와 정확히 반대되는 개념이다. 그는 비행 일정과 변경 수수료에 대해, 지금 당장 뭄바이로 돌아오지 않으면 인도에 발이 묶일지도 모른다는 엄포를 쏟아붓고, 나는 굴복하는 것 말고는 달리 할 수 있는 일이 없다. "좋아, 좋아. 메일로 여행 일정표를 보내주마."

"제 이메일이 지금 잘 안 돼요. 계정이 잠겨 있어서 비밀번호를 다시 설정하고 들어갔더니 최근 메일이 전부 사라졌더라고요." 내가 말한다. "아무래도 바이러스에 감염된 것 같아요."

"그래, 아마 자그디시 바이러스일 거야." 그가 다시 혀를 찬다. "새 계정을 만들어야 해. 그럼 일단 기차와 비행기 일정표를 문자로 보내주마."

나는 전화를 끊고 지갑을 꺼내려 배낭에 손을 넣는다. 삼천 루피를 센다. 나왈이 깎아준 최종 가격이다. 그의 얼굴이 시무룩해진다.

"떠나야 해," 내가 설명한다. "오늘밤에."

나왈은 카운터 뒤에서 갈색 종이로 싼 굵직한 물건을 꺼낸다. "다른 사람이 못 사게 네가 온 첫날 포장해뒀어." 그가 포장을 조금 벗겨 태피스트리를 보여준다. "그리고 널 위해 조그만 거 하나 더 넣었어."

우리는 작별 인사를 나눈다. 나는 그의 결혼에 행운이 함께하길 빈다고 말한다. "난 행운이 필요 없어. 그건 별들 속에 있으니까. 내 생각에 너야말로 행운이 필요해."

그 말을 듣는 순간 메리다에서 나를 내려주며 케이트가 했던 말이 떠오른다. "행운을 빌어주고 싶지만, 내 생각에 넌 이제 운에 맡기는 건 그만둬야 할 것 같아."

두 사람 중 누가 옳은 걸까.

나는 짐을 챙겨 늦은 오후의 열기를 가르며 기차역 쪽으로 걷는다. 언덕 위 도시는 황금빛으로 빛나고, 그 뒤로 모래언덕이 일렁인다. 그 풍경을 보니 벌써 애석하고 향수에 젖는다.

열차는 나를 다음날 아침 여섯시에 자이푸르에 내려놓을 것이다. 열시에는 뭄바이로 가는 비행기를 탄다. 새로운 이메일 계정을 만들 틈이 없었다. 그리고 무케시가 공항으로 마중을 나오겠다는 얘기도 없었다. 나는 프라틱에게 문자를 보낸다. 지난 이틀 동안 프라틱은 내 문자에 답을 하지 않았다. 그래서 이번엔 전화를 걸어 본다.

그가 정신없는 목소리로 전화를 받는다.

"프라틱, 나 빌럼이야."

"빌럼, 너 어디 있어?"

"기차에. 네가 말한 태피스트리 샀어." 내가 포장한 물건을 두드린다.

"아, 잘했어." 새로운 사업에 그렇게 신이 나 있더니 지금은 또 심드렁하다.

"괜찮아?"

"괜찮은 거 이상이야. 아주 좋아. 내 사촌 라훌이 유행성감기에 걸렸어."

"안됐네. 사촌은 좀 어때?"

"괜찮아. 괜찮아. 하지만 침대에서 쉬어야 해." 프라틱이 신이 나서 말한다. "그래서 내가 라훌을 도와주고 있어." 그가 목소리를 낮춰 속삭인다. "영화 일 말이야."

"영화?"

"응! 영화에 출연할 고레를 찾고 있어. 열 명을 구하면 내 이름을 크레디트에 올려준대. 보조 캐스팅감독의 보조로."

"축하해."

"고마워." 그가 정중하게 말한다. "그런데 네 명을 더 구해야 해. 내일 구세군에도 다시 가보고 아마 공항에도 가봐야 할 거 같아."

"실은, 네가 공항에 와주면 진짜 딱인데. 태워줄 사람이 필요하거든."

"너 토요일에 오는 줄 알았는데."

"일정이 바뀌었어. 내일 돌아가."

침묵이 흐르고, 그동안 프라틱과 나는 같은 생각을 한다. "너도 해볼래?" 그가 묻는 것과 동시에 나는 "나도 할까?"라고 묻는다.

우리의 웃음소리가 전화기 안에서 울려퍼진다. 나는 내 비행기 정보를 알려주고 전화를 끊는다. 밖에는 해가 저물고 있다. 기차 뒤로 환한 불꽃이 타오르고 우리 앞쪽으로는 어둠이 펼쳐져 있다. 잠시 후, 사방이 완전히 어두워진다.

무케시는 에어컨 달린 칸의 침대형 좌석을 예약해주었고, 인도 기차는 정육점 냉장고처럼 춥다. 침대에는 시트 한 장밖에 없다. 몸을 떨다가 문득 두툼하고 따뜻한 태피스트리를 떠올린다. 나는 포장을 펼친다. 포장 안에서 작고 단단한 물건이 굴러떨어진다.

조그만 가네샤 조각상이다. 도끼와 연꽃을 들고 특유의 미소를 짓고 있다. 마치 사람들이 아직 알아내지 못한 무언가를 혼자만 안다는 듯이.

스물다섯

뭄바이

영화 제목은 '히라 키 타만나'이고, '다이아몬드를 갖고 싶어' 정도로 번역될 수 있다. 대스타인 빌리 데발리와 대대스타인 아미샤라이가 출연하고 파룩 칸이라는, 너무 대단해서 더이상 설명이 필요 없는 감독이 연출하는 로맨스 영화다. 프라틱은 이 모든 얘기를 숨도 안 쉬고 들려준다. 공항 입국장에서 나를 덮쳐 서둘러서 차로 데리고 가면서 거의 입을 다물지 않는다. 지난 삼 주 동안 내가 그를 위해 고생고생하며 흥정해서 사온 라자스탄 물건들에는 눈길조차 주지 않는다.

"아, 빌럼, 그건 예전 계획이었지." 그런 걸 굳이 설명해야 한다는 게 경악스럽다는 듯 고개를 저으며 그가 말한다. "이제 난 발리우드에서 일해." 그러더니 어제 아미샤 라이가 자기 곁을 아주 가까이 스쳐지나가서 팔에 그녀의 사리가 스쳤다는 얘기를 들려준다. "그게 어떤 기분이었는지 말해도 돼?" 그가 묻지만 내 대답을 기다리진 않는다. "마치 신의 손길 같았어. 그녀에게서 어떤 향기가 나는지 말해도 돼?" 그는 눈을 감고 숨을 들이마신다. 그녀의 향기는 말로 표현할 수 없는 것임에 틀림없다.

"내가 할 일은 정확히 뭐야?"

"〈딜 메라 골말〉 기억나? 총격전 이후의 장면?"

나는 고개를 끄덕인다. 그 장면은 〈저수지의 개들〉과 비슷했지만 선상에서 펼쳐졌다. 춤과 함께.

"거기 등장하는 백인들이 다 어디서 온 것 같아?"

"고고 댄서들하고 똑같은 마법의 장소에서?"

"나 같은 캐스팅감독들한테서." 그가 자기 가슴을 두드린다.

"캐스팅감독? 정식으로 감독이 됐구나. 열 명 구했어?"

"네가 여덟번째야. 하지만 곧 다 구할 거야. 넌 키가 무지 크고 잘생겼고 그리고…… 백인이야."

"그럼 두 명으로 치면 안 돼?" 내가 농담을 한다.

프라틱은 얼간이를 보듯 나를 쳐다본다. "아니, 너도 한 명으로 쳐. 넌 단 한 명일 뿐이야."

우리는 필름 시티에 도착한다. 필름 시티는 수많은 스튜디오가 밀집한 교외 지역이다. 우리는 단지 안으로 들어서서 다시 커다란 격납고처럼 생긴 곳으로 들어간다.

"아, 그건 그렇고, 보수 말인데," 프라틱이 스스럼없이 말한다. "알려줘야지. 하루에 십 달러야."

나는 대답하지 않는다. 보수를 받을 거라고는 기대도 하지 않았다.

그가 내 침묵을 오해한다. "서양인들한텐 큰돈이 아니란 거 알아." 그가 설명한다. "하지만 식사와 숙박이 제공되기 때문에 매일 밤 콜라바로 돌아갈 필요가 없어. 제발, 제발 하겠다고 말해줘."

"물론이야. 돈 때문에 하는 거 아니야." 토어가 게릴라 월을 두고 했던 말과 정확히 일치한다. 우리는 돈 때문에 이 일을 하는 게 아니야. 그러나 그런 얘기의 절반은 그날 밤 공연 수입을 조심스럽게 계산하거나, 다음번에 공연할 가장 화창한—가장 수익성이 좋은—장소를 결정하기 위해 〈인터내셔널 헤럴드 트리뷴〉의 일기예보를 확인할 때 나왔다.

그때만 해도 나는 돈 때문에 공연을 하는 것에 가까웠다. 작은 액수나마 게릴라 월에서 버는 돈 덕에 날 반기지 않는 집으로 돌아가지 않을 수 있었다.

생각해보면 거의 달라진 게 없다는 게, 참 우습다.

세트장에서 프라틱이 나를 보조 캐스팅감독인 아룬에게 소개한다. 그는 잠시 통화를 멈추고 나를 뜯어본다. 그러곤 프라틱에게 힌디어로 뭐라고 말한 뒤 나를 향해 고개를 끄덕이고 "의상!"이라고 소리친다.

프라틱이 내 팔을 꽉 붙잡고 날 의상실로 데려간다. 의상실은 슈트와 드레스가 빽빽이 걸린 회전 옷걸이로 가득하고, 안경을 쓴 난

감한 표정의 여자가 그곳을 관리하고 있다. "맞는 걸 찾아봐." 그녀가 지시한다.

의상이 죄다 나에겐 머리 하나가 작다. 나는 대부분의 인도 사람들보다 꼭 그만큼 크다. 프라틱이 걱정스러운 표정을 짓는다. "너 슈트 있어?" 그가 묻는다.

마지막으로 슈트를 입었던 건 브람의 장례식 때였다. "아니, 슈트는 없어."

"무슨 문제 있어?" 의상을 관리하는 니마라는 여자가 쏘아붙인다.

프라틱이 굽실거리며 내 키에 대해 사과한다. 마치 그게 인격적 결함이라도 된다는 듯이.

그녀가 초조하게 한숨을 쉰다. "여기서 기다려."

프라틱이 놀란 표정으로 나를 바라본다. "널 돌려보내지 않았으면 좋겠다. 아룬이 방금 알려줬는데, 내가 아슈람*에서 데려온 사람들 중 한 명이 오늘 아침에 떠나서 도로 일곱 명이 됐어."

나는 몸을 웅크려 키를 낮춘다. "이러면 도움이 될까?"

"그래도 슈트는 안 맞을걸." 마치 내가 바보 천치라는 듯 그가 말하고 고개를 젓는다.

니마가 옷 가방을 들고 돌아온다. 안에 슈트가 들어 있다. 깔끔하게 다림질이 된 반짝이는 파란색 샤크스킨**이다. "배우들이 입

---

* 힌두교도들이 수행하며 거주하는 곳.
** 상어 가죽처럼 거친 질감을 가진 직물.

는 옷이니까 더럽히지 마." 그녀가 경고한 뒤 커튼이 쳐진 공간으로 나를 밀며 옷을 입어보라고 한다.

슈트는 내게 맞는다. 프라틱이 나를 보고 활짝 웃는다. "너 진짜 상류층 같다." 그가 놀라며 말한다. "자, 이제 아룬 옆으로 지나가. 자연스럽게, 자연스럽게. 아, 됐다, 그가 보고 있어. 아주 좋아. 아무래도 나 거의 크레디트에 들어갈 것 같아. 언젠가 나도 아룬처럼 될지도 몰라."

"꿈이라도 실컷 꿔."

나는 프라틱을 놀린다. 그러나 프라틱이 내가 하는 모든 말을 문자 그대로 받아들인다는 걸 자꾸만 잊어버린다. "맞아. 꿈을 꾼다는 건 엄청난 용기가 필요한 일이야, 안 그래?"

영화 세트장은 가짜 칵테일 라운지이고 그랜드피아노 한 대가 한복판에 놓여 있다. 인도 스타들이 바 주위를 둘러싸고 있고, 쉰 명 남짓한 엑스트라들이 안쪽에서 서성거린다. 인도인이 더 많지만 열다섯에서 스무 명 정도는 서양인이다. 나는 턱시도를 입은 인도 남자 옆에 서지만, 그는 눈을 가늘게 뜨고 날 쳐다보다가 자리를 피한다.

"쟤네 완전히 속물이야!" 햇볕에 그을린 마른 몸에 반짝이는 파란색 드레스를 입은 여자가 웃으며 말한다. "우리하고 말 안 해."

"역식민주의라고나 할까." 레게 머리를 하나로 묶은 남자가 말한다. "난 내시라고 해." 그가 손을 내밀며 인사한다.

"난 타샤." 여자가 말한다.

"빌럼이야."

"빌럼." 두 사람이 아련하게 내 이름을 되풀이한다. "아슈람에서 왔어?"

"아니."

"아. 아닐 거라고 생각했어. 그랬다면 우리가 널 알아봤을 테니까." 타샤가 말한다. "너 키 진짜 크다. 줄스처럼."

내시가 고개를 끄덕인다. 나도 그렇게 한다. 우리 모두 줄스의 키에 대해 고개를 끄덕인다.

"넌 어쩌다 인도에 왔어?" 내가 질문을 던지며 슬쩍 우편엽서 투로 접어든다.

"우린 난민이야." 타샤가 말한다. "명성과 유명인에 집착하는 미국의 물질주의 세계를 피해 온 난민. 우리 자신을 정화하기 위해 이곳에 왔지."

"이곳?" 내가 세트장을 가리키며 말한다.

내시가 웃는다. "깨달음은 공짜가 아니잖아. 사실 꽤 비싼 편이야. 그래서 시간이나 좀더 벌어볼까 하고 여기 왔어. 넌 어때, 친구? 어쩌다 발리우드에 왔어?"

"그야 물론 명성을 얻고 싶어서지."

두 사람 다 웃는다. 그리고 내시가 묻는다. "한 대 피울까? 딱히 하는 일도 없이 기다리게만 하잖아." 통통한 대마초 한 대를 꺼내며 그가 말한다. "취해서 기다리는 게 낫지."

나는 어깨를 으쓱한다. "안 될 거 없지."

몰래 세트장 밖으로 나가니 엑스트라의 절반은 건물 돌출부 아래 그늘에서 담배를 피우고 있는 것 같다. 내시가 대마초에 불을 붙여 한 번 빤 다음 타샤에게 넘기고, 타샤는 길고 깊게 한 모금 빨고 나서 나에게 넘긴다. 강력한 대마초다. 피워본 지 꽤 오래된 나에게는 즉각적으로 반응이 온다. 우리는 대마초를 몇 차례 돌려 피운다.

"너 진짜…… 키 크다, 빌럼." 타샤가 말한다.

"응, 너 아까도 그 말 했어."

"우리 진짜로 얘 줄스한테 소개해주자." 타샤가 느릿느릿 말한다. "걔도 키가 커. 캐나다 출신이야."

"완전," 내시가 말한다. "좋은 생각이야."

세상이 살짝 씻겨나간다. 너무 밝고 어지럽다. "줄스가 누군데?" 내가 묻는다.

"여자애." 내시가 대답한다. "예뻐. 머리는 연한 적갈색이고. 아슈람에 있는데 하루이틀 내로 올 거야. 키가 커. 아, 타샤가 벌써 말했지. 젠장, 저기 조감독 오네. 대마초 숨겨."

새처럼 생긴 남자가 다가와 우리를 쳐다볼 때 타샤는 대마초를 손가락 사이에 끼우고 있다. 대마초는 타샤가 들고 있는데도 그의 주의는 내게로 향한다. 그는 휴대전화로 내 사진을 찍더니 말 한마디 없이 가버린다.

"이런 젠장." 타샤가 키득거리며 말한다. "우리 들켰다."

"얘가 들켰지." 내시가 말한다. "얘 사진만 찍었잖아." 조금 모욕당한 것 같은 말투다.

"대마초가 있으면 항상 네덜란드인 탓이니까." 내가 말한다.

"그렇고말고." 내시가 고개를 끄덕이며 말한다.

"나 너무 걱정돼." 타샤가 말한다.

"돌아가자. 나머진 나중에 피우고." 내시가 말한다.

대마초 때문에 머리가 어질어질해서 대기 시간이 빨리 가기는커녕 더 더디게 간다. 루피 동전을 손마디 위에서 돌리며 시간을 보내지만 자꾸만 떨어뜨린다. 그래서 혼자 카드놀이나 하려고 휴대전화를 켠다. 그러나 그 순간, 약기운 때문에 묘한 충동이 일어 휴대전화를 본래 목적에 맞게 사용해본다. 나는 전화를 건다.

"여보세요…… 빌럼인데요." 그녀가 전화를 받자 내가 말한다.

"누군지 알아." 그녀의 목소리에서 분노가 배어난다. 엄마에게 전화하는 것도 안 되나? "어디니?" 그녀가 묻는다.

"저 지금 영화 세트장에 있어요. 앞으로 며칠 동안 발리우드 영화에 출연하게 될 거 같아요."

침묵. 야엘은 '저급' 문화에 대한 인내심이 없는 편이다. 도저히 거부하지 못하는 싸구려 이스라엘 대중음악을 제외하면. 그녀는 영화도 TV 쇼도 좋아하지 않는다. 그 모든 게 시간 낭비라는 생각이 확고하다.

"그 일은 언제 하기로 결정한 거니?" 마침내 야엘이 묻는다. 목소리가 불꽃이 튈 정도로 메말라 있다.

"어제요. 공식적으로는 오늘 아침에요."

"나한텐 언제 말해줄 생각이었고?"

대마초 때문일 수도 있겠지만 나는 큰 소리로 웃는다. 왜냐하면,

다 우습기 때문이다. 모든 황당한 일들이 으레 그렇듯이.

야엘은 그렇게 생각하지 않는다. "뭐가 그렇게 우스워?"

"뭐가 그렇게 우습냐고요?" 내가 묻는다.

"제 일정을 궁금해하시다니 좀 웃겨서요. 지난 삼 년 동안 제 여정이나 안부 따윈 한 번도 생각해본 적 없으시면서. 인도에 오라고 해놓고 일주일 뒤에 곧장 저를 떠나보내고는 전화 한 통 없으셨잖아요. 심지어 공항에 마중도 안 나오셨고요. 물론 응급 상황이, 아니면 그보다 더 중요한 일이 있으셨겠죠. 늘 그렇지 않았나요? 그런데 제가 발리우드 영화를 찍건 말건 왜 궁금해하세요?"

나는 말을 멈춘다. 대마초의 효력이 잦아들면서 나의 분노, 또는 나의 용기도 함께 사라져버린 것 같다.

"내가 알아야 하는 이유는," 야엘이 말한다. 목소리는 침착하면서도 격앙되어 있다. "그걸 알아야 다음번엔 공항에 나가지 않을 테니까."

그녀가 전화를 끊은 뒤 나는 휴대전화를 확인해본다. 여섯 통의 부재중 전화와 너 어디니?라는 문자들이 보인다.

또 한번의 불통. 이게 요즘 나의 삶이다.

스물여섯

 그날 밤, 우리는 여덟시쯤 촬영을 마친 뒤 금방 주저앉을 것 같은 버스에 구겨져 타고 한 시간 거리에 있는 야트막한 시멘트 건물 호텔로 향한다. 네 명이 한 방에 배정된다. 나는 내시와 타샤와 또 한 명의 아슈람 견습 수도자인 아진과 함께 묵게 된다. 그들 셋은 대마초를 돌려 피우며 깨달음에 이르는 과정에 관한 얘기를 하고 또 한다. 내게도 대마초를 권하지만, 오후에 대마초가 촉발했던 야엘과의 불화로 나는 더이상 나 자신을 믿을 수가 없다. 결국 나는 잠이 든다. 그러나 한밤중에 침대 뼈대가 미친듯이 삐걱거리는 소리에 잠에서 깨어난다. 내시와 타샤. 아니면 세 사람 모두. 너무 불쾌하다. 이곳 말고는 달리 내가 있을 곳이 없어서 비참하다.

 다음날, 세트장 상황은 대체로 비슷하다. 나는 슈트를 입고 나서 잠깐 프라틱을 만나지만, 그는 곧바로 황급히 달려나간다. "사람을 더 찾아야 해." 그가 내게 소리친다. "어제 세 명이 떠나서 오늘 네 명을 구해야 해!" 니마가 나를 사악한 눈길로 쳐다본다. 조감독이 사진을 한 장 더 찍는다. 이 사람들은 내 슈트에 대해 너무 진지하다.

그날 오후 늦게 프라틱이 새로운 지원자들을 데리고 돌아온다. 다리가 길고 분홍색으로 부분 염색을 한 빨간 머리 여자도 함께.

"줄스!" 그녀가 도착하자 내시와 타샤가 소리를 지른다. 세 사람은 서로를 끌어안고 조그만 원을 그리며 춤을 추더니 타샤가 나를 손짓으로 부른다.

"줄스." 그녀가 말한다. "이쪽은 빌럼. 우린 얘가 너한테 꼭 맞는 애라는 결론을 내렸어."

"아, 그래?" 줄스가 잠시 눈을 부라린다. 그녀는 키가 크다. 나만큼은 아니지만 거의 비슷하다. "난 줄스라고 해. 그런데 넌 이미 날 아는 것 같다." 그녀가 말한다.

"난 빌럼."

"네 슈트 마음에 든다, 빌럼."

"마음에 들어야 해. 아주 특별한 슈트거든. 얼마나 특별한지 사람들이 내가 슈트를 더럽힐까봐 계속 사진을 찍고 있어."

"그럼 의상실로 가는 길 알겠네. 의상실에 가보라던데. 어디로 가면 되는지 알려줄래?"

"기꺼이."

의상실로 가는데 그녀가 내 팔짱을 낀다. "그러니까 내시하고 타샤를 만났단 말이지?"

"어젯밤에 그 두 사람하고 함께하는 영광을 누렸어."

그녀가 묘한 표정을 짓는다. "쟤들 섹스했지?"

내가 고개를 끄덕인다.

그녀가 고개를 젓는다. "삼가 조의를 표한다."

그 말에 내가 웃는다.

"음, 내가 오늘밤 너하고 같이 있어줄게. 상황을 공평하게 만들어줄게." 그녀가 날 쳐다본다. "그런 식은 아니고. 혹시 그런 거 생각하는 거라면."

"난 너한테 옷을 입힐 생각만 하고 있는데." 내가 말한다.

"정말?" 그녀가 묻는다. "나한테 옷을 입힐 생각?"

나는 다시 웃는다. 줄스가 내 팔짱을 끼고 있다. 어제 야엘과 다투며 생긴 앙금을 털어낼 훌륭한 방법이다. 여자들은 항상 마음을 다른 데로 돌리는 최선의 방법이었다.

한 여자로부터 마음을 돌려야 하는 상황이 오기 전까지는.

스물일곱

마침내 촬영에 들어갔을 때는 다섯시가 넘은 시각이다. 우리가 출연하는 부분은 노래 장면으로, 빌리 데발리가 분한 인물이 아미샤 라이가 분한 인물을 처음 만난 순간 완전히 넋이 나가서 갑자기 노래를 부르며 피아노를 연주하는 장면이다. 우리는 모두 첫눈에 반한 사랑의 진심 어린 표현에 마음을 빼앗긴 채 그를 바라보게 되어 있다. 마지막에는 박수를 친다.

촬영은 밤늦게까지 이어진다. 하루 일과가 끝나자 조감독이 우리에게 이틀을 더 머물 생각을 하라고 말한다. 프라틱이 나를 한옆으로 끌고 가더니 어쩌면 그것보다 더 길어질지도 모른다면서 여기 더 있어도 괜찮겠느냐고 묻는다. 나는 상관없다. 네덜란드로 돌아갈 때까지 기꺼이 이곳에 머물 수 있다.

우리는 다시 버스를 타기 위해 줄을 서고 조감독은 내 사진을 한 장 더 찍는다. "이런, 저 사람들 아주 단단히 벼르고 있는 것 같은

데." 내시가 말한다.

"이해가 안 가." 내가 말한다. "지금은 슈트를 입고 있지도 않잖아."

그날 밤 우리 호텔방에는 다섯 명이 있다. 내시, 타샤, 아진, 나와 줄스. 줄스와 나는 바닥 매트리스에서 잔다. 아무 일도 일어나지 않는다. 적어도 우리에게는. 그녀의 존재가 내시와 타샤의 달밤의 체조를 막진 못하지만, 그 일이 일어날 때 줄스가 몸을 들썩거리며 웃음을 터뜨리는 것을 보고 나도 웃음을 터뜨린다.

그녀가 모로 누우며 나를 마주본다. "고통은 나누어야 맛이지." 그녀가 속삭인다.

다음날, 달*과 밥을 받는 점심식사 줄에 서 있는데 조감독이 내 등을 툭툭 친다. 이번엔 찍힐 사진을 위해 포즈까지 취해보지만 그에겐 카메라가 없다. 대신 그는 자기하고 같이 가자고 한다.

"너 슈트에 뭐 묻었어?" 줄스가 내 뒤에서 외친다.

아룬이 빠른 걸음으로 앞장서고 우리 뒤로 프라틱이 당혹스러운 표정으로 따라온다. 이 슈트가 도대체 얼마짜리길래 이러지?

"무슨 일이야?" 세트장을 지나 트레일러 행렬 쪽으로 향할 때 내가 프라틱에게 묻는다.

"파룩! 칸!" 그가 기침처럼 그 이름을 내뱉는다.

---

* 마른 콩류에 향신료를 넣고 끓인 인도의 스튜.

"파룩 칸이 왜?" 그러나 프라틱이 대답을 하기도 전에 나는 계단 위로 끌려가 어느 트레일러 안으로 떠밀린다. 안에는 파룩 칸, 아미샤 라이, 빌리 데발리가 모여 앉아 있다. 그들 모두가 영원처럼 느껴지는 시간 동안 나를 빤히 쳐다보고, 마침내 빌리가 소리친다. "봐! 내가 뭐라고 했어?"

아미샤가 또다른 담배에 불을 붙이고, 덩굴 같은 헤나 문신으로 뒤덮인 맨발을 뻗는다. "정말 그렇네." 그녀가 경쾌한 억양으로 말한다. "정말 미국 영화배우처럼 생겼어."

"그 사람." 빌리가 손가락으로 딱 소리를 낸다. "히스 레저."

"죽지 않은 것만 빼고." 파룩이 말한다.

모두 동의하듯 헛소리를 낸다.

"히스 레저는 호주 출신인데요." 내가 말한다.

"그런 건 중요하지 않아." 파룩이 말한다. "어디서 왔지? 미국? 영국?"

"네덜란드요."

빌리가 코를 찡그린다. "억양이 없는데."

"거의 영국인 같아." 아미샤가 말한다. "저 정도면 남아프리카공화국 억양하고 충분히 비슷해."

"남아프리카공화국이라면 이게 더 가깝죠." 내가 투박한 아프리칸스 억양으로 말한다.

아미샤가 손뼉을 친다. "억양 흉내도 낼 줄 아네."

"아프리칸스어는 네덜란드어하고 비슷해요." 내가 설명한다.

"전에 연기한 적 있나?" 파룩이 묻는다.

"별로요."

"별로?" 아미샤가 눈썹을 치켜세우며 묻는다.

"셰익스피어 약간요."

"별로라고 말해놓고 셰익스피어를 연기했다고 하는 건 좀 아니지." 파룩이 경멸 조로 말한다. "이름이 뭐야? 미스터 별로요라고 부를까?"

"빌럼이 더 좋아요. 빌럼 더 라위터르."

"좀 길고 복잡하네." 빌리가 말한다.

"좋은 예명은 아니야." 아미샤가 말한다.

"바꾸면 돼." 빌리가 말한다. "미국인들은 원래 다 그러잖아."

"인도 사람들은 안 그러는 것처럼 말하네." 아미샤가 말한다. "빌리."

"전 미국인 아니에요." 내가 끼어든다. "네덜란드인이에요."

"아, 그렇지. 미스터 더…… 빌럼." 파룩이 말한다. "상관없어. 우리한테 문제가 있어. 우리 서양인 배우 중에 더크 딕비라는 미국인이 있는데, 두바이에 살아. 이름은 들어봤겠지?"

나는 고개를 젓는다.

"못 들어봤으면 됐고. 아무튼 딕비 씨가 막판에 계약에 문제가 생겨서 다른 일정을 잡는 바람에 작은 배역 하나가 비게 됐거든. 남아프리카공화국 출신의 다이아몬드 중개인 역할인데, 우리 라이양을 유혹하는 동시에 그녀 집안의 샥티 다이아몬드를 훔치려는 엉큼한 인물이야. 큰 역할은 아니지만 중요한 배역이라 지금 우리가 좀 곤란한 상황에 처했어. 그래서 힌디어 대사 몇 줄과 영어 대사 몇 줄을 소화할 수 있는 적당한 사람을 찾고 있고. 언어 감각은 어떤 편이지?"

"꽤 좋은 편이에요. 여러 언어를 하면서 자랐거든요."

"좋아, 이 대사를 해봐." 파룩이 말하고는 무언가를 읽는다.

"그게 무슨 뜻인지 알려주세요."

"봤지?" 아미샤가 말한다. "타고난 배우라면 의미를 알고 싶어한다고. 더크는 자기가 뭐라고 하는지 한마디도 몰랐을걸?"

파룩이 손을 내젓는다. 그러곤 나를 돌아본다. "너는 아미샤가 맡은 히라라는 여자가 여기 있는 빌리하고 결혼하는 걸 막으려는 거야. 하지만 실제로는 그저 여자 집안의 다이아몬드를 노리는 거지. 대사는 영어와 힌디어 약간으로 이루어져 있어. 네가 히라한테, 나는 당신이 누군지 알고 있다고, 당신의 이름은 다이아몬드를 뜻한다고 말하는 대목이야. 내가 말할 테니, 따라 해볼래?"

"좋아요."

"마인 잔타 훈 툼 카운 호, 히라 고팔. 히라, 그건 다이아몬드를 뜻해요, 맞죠?" 파룩이 말한다.

"마인 잔타 훈 툼 카운 호, 히라 고팔. 히라, 그건 다이아몬드를 뜻해요, 맞죠?" 내가 따라 한다.

모두가 날 응시한다.

"어떻게 한 거야?" 아미샤가 묻는다.

"뭘요?"

"힌디어를 유창하게 하는 사람 같았어." 빌리가 말한다.

"모르겠어요. 언어 쪽으로는 항상 빠른 편이었어요."

"믿을 수가 없네, 정말." 아미샤가 파룩을 돌아본다. "대사를 자를 필요도 없겠는데."

파룩이 날 빤히 본다. "이건 사흘짜리 촬영이고 다음주에 시작해. 여기 뭄바이에서. 대사를 암기해야 할 거야. 힌디어 발음과 통역을 도와줄 사람을 붙여줄게. 하지만 영어 대사도 꽤 있어." 그러곤 턱수염을 문지른다. "출연료로 삼만 루피 줄 수 있어."

나는 잠시 환율을 계산해본다.

파룩은 내 침묵을 협상으로 받아들인다. "좋아," 그가 다시 제안한다. "사만 루피."

"여기 얼마나 있어야 하죠?"

"촬영은 월요일에 시작해서 사흘간 할 거야." 파룩이 말한다.

월요일은 내가 암스테르담으로 돌아가기로 한 날이다. 여기 사흘을 더 머문다고? 그때 파룩이 말을 잇는다. "배우들이 머무는 호텔에 묵게 해줄게. 주후 비치에 있어."

"주후 비치는 아주 근사하지." 빌리가 말한다.

"전 월요일에 떠나기로 돼 있거든요. 비행기를 예약해뒀어요."

"비행기 날짜를 바꾸면 안 될까?" 파룩이 묻는다.

무케시는 할 수 있을 것이다. 더구나 그들이 호텔을 제공한다면 봄베이 로열로 돌아갈 필요가 없다.

"오만." 파룩이 말한다. "이게 마지막이야."

"천 달러가 넘는 돈이야, 미스터 더 라위터르." 아미샤가 허스키한 웃음소리와 담배 연기를 내뿜으며 말한다. "거절하기엔 너무 멋진 제안일걸."

스물여덟

제작진은 곧바로 주후 비치에 있는 고급 호텔로 숙소를 옮겨준다. 내가 가장 먼저 한 일은 샤워다. 그러고 나서 전날부터 배터리가 나가 있던 휴대전화를 전원에 연결한다. 야엘에게서 문자나 전화가 와 있기를 조금 기대하지만 한 통도 없다. 여기 좀더 오래 머물기로 했다고 말할까도 생각해보지만 마지막 대화를 나눈 뒤로, 그리고 지난 삼 주를—삼 년을—그렇게 보낸 뒤로, 그녀는 이런 소식을 들을 자격이 없다는 생각이 든다. 대신 무케시에게 문자를 보내 출발을 사흘 뒤로 미룰 수 있는지 묻는다.

그가 곧바로 전화를 한다. "여기 더 있기로 했다고!" 신이 난 목소리다.

"며칠만 더요." 나는 엑스트라로 일하다가 작은 배역을 맡게 되었다고 설명한다.

"오, 진짜 재미있겠구나!" 그가 말한다. "엄마가 무척 기뻐하시겠다."

"엄마는 아직 모르세요."

"모른다고?"

"엄마를 못 만났어요. 스튜디오 근처에 머물다가 지금은 주후 비치에 있는 호텔에 있거든요."

"주후 비치. 아주 고급이네." 무케시가 말한다. "그런데 라자스탄에서 돌아올 때 엄마를 못 만났어? 엄마가 공항으로 나간 줄 알았는데."

"일정이 바뀌었어요."

"아, 그랬구나." 잠시 침묵이 흐른다. "언제 떠나고 싶은데?"

"월요일부터 촬영에 들어가서 사흘 정도 걸릴 거래요."

"그 두 배가 걸릴 거라고 보는 게 안전하겠지." 무케시가 말한다. "알아보마."

나는 전화를 끊고 대본을 든다. 파룩이 힌디어 대사 위에 영어로 번역을 해놓았고, 힌디어로 녹음한 테이프도 누군가가 만들어놓았다. 오후에는 대사를 외우며 시간을 보낸다.

대사를 다 외우고 나서 나는 잠시 방안을 서성인다. 온통 현대적이고 고급스럽다. 욕조와 샤워 부스와 널찍한 더블베드. 이렇게 좋은 데서 자본 게 얼마 만인지. 조금 심하다 싶을 정도로 조용하고, 조금 심하다 싶을 정도로 깨끗하다. 나는 침대에 앉아 그저 동무 삼아 힌디어 TV를 본다. 저녁식사는 방으로 주문한다. 밤에 잠자리에 든 뒤 나는 잠을 이루지 못한다. 침대가 너무 포근하고, 너무 크다. 오랫동안 기차에서, 차에서, 간이침대에서, 소파에서, 요에

서, 아나 루시아의 비좁은 침대에서 자왔다. 마치 조난했다가 구조
되어 다시 문명 세계로 돌아왔지만 맨바닥에서만 잠들 수 있는 사
람이 된 기분이다.

　금요일에 잠에서 깨어나 다시 대사를 연습한다. 촬영은 사흘 뒤
에나 시작되고, 그 사흘은 창밖으로 펼쳐진 회청색 바다처럼 끝없
이 내 앞에 펼쳐져 있다. 전화벨이 울리자 밀려드는 안도감에 부끄
러워진다.

　"빌럼, 무케시야. 새 비행기 편에 대해 알려주려고."

　"좋아요."

　"가장 빠른 비행기가 4월이야." 그가 내게 날짜를 몇 개 말해준다.

　"뭐라고요? 왜 그렇게 멀리 잡으셨어요?"

　"난들 어쩌겠니? 모든 항공편이 그때까지 전부 예약되어 있는
데. 부활절이잖아."

　부활절? 힌두교·이슬람교 국가에서? 나는 한숨을 쉰다. "그것
보다 더 빠른 거 없는 게 확실해요? 추가 요금을 지불하더라도 상
관없어요."

　"도리가 없어. 나도 백방으로 알아봤어." 마지막 말을 할 때는
조금 모욕당한 것 같은 말투다.

　"다른 비행기로 예약하면요?"

　"빌럼, 겨우 몇 주 차이잖아. 더구나 이맘때는 항공 요금이 엄청
비싸. 자리도 없고." 그의 목소리가 야단치는 투로 변한다. "겨우

며칠 더 있는 건데 뭘."

"계속 알아봐주실 수 있어요? 혹시 빈자리가 나는지?"

"물론! 그렇게 하마."

나는 전화를 끊고 종말이 임박해오는 것 같은 기분을 떨쳐내려 애쓴다. 영화 때문에 이곳에 며칠 더 머무는 거라고, 그것도 죽 호텔에서 지내리라고 생각했다. 그런데 이제 발이 묶여버렸다. 나는 촬영이 끝난 뒤에는 뭄바이에 머물 필요가 없다는 사실을 떠올린다. 내시와 타샤와 줄스는 현금이 어느 정도 모이면 고아에 가서 며칠 머물 거라고 했다. 나도 그들과 같이 가볼까. 내가 비용을 내도 되고.

나는 줄스에게 문자를 보낸다. 고아는 여전히 갈 생각이야?

그녀에게서 답이 온다. 내가 N과 T를 죽이지만 않는다면. 어젯밤에는 못 견딜 정도로 시끄럽더라. 날 버리고 가다니, 배신자.

나는 어젯밤 못 견딜 정도로 고요했던 내 호텔방을 둘러본다. 발코니의 전망 사진을 찍어서 줄스에게 보낸다. 여긴 조용해. 혹시 너도 걔들을 버리고desert 싶으면, 여기 두 사람 잘 공간이 있어, 라고 쓴다.

나 디저트dessert 좋아해, 라고 그녀가 답한다. 위치 알려줘.

몇 시간 뒤 방문을 똑똑 두드리는 소리가 들린다. 문을 열자 줄스가 안으로 들어온다. 그녀는 바깥 전망을 감탄하며 바라보고 나서 침대로 뛰어오른다. 그리고 커피 테이블 위에 있던 대본을 집어든다.

"대사 해볼래?" 내가 묻는다. "영어 번역도 있어."

그녀가 미소 짓는다. "좋아."

나는 그녀에게 어디서 시작해야 하는지 알려준다. 그녀가 목을 가다듬고 표정을 잡는다. "그러는 당신은 도대체 뭔데요?" 그녀가 오만한 목소리로 말한다. 아마도 아미샤를 흉내내는 것 같다.

"나도 가끔 그게 궁금해요." 내가 대사를 받는다. "내 출생신고서에 적힌 이름은 라르스 폰 헬더르입니다만. 하지만 당신이 누군지는 알아요, 히라 고팔. 히라, 그건 다이아몬드를 뜻해요, 맞죠? 그리고 당신은 이름만큼이나 빛나는군요."

"당신하고 내 이름 얘길 하고 싶지 않아요, 폰 헬더르 씨."

"오, 이제 당신도 날 아는군요?"

"난 알고 싶은 건 전부 알아요."

"그럼 내가 남아프리카 최고의 다이아몬드 수출상이라는 것도 알겠네요. 그래서 값나가는 보석에 대해서라면 좀 아는 편이죠. 대부분의 보석상들이 확대경으로 보는 것보다 더 많은 것을 육안으로 봐요. 이렇게 보니 당신이 백만 캐럿짜리란 걸 알겠네요. 티끌 하나 없는."

"소문에 의하면, 당신이 우리 집안의 다이아몬드를 노리고 있다던데요, 폰 헬더르 씨."

"아, 맞습니다, 미스 고팔. 노리고 있어요." 나는 잠시 말을 멈춘다. "하지만 샥티* 다이아몬드는 아니에요."

마지막 대사를 하기 전에 줄스가 대본을 내려놓는다. "좀 저질이시군요, 판 헬더르씨."

---

* 여성의 생식력 혹은 생식기. 시바 신의 아내를 뜻하는 힌디어.

"폰 헬더르야."

"아, 미안. 폰 헬더르 씨."

"중요한 거잖아, 안 그래? 이름 말이야." 내가 말한다.

"그래? 줄스는 뭐의 약자게?"

"줄리애나?" 내가 추측해본다. "네덜란드 여왕 이름처럼?"

"아니." 줄스가 의자에서 일어나 내 쪽으로 다가온다. 그녀는 미소를 지으며 내 무릎 위로 몸을 숙인다. 그러곤 내게 키스한다.

"줄리엣." 내가 말한다.

그녀가 고개를 젓는다. 그리고 셔츠 단추를 풀며 미소 짓는다. "줄리엣은 아니야. 하지만 오늘밤 네가 나의 로미오가 되어줘."

스물아홉

다음날 아침, 줄스는 떠난다. 내시, 타샤와 함께 푸네에 있는 아슈람으로 돌아갈 예정이다. 우리는 그다음주에 고아에서 만나기로 막연한 계획을 세운다. 줄스가 무엇의 약자인지는 결코 알아내지 못했다.

술을 마시지 않았는데도 나는 숙취를 느끼고, 늘 혼자였으면서 새삼 외롭다는 생각이 든다. 프라틱에게 전화를 걸어 이번 주말에 뭘 할 건지 물었더니, 오늘은 집에서 어머니를 돕고 내일은 삼촌과 성대한 가족 저녁식사 모임에 갈 예정이라고 한다. 나는 주후 비치를 어슬렁거리며 하루를 보낸다. 백사장에서 축구를 하는 남자들을 보니 위트레흐트의 친구들이 그립다. 다음 순간 모든 그리움이 응고된다. 내가 그리워하는 건 룰루이고, 나는 그 그리움이 무언가로 대체되어야 한다는 걸 안다. 내 외로움은 열 추적 미사일이고, 그녀는 열기다. 그런데 그 열기의 새로운 원천을 찾을 수가 없다.

줄스는 전혀 그립지 않다.

일요일이 되자 답답해서 미칠 지경에 이른다. 나는 기차를 타고 도시 밖으로 하루 여행을 떠나기로 한다. 어디로 갈지 정하려고 여행 가이드북을 펼치는데 전화벨이 울린다. 나는 말 그대로 전화기를 덥석 집어든다.

"빌럼!" 무케시의 쾌활한 목소리가 휴대전화 속에서 울려퍼진다. 그의 목소리가 이렇게 반갑기는 처음인 것 같다. "오늘 뭐할 거니?"

"안 그래도 지금 그걸 궁리하는 중이에요. 칸달라로 당일치기 여행을 다녀올까 생각하고 있었어요."

"칸달라는 멋진 곳이지. 하지만 당일치기로 여행하기엔 거리가 멀어서 일찍 출발해야 해. 원한다면 다른 날 기사를 예약해줄 수 있어. 나한테 다른 계획이 있단다. 내가 시내를 구경시켜주면 어떻겠니?"

"정말이요?"

"그래. 뭄바이에 멋진 사원들이 있어. 비교적 작은 사원들이라 관광객들은 거의 안 가는 곳이야. 아내하고 딸들이 집에 없어서 오늘 하루가 비어."

나는 그의 제안을 고맙게 받아들인다. 정오에 무케시가 아담하고 낡은 포드 승용차를 몰고 와 나를 태우고 서둘러 뭄바이 시내로 향한다. 우린 사원 세 곳에 들러, 요가 비슷한 체조를 하는 젊은이

들과 명상을 하는 나이든 사두*들을 본다. 세번째 들른 곳은 자이나교** 사원인데, 수행자들이 모두 조그만 비로 자기 앞을 쓸며 걷는다. "그들이 가려는 길에 있는 모든 생명체를 쓸어내 실수로 살생을 하지 않으려는 거란다." 무케시가 설명한다. "그만큼 생명을 귀하게 여기는 거지. 네 엄마처럼."

"맞아요. 엄마야말로 진정한 자이나교도죠." 내가 말한다. "아니면 차세대 테레사 수녀가 되려나."

무케시가 딱하다는 표정으로 나를 쳐다본다. 그 표정을 보자 왠지 뭐든 부수고 싶어진다. "내가 어떻게 네 엄마를 만났는지는 알지?" 사원의 옥외 통로를 걸을 때 그가 내게 묻는다.

"그야 물론 멋진 항공 여행의 세계와 관련이 있겠죠." 무케시에게 이러면 안 된다는 걸 알지만, 이건 그가 엄마의 특사를 자처하는 것에 대한 보복이다.

그가 고개를 젓는다. "그건 나중 일이고. 내가 암에 걸린 우리 어머니와 함께 있을 때였어." 그가 혀를 찬다. "어머니는 최고의 의사에게서 치료를 받고 있었지만, 폐암이라 할 수 있는 일이 별로 없었어. 어느 날 전문의를 만나고 돌아오는 길에 택시를 기다리고 있는데, 우리 어머니 암마가 너무 기운이 없고 어지러워서 길에 쓰러지고 말았지. 마침 근처에 있던 네 엄마가 달려왔고 도울 일이 있느냐고 물었다. 나는 암마가 말기암 환자라고 상태를 설명했

---

* 힌두교 수행자.
** 비(非)브라만 계통의 무신론 종교로, 엄격한 계율 생활과 불살생, 고행을 중시한다.

지." 그가 목소리를 낮춰 속삭였다. "그런데 네 엄마가 도움이 될 수 있는 다른 방법들을 얘기해줬어. 병을 고칠 수는 없어도 현기증과 쇠약해진 기력을 개선할 수 있다면서. 그리고 매주 우리집으로 찾아왔어. 침을 놓고 마사지를 해주었는데, 아주 큰 도움이 됐지. 마침내 때가 왔을 때, 다음 세상으로 가는 어머니의 여행은 훨씬 더 평화로웠어. 네 엄마 덕분에."

그가 뭘 하려는 건지 알 것 같다. 무케시는 내게 엄마의 본심을 이해시키려 하고 있다. 야엘이 왜 그토록 무뚝뚝하고 냉랭해 보이는지에 대해 브람도 그런 식으로 설명해주곤 했다. 브람은 사바에 대해 차분하게 얘기했다. 야엘의 어머니 나오미가 죽고 나서, 그 한 번의 비극으로 사바가 너무 많이 변해버렸다고. 사바는 두려움에 사로잡혀 딸을 과잉보호하게 되었다고. 혹은 전보다 더 두려움에 사로잡혀 더 과잉보호하게 되었다고. 사바는 야엘에게 공공 수영장에서 수영을 한다든가, 친구를 데려온다든가 하는 지극히 일상적인 일들마저 금지했고, 어떤 종류의 응급 상황에도 대처할 수 있도록 재난 대비 체크리스트를 늘 지니고 다니라고 강요했다. "네 엄마는 모든 걸 사바와 다르게 하겠다고 맹세했단다." 브람이 말했다. "너는 전혀 다르게 키우겠다고. 억압적이지 않은 방식으로."

마치 세상에는 한 가지 방식의 억압만 존재한다는 듯이.

사원을 둘러보고 나서 우리는 점심식사를 한다. 무케시 앞에서 그런 태도를 보인 게 영 찜찜해서, 그가 내게 특별히 보여줄 게 있다고, 극소수의 관광객들만 경험한 것을 보여주겠다고 했을 때 나는 미소를 지으며 신이 난 척한다. 덜컹거리며 뭄바이를 가로지르는 동안 거리는 점점 더 복잡해진다. 자전거, 인력거, 자동차, 당나귀가 끄는 수레, 소, 머리에 보따리를 인 여인 들이 이런 교통량을 감당할 수 있게 설계되지는 않은 것 같은 꽉 막힌 거리로 한꺼번에 모여든다. 건물들도 같은 증상에 시달리고 있다. 고층 건물이나 판잣집이나 하나같이 사람들의 홍수로 넘쳐난다. 매트 위에서 자는 사람들, 빨랫줄에 빨래를 너는 사람들, 야외의 작은 화덕에서 음식을 조리하는 사람들.

우리는 환한 햇살로부터 가려진, 눅눅하고 좁은 골목으로 접어든다. 무케시는 낡아빠진 사리를 입고 줄지어 서 있는 젊은 여자들을 가리킨다. "매춘부들"이라고 그가 말한다.

우리는 골목 끝에 멈춰 선다. 나는 매춘부들을 돌아본다. 어떤 여자들은 나보다 어리고, 그들의 눈빛은 공허해 보인다. 그들을 보며 나는 어쩐지 수치심을 느낀다. 무케시가 작은 시멘트 건물을 가리킨다. 건물에 꼬불거리는 힌디어와 반듯한 영어로 이름이 적혀 있다. "여기야." 그가 말한다.

나는 간판을 읽는다. 미탈리. 어딘가 친근하다.

"이게 뭐죠?" 내가 묻는다.

"그야 물론 네 엄마의 치료소지." 그가 말한다.

"야엘의 치료소라고요?" 내가 놀라서 묻는다.

"그래, 한번 와보면 좋을 것 같아서."

"그치만, 그⋯⋯" 나는 웅얼거리며 핑계를 댄다. "일요일이잖아요." 요일이 문제라도 되는 듯이.

"질병에는 안식일이 없어." 무케시가 모퉁이의 조그만 찻집을 가리킨다. "난 저기서 기다리마." 그러고는 자리를 뜬다.

나는 치료소 앞에 잠시 서 있는다. 매춘부 한 명이, 많아야 열세 살 정도 되어 보이는 아이가 내 쪽으로 다가오고, 나는 그애가 나를 고객으로 여기고 있다는 걸 도저히 견딜 수가 없어서 얼른 치료소 문을 민다. 문이 열리자 바로 앞에 웬 노파가 웅크리고 앉아 있다. 사방에 사람들이다. 집에서 만든 붕대를 감은 채 무기력하게 늘어진 아기들이 바닥의 매트 위에 잠들어 있다. 시멘트 계단과 대기실 전체를 환자들이 가득 메우며 대기실이라는 단어에 새로운 의미를 부여한다.

"네가 빌럼이니?" 흰 가운을 입은 강단 있어 보이는 인도 여자가 유리 가림막 뒤에서 나를 쳐다보고 있다. 이 초 후, 그녀가 대기실 문을 연다. 모든 시선이 내게로 쏠린다. 여자가 힌디어 혹은 마라티어로 얘기하자, 조용한 끄덕임이 이어지고 환자라는 단어에도 새로운 의미가 부여된다.

"난 닥터 굽타야." 그녀가 말한다. 그녀의 목소리는 사무적이고 효율적이지만 따스하다. "네 엄마와 함께 일해. 내가 가서 엄마를 데려올게. 차 한잔 마시겠니?"

"아뇨, 고맙습니다." 왠지 나를 제외한 이 안의 모든 사람이 장난을 치고 있는 것 같은 메스꺼운 기분이 든다.

"좋아, 그럼. 여기서 기다려."

그녀는 시트가 찢어진 들것이 있는 작고 창문이 없는 방으로 나를 안내하고, 그 순간 기억이 물밀듯 밀려든다. 마지막으로 내가 병원에 있었던 파리. 그리고 그 이전의 암스테르담. 야엘이 이른 아침 기숙사로 전화해 오라고 했다. 브람이 아프다고.

나는 상황의 긴박함을 깨닫지 못했다. 브람을 본 지 채 일주일도 안 되었을 때였다. 브람은 몸 상태가 약간 좋지 않고 목이 부었지만, 야엘이 평상시의 차와 팅크로 그를 간호하고 있었다. 그날 나는 시험이 있었다. 그래서 나중에 가면 안 되냐고 물었다.

"지금 당장 와." 야엘이 말했다.

병원에 가보니 야엘이 한쪽 구석에 서 있고, 의사 세 명—청진기를 두르고 신중한 표정을 한 전형적인 의사들—이 엄숙하게 나를 둘러싸고서 브람이 아주 희귀한 연쇄상구균에 감염되어 그의 몸이 패혈성 쇼크 상태에 빠졌다고 설명해주었다. 신장은 이미 기능을 상실했고 간도 기능을 잃어가고 있다고 했다. 투석을 하고 강력한 항생제를 투여하면서 할 수 있는 모든 걸 했지만 아직 그 어떤 치료도 효과가 없다고 했다. 최악의 상황에 대비해야 한다고.

"이해가 안 가요." 내가 말했다.

의사들도 이해할 수 없었다. 그들이 할 수 있는 말이라고는 "백만 명에 한 명 나올까 말까 한 사례"라는 것뿐이었다. 무척 안심이 되는 확률이었다. 내가 당사자일 때만 빼면.

마치 이 세상이 거미줄로 이루어져 있고 그 거미줄은 쉽게 찢길 수 있음을 깨달아버린 것 같았다. 그렇게 온전히 운명의 자비에 내 맡겨진다는 것. 그것은 우연에 관한 브람의 모든 얘기에도 불구하고 납득할 수 없는 일처럼 느껴졌다.

나는 야엘을 쳐다보았다. 전지전능한 야엘이 나서주기를, 달려들어주기를, 언제나 그랬던 것처럼 브람을 보호해주기를 바랐다. 그러나 야엘은 한마디도 하지 않고 한쪽 구석에 움츠러든 채 서 있었다.

"뭐라도 좀 해봐요, 젠장!" 내가 그녀에게 악을 썼다. "뭐라도 해야 하잖아!"

그러나 그녀는 하지 않았다. 할 수가 없었다. 그로부터 이틀 뒤 브람은 세상을 떠났다.

"빌럼."

돌아서서 보니 야엘이 와 있다. 항상 야엘이 무섭다고 생각했는데, 사실 그녀는 왜소하고 키도 겨우 내 어깨에 닿는다.

"너 울고 있구나." 그녀가 말한다.

손을 들어 얼굴을 만져보고서야 내 얼굴이 눈물에 젖었음을 깨닫는다. 여기서 울다니, 창피하다. 그녀 앞에서. 나는 돌아선다. 달아나고 싶다. 이 치료소에서. 인도에서. 촬영 따윈 잊어버리고. 비행 일정을 미루지 않고. 새 표를 사서. 꼭 암스테르담으로 돌아가야 할 필요는 없다. 여기만 아니면 어디라도.

그녀의 손이 내게 닿는 것을, 나를 돌려세우는 것을 느낀다. "빌럼?" 그녀가 묻는다. "왜 길을 잃었는지 엄마한테 말해봐."

그녀의 말을, 내가 한 말을 듣는 게 충격적이다. 그녀가 기억하고 있다는 것이.

그러나 그 질문에 내가 어떻게 대답할 수 있을까? 지난 삼 년 내내 그저 길을 잃고 헤매었다고 어떻게 말할 수 있을까? 내가 예상했던 것보다 훨씬 더. 나는 브람이 들려주곤 했던 또다른 이야기를 계속 생각한다. 야엘이 어린 소녀였던 시절의, 아주 끔찍한 이야기. 야엘이 열 살 때 사바는 그녀를 데리고 사막으로 캠핑을 갔다. 단둘이서. 해가 저물기 시작하자 사바는 곧 돌아오겠다고 하고는, 늘 그녀에게 간직하게 했던 재난 대비 체크리스트와 함께 그녀를 남겨두고 떠났다. 야엘은 겁에 질렸지만 재난 대비 체크리스트 덕분에 상황에 대처할 수 있었다. 불을 지피고, 식사를 만들고, 천막을 치고 하룻밤을 버텼다. 다음날 사바가 나타났을 때 그녀는 소리를 질렀다. 어떻게 날 혼자 두고 가버릴 수가 있어요? 그러자 사바가 말했다. 널 혼자 두고 가버린 게 아니란다. 내내 너를 지켜보고 있었어. 널 준비시켰던 거야.

왜 야엘은 나를 준비시키지 않았을까? 왜 내가 스스로 우주의 균형 법칙을 체득하기 전에 미리 알려주지 않았을까? 그랬더라면 모든 걸 이토록 그리워하진 않았을 텐데.

"전 그리워요……" 입을 뗐지만 적절한 말을 찾을 수가 없다.

"브람이 그립구나." 그녀가 말한다.

물론, 나는 그립다. 나의 아빠가 그립다. 나의 할아버지가 그립다. 나의 집이 그립다. 그리고 나의 엄마가 그립다. 그러나 삼 년이라는 시간을 보내면서 나는 그들 중 누구도 그리워하지 않는 법을 터득했다. 그러던 어느 날, 나는 한 여자를 만나 하루를 보냈다. 단하루. 공원의 넘실거리는 구름 아래서 잠든 그녀의 가슴이 오르내리는 걸 지켜보다가 너무나 평화로워서 나도 그대로 잠들어버렸던 그 하루. 그녀의 보호를 받았던 그 하루. 그녀가 스킨헤드족에게 책을 던지고 나서 함께 거리를 달릴 때 잡았던 그녀의 손이 아직도 생생하다. 그녀가 내 손을 얼마나 세게 움켜쥐었는지 우리가 두 사람이 아니라 한 사람인 것 같았다. 그녀의 낯선 관대함의 수혜자가 되었던 그 하루. 그 바지선, 그 시계, 그 정직함, 거침없이 드러낸 그녀의 두려움, 거침없이 드러낸 그녀의 용기. 마치 그녀의 전부를 내게 보여준 것 같았고, 그래서 내가 의식하고 있었던 것보다 훨씬 더 많이 나 자신을 드러낼 수 있었다. 그랬던 그녀가 사라졌다. 그녀가, 그 하루가 날 채워준 뒤에야, 내가 그동안 얼마나 텅 비어 있었는지 깨달았다.

야엘이 나를 조금 더 지켜본다. "또 누가 그립니?" 그녀가 이미 대답을 알고 있는 것처럼 묻는다.

"저도 모르겠어요." 내가 대답한다. 잠시, 야엘은 내가 무언가를 숨기고 있다고 생각하는지 좌절한 표정이다. 그러나 그렇지 않다. 나는 더이상 그녀에게 아무것도 숨기고 싶지 않다. 그래서 분명히 말한다. "그애 이름을 몰라요."

야엘이 놀란 표정으로 나를 쳐다본다. "누구?"

"룰루."

"그건 걔 이름이 아니니?"

그래서 나는 엄마에게 말한다. 어느 여자애를, 어느 낯설고 이름 모를 여자애를 만났고, 나는 그녀에게 아무것도 보여주지 않았지만 그녀는 내 모든 걸 보았다고 말한다. 그녀를 잃어버린 이후로 얼마나 큰 상실감을 느꼈는지 말한다. 엄마에게 이 모든 얘기를 털어놓는 데서 오는 안도감은 거의 룰루를 만났을 때 느꼈던 안도감만큼이나 깊다.

그날 파리에서 있었던 일을 다 얘기하고 나서 나는 야엘을 쳐다본다. 그리고 또 한번 충격을 받는다. 부엌에서 양파를 썰 때만 보았던 야엘의 모습을 보았기 때문이다.

나의 엄마가 울고 있다.

"왜 엄마가 울어요?" 내가 그녀에게 묻는다. 나도 따라 울면서.

"네 얘기가 꼭 내가 브람을 만났을 때 같아서." 그녀가 흐느끼다가 웃으며 말한다.

물론 그럴 것이다. 룰루를 만난 이후 나는 매일 그 생각을 했다. 혹시 그래서 내가 룰루에게 집착하는 건 아닌지. 내 얘기가 야엘과 브람의 얘기와 너무도 비슷하기 때문에.

"한 가지만 빼고요." 내가 말한다.

"뭔데?" 눈물을 닦으며 야엘이 묻는다.

가장 중요한 세부 사항. 브람의 이야기를 그렇게 여러 번 들었으니 그 정도는 알았어야 했다.

"브람은 그 여자한테 주소를 줬잖아요."

서른

4월

뭄바이

무케시의 예상대로 촬영은 두 배 이상 지연되었고 덕분에 엿새 동안 나는 라르스 폰 헬더르가 되는 기쁨을 누린다. 정말 그렇다. 기쁨이다. 놀라운 일이다. 세트장에서 분장을 한 상태로 아미샤 또는 다른 배우들과 마주서서 내뱉는 라르스 폰 헬더르의 느끼한 힌디어 대사는 더이상 느끼하게 느껴지지 않는다. 심지어 다른 나라 말처럼 느껴지지도 않는다. 대사들이 내 혀끝에서 저절로 흘러나오고 나는 실제로 그가 된 듯한, 말로는 이것을 원한다면서 속으로는 저것을 원하는 계산적인 수완가가 된 듯한 기분이 든다.

촬영 틈틈이 나는 아미샤의 트레일러에서 그녀와 빌리와 함께 카드로 하트 게임을 한다. "네 재능에 다들 놀랐어." 아미샤가 말한다. "파룩까지도. 그런 말은 결코 안 할 사람이지만."

그는 그런 말을 하지 않는다. 정확히 말하지는 않는다. 그러나 하루 일정이 끝나고 나면 내 등을 토닥이면서 "나쁘지 않았어, 미스터 별로요"라고 말한다. 나는 뿌듯하다.

그러다 마지막날이 되고, 나는 마침내 모든 게 끝났음을 안다. 왜냐하면 파룩이 "나쁘지 않았어"라고 말하는 대신 "잘했어"라고 말하며 고마워했기 때문이다.

이제 끝이다. 다음주에 아미샤를 비롯한 주연배우들은 영화의 마지막 장면을 촬영하기 위해 아부다비로 출발한다. 나는? 어제 타샤로부터 문자를 받았다. 타샤와 내시와 줄스는 지금 고아에 있다며 나를 초대했다. 그러나 나는 가지 않을 것이다.

이곳에서 머물 시간이 이 주 더 있다. 그리고 나는 그 시간을 엄마와 보낼 것이다.

봄베이 로열로 돌아온 첫날밤에 나는 늦게 도착한다. 차우다리가 데스크 뒤에서 코를 골고 있어서 그를 깨우지 않고 5층까지 걸어올라간다. 야엘이 문을 살짝 열어놓았지만, 내가 들어갔을 때는 그녀도 잠들어 있다. 한편으론 마음이 놓이고 한편으론 실망한다. 치료소에서 만난 뒤로 우리는 거의 대화를 나누지 못했다. 우리 사이가 어떻게 달라진 건지 잘 모르겠다. 달라지긴 한 건가? 이제 우리는 같은 언어로 말하는 건가?

다음날 아침 그녀가 나를 흔들어 깨운다.

"엄마." 내가 눈을 깜빡이며 말한다.

"왔니?" 엄마가 말한다. 거의 수줍어하면서. "출근하기 전에 물어보려고. 오늘밤에 유월절 예식 같이 갈래? 오늘이 예식 첫날밤이야."

나는 엄마가 농담을 하는 거라고 생각한다. 어렸을 때 우리집은 세속적인 명절만 챙겼다. 새해. 여왕의 날.* 유월절 예식을 치른 적은 한 번도 없었다. 사바가 집에 오기 시작하고 그가 쇠었던 모든 명절, 야엘이 어렸을 때 쇠었다는 명절들에 대해 얘기해주기 전에는 유월절이 뭔지도 몰랐다.

"언제부터 유월절 예식에 참석했어요?" 내가 묻는다. 질문이 조심스럽다. 그걸 묻는 것만으로도 어린 시절의 민감한 부분을 건드리기 때문이다.

"이 년째야." 야엘이 대답한다. "치료소 근처에 학교를 설립한 미국인 가족이 있는데, 작년에 유월절 예식을 하고 싶어했어. 그런데 내가 그 사람들이 아는 유일한 유대인이었거든. 유대인 한 명없이 유월절 예식을 하면 웃기지 않겠느냐면서 꼭 와달라고 부탁하더라고."

"그 사람들은 유대인이 아니에요?"

"응. 그 사람들은 기독교인이야. 심지어 선교사들이지."

"농담이죠?"

그녀는 고개를 저으면서도 미소를 짓는다. "내가 알기로는 기독교 근본주의자처럼 유대인 명절을 좋아하는 사람이 없더라." 그녀가 웃는다. 엄마가 그렇게 웃는 걸 마지막으로 본 게 언제였는지 기억조차 나지 않는다. "가톨릭 수녀님도 올지 몰라."

"수녀요? 점점 다니엘 삼촌이 하는 농담 같아지네요. 유월절 예

<hr />

*2013년까지 전 여왕의 탄생을 기념했던 네덜란드 국가 공휴일. 2014년부터는 '왕의 날'로 바뀌었다.

식에 참석하는 수녀와 선교사라니."

"세 사람이 필요해. 유월절 예식에 참석하는 수녀, 선교사 그리고 이맘*." 야엘이 말한다.

이맘. 나는 파리의 무슬림 소녀들을 떠올리고, 또다시 룰루를 떠올린다. "그애도 유대인이었어요." 내가 말한다. "제가 찾는 미국 여자애요."

야엘의 눈썹이 올라간다. "정말?"

나는 고개를 끄덕인다.

야엘이 양손을 높이 쳐든다. "어쩌면 그 아이도 오늘밤 유월절을 쇨지 모르겠구나."

그 생각은 미처 하지 못했다. 그러나 야엘이 그 말을 하는 순간 나는 정말 그럴 것 같다는 묘한 기분에 사로잡힌다. 그리고 잠깐이나마, 우리 사이를 가로막은 두 대양과 그 외의 모든 것들에도 불구하고, 룰루가 그다지 멀리 있지 않은 것처럼 느껴진다.

---

* 이슬람교의 지도자.

서른하나

　오늘밤 유월절 예식을 준비한 도널리 가족은 외벽에 하얀 벽토를 바른, 제멋대로 뻗어나간 커다란 집에 살고 있다. 집 앞에는 임시 축구장을 만들어놓았다. 우리가 도착하자 금발인 사람들 몇 명이 현관으로 몰려나오고, 그중에는 야엘이 누가 누군지 구분이 안 간다고 하는 남자아이 셋도 있다. 왜 그런지 알 것 같다. 키 차이가 나는 걸 제외하면 셋이 너무 똑같다. 헝클어진 머리카락에 가느다란 팔다리, 두드러진 후골. "한 명은 데클런, 한 명은 매슈, 그리고 작은 애가 아마 루커스일 거야." 야엘이 알려주지만 그다지 도움이 되진 않는다.

　제일 키가 큰 아이는 손으로 축구공을 튀기고 있다. "짧게 한판 할래?" 그가 묻는다.

　"진흙 너무 많이 묻히지 마라, 덱." 금발 여자가 말한다. 그러고는 내게 미소를 짓는다. "안녕, 빌럼. 난 켈시란다. 이쪽은 커레나 수녀님." 그녀가 정식 가톨릭 수녀복을 갖춰 입고 미소를 머금고 있는 노쇠한 수녀님을 가리키며 말한다.

"잘 왔다, 잘 왔어." 수녀님이 말한다.

"난 폴이야." 하와이안 셔츠를 입고 콧수염을 기른 남자가 나를 끌어안으며 말한다. "엄마랑 꼭 닮았구나."

야엘과 나는 서로를 쳐다본다. 누구도 그런 말을 한 적이 없다.

"눈이 닮았어." 폴이 말한다. 그가 야엘을 돌아본다. "다라비 빈민가에서 콜레라가 발병했다는 얘기 들었어요?"

그들은 곧바로 그 얘기를 시작한다. 그래서 나는 아이들과 축구를 하러 간다. 아이들이 나에게 한 주 내내 수업의 일환으로 유월절과 출애굽에 관해 토론했다는 얘기를 들려준다. 아이들은 홈스쿨링을 하고 있다. "모닥불에 마초*도 만들었어." 가장 작은 루커스가 말한다.

"그럼 너희가 나보다 더 잘 알겠네." 내가 말한다.

그들이 웃는다. 내 말이 농담이라고 생각하는 모양이다.

잠시 후 켈시가 우리를 집안으로 부른다. 집은 벼룩시장을 연상시킨다. 이것 조금, 저것 조금. 이쪽엔 식탁이 있고, 저쪽엔 칠판이 있다. 벽에는 예수와 간디, 가네샤의 그림 또는 사진과 함께 집안일 목록이 걸려 있다. 온 집안에 오븐에서 구워낸 고기 냄새가 진동한다.

"냄새가 기가 막히네." 야엘이 말한다.

---

* 발효 과정 없이 물과 밀가루만으로 만든 빵으로 유월절의 상징.

켈시가 미소를 짓는다. "사과하고 호두를 넣고 양 다리 구이를 만들었어." 그녀가 내 쪽으로 돌아선다. "양지머리를 구해보려고 했는데 여기선 도저히 구할 수가 없더라."

"소가 워낙 성스러운 동물이라." 폴이 말한다.

"이스라엘식 조리법이야." 켈시가 말을 잇는다. "적어도 웹사이트에 따르면 그래."

야엘은 잠시 말이 없다. "우리 어머니도 이렇게 만들었어."

야엘의 어머니 나오미는 사바가 겪은 공포는 피할 수 있었지만 야엘을 학교에 데려다주고 걸어서 돌아오다가 배달 트럭에 치였다. 우주의 균형 법칙. 한 가지 공포를 피하면, 또다른 공포가 덮쳐온다.

"그것 말고 또 기억나는 거 있어요?" 내가 조심스럽게 묻는다. "나오미에 대해." 나오미는 자라면서 내가 언급할 수 없었던 또다른 주제였다.

"나오미는 노래를 불렀어." 야엘이 나지막이 말한다. "항상. 유월절 예식에서도. 그래서 예전에는 유월절 예식 때 늘 노랫소리가 울려퍼졌지. 사람도 많았고. 내가 어렸을 땐 우리집이 꽉 찼어. 그후엔 달라졌지. 우리 둘만 남게 됐고……" 그녀가 말끝을 흐린다. "별로 즐겁지 않았어."

"그럼 오늘밤에 노래를 부르자." 폴이 말한다. "누가 내 기타 좀 가져다줘."

"오, 제발. 기타만은!" 매슈가 장난을 친다.

"난 기타 좋은데." 루커스가 말한다.

"나도 좋아." 켈시가 말한다. "우리가 처음 만났을 때가 생각나거든." 그녀와 폴의 눈이 마주치고 그들의 눈빛이 조용히 이야기를 들려준다. 야엘과 브람이 그랬던 것처럼. 내 마음속에서 간절한 그리움이 살아난다.

"우리 앉을까?" 켈시가 식탁을 가리킨다. 우리는 자리를 잡고 앉는다.

"내가 또 억지로 이 일에 끌어들인 건 알지만, 야엘, 예식을 인도해줄래요?" 폴이 묻는다. "작년부터 공부를 하고 있고 나도 거들긴 하겠지만 당신이 더 적임자 같아요. 아니면 커레나 수녀님한테 부탁해도 되고요."

"뭐? 내가 뭘 한다고?" 커레나 수녀님이 화들짝 놀란다.

"약간 귀가 어두우셔." 데클런이 내게 속삭인다.

"아무것도 안 하셔도 됩니다, 수녀님. 진정하세요." 켈시가 커다란 목소리로 말한다.

"내가 할게요." 야엘이 폴에게 말한다. "도와주신다면."

"2인조로 하죠." 폴이 말하며 나에게 윙크한다.

그러나 야엘은 별로 도움이 필요해 보이지 않는다. 그녀는 또렷하고 강한 목소리로 와인을 놓고 시작 기도를 한다. 꼭 해마다 이 예식을 치러온 사람 같다. 그런 다음 폴을 돌아본다. "유월절의 의미에 대해 설명해주세요."

"그러죠." 폴이 헛기침을 한 뒤 유월절 예식은 유대인의 이집트에서의 탈출, 노예제로부터의 해방, 약속된 땅으로의 귀환, 그것을 가능하게 만들었던 기적들을 기리기 위한 것이라고 장황하게 설명한다. "비록 수천 년 전에 일어난 사건이지만, 오늘날 유대인들은 승리의 역사를 기뻐하고 또 기억하기 위해 그 이야기를 해마다 다시 나누고 있지요. 하지만 내가 이 예식에 편승한 이유는 따로 있어요. 이 예식이 역사를 다시 얘기하고 축하하기 위한 것일 뿐 아니라 해방의 대가와 특권을 일깨워주는 일이기 때문이에요." 그가 야엘을 돌아본다. "그렇지 않습니까?"

그녀가 고개를 끄덕인다. "그 역사가 재현되는 걸 보고 싶어서 그 이야기를 되풀이하는 거예요." 그녀가 말한다.

유월절 예식이 계속된다. 우리는 마초를 먹으며 서로를 축복하고, 소금물에 절인 채소를 먹고, 쏩쌀한 허브를 먹는다. 켈시가 수프를 가져온다. "마초볼은 아니고, 멀리거토니*예요." 그녀가 말한다. "렌즈콩도 괜찮을지 모르겠네."

우리가 수프를 먹는 동안, 폴은 유월절 예식의 취지가 해방에 관한 이야기를 되새기는 것이니만큼 각자 살면서 억압에서 벗어났던 경험에 대해 차례로 이야기해보자고 한다. "아니면 뭐가 됐건 거기서 벗어난 경험을 얘기해봅시다." 그가 먼저 시작한다. 과거의 자기 삶에 대해 말한다. 술과 마약에 빠져 목적 없이 서글픈 삶을 살아가던 그가 신을 만나고 그뒤엔 켈시를 만나 비로소 의미를 찾았다는 얘기다.

그다음엔 커레나 수녀님이 천주교 학교에 들어가면서 끔찍한 가난에서 벗어났고 결국 다른 사람들에게 봉사하는 수녀의 길을 걷

---

* 카레 가루를 넣은 인도식 수프.

게 되었다는 얘기를 들려준다.

그다음은 내 차례다. 나는 잠시 머뭇거린다. 처음엔 룰루 얘기를 해야겠다고 생각한다. 왜냐하면 실제로 그날이 내가 위험에서 벗어났다고 생각했던 날이기 때문이다.

그러나 나는 다른 이야기를 하기로 한다. 우선은 그가 죽은 뒤로 내놓고 한 적 없는 얘기이기 때문이다. 히치하이크를 하는 여자와 두 형제와 우리 모두의 운명을 결정한 3센티미터에 관한 이야기. 사실 나의 탈출기라고 말할 수는 없다. 그녀의 탈출기다. 그러나 그것은 나의 이야기이기도 하다. 우리 가족의 근간 설화다. 그리고 야엘이 유월절 예식에 대해 말한 것처럼, 나는 그 일이 재현되기를 원하기 때문에 그 얘기를 되풀이한다.

서른둘

    암스테르담으로 돌아가기 전날 밤에 무케시가 전화해 내 항공권 세부 사항을 점검한다. "비상구 쪽 자리를 잡았어." 그가 말한다. "더 편안할 거야, 네 키를 감안하면. 하지만 네가 발리우드 스타라고 말하면 비즈니스석을 줄지도 몰라."

    내가 웃는다. "노력해볼게요."

    "그 영화는 언제 나오니?"

    "저도 잘 몰라요. 이제 막 촬영이 끝났어요."

    "일이 이렇게 되다니 참 재미있구나."

    "적절한 때, 적절한 곳에 있었던 덕이죠." 내가 말한다.

    "맞아. 하지만 우리가 낙타 투어를 취소하지 않았더라면 적절한 때 적절한 장소에 있을 수 없었을 거야."

    "취소한 게 아니라 취소된 거죠. 낙타들이 병이 나는 바람에."

    "아니, 그렇지 않아. 낙타들은 아무 문제 없었어. 네 엄마가 널 빨리 불러들여달라고 나한테 부탁했지." 그가 목소리를 낮춘다. "그리고 내일이 아니어도 암스테르담행 비행기는 얼마든지 있었어. 하지만 네가 영화 일로 사라져버리고 나서, 네 엄마가 널 여기 좀더 오래 묶어두라고 부탁했단다." 그가 껄껄 웃는다. "적절한 때, 적절한 장소."

다음날 아침, 프라틱이 날 공항으로 데려다주기 위해 온다. 차우다리는 우리를 배웅하려고 보도까지 따라나와 손가락을 흔들며 법적으로 규정된 택시 요금에 대해 일깨워준다.

나는 뒷자리에 앉는다. 이번에는 야엘이 우리와 함께 가기 때문이다. 공항으로 가는 길에 그녀는 조용하다. 나도 마찬가지다. 무슨 말을 해야 할까. 어젯밤 무케시의 고백은 당혹스러웠고, 야엘에게 그 일에 대해 물어보고 싶지만 그래도 될지 잘 모르겠다. 내가 알기를 원했다면 야엘이 내게 말했을 것이다.

"돌아가면 뭘 할 생각이니?" 한참 뒤에 야엘이 묻는다.

"저도 모르겠어요." 나는 정말 뭘 할지 모르겠다. 그러나 돌아갈 준비는 되었다.

"어디서 지내려고?"

내가 어깨를 으쓱한다. "브로저네 집 소파에서 몇 주 자도 돼요."

"소파에서? 그 집에서 같이 사는 거 아니었어?"

"제 방에 다른 사람이 세 들어 있어요." 그렇지 않다고 해도, 어차피 여름이 끝나면 모두 떠날 것이다. 더블유는 암스테르담에 있는 리엔의 집으로 들어간다. 헹크와 브로저는 두 사람만의 아파트를 장만할 것이다. 이제 한 시대가 막을 내렸어, 빌리, 라고 브로저가 이메일에 썼다.

"왜 암스테르담으로 돌아가지 않니?" 야엘이 묻는다.

"갈 데가 없어서요." 내가 말한다.

내가 그녀를 똑바로 쳐다보고 그녀도 나를 똑바로 쳐다본다. 이제야 그 사실을 인정하는 것처럼. 그러다가 그녀가 눈썹을 치켜세운다. "그야 모르는 일이지." 그녀가 말한다.

"걱정 마세요. 어딘가 정착할 거예요." 내가 창밖을 내다본다. 차가 고속도로에 접어들고 있다. 나는 벌써 뭄바이가 멀어져가는 것을 느낀다.

"계속 찾을 거니? 그 여자애?"

그녀는 그런 식으로 표현한다, 계속 찾을 거냐고. 마치 내가 찾기를 멈춘 적이 없다는 듯이. 그리고 그 순간 나는 깨닫는다. 내가 멈춘 적이 없다는 걸. 어쩌면 그게 문제인지도 모른다.

"어떤 여자애 말하는 거야?" 프라틱이 놀란 표정으로 묻는다. 나는 그에게 여자 얘기를 한 번도 한 적이 없다.

나는 계기반을 쳐다본다. 내가 처음 이 차를 타고 공항을 빠져나올 때 그랬던 것처럼 가네샤가 춤을 춘다. "엄마, 그 만트라 뭐였죠? 가네샤 사원에서 했던 거?"

"옴 감 가나파타야에 나마하?" 야엘이 묻는다.

"그거요."

운전석에서 프라틱이 그 주문을 외운다. "옴 감 가나파타야에

274

나마하."

내가 되풀이한다. "옴 감 가나파타야에 나마하." 만트라가 차 안에 울려퍼지고 나는 잠시 말을 멈춘다. "제가 원하는 게 바로 그거예요. 새로운 시작."

야엘이 손을 뻗어 내 얼굴의 상처를 어루만진다. 그녀가 돌봐준 덕에 옅어졌다. 그녀가 내게 미소를 짓는다. 그 순간 나는 생각한다. 어쩌면 찾아 헤매던 걸 이미 얻었는지도 모르겠다고.

서른셋

5월
암스테르담

인도에서 돌아오고 일주일이 지난 뒤, 여전히 블룸스트라트의 소파에서 시차를 극복하려 애쓰며 앞으로 무얼 할지 고민하고 있는데 뜻밖의 전화가 걸려온다.

"어이, 꼬마. 다락방에 있는 네 똥이나 치우러 와." 누구란 말도 없고, 서론도 없다. 그런 게 필요하지도 않다. 몇 년 동안 대화한 적이 없는데도 나는 그 목소리를 안다. 그의 목소리는 자기 형의 목소리와 너무나 비슷하다.

"다니엘 삼촌." 내가 말한다. "안녕. 지금 어디예요?"

"어디냐고? 내 아파트지. 내 다락방이 있는. 그런데 거기 네 똥이 있더라고."

놀라운 일이다. 내가 어렸을 때부터 지금까지, 다니엘 삼촌이 자기 소유의 아파트에 사는 걸 본 적이 없기 때문이다. 그 아파트가 바로 그와 브람이 함께 살던 세인튀르반의 아파트다. 그때는 스콰트였다. 야엘이 찾아와 문을 두드리는 바람에 모든 게 달라졌을 때 그들 두 사람이 살고 있었던 바로 그 아파트이기도 하다.

브람과 야엘은 여섯 달 만에 결혼했고 따로 아파트를 구해 이사했다. 일 년 뒤 두 사람은 니우에 프린센흐라흐트의 낡고 망가진 바지선 하나를 구입할 자금을 마련했다. 다니엘은 스콰트에 남았고, 결국 그 아파트를 임차했다가 나중에는 시 정부로부터 헐값에 사들였다. 마룻널 하나하나부터 시작해 '운하 위의 바우하우스'가 될 때까지 보트를 수리해나갔던 브람과 달리, 다니엘은 아파트를 무정부주의적 황폐함 속에 방치하다가 세를 주었다. 그 아파트에서 나오는 소득은 거의 없었다. 그러나 브람은 "동남아시아에서는 아무것도 없어도 왕처럼 살 수 있어"라고 말하곤 했다. 다니엘은 동남아시아에서 살았다. 아시아 경제의 부침에 따라 이런저런 사업에 손을 댔지만 대부분 흐지부지되었다.

"네 엄마가 전화했더라." 다니엘이 말을 잇는다. "네가 돌아왔다고, 있을 곳이 필요할 거라고. 그래서 네 엄마한테 내가 그랬지. 네가 와서 내 다락방에 있는 똥을 치워야 한다고."

"다락방에 제 똥이 있다고요?" 너무 짧은 소파 위에서 기지개를 켜면서 나는 놀란 기색을 삼키려 애쓴다. 야엘이 다니엘한테 전화를 했다고? 나 때문에?

"누구나 다락방엔 똥이 있지." 브람보다 좀더 거칠고 탁한 소리로 웃으며 다니엘이 말한다. "언제 올래?"

나는 다음날 가기로 한다. 다니엘이 문자로 주소를 보내주지만, 그럴 필요는 없다. 나는 삼촌에 대해서보다 삼촌의 아파트에 대해서 더 잘 안다. 시간 속에 정지되어 있는 가구들—얼룩말 무늬 에그 체어*, 브람이 벼룩시장에서 사 전선을 갈아 썼던 1950년대의 램프들. 심지어 냄새도 기억한다. 파출리**와 대마 냄새. "이 집에선 이십 년 동안 이런 냄새가 났어." 수도꼭지를 고치거나 새 입주자에게 열쇠를 건네주기 위해 나와 함께 그 아파트를 방문할 때마다 브람은 말하곤 했다. 내가 어렸을 때, 알베르트카위프 노천 시장의 보물들 바로 맞은편, 생기 넘치고 다양한 인종이 모여 사는 다니엘의 동네는 우리가 사는 조용한 시 외곽의 운하와는 전혀 딴 세상처럼 느껴졌다.

세월이 흐르면서 그 동네도 변했다. 시장 주변, 한때 노동자들이 즐겨 찾던 간이식당이었던 곳에서는 송로 요리를 선보이고, 생선과 치즈를 파는 시장 안 노점 옆에는 디자이너 부티크들이 들어섰다. 집들도 말끔하게 새단장했다. 통유리 창문으로 반짝이는 부엌들과 고가의 깔끔한 가구들이 들여다보인다.

그러나 다니엘의 아파트는 다르다. 이웃집들이 새단장을 하고 시설을 개선하는 동안 그의 아파트는 시간 왜곡*** 속으로 깊이 빠져들었다. 나는 여전히 그 상태이려니 짐작했다. 다니엘이 초인종이 작동하지 않으니 도착해서 전화하라고, 그러면 열쇠를 밖으로 던

---

* 속을 파낸 달걀과 비슷한 모양의 의자로 머리 받침과 등받이, 좌판, 팔걸이가 연결되어 있다.

** 잎을 채취하여 정유를 얻을 수 있는 동남아시아 식물.

*** 공상과학소설 등에서 묘사되는 현상으로 과거나 미래의 일이 현재에 뒤섞여 나타나는 것.

져주겠다고 말했기 때문에 더더욱 그랬다. 그래서 그가 아파트 문을 열고 널찍한 대나무 판자 마룻바닥에 세이지 빛깔의 벽, 낮고 현대적인 소파가 있는 거실로 나를 안내하는 순간, 방심했던 나는 깜짝 놀란다. 실내를 둘러본다. 에그 체어 말고는 예전 모습을 찾아볼 수가 없다. 그마저도 천을 새로 씌웠다.

"꼬마야." 내가 전혀 쪼그맣지 않은데도, 다니엘보다 손가락 몇 개나 더 큰데도 다니엘은 나를 그렇게 부른다. 나는 다니엘을 본다. 붉은 머리카락이 군데군데 회색으로 물들었고 웃을 때 생기는 주름이 조금 더 깊어졌지만, 그것 말고는 똑같다.

"꼬마 삼촌." 내가 되받아치고는 열쇠를 돌려주며 그의 머리를 다독인다. 그리고 집안을 둘러본다. "손을 좀 보셨네요." 손가락으로 턱을 두드리며 내가 말한다.

다니엘이 웃는다. "아, 아직 반밖에 못했어. 하지만 반이라도 한 게 어디냐."

"그럼요."

"나한테 아주 원대한 계획이 있단다. 현실적인 계획. 내 계획 어디 갔지?" 창밖으로 구름을 가르며 질주하는 제트기의 굉음이 들린다. 다니엘이 잠시 그 광경을 바라보고는, 다시 물건들이 가득한 선반들을 훑어보며 뭔가를 찾으러 돌아다닌다. "진행이 좀 더딘 편이야. 내가 직접 하다보니. 사람을 쓸 돈은 있는데, 왠지 이런 방식으로 하는 게 맞는 것 같아서."

돈이 있다고? 다니엘은 항상 파산 상태여서 브람이 도와주었다. 그러나 이제 브람은 없다. 아마 아시아에서 벌인 사업 하나가 드디어 성공한 모양이다. 나는 다니엘이 무언가를 찾느라 부산스럽게 돌아다니다가, 마침내 커피 테이블 밑에 반쯤 쑤셔박혀 있던 설계도 한 묶음을 찾아내는 모습을 지켜본다.

"여기 있었으면 좋았을 텐데. 마침내 이 집을 내 집으로 가꾸는 걸 봤다면 무척 기뻐했을 텐데. 하지만 한편으로는 여기 있는 것 같아. 게다가, 이 비용을 대고 있으니까." 그가 말한다.

누굴 두고 하는 얘긴지, 무얼 두고 하는 얘긴지 이해하기까지 잠시 시간이 걸린다. "보트?" 내가 묻는다.

그가 고개를 끄덕인다.

인도에서 야엘은 다니엘 얘기를 거의 하지 않았다. 나는 두 사람이 더이상 서로 연락하지 않는다고 생각했다. 브람도 없는데 왜 연락을 하겠는가? 두 사람은 서로를 좋아하지 않았다. 적어도 내가 보기엔 그랬다. 다니엘은 괴짜이고 지저분한데다 씀씀이가 헤펐다. 브람도 어느 정도는 그랬고 야엘은 브람의 그런 면들을 사랑했지만 브람에게서 그것은 보다 덜 극단적인 형태로 표출되었다. 무엇보다 야엘은 느닷없이 쳐들어와 다니엘의 삶을 뒤집어놓은 장본인이었다. 나도 그 둘 사이에 낄 자리가 없다고 느꼈는데, 다니엘이 어떤 기분이었을지 짐작이 간다. 야엘이 나타나고 몇 년 뒤에 다니엘이 지구를 반 바퀴 돌아 떠난 것도 나로서는 이해할 수 있는 일이었다.

"유언장도 없었고," 다니엘이 말한다. "굳이 그럴 필요가 없었는데, 누가 네 엄마 아니랄까봐 그렇게 했더구나. 너한테도 늘 그러듯이 말이야."

그랬던가? 나는 라자스탄 여행을 떠올린다. 그 여행은 추방이었지만 결국 나에게 필요했던 추방이었다. 그리고 무케시를 떠올린다. 그는 야엘의 부탁으로 낙타 투어를 취소하고 나의 귀국 비행 일정을 연기했을 뿐 아니라 그날 나를 야엘의 치료소 앞에 내려주었다. 치료소 사람들 모두가 날 기다리고 있었던 것 같았다. 나는 늘 엄마가 내 문제엔 조금도 관심이 없고 나를 제외한 모두를 돌보고 있다고 생각했다. 그러나 어쩌면 엄마 방식의 보살핌을 오해하고 있었는지도 모른다는 생각이 든다.

"이제야 좀 알 것 같아요." 내가 다니엘에게 말한다.

"시기적으로도 딱 좋구나." 그가 말한다. 그러곤 턱수염을 긁적인다. "이런 내가 커피도 안 권했네. 커피 마실래?"

"커피라면 사양할 수 없죠."

나는 그를 따라 부엌으로 들어간다. 옛 부엌이다. 부서진 찬장, 금간 타일들, 조그만 구닥다리 가스레인지, 찬물만 나오는 싱크대.

"다음은 부엌이야. 그다음은 침실들. 반 정도 했다고 보는 것도 너무 낙관적일지도 모르겠다. 어서 시작해야지. 여기서 나하고 같이 살자. 날 좀 도와줘." 그가 양손으로 크게 손뼉을 친다. "네 아빠 늘 네가 손재주가 있다고 했지."

내가 손재주가 있는진 잘 모르겠지만 브람은 이런저런 집수리 공사에 나를 호출했다.

그가 가스레인지에 커피를 올린다. "어서 일을 시작해야겠어. 두 달밖에 안 남았거든. 똑딱똑딱."

"왜 두 달이에요?"

"이런 젠장. 내가 얘길 안 했구나. 네 엄마한테도 방금 얘기했단 다." 그의 얼굴에 미소가 번지고, 그 미소가 너무도 브람을 닮아서 나는 가슴이 아리다.

"무슨 얘기요?"

"그게 말이다, 빌럼, 나 이제 곧 아빠 된다."

커피를 마시면서, 다니엘은 나에게 엄청난 소식을 전한다. 마흔 일곱의 나이에, 영원한 총각이었던 다니엘 삼촌이 마침내 사랑을 찾았다. 그러나 더 라위터르가의 남자들은 무슨 일이든 결코 수월 하게 하는 법이 없고, 다니엘 아이의 엄마는 브라질 여자다. 이름 은 파비올라. 두 사람은 발리에서 만났다. 그녀는 바이아에 살고 있다. 그가 내게 미소로 환하게 빛나는, 사슴 같은 눈을 가진 여자 의 사진을 보여준다. 그리고 두께가 몇 센티미터는 되는 아코디언 폴더를 보여준다. 그녀가 비자를 받고 이곳에 와서 결혼할 수 있도 록 두 사람 관계의 합법성을 증명하기 위해 다양한 정부 기관과 주 고받은 서한들이다. 그는 7월에 브라질로 가서 9월 예정인 출산을 준비하고 그뒤에 곧바로 결혼할 수 있기를 바라고 있다. 모든 일이 잘 풀리면, 그들은 가을에 암스테르담에 머물다가 겨울에 브라질 로 갈 것이다. "겨울은 거기서, 여름은 여기서. 그리고 녀석이 자 라서 학교에 가면, 그 반대로 할 거야."

"녀석?" 내가 묻는다.

다니엘이 미소를 짓는다. "남자아이래. 우린 이미 알고 있어. 이름도 벌써 지어두었단다. 아브라앙."

"아브라앙." 내가 혀끝으로 음미하듯 그 이름을 말해본다.

다니엘이 고개를 끄덕인다. "포르투갈어로 아브라함이라는 뜻이야."

우리 둘 다 잠시 말이 없다. 아브라함, 브람의 본명이다.

"이 집으로 들어올 거지? 나 도와줄 거지?" 그가 설계도를 가리키며 묻는다. 두 칸으로 나뉠 하나의 침실, 한때 두 형제가 살았고 잠시 세 사람이 살다가 결국 다니엘 혼자만의 것이 되어버린 집. 그러다 그조차도 살지 않았던 집.

하지만 이제 우리 둘이 이 집에 있다. 그리고 머지않아 식구가 불어날 것이다. 부쩍 줄었던 나의 가족이, 불가사의한 힘에 의해, 다시 불어나고 있다.

서른넷

6월

암스테르담

샤워기를 사러 다니엘과 함께 철물점에 가는데 그의 자전거 바퀴가 펑크가 난다.

우리는 자전거를 살펴보려고 멈춰 선다. 타이어에 못이 깊이 박혔다. 네시 반. 철물점은 다섯시에 닫는다. 주말에도 문을 닫는다. 다니엘은 잔뜩 골이 난 어린애처럼 얼굴을 찌푸리고 허공으로 두 팔을 내지른다.

"이런 젠장!" 그가 욕을 내뱉는다. "배관공이 내일 오는데!"

우리는 침실을 먼저 수리했다. 못과 석고보드와 회반죽이 뒤엉킨 아수라장이었고, 우리 둘 다 정확히 뭘 하고 있는 건지 몰랐지만, 책과 브람의 옛 친구들의 도움을 받아 2층 침대가 있는 조그만 '안방'과 그보다 작은 아기방을 만들 수 있었다. 나는 아기방에서 살고 있다.

그러나 따라가야 할 학습곡선은 가팔랐고 우리가 예상했던 것보다 오래 걸렸다. 특히 다니엘이 간단하게 생각했던 욕실 공사는 간단한 것과는 거리가 멀었다. 칠십 년 된 부품들을 새것으로 교체하는 작업이었다. 배관도 전부 교체해야 했다. 욕조와 세면대가 도착하는 시간과 배관공—브람의 또다른 친구로, 근무 시간이 아닌 밤이나 주말에 짬을 내 저렴한 비용으로 일해주고 있다—이 도착하는 시간을 맞추는 일은, 이미 한계에 달한 다니엘의 병참 역량으로는 큰 무리였지만 어쨌건 그는 앞으로 나아갔다. 브람이 가족을 위해 보트를 지었다면, 자기는 가족을 위해 아파트를 지을 거라고, 다니엘은 되뇌었다. 그 말을 들을 때마다 기분이 묘했다. 왜냐하면 나는 항상 브람이 야엘을 위해 보트를 설계했다고 생각해왔기 때문이다.

배관공은 어젯밤에 왔고, 우리는 그가 욕조와 샤워실을 마무리하러 왔다고 생각했지만, 그는 샤워기 본체를 설치하기 전에는 마침내 도착한 욕조를 설치할 수 없다고 통보했다. 샤워기가 없으면 욕실의 타일 작업을 끝내지 못하고 주방 공사를 시작할 수도 없었다. 배관공은 주방도 배관 작업을 새로 해야 할 거라고 말했다.

대부분의 시간에 다니엘은 바닷가에서 모래성을 쌓는 아이의 열정으로 이 공사에 임했다. 이틀에 한 번 파비올라와 스카이프로 통화할 때면, 그는 낡은 노트북을 들고 다니며 새로 수리한 것들을 자랑하고 가구의 위치(그녀는 풍수에 심취해 있다)와 색상(그들 방은 하늘색, 아기방은 버터 빛깔 노란색)을 의논했다.

이틀에 한 번 꼴의 통화로도 그녀의 배가 점점 더 불러오는 모습을 확인할 수 있었다. 배관공이 떠나고 나서, 다니엘은 뱃속에 있는 아기가 낡은 자명종처럼 째깍거리는 소리가 들리는 것만 같다고 했다. "준비가 됐건 안 됐건, 녀석은 나올 거야." 그가 고개를 저으며 말했다. "사십칠 년이면 준비가 되었을 법도 한데 말이야."

"어쩌면 이건 닥치기 전에는 결코 준비할 수 없는 일인지도 몰라요." 내가 말했다.

"아주 똑똑하구나, 꼬마야." 그가 말했다. "하지만 젠장, 내가 준비가 안 됐더라도, 아파트는 준비가 되어야 할 것 아니냐고."

"제 자전거 타고 가세요." 내가 자전거에서 내리며 다니엘에게 말한다. 작년에 암스테르담에 다시 돌아왔을 때 고물가게에서 산 바로 그 늙은 일꾼이다. 내가 인도에 있는 동안 줄곧 블룸스트라트에서 바깥에 묶여 있었는데도 아직 멀쩡하다. 아파트에서 일하기 시작하면서 나는 다른 물건들과 함께 자전거를 이리로 가지고 왔다. 내 물건이라고 해봐야 아기방 책장의 맨 아래 두 칸을 채울 뿐이다. 나는 짐이 별로 없다. 옷 몇 벌, 책 몇 권. 나왈이 준 가네샤 동상. 그리고 룰루의 시계. 그 시계는 아직도 간다. 가끔 나는 밤중에 그 소리를 듣는다.

문제가 해결됐고, 다니엘은 다시 햇살처럼 환히 빛난다. 그는 행복한 미소를 머금고 내 자전거에 올라타, 페달을 밟고 뒤로 손을 흔들면서 가다가 하마터면 마주 오는 오토바이와 부딪칠 뻔한다. 나는 그의 자전거를 끌고 좁은 골목을 지나 클로베니르스뷔르흐발의 널찍한 운하 길로 접어든다. 쇠락해가는 홍등가와 대학 사이에 낀 지역이다. 나는 자전거포를 찾을 확률이 더 높은 대학 쪽으로 향한다. 전에 몇 번 지나치며 조금 궁금해했던 영어 책 서점이 나온다. 서점 입구의 계단에 일 유로짜리 책들이 담긴 상자가 있다. 안을 뒤적여본다. 대부분 미국 페이퍼백이고 내가 여행중에 하루 만에 읽고 교환하는 그런 책들이다. 그런데 상자 맨 밑에, 마치 엉뚱한 곳으로 흘러든 난민처럼, 『십이야』한 권이 있다.

내가 그 책을 읽지 않으리란 걸 안다. 그러나 대학에서 나온 이후 처음으로, 비록 한시적이지만, 나에겐 책장이 있다.

나는 돈을 내려고 안으로 들어간다. "혹시 이 근처에 자전거포가 있나요?" 카운터 뒤의 남자에게 묻는다.

"두 블록 내려가면 부렌스테이흐에 있어요." 남자가 읽던 책에서 고개를 들지 않고 말한다.

"고맙습니다." 내가 셰익스피어를 카운터 위로 내민다.

그가 책을 보더니 고개를 든다. "이거 사시게요?" 회의적인 말투다.

"네." 나는 굳이 그럴 필요가 없는데도 설명한다. 작년에 그 연극을 했었다고. "서배스천 역을 했어요."

"영어로요?" 그가 영어로 묻는다. 외국에서 오래 살아온 사람 특유의 묘하게 뒤섞인 억양이다.

"네." 내가 대답한다.

"아." 그가 다시 자기 책으로 돌아간다. 나는 그에게 일 유로를 건넨다.

문을 막 나서려는데 그가 소리친다. "셰익스피어 연극 하시는 분이면 요 아래 극장에 한번 들러보세요. 여름에 폰델 공원에서 제대로 된 셰익스피어 연극을 영어로 하거든요. 올해 오디션을 한대요."

그가 아무렇지도 않게, 마치 쓰레기를 버리듯 말을 툭 던진다. 나는 그 자리에 서서, 바닥에 떨어진 그 말을 곱씹어본다. 쓸모 있는 것일 수도 있고, 아닐 수도 있다. 집어들어보기 전엔 알 수가 없다.

서른다섯

"이름."

"빌럼. 더 라위터르." 속삭임으로 나온다.

"다시."

나는 헛기침을 한다. 다시 한번 해본다. "빌럼 더 라위터르."

침묵이 흐른다. 나의 가슴에서, 관자놀이에서, 목에서 두근거리는 심장을 느낀다. 전에는 이렇게 긴장해본 적이 없고 그래서 이해가 안 된다. 나는 무대공포증을 느껴본 적이 없다. 곡예단에서 처음 공연했을 때도, 심지어 게릴라 월에서 프랑스어로 연기했을 때도. 파룩이 처음 액션을 외치고 카메라들이 돌아가고 힌디어로 라르스 폰 헬더르의 대사를 해야 했을 때도 마찬가지였다.

그러나 지금 나는 이름도 큰 소리로 말할 수가 없다. 내게 나도 모르는 볼륨 스위치가 달려 있고 누군가가 그걸 완전히 줄여놓은 것 같다. 나는 눈을 가늘게 뜨고 관객들을 바라보려 애쓴다. 그러나 환한 조명 때문에 객석에 앉아 있는 사람들은 보이지 않는다.

그들은 뭘 하는 걸까. 내가 허둥거리며 가까스로 준비한 한심한 프로필 사진을 보고 있는 걸까? 다니엘이 사르파티 공원에서 그 사진을 찍어주었다. 그리고 뒷면에 게릴라 윌 약력을 인쇄했다. 멀리서 보면 생각보다 나쁘지 않다. 나에겐 몇 차례의 무대 경력이 있고, 전부 셰익스피어 작품이다. 자세히 들여다봐야 사진의 해상도가 형편없으며 휴대전화 최대 화소로 찍은 걸 집에서 출력한 거라는 걸 알 수 있다. 더구나 내 경력은, 그러니까 게릴라 윌은 레퍼토리 극장*이 아니다. 다른 배우들의 사진을 보았다. 네덜란드는 물론이고 체코, 독일, 프랑스와 영국 등 유럽 각지에서 왔다. 그들에겐 제대로 된 경력이 있었다. 제대로 된 사진도.

나는 심호흡을 한다. 그래도 사진이 있는 게 어딘가. 케이트 로블링 덕분이다. 한 번도 오디션을 본 적이 없어서 나는 막판에 조언을 구하기 위해 케이트에게 전화했다. 게릴라 윌에서는 토어가 무슨 역할을 할지 정해주었다. 어떤 이들은 그런 방식을 비난했지만, 나는 아무래도 상관없었다. 대사 분량이 많건 적건 수입은 균등하게 나눴으니까.

"아, 좋아요, 빌럼." 누군지 알 수 없는 목소리가 말한다. 내가 시작하기도 전에 벌써 따분해하는 것 같다. "어떤 대사를 준비했나요?"

올여름에 제작되는 공연은 〈뜻대로 하세요〉인데, 나는 본 적도

---

* 전속 극단이 있고 프로그램을 바꾸어 상연하는 극장.

없고 잘 알지도 못하는 작품이다. 지난주에 극장에 들렀을 때 그들은 내게 셰익스피어의 어떤 작품이건 독백을 준비해 오라고 했다. 당연히 영어로. 케이트는 내게 「뜻대로 하세요」를 읽어보라고 했다. 거기서 괜찮은 대사를 찾을 수 있을 거라고.

"〈십이야〉의 서배스천입니다." 내가 말한다. 나는 비교적 짧은 서배스천의 대사 세 개를 이어서 하기로 했다. 그편이 더 쉬웠다. 내가 마지막으로 했던 역할이고 지금도 대사를 거의 다 기억하고 있다.

"준비되는 대로 시작하세요."

케이트의 말을 떠올려보려 애쓰지만 내가 모르는 외국어처럼 머릿속을 떠다닐 뿐이다. 감정을 담을 수 있는 대사를 선택해라? 그 사람들이 원하는 사람이 되지 말고 나 자신이 되어라? 크게 한판 하든가 집에 가든가? 그것 말고 또 있었는데. 전화를 끊기 전에 그녀가 했던 말. 중요한 말이었는데. 그러나 그 말이 기억나지 않는다. 이런 상태라면 대사나 잊어버리지 않으면 다행이다.

헛기침 소리. "준비되는 대로 시작하세요." 이번에는 여자 목소리이고, 뜸 좀 그만 들여, 라고 말하는 듯한 투다.

숨을 쉬어. 숨을 쉬라고 케이트가 말했다. 그 정도는 기억이 난다. 그래서 나는 숨을 쉰다. 그리고 시작한다.

"아니요, 허락하신다면, 저는 여기 남겠습니다. 저의 별들은 지금 어둡게 빛나고 있습니다. 저의 가혹한 운명이 당신에게 전염될지도 모릅니다."

첫번째 대사가 나온다. 그렇게 나쁘지 않다. 나는 계속한다.

"그러니 부디 저의 가혹한 운명을 홀로 감당할 수 있도록 여기서 작별할 수 있기를 소망합니다."

대사가 내 안에서 흘러나오기 시작한다. 지난여름 그 많은 공원과 광장을 끝도 없이 돌아다녔을 때처럼 흘러나오는 게 아니다. 주말 내내 다니엘의 욕실에서 거울에 대고, 타일에 대고, 때로는 다니엘 앞에서 연습할 때처럼 띄엄띄엄 나오는 것도 아니다.

"만약 하늘이 허락했다면, 우리가 그때 함께 죽었더라면 좋았을 텐데!"

이제 대사들이 다르게 나온다. 새로운 방식으로 이해된다. 서배스천은 바람 부는 대로 목적 없이 떠도는 사람이 아니다. 그는 자신이 겪은 일련의 불운과 가혹한 운명에 쓸린 상처와 잃어버린 자신감을 회복해가는 사람이다.

"그녀를 시기하던 사람들조차 그녀의 고운 심성만큼은 인정하지 않을 수 없을 것입니다." 이 대사를 하는 순간, 내가 마지막으로 관객들 앞에서 이 대사를 했던 영국의 그 뜨거운 밤, 룰루의 모습을 본다. 그녀의 입가에 번지는 엷은 미소.

"그녀는 이미 소금물에 익사했습니다. 그러나 이제 저의 짜디짠 눈물이 다시금 그녀의 기억을 익사시키려 하는군요."

그렇게 나의 대사는 끝났다. 박수는 없다. 오직 무거운 침묵뿐. 내 숨소리와, 여전히 방망이질하는 내 심장박동 소리가 들린다. 무대에 올라서면 긴장감은 사라지기 마련 아닌가? 적어도 대사를 마치고 나면?

"고마워요." 여자가 말한다. 그녀의 말은 사무적이고, 일반적이고, 실제로 감사하는 기색이 전혀 없다. 나는 잠시, 내가 고맙다고 인사해야 하는 건 아닌가 생각한다.

그러나 그러지 않는다. 나는 방금 무슨 일이 일어난 건지 어리둥절해하는 상태로 무대에서 내려온다. 객석 통로를 걸어가는데 연출가와 제작자와 무대감독(어떤 사람들이 나올지 케이트가 알려줬다)은 이미 다른 지원자의 사진을 들고 대화를 나눈다. 나는 어느덧 로비의 환한 불빛 속에서 눈을 찌푸리고 있다. 눈을 문지른다. 이제 무얼 하지.

"끝나니까 좋아요?" 마른 남자가 영어로 묻는다.

"네." 내가 반사적으로 대답한다. 그러나 그 말은 사실이 아니다. 나는 무더운 여름이 지나가고 처음으로 맞이하는 싸늘한 가을 날씨처럼 우울감이 밀려드는 것을 느낀다.

"왜 마음을 바꿨어?" 케이트가 전화로 내게 물었더랬다. 멕시코 여행 이후 우리는 일절 연락을 하지 않았다. 내 계획을 듣고 그녀는 놀라는 것 같았다.

"그게, 나도 잘 모르겠어." 나는 그녀에게 『십이야』를 발견한 일, 오디션 소식을 들은 일, 적절한 때 적절한 장소에 있었던 일에 대해 설명했다.

"어떻게 됐어요?" 마른 남자가 내게 묻고 있다. 그는 〈뜻대로 하세요〉 대본을 손에 들고 있다. 그의 무릎이 올라갔다 내려갔다 들썩인다.

나는 어깨를 으쓱한다. 나도 모르겠다. 정말로. 모르겠다.

"난 자크 역 지망이에요. 그쪽은요?"

나는 대본을 본다. 아직 읽어보지도 않았다. 토어가 늘 그랬던 것처럼, 나는 그들이 주는 배역을 할 것이다. 그러나 그 순간 가슴이 철렁하면서, 어쩌면 그게 옳은 방식이 아닐지도 모른다는 의심이 들기 시작한다.

그리고 다음 순간, 오디션을 치르게 되기까지의 상황을 대충 설명했을 때 케이트가 했던 말이 떠오른다.

"저질러, 빌럼. 저질러야 해. 뭐가 됐건."

요즘 들어 많은 중요한 일들이 그렇듯이, 그 기억도 너무 늦게 떠오른다.

서른여섯

일주일이 지나도록 나는 아무 연락도 받지 못한다. 나와 대화를 나누었던 마른 남자 빈센트는 최종적으로 캐스팅이 되기까지 몇 차례 연락이 올 거라고 했다. 전화는 오지 않는다. 나는 그 일을 접어두고 다니엘의 아파트 공사로 돌아간다. 타일 작업에 엄청난 에너지를 쏟아부은 덕분에 다니엘과 나는 예정보다 이틀 앞서 욕실 공사를 마치고 주방 공사에 착수할 수 있게 된다. 우리는 찬장을 사러 지하철을 타고 이케아에 간다. 빨간 매니큐어 빛깔 찬장들이 진열된 주방 전시장에 있는데 전화벨이 울린다.

"빌럼, 알레르질런 극장의 리뉘스 펠더르라고 해."

다시 무대에 오른 것처럼 심장이 쿵쾅거린다.

"올랜도의 서막 대사를 외워서 내일 아침 아홉시까지 올 수 있겠니?" 그가 묻는다.

물론 외울 수 있다. 외울 수 있는 것 이상이라고 말하고 싶다.

"그럼요." 내가 대답한다. 그리고 세부 사항을 묻기도 전에 리뉘스가 전화를 끊는다.

"누구야?" 다니엘이 묻는다.

"전에 오디션 봤던 극장의 무대감독이요. 다시 오래요. 올랜도 대사를 외워 오래요. 주연이요."

다니엘이 흥분한 어린애처럼 펄쩍펄쩍 뛰다가 주방 전시장에 진열된 믹서를 쓰러뜨린다. "이런 젠장." 그가 나를 밖으로 끌고 나간다. 아무 일 없었다는 듯 휘파람을 불면서.

나는 다니엘을 이케아에 남겨두고 그날 오후 내내 사르파티 공원에서 보슬비를 맞으며 대사를 외운다. 뉴욕 시간을 확인한 뒤 조언을 좀더 구하기 위해 케이트에게 전화하지만, 케이트가 캘리포니아에 있어서 결국 자는 사람을 깨우고 만다. 러커스는 육 주 동안 서부 해안 지역을 돌며 〈심벌린〉을 공연할 계획이고 그다음엔 여러 축제에 참가하기 위해 8월에 영국에 올 예정이라고 한다. 그 얘기를 들으니 그녀에게 도움을 청하기가 민망해진다. 그러나 언제나 너그러운 케이트는 그로부터 몇 분 동안 극장에서 연락을 받았을 때 어떻게 대처해야 하는지 알려준다. 여러 장면과 여러 역할의 대사를 읽게 될 수 있고, 올랜도의 대사를 해보라고 했어도 반드시 그 역할을 맡게 된다는 의미는 아니라고. "하지만 올랜도를 해보라고 했다는 건 고무적인 일이야." 그녀가 말한다. "너한테 상당히 어울리는 역할이니까."

"그게 무슨 뜻이야?"

그녀가 크게 한숨을 쉰다. "그거 아직도 안 읽었어?"

나는 또다시 민망해진다. "읽을게, 약속해. 오늘 오후에."

우리는 좀더 얘기를 나눈다. 그녀는 축제가 없는 주말에는 영국 바깥을 여행할 거라면서, 어쩌면 암스테르담에 올 수도 있다고 한다. 나는 언제든 환영이라고 말한다. 그리고 그녀는 그 희곡을 읽어보라고 다시 한번 나를 일깨워준다.

그날 밤 늦게, 서막의 독백을 하도 여러 번 읽어서 꿈속에서도 외울 지경이 되어서야 나는 희곡의 나머지 부분을 읽기 시작한다. 이미 잠이 오기 시작해서 집중하기가 힘들다. 나는 케이트가 올랜도에 대해 한 얘기가 무슨 의미인지 알아내려 애쓴다. 그가 한 여자를 만나 사랑에 빠지고, 후에 그 여자를 다시 만나게 되지만 그녀는 변장을 한 모습인 걸 두고 한 얘기 같다. 다만 올랜도의 결말은 해피 엔딩이다.

다음날 아침 극장에 도착해 보니 거의 텅 비어 있고 무대 위를 비추는 조명 하나를 제외하면 어둡다. 나는 맨 뒷줄에 앉는다. 잠시 후 극장의 불이 들어온다. 리뉘스가 클립보드를 들고 걸어들어오고, 그 뒤로 왜소한 체구의 연출가 페트라가 들어온다.

인사 따위는 없다. "준비되는 대로 시작하세요." 리뉘스가 말한다.

이번에는, 준비가 되었다. 준비가 되어 있기로 마음먹는다.

그런데 그렇지가 않다. 나는 대사를 제대로 외우지만, 한마디 한

마디 할 때마다 내 목소리를 의식하고 내 대사가 어떻게 들릴지 궁금해진다. 제대로 했나? 대사를 할수록, 단어들이 점점 더 이상하게 들린다. 지극히 평범한 단어조차 횡설수설하는 것으로 들리는 식이다. 집중하려 애쓰지만 그럴수록 더 집중하기가 힘들다. 그 와중에 무대 뒤쪽에서 귀뚜라미 우는 소리가 들리고, 꼭 봄베이 로열의 로비에서 들리던 소리 같다. 그러자 나는 차우다리와 그의 간이침대와 야엘과 프라틱을 떠올리고, 어느 순간 나는 이 극장이 아닌 세계의 모든 곳에 있다.

대사를 끝냈을 때 나 자신에게 화가 머리끝까지 난다. 그렇게 연습했는데, 결국 이 꼴이라니. 서배스천의 독백이, 그다지 애쓰지도 않았던 독백이 이것보다 훨씬 나았다.

"다시 해도 될까요?" 내가 묻는다.

"그럴 필요 없어." 페트라가 말한다. 그녀와 리뉘스가 소곤거리는 소리가 들린다.

"더 잘할 수 있거든요. 정말이에요." 내 얼굴에 경쾌한 미소가 번진다. 아마도 오늘 한 연기 중 이게 최고일 것이다. 왜냐하면 솔직히, 더 잘할 자신이 없기 때문이다. 조금 전에 잘하려고 노력했던 사람도 바로 나였으니까.

"괜찮았어." 페트라가 소리친다. "월요일 아홉시에 다시 와. 가기 전에 리뉘스가 작성할 서류를 줄 거야."

된 건가? 내가 방금 올랜도 역을 따낸 거야?

어쩌면 그리 놀랄 일이 아닌지도 모른다. 어쨌든 곡예단도 게릴라 월도 그리고 라르스 폰 헬더르도 배역을 따기는 쉬웠다. 행복해야 하는 게 당연하다. 당연히 안심이 되어야 한다. 그러나 이상하게도 실망감만 든다. 왜냐하면 이 일이 내게 중요하기 때문이다. 그리고 무언가가 내게 말하기 때문이다. 중요한 일이라면 이렇게 쉬울 리가 없다고.

서른일곱
7월
암스테르담

"어이, 빌럼, 오늘은 기분 어때?"

"괜찮아, 예룬. 넌 어때?"

"아, 알잖아, 통풍이 도지고 있어." 예룬이 가슴을 두드리며 큰 소리로 기침을 한다.

"통풍은 다리에 생겨, 멍청아." 맥스가 내 옆에 앉으며 말한다.

"아, 그렇지." 예룬이 맥스를 향해 자기가 지을 수 있는 가장 매력적인 미소를 지어 보이고는, 웃으면서 절뚝거리며 걸어간다.

"얼간이 자식!" 가방을 내 발치에 던지며 맥스가 말한다. "내가 쟤하고 키스해야 한다면, 맹세하는데, 무대 위에서 토할 거야."

"그럼 마리나의 건강을 위해 기도해."

"마리나한테 키스하는 거라면 괜찮을 것 같은데." 맥스가 씩 웃으며 마리나를 쳐다본다. 마리나는 예룬이 맡은 올랜도의 상대역인 로절린드 역을 맡고 있다. "오, 사랑스러운 마리나, 마리나가 아프면 나한테는 좋겠지만 마리나가 아픈 건 바라지 않아. 잰 너무 사랑스럽잖아. 더구나 마리나가 공연 못하게 되면, 내가 저 자식하고 키스해야 하잖아. 쟤가 아팠으면 좋겠어."

"잰 절대 병 안 나." 내가 맥스에게 말한다. 맥스에게 또 설명이 필요하기라도 한 것처럼. 나는 예룬의 대역으로 캐스팅된 후, 예룬 호슬러르스는 연기를 해온 십 년 동안 단 한 번도 무대에 오르지 못한 적이 없었다는 말을 수도 없이, 귀에 못이 박히도록 들었다. 심지어 감기에 걸려 구토를 할 때조차, 목소리가 나오지 않을 때조차, 막이 오르기 몇 시간 전에 그의 여자친구가 딸을 출산하기 위해 진통을 시작했을 때조차 공연을 했다고 했다. 사실 예룬의 완전 무결한 기록이야말로, 원래의 대역 배우가 멘토스 광고를 찍느라 리허설을 세 번 빠지자 내가 대신 뽑히게 된 이유이다. 결코 무대에 오르지 못할 대역 배우의 리허설 세 번. 페트라는 대역에게 모든 것을 요구하고 한편으로는 아무것도 요구하지 않는다.

나는 그들의 요구대로, 흠집 난 기다란 나무 테이블에 배우들이 둘러앉아 한 줄씩 대사를 읽고, 의미를 분석하고, 단어의 뜻을 해부하고, 어떤 식으로 해석해야 하는지 고민하는 첫 대본 연습 이후 매일 극장에 왔다. 페트라는 놀라울 정도로 평등주의자라, '슬픈 루크레티아'*가 어떤 의미인지 또는 로절린드가 왜 그토록 오래 변장을 고집했는지에 대해 거의 모든 이들의 의견에 열려 있었다. 프

---

* 〈뜻대로 하세요〉 3막 2장에 나오는 시의 한 구절. 루크레티아는 고대 로마 설화 속 미모와 정절을 상징하는 여인이다.

레더릭 공작의 부하 한 명이 실리아와 로절린드의 대화를 해석하고 싶어하면 페트라는 기꺼이 들어주었다. "이 테이블에 앉아 있는 사람은 누구나 자기 의견을 말할 권리가 있어." 그녀는 관대하게 말했다.

그러나 맥스와 나는, 누가 보아도 그 테이블에 앉아 있는 사람이 아니었고 조금 떨어진 자리를 배정받았다. 그들의 토론을 들을 수는 있어도 참여할 수는 없는 거리라 침입자가 된 듯한 느낌이 들었다. 처음에 나는 의도적인 건 아닐 거라고 생각했다. 그러나 페트라가 "연기는 대사를 말하는 것 이상이야. 모든 몸짓, 모든 소리 없는 언어를 통해 관객과 대화하는 거지"라고 반복해서 말하는 걸 듣고는, 이 모든 게 완전히 의도된 것임을 깨달았다.

이제 와 생각해보니, 일이 너무 수월하게 풀렸다고 걱정했던 게 어이없게 느껴진다. 수월한 건 사실이지만 내가 생각했던 방식은 아니다. 맥스와 나는 실제로 연기할 기회가 주어지지 않는 대역일 뿐이다. 우리는 배우들 틈에서 묘한 위치에 있다. 절반의 배우. 그림자 배우. 자리를 지키는 배우. 배역이 있는 배우들 중 우리에게 말을 거는 사람은 거의 없다. 빈센트는 말을 건다. 그는 결국 자크 역을 따냈다. 로절린드 역의 마리나도 말을 걸지만, 그건 그녀가 유난히 너그럽기 때문이다. 그리고 물론 예룬도 매일 잊지 않고 내게 말을 건다. 나는 그가 그러지 말기를 바라지만.

"자, 오늘 우리가 할 일이 뭐지?" 맥스가 특유의 런던 토박이 말투로 묻는다. 나처럼 그녀 역시 잡종이다. 그녀의 아버지는 수리남계 네덜란드 출신이고 어머니는 런던 출신이다. 술이 많이 들어가면 맥스의 런던 토박이 억양이 더 두드러진다. 그러나 로절린드의 대사를 읽을 때 맥스의 영어는 영국 여왕만큼이나 매끄럽다.

"오늘은 결투 장면 안무를 맞춰볼 거야." 내가 알려준다.

"아, 잘됐다. 잘하면 저 계집애 같은 자식이 다칠 수도 있겠네." 맥스가 웃으며 삐죽삐죽한 자기 머리카락을 매만진다. "이따 대사 맞춰볼래? 기술 리허설 들어가면 맞춰볼 기회가 별로 없을 거야."

우리는 조만간 마지막 닷새간의 기술 리허설과 드레스 리허설을 위해, 여섯 번의 주말 공연을 하게 될 폰델 공원의 원형극장으로 세트를 옮긴다. 금요일에 두 번에 걸쳐 약식으로 막을 올리고 토요일에는 정식 공연을 시작한다. 다른 배우들에게는 그동안의 노고가 결실을 맺는 순간이다. 맥스와 나에게는, 정산을 받는 날이자 우리가 다른 배우들과 함께 무대에 오를 가능성이 완전히 사라지는 날이다. 리뉘스는 우리가 대본 전체를, 모든 연출을 완벽하게 외우고 있는지 확인한다. 우리는 첫 기술 리허설에서 예룬과 마리나를 쫓아다녀야 한다. 그 시간이 우리로서는 가장 연기를 하는 것에 가까운 순간이다. 리뉘스와 페트라는 우리에게 지침을 내린 적이 없고, 대사를 외워보라고 한 적도, 이 연극의 어떤 면에 대해서든 검토해보라고 한 적도 없다. 맥스와 나는 쉬지 않고 대사를 외운다. 우리 둘이서. 내가 보기엔 아마 우리는 그런 식으로라도 우리가 이 공연의 일부인 척하는 것 같다.

"개니미드 역할 해볼까? 알다시피 내가 가장 좋아하는 대목이니까." 맥스가 말한다.

"네가 남자가 되는 장면이라서 그렇겠지."

"당연하지. 나는 남자로 자신을 표출하는 로절린드가 더 좋아. 앞부분에선 너무 맹하잖아."

"맹한 게 아니야. 사랑에 빠진 거지."

"첫눈에 말이지." 그녀가 눈을 부라린다. "그러니까 맹한 거야. 로절린드는 불알balls이 있는 척할 때 훨씬 더 배짱balls이 있어."

"때로는 다른 사람인 척하는 게 더 쉽지." 내가 말한다.

"그런 것 같아. 그게 내가 빌어먹을 배우가 된 이유이기도 하고." 그러더니 그녀가 나를 쳐다보며 코웃음을 친다. 우리가 대사를 외우고 있는 건 사실이다. 연출을 알고 있는 것도 사실이다. 연습에 나오는 것도 사실이다. 그러나 우리 둘 다 배우는 아니다. 우리는 자리를 지키는 사람들일 뿐이다.

맥스는 한숨을 쉬고 발을 차 의자 위에 올렸다가 페트라로부터 무언의 질책을 듣고, 곧이어 리뉘스 혹은 맥스식으로 부르자면 플렁키*로부터 그만하라는 잔소리를 듣는다.

무대 위에서 예룬이 안무가와 다툰다. "이건 나한테 안 맞아요. 진실하게 느껴지지 않는다고요." 맥스가 다시 눈을 부라리지만 나는 그들의 실랑이를 들으려고 일어선다. 연출 과정에서 이런 상황이 거의 하루 걸러 발생했다. 예룬이 특정 동작이 '느낌'이 오지 않는다고 말하면 페트라가 동작을 바꾸고, 예룬이 수정한 연출도 마음에 들지 않는다고 하면 대부분의 경우 페트라는 처음에 했던 대로 돌려놓는다. 내 대본은 온통 휘갈겨 쓴 글씨와 지운 자국으로

* '아첨꾼'이라는 뜻.

누더기가 되고 진정성을 탐구하는 예룬의 로드맵이 된다.

마리나는 무대 위 시멘트 말뚝에 앉아 있고 그 옆에 실리아 역을 맡은 니키가 있다. 두 사람은 따분한 표정으로 결투 안무를 지켜본다. 마리나가 잠시 나와 눈을 맞추고 우리는 연민의 미소를 주고받는다.

"나 봤어." 맥스가 말한다.

"뭘?"

"마리나. 쟤 널 원해."

"날 알지도 못해."

"그럴지도 모르지. 하지만 어젯밤 술집에서 너한테 자길 따먹어달라는 눈빛을 보내던데."

리허설이 끝난 뒤 배우들은 매일 밤 모퉁이 술집으로 향한다. 도발적이라서, 혹은 자기 학대를 즐겨서, 맥스와 나는 그들을 쫓아간다. 대체로 우리끼리 바에 앉거나 빈센트와 한 테이블에 앉는다. 큼직한 테이블에는 맥스와 내가 앉을 자리가 늘 없는 것 같다.

"따먹으라는 눈빛은 아니었어."

"우리 둘 중 한 명한테 따먹으라는 눈빛을 보냈어. 걔한테 레즈비언 낌새를 느낀 적은 없고. 물론 네덜란드 여자애들은 겉만 보곤 알 수 없지만."

나는 마리나를 쳐다본다. 그녀는 장사 찰스를 맡은 배우와 예룬이 안무가와 함께 가짜 주먹을 날리는 장면을 연습할 때 니키가 한 말에 웃고 있다.

"물론 네가 여잘 좋아하지 않는다면 얘기가 다르지만." 맥스가 말을 잇는다. "너한테도 그런 낌새는 못 느꼈는데."

"여자 좋아해."

"그러면 왜 매일 밤 술집에서 나하고 같이 일어서?"

"넌 여자 아니냐?"

맥스가 눈을 부라린다. "미안, 빌럼. 네가 매력적인 건 사실이지만, 우리 사이엔 있을 수 없는 일이야."

내가 웃으며 맥스의 뺨에 축축한 키스를 남기고, 그녀는 과장스럽게 뺨을 씻어낸다. 무대 위에서 예룬이 찰스에게 가짜 주먹을 날리다가 제 발에 걸려 넘어진다. 맥스가 박수를 친다. "통풍 조심해." 그녀가 소리친다.

페트라가 돌아서고, 그녀의 날카로운 눈에는 못마땅한 기색이 역력하다. 맥스는 대본에 심취한 척한다.

"연습 따윈 때려치우고," 페트라의 관심이 다시 무대로 돌아가자 맥스가 내게 속삭인다. "술이나 마시러 가자."

그날 밤, 술집에서 술을 진탕 마시며 맥스가 내게 묻는다. "그럼왜 안 하는데?"

"뭘?"

"왜 여자를 안 만나느냐고. 마리나가 아니라면, 술집에 있는 여자 아무하고라도."

"넌 왜 안 만나는데?"

"내가 안 만난다고 누가 그래?"

"너도 매일 밤 나하고 술집을 나서잖아, 맥스."

그녀가 한숨을 쉰다. 맥스의 나이보다 훨씬 더 크고 깊은 한숨이다. 맥스는 나보다 겨우 한 살이 많을 뿐이다. 그게 바로 그녀 역시 자리 지키기를 마다하지 않는 이유라고 그녀는 말한다. 언젠가는 나의 때가 올 테니까. 그녀가 자기 가슴에 사선을 긋는 시늉을 한다. "실연의 상처." 그녀가 말한다. "레즈비언들은 상처를 치유하는 데 몇 배로 긴 시간이 걸리거든."

나는 고개를 끄덕인다.

"넌 뭐야?" 맥스가 묻는다. "너도 실연의 상처?"

때로는 그와 비슷하다는 생각도 든다. 한 번도 여자에게 그처럼 깊이 빠졌던 적이 없기 때문이다. 그러나 재미있는 건, 그날 파리에서 룰루와 하루를 보낸 뒤 브로저를 포함한 다른 친구들과 재회했고, 엄마를 만나러 갔고, 엄마와 다시 얘기하기 시작했고, 지금은 다니엘 삼촌과 살고 있다는 거다. 그리고 배우 일을 하고 있다. 물론, 배우 일을 한다고 말할 수는 없을지도 모른다. 그러나 우연히 배우 일을 하게 된 것도 아니다. 전반적으로 나는 더 나아졌다. 브람이 죽은 이후의 시간보다 나아졌고, 어떤 면에서는 그 이전보다도 나아졌다. 아니, 룰루는 내게 상처를 주지 않았다. 오히려 그녀가 어떤 우회적인 방식으로 내 상처를 치유한 건 아닌가 하는 생각이 든다.

나는 고개를 젓는다.

"그럼 뭘 기다려?" 맥스가 내게 묻는다.

"나도 모르겠어." 내가 대답한다.

그러나 한 가지만은 분명히 안다. 다음번에는, 보는 순간 바로 알 것이다.

서른여덟

다니엘이 떠나기 전, 우리는 주방 위쪽에 찬장을 단다. 주방은 거의 끝났다. 곧 배관공이 와서 식기세척기를 설치할 예정이고 우리가 오염 방지 패널을 붙이면 그걸로 끝이다. "거의 다 됐네요." 내가 말한다.

"초인종을 고치고 다락방에 있는 네 똥만 치우면 돼."

"맞다. 다락방 똥. 얼마나 있는데요?" 내가 묻는다. 그렇게 여러 개의 상자를 거기 올려다놓았던 기억이 없다.

그러나 다니엘과 함께 상자를 옮기고 보니 내 이름이 쓰인 것만 열두 개가 넘는다. "그냥 버릴까봐요." 내가 말한다. "지금까지 이것들 없이도 잘살았잖아요."

그가 어깨를 으쓱한다. "좋을 대로 하렴."

호기심이 발동한다. 상자 하나를 열어본다. 기숙사에서 가져온 종이 뭉치와 옷가지다. 이것들을 왜 보관해두었을까. 나는 상자 속

물건들을 쓰레기통에 넣는다. 또 한 상자를 열어보고 이번에도 똑같이 한다. 그러다 세번째 상자를 마주한다. 안에 색색의 폴더들이 있다. 야엘이 환자 기록을 보관하던 것과 같은 종류다. 나는 상자에 내 이름을 잘못 붙인 거라 생각한다. 그러다가 폴더 밖으로 삐져나온 종이를 본다. 종이를 집어든다.

내 머리카락 속의 바람
자갈길을 구르는
하늘만큼 커다란 바퀴들

기억이 밀려든다. "운율이 안 맞잖아." 내가 그 시를 보여줬을 때 브람이 말했다. 선생님이 반 아이들 앞에서 시를 읽어보라고 했기 때문에 나는 한껏 우쭐해 있었다.

"안 맞춰도 돼. 하이쿠니까." 야엘이 말했다. 브람에게 눈을 흘기고 나에겐 드문 공모의 미소를 지어 보이면서.

나는 폴더를 꺼낸다. 안에는 내가 학교에서 한 과제, 어린 시절의 습작, 수학 시험지 들이 들어 있다. 다른 폴더를 살펴본다. 이번에는 학교 과제물이 아니라 배 그림과 사바가 삼각형 두 개로 그리는 법을 알려준 다윗의 별 그림이 들어 있다. 계속해서 이런 것들이 나온다. 무덤덤한 야엘과 잡동사니라면 질색하던 브람은 한 번도 내게 이것들을 보여준 적이 없다. 버렸을 거라고 생각했다.

다른 상자에는 한쪽을 잘라낸 티켓이 가득 든 깡통이 있다. 비행기표, 콘서트 티켓, 기차표. 도장이 가득 찍힌, 야엘의 오래된 이스라엘 여권. 그 밑에 아주 오래된 흑백사진 두 장이 있다. 사바의 사진임을 깨닫기까지 잠시 시간이 걸린다. 이렇게 젊은 그의 모습은 본 적이 없다. 전쟁통에 살아남은 사진이 있으리라곤 생각도 못했다. 그러나 틀림없는 사바의 모습이다. 그 눈빛은 바로 야엘의 눈빛이다. 그리고 나의 눈빛이기도 하다. 한 사진 속에서 그는 예쁜 여자에게 한쪽 팔을 걸치고 있다. 짙은 머리카락에 신비로운 눈동자. 사바는 사랑스럽다는 듯 여자를 쳐다보고 있다. 여자는 어딘가 친근하지만 나오미일 리 없다. 사바는 전쟁이 끝난 뒤에 나오미를 만났다.

나는 사바와 그 여자의 사진이 더 있는지 찾아보지만 대신 비닐 속에 든 생소한 신문 기사 한 장만 발견한다. 사진을 좀더 가까이 들여다본다. 그녀는 아름다운 드레스를 입었고 턱시도를 입은 남자 둘이 양옆에 서 있다. 불빛에 사진을 비춰본다. 흐릿해진 글씨는 헝가리어지만 사진 설명에 이름들이 있다. 피터 로리와 프리츠 랑은 나도 아는 할리우드 배우와 감독이지만, 세번째 이름인 올가 서보는 모르는 이름이다.

나는 사진을 한쪽에 내려놓고 계속 뒤진다. 다른 상자에는 수많은 기념품들이 있다. 서류들도 있다. 또 한 상자에는 큰 갈색 서류 봉투가 있다. 봉투를 열자 사진들이 쏟아진다. 휴가로 크로아티아에 갔을 때 찍은 나, 야엘 그리고 브람의 사진들이다. 매일 아침 브람과 함께, 실은 우리 중 아무도 조리법을 모르는 싱싱한 생선을 사러 부두로 나갔던 기억이 떠오른다. 다른 사진들도 있다. 운하가 얼어서 모두가 스케이트를 꺼냈던 어느 해 스케이트를 타며 서로 끌어안고 있는 우리 세 사람의 사진. 브람의 마흔번째 생일을 축하하는, 보트 밖으로, 부두 밖으로, 거리로까지 퍼져서 이웃 사람들이 전부 찾아와 마을 잔치가 되었던 성대한 파티 사진. 건축 잡지에 실리지 않은 사진들, 나를 잘라내기 전에 우리 셋이 다 나온 사진도 있다. 봉투 맨 밑바닥을 더듬어보니 사진이 한 장 붙어 있다. 나는 조심스럽게 사진을 떼어낸다.

내 입에서 새어나온 숨은 한숨도 아니고 흐느낌도 아니고 떨림도 아니다. 그것은 날개를 퍼덕이며 날아오르는 한 마리 새처럼 살아 있는 것이다. 그리고 그것은 이내 사라진다. 고요한 오후 속으로.

"잘돼가?" 다니엘이 묻는다.

나는 물끄러미 사진을 본다. 내 열여덟번째 생일날 찍은 우리 세 사람의 사진이다. 내가 잃어버린 사진이 아니라 다른 각도에서 다른 사람의 카메라로 찍은 다른 사진이다. 우연히 찍힌 또 한 장의 사진.

"이 사진 잃어버린 줄 알았어요." 사진을 꼭 쥐고 내가 말한다.

다니엘이 고개를 비스듬히 기울이고 관자놀이를 긁적인다. "나도 항상 뭘 잃어버렸다가 엉뚱한 곳에서 찾곤 해."

서른아홉

그로부터 며칠 뒤 나는 리허설을 하러 나서고 다니엘은 공항으로 떠난다. 밤에 집에 돌아오면 다니엘이 없을 거라 생각하니 기분이 묘하다. 혼자 지내는 시간이 길지는 않겠지만. 브로저는 인턴십 때문에 거의 여름 내내 헤이그에 머물렀고, 지금은 이 주 동안 조부모를 모시고 터키 여행중인 캔디스와 함께 있다. 네덜란드로 돌아온 후에는 올가을 위트레흐트에 헹크와 함께 얻은 새 아파트로 들어갈 때까지 여기서 나와 함께 지낼 예정이다.

오늘 리허설은 격정적이고 정신이 없다. 내일 있을 기술 리허설을 위해 세트가 해체되어 공원으로 옮겨진다. 배경이 없으니 다들 정신이 나간 것 같다. 페트라는 공포에 휩싸인 채 미친듯이 돌아다니며 배우들에게 소리를 지르고, 기술팀 사람들에게 소리를 지르고, 클립보드 밑에 숨고 싶어하는 것 같은 리뉘스에게 소리를 지른다.

"가엾은 플렁키." 맥스가 말한다. "아무리 폐경기라도 그렇지, 페트라 제정신이 아닌 것 같아. 오늘 니키 휴대전화를 부숴버렸어."

"진짜?" 늘 앉던 자리에 앉으며 내가 묻는다.

"'성스러운 리허설 장소'에서 휴대전화를 켜두면 어떻게 되는지 알잖아. 그런데 그전에 헤이트르가 극장에서 '매커스'라고 말하는 바람에 더 열받은 거 같아."

"매커스?"

"스코틀랜드 희곡.*" 그녀가 말한다. 내가 그래도 이해하지 못하자 그녀가 입모양으로 맥베스라고 말한다. "극장에서 입에 올려서는 안 되는 주문이지."

"그걸 믿어?"

"기술 리허설 전날 페트라하고 부딪쳐선 안 된다는 건 믿어."

예룬이 지나간다. 나를 보더니 가짜로 기침을 하는 척한다.

"그렇게밖에 못하냐?" 맥스가 그의 뒤에 대고 소리친다. 그러곤 나를 돌아본다. "저러고도 배우야?"

리뉘스는 모든 배우를 불러 총 리허설을 진행한다. 엉망진창이다. 대사를 잊어버리고 큐 사인을 놓친다. 연출은 삐걱거린다. "매커스의 저주." 맥스가 중얼거린다.

여섯시가 되자 페트라의 상태가 악화되어 리뉘스가 우리를 일

---

* 배경이 스코틀랜드인 셰익스피어의 희곡 「맥베스」를 완곡어법으로 표현하는 말로, 극장 안에서 맥베스라는 말을 하면 재앙이 따른다는 미신이 있다.

찌감치 해산시킨다. "오늘밤 푹 자둬." 그가 말한다. "내일은 고된 하루가 될 테니까. 열시 집합."

"술집에 가긴 너무 이른데." 맥스가 말한다. "저녁 먹고 춤추러 가거나 밴드 공연 보러 가자. 파라디소나 멜크베흐에 누가 나오는지 보고."

우리는 자전거를 타고 레이드세플레인으로 간다. 유명한 밴드 출신의 가수가 오늘밤 파라디소에서 단독 공연을 하는데 아직 표가 남아 있다며 맥스가 잔뜩 흥분한다. 우리는 표 두 장을 산 뒤 광장을 돌아다닌다. 해마다 이맘때면 광장은 관광객들로 미어터진다. 한 무리의 관광객들이 거리의 연주자들을 둘러싸고 있다.

"어쩌면 저 빌어먹을 페루 악사들이었는지도 몰라." 맥스가 말한다. "그거 알아? 어렸을 때 난 같은 악단이 계속 날 따라다닌다고 생각했거든. 저 사람들이 다 비슷비슷하단 걸 깨닫기까지 한참이 걸렸어." 그녀가 웃으며 주먹으로 머리를 두드린다. "내가 가끔 좀 모자라."

페루 악사들이 아니다. 저글러들이다. 나쁘지 않다. 전형적으로 뾰족하고 불붙은 온갖 물체들을 돌리고 있다. 우리는 잠시 그들을 바라본다. 그들이 모자를 돌릴 때 나는 동전을 한 움큼 넣어준다.

돌아서려는데 맥스가 내 옆구리를 찌른다. "지금부터가 진짜야." 그녀가 말한다. 고개를 돌려 보니 누굴 두고 하는 말인지 알 것 같다. 한 여자가 저글러 중 한 명의 골반을 다리로 감은 채 양팔로 그의 머리를 감싸안고 있다. "아예 방을 잡으시지!" 맥스가 농담을 한다.

나는 그들을 필요 이상으로 오래 바라본다. 그때 여자가 바닥으로 내려 몸을 돌린다. 그녀가 나를 알아보고 나도 그녀를 알아본다. 우리는 잠시 멍하니 서 있다가 비로소 정신을 차린다.

"윌스?" 그녀가 날 부른다.

"벡스?" 내가 그녀를 부른다.

"윌스?" 맥스가 따라 한다.

벡스가 곡예사를 뒤에 달고 내게 다가와 연극적으로 포옹하고 키스한다. 마지막으로 보았을 때 나와 악수도 겨우 했던 걸 생각하면 완전히 다른 모습이다. 그녀가 내게 마티아스를 소개한다. 나는 그녀를 맥스에게 소개한다. "여자친구?" 벡스의 질문에 맥스가 항의의 의미로 연극적 괴성을 지른다.

잠시 안부를 주고받은 뒤에는 더이상 할 얘기가 없다. 같이 자던 시절에도 우리는 할 얘기가 별로 없었다. "그만 가봐야 해. 마티아스는 공연 전에 휴식을 많이 취해야 하거든." 벡스는 자신이 말하는 공연과 휴식이 무얼 의미하는지 혹시 못 알아듣는 사람이 있을까봐 노골적으로 윙크를 한다.

"그럼 이만." 우리는 작별의 키스, 키스, 키스를 나눈다.

우리가 돌아서서 가는데 벡스가 소리친다. "아, 혹시 토어가 연락하지 않았어?"

내가 멈춰 선다. "토어가 날 찾았어?"

"널 찾던데. 헤딩리에 네 앞으로 편지가 왔다면서."

마치 스위치가 켜진 것처럼 내 몸에 거세게 전류가 흐른다. "헤딩리?"

"리즈에 있는 토어의 집." 벡스가 말한다.

헤딩리가 어딘지는 안다. 그러나 나는 사람들에게 우편 주소를 알려준 적이 거의 없다. 더구나 토어의 집주소를 알려준 기억은 없다. 그곳은 가끔 게릴라 월의 본부로 사용되어 연습을 하거나 휴식을 취하러 가던 곳이다. 그녀가 그곳으로 내게 편지를 보냈으리라고 생각할 이유도 없고, 그곳으로 편지를 보내면 된다는 걸 그녀가 알 리도 없다. 그런데도 나는 다시 벡스에게 돌아간다. "편지? 누구한테서 온 편지?"

"모르지. 하지만 토어가 그걸 너한테 전해주려고 열심이던데. 너한테 이메일도 보냈는데 답이 없더래. 상상이 가?"

나는 그녀의 빈정거림을 무시한다. "언제?"

기억을 되짚어보려는 듯 그녀가 눈썹을 긁적인다. "기억이 잘 안 나. 꽤 오래전이야. 잠깐, 우리가 벨파스트에 있었던 게 언제지?" 그녀가 마티아스에게 묻는다.

그가 어깨를 으쓱한다. "부활절 무렵 아닌가?"

"아니. 그 이전인 것 같아. 사순절 전날 즈음." 벡스가 말한다. 그러더니 양손을 번쩍 든다. "2월 어느 날이었어. 팬케이크를 먹었던 기억이 있어. 아니, 3월이었던가. 어쩌면 4월일지도 모르겠다. 토어가 너한테 이메일을 보냈는데 답이 없다면서 나한테 연락처를 묻더라고." 그게 얼마나 당치도 않은 생각인지 보여주기 위해 그녀가 눈을 커다랗게 뜬다.

3월. 4월. 내가 인도를 여행하던 때였고 내 이메일 계정은 바이러스에 감염되었더랬다. 그뒤로 나는 메일 주소를 바꾸었다. 예전 계정은 확인해본 지 몇 달이 되었다. 어쩌면 아직 거기 있는지도 모른다. 줄곧 거기 있었는지도 모른다.

"누가 보낸 편지인지는 모르고?"

벡스는 기억을 뭉텅이로 되살리느라 짜증이 난 표정이다. 우리 사이가 틀어졌을 때 벡스는 남은 시즌 내내 내게 못되게 굴었고, 스케브가 그 일로 나를 놀려댔다. "그런 얘기 못 들었냐? 자고로 먹는 데선 싸면 안 되는 거야, 친구."

"몰라." 벡스가 연습한 것 같은 심드렁한 말투로 대답하고, 나는 그녀가 정말 모르는 건지 아니면 알면서도 말을 안 하는 건지 알 수가 없다. "그렇게 궁금하면 토어한테 물어보지 그래." 그리고 웃는다. 다정한 웃음은 아니다. "가을이 오기 전에 연락이 닿을지나 모르겠지만."

여행중에는 최대한 셰익스피어 시대에 근접하게 살려고 노력하는 것이 토어의 '메소드'* 방식 중 하나다. 토어는 컴퓨터나 휴대전화 사용을 거부했다. 중요한 일이 있을 때에만 다른 사람 것을 빌려 이메일을 쓰거나 전화를 걸었다. TV도 보지 않았고 아이팟도 듣지 않았다. 비교적 현대의 혁신에 속하는 기상예보를 집요하게 확인하긴 했지만, 그마저도 신문에서 확인했다. 17세기 영국에도 신문은 있었기 때문에 괜찮다면서.

"그러니까 토어가 그 편지를 어떻게 했는지도 모른다는 거지?"

계속 달리고 있었던 것처럼 심장이 빠르게 뛰고 숨이 가쁘지만 벡

---

* 극중 인물과의 동일시를 통한 극사실주의 연기 스타일.

스처럼 심드렁한 척하려고 목소리를 꾸민다. 그 편지가 중요한 것처럼 말하면 그녀가 아무 말도 안 해줄까봐 두려워서.

"보트로 보냈을지도 몰라."

"보트?"

"네가 살았던 보트."

"그 보트를 토어가 어떻게 알아?"

"나 참 기가 막혀서, 윌스, 그걸 내가 어떻게 알아? 아마 네가 누군가한테 말했겠지. 어쨌든 일 년 가까이 다 함께 살았잖아."

보트 얘기는 딱 한 사람에게 했다. 스케브. 그는 암스테르담에 갈 예정이었고 어디든 공짜로 머물 곳을 알아봐줄 수 있느냐고 내게 물었다. 나는 스콰트 몇 군데를 알려주고, 만약 열쇠가 여전히 숨겨둔 장소에 있고 아무도 살지 않는다면 우리 보트에 머물러도 좋다고 했다.

"하지만 난 몇 년 동안 그 보트에서 안 살았는데."

"그럼 별로 중요한 편지가 아닌가보네." 벡스가 말한다. "그렇지 않고서야 편지를 쓴 사람이 네가 어디 있는지도 모를 리가 없잖아."

벡스의 말은 틀렸지만 한편으로는 옳았다. 룰루는 내가 어디 있는지 알았어야 했다. 그러다 나는 멈칫한다. 룰루. 그 오랜 시간이 지난 뒤에 편지를 했다고? 아마 국세청에서 온 편지겠지.

"도대체 무슨 일이야?" 벡스와 마티아스가 사라진 뒤 맥스가 내게 묻는다.

나는 고개를 젓는다. "나도 잘 모르겠어." 그리고 광장을 바라본다. "나 잠깐 인터넷 카페에 가봐야겠는데, 괜찮겠어?"

"괜찮아." 그녀가 말한다. "난 커피나 한잔 마시고 있을게."

나는 예전 이메일 계정에 로그인한다. 스팸메일 말고는 별게 없다. 바이러스에 감염되었던 봄으로 거슬러올라가보지만 바로 그 이전으로 넘어간다. 사 주간의 메일이 사라져버렸다. 휴지통을 뒤져본다. 아무것도 없다. 로그아웃을 하기 전에 나는 습관적으로 브람과 사바가 보낸 메일들을 훑어보고 메일이 여전히 거기 있음에 안도한다. 내일 메일들을 출력해두고 새 계정으로 전송해두어야지. 그사이 예전 계정으로 들어오는 메일이 새 계정으로 전송되도록 설정을 바꾼다.

나는 새 메일 계정도 확인해본다. 새 주소는 몇 사람에게만 알려주었기 때문에 토어가 알 리 없는데도 받은편지함을, 스팸메일함을 뒤져본다. 아무것도 없다.

나는 스케브에게 짧은 메일을 보낸다. 전화해달라고. 토어에게도 편지에 대해 묻는 메일을 보낸다. 어떤 내용이었냐고, 어디로 보냈냐고. 토어가 어떤지 감안할 때 나는 가을이나 되어야 답장을 받을 것이다. 가을이면 룰루를 만난 지도 일 년이 넘는다. 제정신이 박힌 사람이라면 너무 늦었다고 말할 것이다. 첫날 병원에서 눈을 떴을 때 이미 너무 늦었다는 걸 알았다. 그런데도 나는 계속 찾고 있었다.

지금도 찾고 있다.

마흔

기술 리허설은 괴물이다. 환경이 낯설어서 툭하면 대사를 잊어버리는 건 그렇다 쳐도 원형극장 무대에 맞게 전부 다시 익히고 다시 짜야 한다. 하루종일, 나는 다양한 장면을 더듬거리며 맞춰보는 예룬 뒤에, 맥스는 마리나 뒤에 서 있다. 다시 한번 우리는 그들의 그림자가 된다. 그러나 우리 중 누구에게도 그림자는 없다. 오늘 해가 뜨지 않았기 때문이다. 모두를 우울하게 만드는 가랑비만 계속 내릴 뿐이다. 예룬조차 오늘의 질병에 관한 농담을 하지 않는다.

"문득 누가 이런 기막힌 아이디어를 냈는지 궁금해지네." 맥스가 말한다. "야외에서 펼쳐지는 망할 놈의 셰익스피어. 더구나 영어를 쓰지도 않고 노상 비가 내리는 네덜란드에서."

"네덜란드 사람들이 원래 영원한 낙천주의자인 거 잊었구나." 내가 말한다.

"그래?" 그녀가 내게 묻는다. "영원한 실용주의자인 줄 알았는데."

잘 모르겠다. 아마도 내가 낙천주의자인 것 같다. 나는 어젯밤 파라디소에서 돌아와 이메일을 확인했고 오늘 아침 리허설에 오기 전에도 이메일을 확인했다. 야엘에게서 온 메일이 있었고, 헹크가 누군가한테서 받은 우스갯소리를 전달한 메일이 있었고, 늘 오는 스팸메일이 한 무더기 있었지만 스케브와 토어로부터 온 메일은 없었다. 대체 난 뭘 기대한 걸까?

과연 내가 낙천적으로 생각할 여지가 있을까. 설령 룰루가 보낸 편지였다 해도 그게 멀리서 날아온 분노의 편지가 아니라고 어떻게 장담할 수 있을까? 결국 그녀의 말은 다 옳았는데.

점심식사를 위해 리허설이 중단되고, 나는 휴대전화를 확인한다. 브로저가 나무 보트를 타고 항해를 하게 되어서 당분간 연락이 안 될 거라고, 하지만 다음주에는 암스테르담으로 돌아올 거라고 문자를 보냈다. 다니엘은 무사히 브라질에 도착했다는 문자와 함께 파비올라의 배 사진을 보냈다. 내일은, 맹세코, 사진을 받을 수 있는 휴대전화를 장만해야지.

페트라는 리허설중 휴대전화 사용을 금지한다. 그러나 그녀가 예룬과 얘기하고 있을 때 나는 모드를 진동으로 바꾸고 휴대전화를 주머니에 넣는다. 진정한 낙천주의자다.

다섯시 무렵 가랑비가 멎고 리뉘스가 리허설을 재개한다. 조명 신호 때문에 문제가 생긴다. 조명 신호가 보이지 않는다. 공연은 황혼 무렵 시작되어 밤까지 이어지고 조명은 중간부터 켜지기 때문에, 우리는 어둠 속에서 진행될 후반부에 제대로 조명이 들어오는지 확인하기 위해 내일 오후 두시부터 자정까지 리허설을 할 예정이다.

여섯시에 휴대전화가 진동한다. 나는 휴대전화를 주머니에서 꺼낸다. 맥스의 눈이 휘둥그레진다. "나 좀 가려줘." 내가 속삭이고는 서둘러 무대 측면으로 향한다.

스케브다.

"스케브, 연락 줘서 고마워." 내가 속삭인다.

"어디냐?" 그가 묻는다. 그도 목소리를 낮춰 속삭인다.

"암스테르담. 넌?"

"난 브라이턴으로 돌아왔어. 근데 왜 속삭이는 거야?"

"리허설중이거든."

"무슨 리허설?"

"셰익스피어."

"암스테르담에서? 젠장, 죽여주네. 난 그 짓거리 그만뒀는데. 나 지금 스타벅스에서 일해."

"이런, 미안."

"아니, 난 잘 지내, 친구."

"스케브, 내가 지금 길게 통화할 수가 없는데, 실은 우연히 벡스를 만났어."

"벡스." 그가 휘파람을 분다. "그 사랑스러운 요물은 잘 지낸대?"

"언제나처럼. 저글러하고 엮였더라고. 토어가 나한테 전해주려던 편지 얘기를 하더라. 올해 초에."

잠시 침묵이 흐른다. "빅토리아. 정말 대단한 여자지."

"알아."

"내가 다시 돌아가도 되겠느냐고 물었더니 안 된다는 거야. 딱한 번뿐이었어. 비수기에. 먹는 데선 싸지 말란 거지."

"알아. 안다고. 그 편지 말인데……"

"아 그거. 그 편지에 대해선 전혀 몰라."

"아."

"빅토리아가 얘길 안 해주더라고. 사적인 거라고 했어. 그 여자 성격 알잖아." 그가 한숨을 쉰다. "그래서 그냥 너한테 보내주라고 했지. 보트 주소를 줬어. 보트로도 편지를 받을 수 있는진 몰랐지만."

"받을 수 있어. 받았었고."

"그래서 그 편지 받았어?"

"아니, 스케브. 그래서 전화하는 거야."

"뭐, 보트로 갔겠지."

"하지만 우린 이제 거기 안 살아. 안 산 지 꽤 됐어."

"이런, 젠장. 비어 있단 걸 깜빡했네. 미안."

"괜찮아, 친구."

"그 셰익스피언지 뭔지, 행운을 빌어."

"그래, 너도 카푸치노인지 뭔지 만드는 거 행운을 빌어."

그가 웃는다. 그리고 우리는 작별 인사를 한다.

나는 다시 리허설로 돌아간다. 맥스는 몹시 화가 난 표정이다. "너 토하러 갔다고 했어. 자기한테 허락 안 받았다고 플렁키가 펄펄 뛰더라. 자기 마누라하고 섹스할 때도 페트라한테 허락받는 거 아닌가 몰라."

떠올리고 싶지 않은 장면이다. "너한테 신세 졌네. 리뉘스한테 허위 경보였다고 말할게."

"무슨 일인지 나한테 말 안 할 거야?"

나는 룰루를, 아무 수확 없는 올해의 헛수고를 떠올린다. 왜 이번엔 다를 거라 생각했지?

"혹시나 했는데 역시나였어. 허위 경보." 내가 맥스에게 말한다.

그런데 그 혹시나가 신발 속으로 파고든 돌멩이처럼 온종일 나를 괴롭힌다. 편지 생각을 떨쳐버릴 수가 없다. 어디 있는지, 어떤 내용인지, 누가 쓴 건지. 리허설이 끝나자 빨리 알아보고 싶은 마음이 간절하다. 그래서 다시 비가 내리는데도, 뼛속까지 피곤한데도, 마르욜레인에게 전화를 걸어보기로 한다. 그녀는 전화를 받지 않고 나는 내일까지 기다리고 싶지 않다. 그녀는 이 근처, 공원 남쪽 끝에 자리잡은 고급 주택가의 널찍한 집 1층에 산다. 언제든 들르라고 늘 말하곤 했다.

"빌럼." 그녀가 문을 열며 말한다. 한 손에는 와인을, 다른 손에는 담배를 들었다. 나의 갑작스러운 방문을 썩 반기는 것 같진 않다. 나는 비를 맞아 흠뻑 젖었는데, 그녀는 내게 들어오라고 하지 않는다. "어쩐 일이니?"

"방해해서 죄송한데, 제가 편지 한 통을 찾고 있어요."

"편지?"

"보트로 보냈대요. 지난봄에."

"왜 아직도 편지를 보트로 보내라고 해?"

"안 그랬어요. 누가 그냥 보낸 거예요."

그녀가 고개를 젓는다. "만약 편지가 보트로 갔다면 다시 사무실로 왔다가 네가 우리한테 알려준 주소로 갔을 거야."

"위트레흐트로요?"

그녀가 한숨을 쉰다. "아마도. 아침에 전화해줄래?"

"중요한 편지예요."

그녀가 한숨을 쉰다. "사라한테 연락해봐. 우편물은 사라가 관리하니까."

"사라 전화번호 아세요?"

"사라 전화번호는 너도 알 것 같은데." 그녀가 말한다.

"모르고 지낸 지 한참 됐어요."

그녀가 한숨을 쉰다. 그리고 휴대전화를 꺼낸다. "다시 집적거릴 생각은 마라."

"그럴 일 없어요." 내가 약속한다.

"맞아. 너 딴사람이 됐지." 빈정대는 건지 아닌지 잘 모르겠다.

집안에서, 음악이 바뀐다. 잔잔한 재즈가 요란한 트럼펫 연주가 곁들여진 거친 재즈로. 마르욜레인이 애타는 표정으로 안쪽을 들여다본다. 나는 그녀가 혼자가 아님을 깨닫는다.

"그만 보내드릴게요." 내가 말한다.

그녀가 몸을 앞으로 숙이며 내게 키스한다. "내가 널 봤다고 하면 네 엄마가 기뻐하시겠다."

그녀가 문을 닫으려고 한다. "뭐 좀 여쭤봐도 돼요? 야엘에 관해?"

"물론." 마음은 이미 따스한 집과 거기서 기다리는 사람에게로 돌아간 그녀가 건성으로 대답한다.

"혹시 야엘이, 그러니까, 저 모르게, 뭔가 저를 도와주었나요?"

그녀의 얼굴은 그림자 속에 반쯤 잠겨 있는데도, 치아를 드러낸 미소가 불빛에 반사된다. "네 엄마가 뭐라고 하던?"

"말은 하지 않았어요."

마르욜레인이 고개를 젓는다. "그럼 나도 말 못해." 그녀가 문을 닫으려다가 멈칫한다. "하지만 생각해봤니? 네가 떠나 있던 몇 년 동안 왜 네 통장 잔고가 한 번도 바닥난 적이 없는지?"

그 생각은 해본 적이 없다, 정말로. 은행 현금카드는 거의 쓰지 않았지만 어쩌다 썼을 땐 항상 잔액이 있었다.

"누군가가 항상 지켜보고 있었어." 마르욜레인이 말한다. 문을 닫을 때에도 마르욜레인은 여전히 미소를 머금고 있다.

마흔하나
위트레흐트

모든 게 너무 오래 걸린다. 기차는 늦는다. 자전거 줄은 너무 길다. 그래서 버스를 타지만 버스는 이 동네 노부인들을 전부 태우려고 정차한다. 이렇게 늦게 출발하는 게 아니었는데. 하지만 오늘 아침 사라와 통화가 되었을 때부터 이미 늦었다. 게다가 그 편지를 기억해내도록 한참 그녀를 달래야 했다. 아니, 그 편지는 읽지 않았다. 아니, 어디서 온 편지였는지 기억나지 않는다. 그러나 그 편지를 파일에 있는 내 주소로 발송한 것 같다. 위트레흐트의 주소로. 별로 오래되지 않았다.

블룸스트라트에 도착하니 정오가 다 되었다. 두번째 기술 리허설이 암스테르담에서 두시에 시작된다. 인생에서 가진 거라곤 시간밖에 없는 나인데 정작 필요할 땐 시간이 없다.

나는 눈알 모양 초인종을 누른다. 아무도 나오지 않는다. 지금 누가 살고 있는지 알 수가 없다. 기차를 탄 뒤 브로저에게 문자를 보냈지만 답이 오지 않는다. 그제야 그가 에게해 어디엔가 있다는 사실을 떠올린다. 캔디스와 함께. 브로저는 그녀의 이름을 알고 있었고, 멕시코를 떠나기 전에 전화번호와 이메일 주소를 받았다.

현관문이 잠겨 있지만 나는 아직 열쇠를 가지고 있고 그 열쇠로 여전히 문이 열린다. 처음으로 좋은 징조다.

"누구 있어요?" 내가 소리치자 빈집에 내 목소리가 울려퍼진다. 내가 살았던 곳 같지가 않다. 울퉁불퉁한 소파가 없다. 남자들 냄새도 나지 않는다. 피카소의 꽃들도 사라져버렸다.

식탁 위에 우편물들이 잔뜩 널려 있다. 우편물을 최대한 빨리 뒤져보지만 눈에 띄는 게 없다. 그래서 나는 천천히 체계적으로 우편물을 하나하나 확인한 다음 깔끔하게 분류해놓는다. 브로저의 것, 헹크의 것, 더블유의 것, 아직도 여기서 우편물을 받고 있는 이보의 것, 그리고 지금 이곳에 살고 있는 게 분명한 낯선 여자들의 것. 내 앞으로 온 우편물도 있지만 주로 대학에서 온 시효가 지난 안내문들이나 멕시코행 항공권을 구매했던 여행사 카탈로그들이다.

나는 위층을 올려다본다. 어쩌면 위층에 편지가 있을지도 모른다. 아니면 예전에 내가 쓰던 다락방에. 아니면 찬장 중 한 곳에. 어쩌면 사라가 발송한 편지는 그 편지가 아닐 수도 있다. 그 편지는 아직 니우에 프린센흐라흐트에 있을지도 모른다. 아니면 마르욜레인의 사무실 어딘가에.

어쩌면 그녀에게서 온 편지는 아예 없는지도 모른다. 내가 나 자신을 위해 지어낸 또하나의 거짓 희망인지도 모른다.

째깍거리는 소리가 들린다. 벽난로 위, 피카소 그림이 걸려 있던 자리에 골동품 나무 시계가 걸려 있다. 사바의 예루살렘 아파트에 걸려 있던 것과 비슷하다. 그 시계는 사바가 죽은 뒤 야엘이 간직한 몇 안 되는 유품 중 하나였다. 그 시계는 지금 어디 있을까.

열두시 반이다. 기술 리허설 시간에 맞춰 기차를 타려면 지금 떠나야 한다. 그러지 않으면 늦을 것이다. 기술 리허설에 지각을 한다? 페트라의 사전에 그보다 더 나쁜 일은 공연장에 아예 나타나지 않는 것밖에 없다. 나는 리허설에 세 번 빠져야 한다는 이유로 해고되었다는 대역 배우를 생각한다. 날 해고하기엔 너무 늦은 감이 있지만 그렇다고 해고할 수 없는 건 아니다. 어쨌든 나는 그림자일 뿐이니까.

여기서 해고된다고 해도 현재 나의 삶에서 실질적으로 달라지는 것은 없을 것이다. 다만 나는 해고되는 걸 원하지 않는다. 그리고 그보다 더 중요한 건, 내가 그 결정을 페트라에게 넘기고 싶지 않다는 것이다. 내가 리허설에 늦는다면 그렇게 되고 말 것이다.

집이 갑자기 너무도 거대하게 느껴진다. 방을 다 돌아보려면 몇 년이 걸릴 것 같다. 그 순간만큼은 그보다 더 커 보인다.

나는 전에도 룰루를 포기한 적이 있다. 위트레흐트에서. 멕시코에서. 그러나 그것은 항복처럼 느껴졌다. 나 자신을 포기하는 것만 같았다. 그러니 지금은 그런 기분이 아니다. 룰루가 나를 이곳으로 이끌었고, 오랜만에 처음으로 현실적인 무언가를 붙잡은 것 같다. 어쩌면 바로 이게 중요한 건지도 모른다. 여기가 바로 길이 끝나는 지점인지도 모른다.

나는 그녀의 가방에 남겨두고 온 엽서들을 떠올린다. 나는 그중

하나에 미안해, 라고 썼다. 그러나 이제야 고마워, 라고 써야 했다는
걸 깨닫는다.

"고마워." 텅 빈 집에 대고 나지막이 말한다. 그녀가 결코 내 말
을 듣지 못하리란 걸 알지만 그건 중요하지 않다.

나는 내 우편물을 재활용 수거함에 넣고 암스테르담으로 향한
다. 등뒤에서 문이 닫힌다.

2부

단 하루

마흔둘

8월

암스테르담

전화벨이 울린다. 그런데 나는 자고 있다. 동시에 일어날 수 없는 두 가지 일이다. 나는 눈을 뜨고 전화를 더듬어보지만, 벨소리는 계속 이어지고 밤의 정적 속으로 울려퍼진다.

불이 켜진다. 신생아처럼 발가벗은 채, 램프의 노란 불빛 속에 눈을 찡그리고 서 있는 브로저와 아기방의 레몬색 벽이 보인다. 그가 내게 전화를 내민다. "네 전화야." 그가 웅얼거리고는 불을 끄고 잠결에 침대로 돌아간다.

나는 휴대전화를 귀에 대고 한밤중에 걸려온 전화에서 결코 듣고 싶지 않은 말을 듣는다.

"사고가 있었어."

심장이 철렁 내려앉는다. 누구에게 일어난 사고인지 다음 말을 기다리는 동안 귀에서 삐 소리가 울린다. 야엘. 다니엘. 파비올라. 아기. 더이상은 감당할 수 없는 내 가족의 축소.

그러나 목소리가 이어지고 잠시 후 나는 비로소 호흡을 가다듬고 상대방의 말에 귀를 기울인다. 자전거와 오토바이와 발목과 공연과 비상사태. 그제야 내가 생각했던 그런 사고가 아님을 깨닫는다.

"예룬?" 마침내 내가 묻는다. 예룬 말고 누구겠는가. 나는 웃고 싶다. 이 상황의 아이러니 때문이라기보다는 안도감 때문이다.

"맞아, 예룬." 리뉘스가 굳은 목소리로 대답한다. 천하무적 예룬이 음주운전 차량에 치였다. 예룬은 한쪽 발에 깁스를 한 채 무슨 수를 써서라도 무대에 오르겠다고 우기고 있다. 다음 주말 공연에는 정말 오를 수 있을지도 모른다. 하지만 이번주 공연은? "어쩌면 취소해야 할지도 몰라." 리뉘스가 말한다. "최대한 빨리 극장으로 와줘. 네가 얼마나 할 수 있는지 페트라가 보고 싶어해."

나는 눈을 비빈다. 블라인드 사이로 햇빛이 스며든다. 알고 보니 한밤중도 아니다. 리뉘스는 내게 폰델 공원의 무대 말고 극장으로 여덟시까지 오라고 한다.

"긴 하루가 될 거야." 그가 경고한다.

내가 극장에 도착했을 때 페트라와 리뉘스는 거의 고개를 들지 않는다. 검은 눈의 마리나가 내게 지치고 동정 어린 표정을 지어 보인다. 그녀는 들고 있던 빵을 반으로 쪼개 내게 내민다. "고마워." 내가 말한다. "안 그래도 먹을 시간이 없었어."

"그럴 거 같았어." 그녀가 말한다.

나는 무대 가장자리 그녀의 곁에 앉는다. "어떻게 된 거야?"

그녀가 눈썹을 아치 모양으로 치켜세운다. "카르마가 일어난 거야." 그러곤 머리카락 한 갈래를 귀 뒤로 넘긴다. "항상 완전무결한 기록에 대해 떠벌리길 좋아했잖아. 그렇게 입방정을 떠는데도 어째 아무 일도 안 일어나더라니." 그녀가 잠시 하던 말을 멈추고 무릎 위의 빵 부스러기를 털어낸다. "하지만 그런 식으로 운명을 비웃다간 결국 뒤통수를 얻어맞게 되지. 문제는, 이게 단지 그만의 문제가 아니란 거야. 공연이 아예 취소될 수도 있어."

"취소한다고? 오늘밤 공연만 못하는 줄 알았는데."

"예룬은 이번 주말 공연을 둘 다 못할 거야. 깁스를 한 채 어떻게든 해본다고 해도, 앞으로 여섯 주 동안 깁스를 하고 있어야 한다던데, 그럼 연출도 다 바꿔야 해. 더구나 보험 문제도 있고." 그녀가 한숨을 쉰다. "그냥 취소하는 게 간단할 수도 있어."

그 말의 무게로 내 어깨가 축 늘어진다. 그러니까 결국 나한테 달려 있다. "나도 이제 매커스의 저주를 믿게 된 것 같아." 내가 마리나에게 말한다.

그녀가 나를 쳐다본다. 그녀의 눈빛에 서린 걱정이 연민과 뒤섞인다. 그녀가 무슨 말을 하려는 순간 페트라가 내게 무대로 올라가라고 한다.

리뉘스는 비참해 보인다. 그러나 페트라는, 툭하면 짜증을 내던 페트라는 오히려 침착하다. 마치 불붙은 동상처럼 그녀의 주위로 담배 연기가 피어오른다. 그녀가 침착한 상태가 아니란 걸 깨닫기까지 그리 오래 걸리지 않는다. 그녀는 체념했다. 오늘밤 공연은 이미 마음을 접었다.

나는 무대에 오른다. 심호흡을 한다. "뭘 할까요?" 그녀에게 묻는다.

"이따가 총연습을 하려고 배우들이 다 대기하고 있어." 리뉘스가 대답한다. "일단은 마리나하고 호흡을 맞춰봐. 어느 정도인지 보게."

페트라가 담배를 끈다. "1막 2장으로 가서 로절린드하고 만나는 장면. 내가 실리아를 읽을게. 리뉘스가 공작과 르보를 읽을 거야. 결투 직전 르보의 대사부터 시작하자."

"도전자 청년, 공주님들께서 좀 보자고 하시오?" 리뉘스가 묻는다. 페트라가 고개를 끄덕인다.

"존경과 의무로 명을 받들겠사옵니다." 내가 올랜도의 다음 대사를 곧바로 이어서 한다.

모두가 날 쳐다보고 놀라는 순간이다.

"젊은이, 그대가 장사 찰스에게 도전을 하셨다지요?" 마리나가 로절린드가 되어 묻는다.

"아닙니다, 아름다운 공주님. 그자야말로 도전하는 자이지요. 저는 그저 다른 사람들처럼 그와 제 힘을 한번 겨루어보려는 것뿐입니다." 내가 대답한다. 예룬처럼 의기양양하게 말하지 않고, 약간의 불확실성을 가미하여 대범함의 수위를 조절한다. 이제 나는 그게 바로 올랜도의 심정이란 걸 안다.

지금까지 나는 맥스와 함께 이 대사를 수백 번 읽었다. 그러나 그저 대본 속 대사였을 뿐 그게 어떤 의미인지 곰곰이 생각해본 적은 없었다. 그럴 필요가 없었기 때문이다. 그러나 몇 달 전 오디션을 볼 때 서배스천의 독백이 살아났던 것처럼, 내 대사가 갑자기 의미로 채워지는 것 같다. 내 대사는 내가 이해하는 언어가 된다.

그렇게 대사를 주고받다가 올랜도의 이 대사에 이른다. "친구들에게 해를 끼칠 일도 없습니다. 저를 위해 애석해할 친구도 없으니까요. 이 세상에 해를 입힐 일도 없습니다. 그 안에 제 것이라곤 없으니까요." 그 말을 하는 순간 목구멍으로 살짝 울컥하고 감정이 솟아오른다. 그 말이 어떤 의미인지 알기 때문이다. 짧은 순간, 나는 그 감정을 삼킬까 생각하지만 그러지 않는다. 그 감정을 들이마시고 그 감정에 나를 맡긴다.

나는 여유롭고 순조롭게 결투 장면에 이르고, 그 장면에서 보이지 않는 적과 팬터마임으로 싸운다. 이 대목을 잘 알고 있다. 올랜도는 싸움에서 이기지만 진 거나 마찬가지다. 그는 공작의 영지에서 추방당하고 그의 형제가 그를 죽이려 한다는 경고를 받는다.

그렇게 우리는 마지막 장까지 마친다. 페트라, 리뉘스, 심지어 마리나조차 한마디도 하지 않고 나를 쳐다본다.

"넘어갈까요?" 내가 묻는다. "2막으로?" 그들이 고개를 끄덕인다. 나는 애덤의 대사를 읽는 리뉘스와 연기를 하고, 그 장면을 끝내자 페트라가 헛기침을 하며 처음부터 해보자고 한다. 올랜도의 첫 독백, 전화를 받고 달려와 버벅거렸던 대목이다.

이번에는 버벅거리지 않는다. 내가 그 대목을 끝내자 다시 침묵이 이어진다. "대사는 다 외웠네. 그건 확실해." 리뉘스가 마침내 말한다. "연출은?"

"연출도 다 알아요." 내가 말한다.

그들은 못 믿겠다는 표정이다. 그럼 그동안 내가 뭘 하고 있었다고 생각한 걸까?

자리나 지키고 있었다고 생각했겠지. 내 마음속에서 대답이 나온다. 어쩌면 그들이 놀란다는 사실에 내가 놀라선 안 된다는 생각이 든다. 왜냐하면, 나 자신조차 그게 바로 그동안 내가 한 일이라고 생각했기 때문이다.

페트라와 리뉘스가 마리나와 내게 양해를 구하고 자리를 뜬다. 그들에겐 의논할 사항들이 있다. 만약 오늘밤 공연을 강행하기로 결정한다면 정오에 극장에서 총연습을 하고 이후에 공원 원형극장에서 리뉘스와 내가 단둘이 기술 리허설을 추가로 해야 한단다.

"꼼짝 말고 있어. 휴대전화 켜놓고." 리뉘스가 당부한 뒤 내 등을 두드리며 흡사 아버지 같은 표정을 짓는다. "좀 이따 얘기하자."

마리나와 나는 커피를 마시러 근처 카페로 간다. 비가 내려 창문이 뿌옇다. 우리는 자리를 잡고 앉는다. 나는 유리창에 맺힌 습기를 동그랗게 문지른다. 운하 건너편에 『십이야』를 발견했던 서점이 있다. 이제 막 문을 여는 중이다. 나는 자전거에 펑크가 나고, 우연히 서점에 들르고, 이상한 일련의 사건들로 인해 예룬의 대역을 맡게 되고, 그러다 이제는 올랜도를 연기할지도 모르는 상황에 이른 과정을 마리나에게 들려준다.

"그중 어떤 일도 조금 전에 네가 했던 연기와는 상관이 없어." 그녀가 고개를 저으며 미소를 짓는다. 그 미소야말로, 다른 무엇보다도, 내가 더는 그림자 배우가 아니라는 느낌을 준다. "너 그동안 감쪽같이 숨기고 있었더라."

어떻게 대답해야 할지 모르겠다. 어쩌면 나 자신에게조차 숨기고 있었는지도 모른다.

"그 사람한테 말해야 해." 그녀가 서점을 가리키며 말한다. "너한테 책을 팔고 이 연극에 대해 알려준 사람. 이 공연을 하게 되면, 그 사람한테 가서 일부는 당신 덕분이라고 얘기해."

만약 내가 이 공연을 하게 된다면, 얘기해야 할 사람이 엄청 많다.

"너라면 알고 싶지 않겠어?" 마리나가 말을 잇는다. "아주 미묘한 방식으로, 네가 별생각 없이 한 일이 다른 사람한테 큰 영향을 미쳤다면? 그런 걸 뭐라고 하더라? 나비효과?"

나는 서점 문을 여는 그의 모습을 본다. 그에게 말해야 한다. 그러나 내가 정말 말하고 싶은 사람, 이 모든 일과 복잡하게 얽혀 있는 사람, 나를 이곳까지 이끈 사람에게는 말을 할 수가 없다.

"우리 기왕 고백하는 김에," 마리나가 말한다. "처음부터 너한테 끌렸다는 걸 말해야 할 것 같다. 속을 드러내지 않는 비밀스러운 배우, 누구도 들어본 적 없는 배우, 그러나 대역으로 캐스팅될 만큼 실력 있는 배우였던 너에게."

실력 있는 배우? 그 말은 놀랍다. 나는 그 반대라고 생각했는데.

"난 쇼맨스*는 절대 금물이라는 주의인데," 그녀가 말을 잇는다. "니키가 자꾸만 너는 예외라고 하더라. 왜냐하면 넌 대역이고 실

_____
* 한 작품에 출연하는 연기자들끼리 사귀는 것.

제로 공연을 하진 않으니까. 하지만 이제 네가 정말 공연을 할지도 모르는데, 난 더 마음이 끌려." 그녀가 다시 은밀한 미소를 짓는다. "오늘밤에 끝나건, 아니면 삼 주 뒤에 끝나건, 공연이 끝나면 같이 시간을 보낼 수 있을까?"

룰루를 향한 그리움은, 반쯤 효력이 떨어진 마약처럼, 여전히 내 혈관 속에 남아 있다. 마리나는 룰루가 아니다. 그러나 룰루마저도 룰루가 아니다. 그리고 마리나는 놀라운 여자다. 앞으로 무슨 일이 일어날지 누가 알겠는가?

나는 그러자고 대답하려 한다. 공연이 끝나면, 함께하자고. 그러나 전화벨 소리가 나를 방해한다. 그녀가 번호를 보고 나를 향해 미소 짓는다. "네 운명의 전화야."

마흔셋

할 일이 너무나 많다. 정오에 총연습이 있다. 그뒤에는 기술 리허설이다. 그전에 아파트로 달려가 필요한 것들을 챙기고 친구들에게 알려야 한다. 그리고 다니엘에게도. 야엘에게도.

브로저는 이제 막 일어났다. 나는 숨을 헐떡이며 그에게 소식을 전한다. 내가 얘기를 끝냈을 때 그는 이미 휴대전화를 들고 친구들에게 전화를 거는 중이다.

"어머니한텐 말씀드렸어?" 전화를 끊은 뒤에 그가 묻는다.

"지금 전화하려고."

나는 시차를 계산한다. 뭄바이는 아직 다섯시가 안 되어서 야엘은 일하는 중일 것이다. 그래서 나는 야엘에게 이메일을 보낸다. 메일을 연 김에 다니엘에게도 보낸다. 마지막으로 케이트에게도 보낸다. 예룬의 사고에 대해 얘기하고 혹시라도 이 근처에 오게 되면 오늘밤 공연을 보러 오라고 한다. 우리집에 묵어도 좋다고, 아파트 주소까지 보내준다.

컴퓨터를 끄려다가 받은편지함을 얼른 훑어본다. 낯선 주소에서 온 새 메일이 보인다. 스팸메일이겠거니 한다. 제목을 보기 전에는—편지.

메일을 클릭하는데 손이 조금 떨린다. 토어에게서 온 메일이다. 혹은 그녀가 고수하는 이메일 금지 원칙을 따르지 않는 게릴라 월 소속 배우를 통해 토어가 전달한 메일이다.

안녕 빌럼.

토어가 너한테 대신 전해달라고 했어. 지난주에 우연히 벡스를 만났는데 네가 편지를 못 받았다는 얘기를 들었대. 토어는 무척 화가 났어. 왜냐하면 그건 무척 중요한 편지였고 토어가 너한테 그걸 전달하려고 엄청 고생했거든. 토어 말로는 그 편지는 네가 파리에서 만났던 여자한테서 온 거고, 네가 그 여자를 따먹고 줄행랑을 쳐서 그 여자가 널 찾고 있대. (이건 내가 아니라 토어가 한 말.) 토어는 행동에는 결과가 따른다는 걸 네가 알아야 한대. 이것도 물론 토어가 한 말이야. 나한테 뭐라고 하지 마. ☺ 토어가 어떤지 잘 알잖아.

힘내! 조시

나는 침대에 털썩 주저앉는다. 여러 가지 감정이 서로 부딪친다.

따먹고 줄행랑을 쳤다. 토어의 분노가 느껴진다. 룰루의 분노도. 수치심과 후회가 차오르지만, 어떤 보이지 않는 힘에 의해 분노는 거기서 멈춘다. 그녀가 날 찾고 있기 때문이다. 룰루 역시 나를 찾고 있다. 아니, 찾고 있었다. 어쩌면 단지 꺼지라고 말하기 위해서일지도 모른다. 그러나 어쨌든 내가 그녀를 찾고 있었던 것처럼 그녀 역시 나를 찾고 있었다.

부엌으로 들어서는데 이 상황을 어떻게 받아들여야 할지 혼란스러운 마음이 든다. 하루에 감당하기엔 너무 벅찬 일들이다.

브로저가 달걀을 프라이팬에 깨뜨린다. "아위츠메이터르* 하나 먹을래?" 그가 묻는다.

나는 고개를 젓는다.

"뭘 좀 먹어야지. 힘을 내야 하잖아."

"가봐야 해."

"지금? 헹크하고 더블유가 이리로 오는 길이야. 너 보고 싶대. 대단한 데뷔 무대에 오르기 전에 다시 올 거야?"

총연습은 정오에 시작해 적어도 세 시간이 걸리고, 그다음엔 잠시 휴식을 취한 뒤 여섯시에 원형극장에서 기술 리허설을 한다고 리뉘스가 말했다. "네시나 다섯시쯤 다시 올 수 있을 거야."

"잘됐다. 그때까진 파티 계획을 짤 수 있을 거야."

"파티 계획?"

"빌리, 이건 대단한 일이야." 그가 잠시 손을 멈추고 나를 바라

---

* 빵 위에 햄, 달걀 프라이 등을 올린 네덜란드식 샌드위치.

본다. "지난 일 년, 아니 지난 몇 년 동안 네가 겪은 일을 생각하면, 이건 분명 축하할 일이라고."

"좋아, 그러자." 여전히 반은 넋이 나간 상태로 내가 대답한다.

나는 방으로 들어가 무대의상 안에 입을 옷과 신발을 챙긴다. 방을 나서려다가 책장 위에 놓인 룰루의 시계를 본다. 나는 시계를 집어든다. 그 많은 일이 일어난 뒤에도, 시계는 여전히 간다. 나는 시계를 조금 더 손에 쥐고 있는다. 그리고 시계를 주머니에 넣는다.

마흔넷

극장에 도착하니 나머지 배우들이 모두 모여 있다. 맥스가 내 뒤에 선다. "네 뒤엔 내가 있어." 그녀가 속삭인다.

그게 무슨 뜻이냐고 물으려는 찰나, 나는 그 말의 의미를 깨닫는다. 지난 석 달 동안 거의 대부분의 시간에, 이곳에 있는 대다수 사람들에게 나는 투명 인간이었고 그림자 배우일 뿐이었다. 그런데 이제, 내게 스포트라이트가 쏟아진다. 더이상 어둠 속의 안락함은 없다. 사람들은 의심과 우월감이 뒤섞인 눈초리로 나를 쳐다보고 있다. 여행을 하면서 나 같은 사람들이 다니지 않는 동네를 걸어갈 때면 느끼곤 했던 눈초리다. 여행중에 그런 상황에 처하면 나는 모르는 척하고 가던 길을 간다. 얼마 후 페트라가 손뼉을 치며 우리를 불러모은다.

"여유 부릴 시간이 없어." 리뉘스가 말한다. "올랜도가 안 나오는 장면은 건너뛰어가면서 수정된 총연습에 들어갈 거야."

"그럴 거면 왜 전부 오라고 한 거야?" 프레더릭의 부하 한 명과 실비어스 역을 맡고 있는 헤이르트가 웅얼거린다. 그는 올랜도와 함께 등장하는 장면이 거의 없다.

"그 기분 알아. 앉아서 다른 사람 연기를 구경하는 건 빌어먹을 시간 낭비지." 맥스가 말한다. 그녀의 말투가 너무 진지해서, 헤이르트는 곧 분별을 되찾고 잘못을 깨달은 표정을 짓는다.

맥스가 나에게 비딱한 미소를 지어 보인다. 맥스가 있어서 다행이다.

"내가 전부 불렀어." 페트라가 인내심을 과장해 말한다. 인내심이 한계에 달했음을 드러내는 목소리다. "그래야만 모두가 새 배우의 리듬에 적응할 수 있고 빌럼과 예룬의 차이가 드러나지 않도록 빌럼을 도울 수 있을 테니까. 가장 이상적인 건 두 사람의 차이를 구분할 수 없는 거야."

그 말에 맥스가 눈을 부라리고, 나는 다시 한번 그녀가 곁에 있는 게 다행스럽다.

"자, 맨 처음부터 해보자." 리뉘스가 클립보드를 두드리며 말한다. "세트도 없고 표시도 없으니까 알아서 잘해봐."

무대에 오르는 순간 나는 안도감을 느낀다. 여기가 내가 있어야 할 자리다. 올랜도의 머릿속. 공연이 진행되면서 나는 올랜도에 대해 더 많은 것을 알게 된다. 올랜도와 로절린드가 만나는 첫 장면이 얼마나 의미심장한지도 깨닫는다. 아주 잠깐뿐이었지만 두 사람은 서로에게서 무언가를 보고, 무언가를 알아차린다. 그리고 그 불꽃이 두 사람 모두에게, 극 내내 열정을 지속시킨다. 극이 끝나기 직전까지 그 두 사람은 다시—서로를 아는 상태로는—만나지 못한다.

불과 수십 쪽짜리 희곡에 셰익스피어는 그런 굴곡을 담았다. 올랜도는 자기보다 훨씬 더 강한 사람과 싸워야 하는 상황이지만, 로절린드와 실리아에게 잘 보이기 위해 그들 앞에서 허세를 부린다. 그는 겁에 질렸다. 겁에 질린 게 틀림없다. 그런데도 그것을 드러내는 대신 허풍을 떤다. 추파를 던진다. "두 분의 그 아리따운 눈길과 따뜻한 격려를 받으며 시합을 치르고자 합니다." 그가 말한다.

세상은 순간을 축으로 회전한다. 이 극 속에서 그 순간은 바로 로절린드가 이렇게 말하는 대목이다. "미약한 힘이나마 당신과 함께하겠어요."

그 한마디. 그 말이 그의 가면을 깨뜨린다. 가면 속에 숨은 모습을 드러낸다. 로절린드가 올랜도를 본다. 그도 그녀를 본다. 이 극 전체가, 바로 거기 있다.

나는 마치 처음 느끼는 것처럼 그 대사를 느낀다. 셰익스피어의 의도를 진심으로 이해한 것처럼. 실제로 로절린드와 올랜도가 존재했고 내가 그들 대신 여기 있는 것처럼. 이것은 극중의 연기가 아니다. 더 멀리 거슬러올라간다. 나보다 훨씬 더 크다.

"십 분 휴식." 1막이 끝나자 리뉘스가 외친다. 모두 담배 한 개비를 피우고 커피 한 잔을 하러 나간다. 그러나 나는 무대를 떠나고 싶지 않다.

"빌럼." 페트라가 나를 부른다. "잠깐 얘기 좀 해."

그녀가 미소를 짓고 있다. 좀처럼 미소 짓지 않는 그녀가. 처음에 나는 그 미소를 기쁨의 표시로 읽는다. 왜냐하면, 미소란 원래 그런 거 아닌가?

극장이 텅 비었다. 이제 우리 둘뿐이다. 리뉘스도 없다. "내가 얼마나 놀랐는지 말해주고 싶어." 그녀가 말을 시작한다.

속으로 나는 생일날 아침 선물을 받기 직전 싱글거리는 꼬마가 된다. 그러나 프로답게 평정을 잃지 않으려 애쓴다.

"경험도 별로 없는데, 영어 대사를 이렇게 잘해내다니. 오디션 때 네가 영어를 편안하게 구사하는 게 신기하다고 생각은 했지만……" 그녀가 다시 미소를 짓고, 그제야 나는 그 미소가 이빨을 드러내기 직전의 개를 닮았다는 생각을 한다. "그리고 동선도 정확하던데. 리뉘스 말이, 결투 안무도 다 익혔다고 하더라."

"유심히 봤어요." 내가 말한다. "집중하면서요."

"훌륭해. 그게 딱 네가 해야 했던 일이니까." 그리고 다시 미소가 번진다. 이제 나는 그 미소에 조금이라도 기쁨이 담겨 있는지 의심이 든다. "오늘 예룬하고 통화했는데," 그녀가 말을 잇는다.

나는 아무 말도 하지 않지만 속이 뒤틀린다. 여기까지 왔는데, 이제 깁스를 한 예룬이 돌아오는 건가.

"일이 이렇게 되어서 무척 당혹스러워하더라고. 무엇보다 단원들을 실망시킨 걸 속상해하고 있어."

"누구 탓도 아니잖아요. 사고가 난 거니까요." 내가 말한다.

"맞아. 물론 그렇지. 사고였어. 아무튼 예룬이 마지막 두 주는 무대에 서기를 강력히 원하고, 우린 최대한 그의 요구에 맞춰 노력할 거야. 배역을 맡은 사람이라면 당연히 그래야 하니까. 이해하지?"

비록 그녀가 무슨 말을 하는 건지 이해는 가지 않지만, 나는 일단 고개를 끄덕인다.

"네가 무대 위에서 너의 올랜도를 표현하려고 노력하는 건 이해해."

너의 올랜도. 페트라가 그 말을 하는 방식으로 보아 나의 올랜도는 그리 오래 나의 것일 것 같지가 않다.

"하지만 대역 배우는 역할에 자신의 해석을 끌어들여선 안 돼." 그녀가 계속 말한다. "자신이 대역을 맡은 배우처럼 역할을 연기해야지. 그러니까 결론적으로, 너는 올랜도를 연기해선 안 돼. 올랜도를 연기하는 예룬 호슬러르스를 연기해야지."

하지만 예룬의 올랜도는 완전히 틀렸어요, 라고 나는 말하고 싶다. 남성성을 과시하고 으스대는 태도만 있을 뿐 내면이 드러나지 않는다. 여린 감수성이 없는 올랜도였다면, 로절린드는 그를 사랑하지 않았을 것이다. 그리고 로절린드가 올랜도를 사랑하지 않는다면, 관객들이 왜 이 공연을 봐야 하는가? 나는 말하고 싶다. 저한테 맡겨주세요. 제대로 하게 해주세요.

그러나 나는 아무 말도 하지 않는다. 그리고 페트라는 그저 나를 바라볼 뿐이다. 마침내 그녀가 묻는다. "그렇게 해줄 수 있겠어?"

페트라가 다시 미소를 짓는다. 그녀가 짓는 미소의 의미를 깨닫지 못했다니, 여기 있는 모든 사람들 중 내가 가장 한심하다. "이번 주말 공연은 지금이라도 취소할 수 있어." 그녀가 말한다. 목소리는 부드럽지만, 명백한 협박이다. "우리 주인공이 사고를 당했으니까. 아무도 우릴 비난하지 않을 거야."

하나를 얻고, 하나를 잃는다. 왜 항상 이런 식이어야 하지?

배우들이 다시 극장으로 돌아오고 있다. 십 분의 휴식은 끝났고, 이제 다시 일로 돌아가 이 공연을 해낼 준비가 되어 있다. 나와 페트라가 대화하는 모습을 보고 그들이 조용해진다.

"우리 서로 이해한 거지?" 그녀가 묻는다. 목소리가 너무 다정해서 거의 억양이 느껴지지 않을 정도다.

나는 배우들을 다시 한번 본다. 그리고 페트라를 본다. 고개를 끄덕인다. 우린 서로 이해했다.

마흔다섯

리뉘스는 오후에 쉴 수 있도록 우릴 해산하고, 나는 곧바로 문을 향해 달려간다. "빌럼!" 맥스가 부른다.

"빌럼!" 마리나가 그 뒤에서 부른다.

나는 그들을 향해 손을 내젓는다. 의상을 맞춰봐야 하고, 그뒤에 리뉘스와 원형극장 무대에서 동선 표시를 확인하기까지 두 시간 정도밖에 없다. 마리나와 맥스가 내게 무슨 할말이 있는지는 모르겠지만, 페트라마저 감동할 정도로 예룬처럼 연기한 데 대한 칭찬이라면 듣고 싶지 않다. 앞서 했던 것과 완전히 다른 방식으로 연기한 이유에 관한 질문이라면, 더더욱 듣고 싶지 않다.

"가봐야 해." 내가 말한다. "오늘밤에 봐."

두 사람은 상처받은 표정이다. 각자 다른 의미로. 그러나 나는 그들로부터 멀어지고 싶다.

아파트로 돌아오니 더블유, 헹크, 브로저가 부산을 떨고 있고 커피 테이블 위에 노란색 메모장들이 널려 있다. "우리 주인공이 들어오시네." 브로저가 말한다. "스타가 왔어."

헹크와 더블유가 축하 인사를 건네기 시작한다. 나는 그저 고개만 젓는다. "이게 다 뭐야?" 테이블 위에 널려 있는 것들을 가리키며 내가 묻는다.

"네 파티." 더블유가 말한다.

"내 파티?"

"오늘밤 우리가 여는 파티." 브로저가 말한다.

나는 한숨을 쉰다. 다 잊고 있었다. "파티 할 기분 아닌데."

"파티 할 기분이 아니라니?" 브로저가 묻는다. "좋다고 했잖아."

"지금은 아니야. 취소해."

"왜? 오늘 무대에 안 서?"

"서." 나는 방으로 들어간다. "파티는 없어." 내가 소리친다.

"빌리!" 브로저가 내 뒤에서 소리친다.

나는 문을 쾅 닫고 침대에 눕는다. 눈을 감고 잠을 청해보지만 잠은 오지 않는다. 일어나 앉아 브로저의 〈푸트발 인터내셔널〉도 뒤적여보지만 역시 소용없다. 나는 잡지를 책장에 던져놓는다. 잡지는 큼직한 갈색 서류 봉투 옆에 떨어진다. 지난달에 다락방에서 찾은 사진들이다.

나는 봉투를 열고 사진들을 훑어본다. 내 열여덟번째 생일날 찍은 나와 야엘과 브람의 사진 중 하나에 시선이 머문다. 그들이 너무도 그리워서 고통스러울 지경이다. 야엘이 너무 그립다. 내가 갖지 못한 것들을 그리워하는 데에도 너무 지쳤다.

나는 전화를 든다. 시차도 계산하지 않는다.

야엘이 바로 전화를 받는다. 그리고 지난번처럼 나는 할말을 찾지 못한다. 그러나 야엘은 그렇지 않다. 이번엔 그렇지 않다.

"무슨 일이니? 얘기해봐."

"제 이메일 받으셨어요?"

"아직 확인 못했어. 무슨 일 있어?"

겁에 질린 목소리다. 내가 생각이 짧았다. 느닷없이 걸려온 전화. 그런 전화에는 안심이 필요하다. "그런 일 아니에요."

"뭐가 그런 일이 아니야?"

"전처럼 그런 일 아니라고요. 아무도 아프지 않아요. 발목이 부러진 사람이 있긴 하지만." 나는 예룬에 대해, 그리고 내가 그의 역할을 대신하게 된 일에 대해 설명한다.

"그럼 기뻐해야 되는 거 아니니?" 그녀가 묻는다.

기쁠 줄 알았다. 그리고 오늘 아침엔 정말 기뻤다. 오늘 아침 룰루의 편지 얘기를 들었을 때에도 기뻤다. 그러나 그 기분은 사라졌고 지금 내가 느낄 수 있는 것이라곤 그녀의 원망뿐이다. 하루 동안 시계추가 얼마나 멀리 갈 수 있는지. 이제는 알 때도 된 것 같건만. "아닌 것 같아요."

그녀가 한숨을 쉰다. "하지만 다니엘은 네가 활기 있어 보인다고 하던데."

"다니엘 삼촌하고 통화하셨어요? 제 문제로?"

"몇 번. 내가 다니엘한테 조언을 구했어."

"다니엘한테 조언을 구했다고요?" 야엘이 다니엘에게 내 안부를 물었다는 것보다 더 충격적이다.

"널 이리 오라고 하면 어떨지 물었어." 그녀가 잠시 말을 멈춘다. "여기서 나하고 살면 어떨지."

"제가 인도로 돌아가길 원하세요?"

"네가 원한다면. 여기서 연기를 할 수도 있을 거야. 너한테 잘 맞는 것 같더구나. 좀더 큰 아파트로 이사할 수도 있어. 우리 둘이 살기에 적당한 아파트로 말이야. 하지만 다니엘이 좀 기다려보라고 하더라. 네가 무언가를 찾은 것 같다면서."

"전 아무것도 찾지 못했어요. 그리고 그런 거라면 저한테 물어보셨어야죠." 내 말이 쓰디쓰게 들린다.

그녀도 분명히 들었을 것이다. 그러나 그녀의 목소리는 여전히 다정하다. "지금 묻고 있잖아, 빌럼."

그제야 나는 그녀가 묻고 있다는 걸 깨닫는다. 그 많은 일을 겪고 난 이제야 비로소. 눈에 눈물이 차오른다. 나는 그 순간 우리 둘 사이에 놓인 수천 킬로미터의 거리에 감사한다.

"얼마나 빨리 갈 수 있죠?" 내가 묻는다.

잠시 침묵이 흐른다. 그리고 그녀는 내게 필요한 답을 준다. "네가 원하면 언제든."

공연. 이번 주말에는 공연을 해야 할 것이다. 그뒤에는 예룬이 돌아올 수도 있고, 아니면 내가 그만둘 수도 있다. "월요일?"

"월요일?" 그녀는 아주 조금밖에 놀라지 않은 것 같다. "무케시한테 알아보마."

월요일. 겨우 사흘 남았다. 하지만 내게 여기 남아 있을 이유가 있을까? 아파트 공사는 끝났다. 머지않아 다니엘과 파비올라가 아기를 데리고 돌아올 테고 그럼 내가 있을 곳도 없다.

"너무 빠른 건 아니죠?" 내가 묻는다.

"너무 빠르지 않아." 그녀가 말한다. "오히려 너무 늦지 않아서 다행이다."

목에 뭐가 걸려서 말을 할 수가 없다. 그러나 말을 할 필요가 없다. 야엘이 말을 시작했기 때문이다. 그녀는 폭포처럼 말을 쏟아낸다. 나와 거리를 두어서 미안하다고, 브람이 늘 말했던 것처럼, 내가 아니라 그녀 자신이, 사바가, 그녀의 어린 시절이 문제였다고. 이미 알고 있는 사실이지만 이제야 진정으로 이해할 수 있다.

"엄마, 괜찮아요." 내가 그녀를 진정시킨다.

"괜찮지 않아." 그녀가 말한다.

그러나 정말 괜찮다. 왜냐하면 나는 수많은 탈출의 방식을 이해하고, 때로는 우리가 하나의 감옥에서 벗어나 스스로 또다른 감옥을 만들기도 한다는 걸 알기 때문이다.

참 우습다. 나는 엄마와 내가 마침내 같은 언어로 말을 하게 되었다고 생각했다. 그런데 어쩐 일인지, 더이상 말은 필요하지 않은 것 같다.

마흔여섯

나는 야엘과의 통화를 마친다. 마치 누가 창문을 열어 환기를 시켜준 것 같은 기분이다. 여행이 꼭 그렇다. 어느 날 문득, 모든 게 절망적이고 혼란스러워진다. 그러면 기차를 타거나 전화 한 통을 받고, 새로운 선택지들의 지도가 펼쳐진다. 페트라, 연극은 중요한 일처럼 보였지만, 어쩌면 가장 최근에 바람이 날 데려다준 장소에 불과할지도 모른다. 이제 다시 바람이 불고 있다. 인도로. 엄마에게로. 내가 있어야 할 곳으로.

나는 여전히 사진이 담긴 봉투를 들고 있다. 이번에도 나는 야엘에게 그들에 관해 묻는 걸 잊었다. 사바와 비밀스러운 여인의 사진을 들여다보다가, 사진 속 그녀를 처음 보았을 때 왜 친근감을 느꼈는지 깨닫는다. 검은 머리와 장난기 어린 미소, 그리고 짧게 자른 단발. 그녀는 루이즈 브룩스와 무척 닮았다. 이 여자…… 나는 신문 기사를 집어든다…… 올가 서보라는 이 여자. 누구일까? 사바의 여자친구였을까? 사바처럼 탈출한 사람이었을까?

이제 이 사진들을 어쩌지? 다락방에 돌려놓는 게 가장 안전하겠지만 왠지 그들을 가두는 것 같은 기분이 든다. 사진을 복사해두고 원본을 가지고 다닐 수도 있지만, 그래도 여전히 분실 위험은 있다.

나는 사바의 사진을 본다. 그리고 야엘의 사진을 본다. 사바가 야엘을 너무나 사랑했고 너무나 안전하게 지켜주고 싶어했기에 두 사람이 보내야 했던 힘겨운 삶을 생각한다. 무언가를 사랑하면서 그것을 안전하게 지킨다는 게 과연 가능한 일인지 잘 모르겠다. 누군가를 사랑한다는 건 본질적으로 위험한 행위다. 그럼에도, 사랑이 있는 곳이 바로 안전한 곳이다.

사바도 그 사실을 알고 있었을까? 사바야말로 늘 이렇게 말했던 장본인이다. 진실과 그 반대는 동전의 양면이야, 라고.

마흔일곱

네시 반. 막이 오르기 전에 신속하게 기술 리허설을 진행하기 위해 여섯시에나 리뉘스를 만나기로 되어 있다. 거실에서 브로저와 친구들의 목소리가 들려온다. 그들을 마주하고 싶지 않다. 사흘 뒤 인도에 간다는 말을 어떻게 해야 할지.

나는 휴대전화를 침대 위에 놓고 살짝 문을 열고 나가 그들에게 작별 인사를 한다. 브로저가 안타까운 표정을 짓는다. "오늘밤 우리가 보러 가는 건 괜찮아?" 그가 묻는다.

싫다. 정말 싫다. 하지만 그렇게까지 잔인하게 굴 수는 없다. 브로저에게 그럴 수는 없다. "물론." 내가 거짓말을 한다.

아래층에서 이웃에 사는 판 데르 메이르 부인과 마주친다. 개를 산책시키러 나가는 길인가보다. "마침내 해가 나네." 그녀가 말한다. "잘됐네요." 내가 말한다. 그러나 지금만큼은 비가 왔으면 좋겠다는 생각이 든다. 비가 오면 사람들이 몰려들지 않을 테니까.

하지만, 그러면 그렇지, 고집스러운 구름을 뚫고 기어이 해가 고개를 내민다. 나는 길 건너 작은 공원으로 향한다. 막 출입구로 들어서는데 누가 내 이름을 부른다. 나는 계속 걷는다. 세상엔 수많은 빌럼이 있다. 그러나 목소리가 더 커진다. 그리고 이어서 영어로 소리친다. "빌럼, 너 빌럼 아니야?"

나는 발걸음을 멈춘다. 돌아선다. 그럴 리가 없는데.

하지만 맞다. 케이트.

"세상에, 천만다행이다!" 그녀가 내게 달려오며 소리친다. "계속 전화했는데 네가 전화를 안 받아서 무작정 왔거든. 근데 초인종이 고장났더라. 전화 왜 안 받았어?"

케이트에게 이메일을 보낸 게 일 년 전 같다. 그것도 다른 세상에서 보낸 것 같다. 그녀에게 이메일을 보낸 것이, 먼길을 오라고 한 것이 창피하다. "집에 두고 나왔어."

"개를 산책시키는 네 이웃을 만나서 다행이야. 네가 이쪽으로 간 것 같다고 하더라고. 네가 말하는 작은 우연들 중 하나지." 그녀가 웃는다. "오늘은 그 우연들로 이루어진 날이야. 네 이메일이 아주 기가 막힌 순간에 왔거든. 데이비드가 오늘밤 엄청 칙칙할 것 같은 아방가르드 〈메데이아〉 공연을 보자고 베를린으로 날 끌고 갈 참이어서 거기 안 갈 핑계가 절실했는데, 오늘 아침 네 메일을 받고 이리로 온 거야. 비행기를 타고 나서야 공연 장소를 모른다는 걸 깨달았어. 거기다 네가 전화도 안 받으니까 진짜 당황스럽더라. 그래서 직접 찾아나선 거고. 어쨌든 이렇게 만났으니 다 잘된 거지." 그녀가 호들갑스럽게 한 손으로 이마를 닦는다. "휴!"

"휴." 내가 힘없이 말한다.

케이트의 레이더가 작동한다. "넌 별로 휴, 가 아닌 것 같은데."

"아닌 거 같아."

"무슨 일이야?"

"뭐 하나 부탁해도 돼?" 나는 이미 케이트에게 너무 많은 부탁을 했다. 그러나 케이트가 공연을 본다고? 브로저와 친구들은 공연을 봐도 모를 수 있다. 그러나 케이트는 알 것이다. 내 한심한 짓거리를 간파할 것이다.

"물론."

"공연에 안 오면 안 돼?"

그녀가 웃는다. 농담이라고 생각하는 모양이다. 그러나 곧 농담이 아님을 깨닫는다. "아," 갑자기 진지해지며 그녀가 말한다. "너 무대에 안 세운대? 다른 올랜도의 발목이 신기하게 나왔대?"

나는 고개를 젓는다. 내려다보니 케이트는 여행가방을 잡고 있다. 공항에서 곧장 이리로 온 것이다. 날 보려고.

"너 어디 묵을 거야?" 내가 케이트에게 묻는다.

"막판에 겨우 찾은 유일한 호텔." 그녀가 가방에서 종이를 꺼낸다. "메이저 러그 호텔?" 그녀가 말한다. "어디 있는지는 고사하고 어떻게 발음하는지도 모르겠다." 그러곤 종이를 내민다. "이 호텔 알아?"

호텔 마헤러 브뤼흐. 그 호텔이 어디 있는지 정확히 안다. 평생 거의 매일 그 호텔을 지나쳤다. 주말이면 호텔 로비에서 홈메이드 페이스트리를 제공했는데, 브로저와 나는 그걸 먹으려고 몰래 숨어들곤 했다. 호텔 매니저는 우리를 못 본 척했다.

내가 그녀의 여행가방을 잡는다. "가자. 데려다줄게."

마지막으로 우리 보트에 갔던 건 9월이었다. 이곳을 뜨기 전에 부두를 따라 최대한 멀리까지 걸어가보았었다. 보트는 너무 공허 했고 너무 음산했다. 마치 보트도 자신의 상실을 애도하는 듯했다. 그가 지은 보트이니 그럴 만도 했다. "구름에 흠뻑 젖은 나라라도 그늘은 필요하기에" 사바가 심었던 클레마티스는, 한때 갑판을 뒤 덮었지만 갈색으로 시들어버렸다. 사바가 있었다면 가지를 쳐내 살렸을 것이다. 사바는 여름에 이곳에 와서 시들어가는 화초를 보 면 늘 그렇게 했다.

그런 클레마티스가 다시 돌아왔다. 무성하고 제멋대로 자라서 갑판 위에 온통 자줏빛 꽃잎들을 떨어뜨리고 있다. 갑판 위에는 다 른 꽃과 격자 모양 구조물, 덩굴, 수목, 화분, 덩굴 꽃이 가득하다.

"여기가 우리집이었어." 내가 케이트에게 말한다. "여기서 자 랐어."

트램을 타고 오는 내내 케이트는 거의 말이 없었다. "아름답다." 그녀가 말한다.

"우리 아빠가 지었어." 브람의 윙크와 미소가 보이고, 딱히 누구 에게랄 것 없이 그가 하던 말이 들린다. 오늘 아침에 도와줄 사람이 한 명 필요한데. 야엘은 이불 속으로 숨었다. 십 분 뒤에 내 손에는 으레 드릴이 들려 있었다. "나도 좀 도왔고. 여기 한동안 안 왔었는데. 네 호텔은 저 모퉁이에 있어."

"기막힌 우연이네." 그녀가 말한다.

"가끔은 모든 게 다 그런 것 같아."

"아니. 모든 게 다 그렇진 않아." 그녀가 날 바라본다. 그리고 묻는다. "무슨 일이야, 빌럼? 무대공포증?"

"아니."

"그럼 대체 뭐야?"

나는 그녀에게 말한다. 아침에 불려간 일. 첫번째 리허설을 하면서 새로운 올랜도, 진짜 올랜도를 발견했던 일, 그리고 결국 전부 엉망이 되어버린 일.

"지금 내가 원하는 건 얼른 무대에 올라서 공연을 마치고 다 잊어버리는 것뿐이야." 내가 말한다. "최소한의 증인들만 지켜보는 앞에서."

나는 동정을 기대한다. 혹은 이해하긴 어려워도 어쩐지 공감이 가는, 연기에 관한 그녀만의 조언을 기대한다. 그러나 내게 돌아오는 건 웃음이다. 코웃음과 잇따르는 딸꾹질. 뒤이어 그녀가 말한다. "너 지금 장난해?"

장난하는 거 아닌데. 나는 아무 말도 하지 않는다.

그녀는 냉정을 되찾으려 애쓴다. "미안, 하지만 지금 일생일대의 기회가 굴러들어왔는데, 마침내 너의 그 찬란한 우연들 중 하나를 붙잡았는데, 말도 안 되는 지침에 네 발목을 잡히겠단 거잖아."

그녀는 이 상황을 너무 가볍게 보고 있다, 형편없는 충고 한마디를 하면서. 그러나 그렇게 간단한 일이 아니다. 이건 면상으로 날

아든 주먹이고, 나쁜 지침이라기보다는 지침의 전면 수정이다. 이럴 수는 없어. 하필 내가 마침내 무언가를 찾았다고 생각한 그 순간에. 나는 이 상황…… 이 배신을 설명할 말을 찾으려 애쓴다. "이건 마치 꿈에 그리던 여자를 찾았는데," 내가 입을 연다.

"그 여자 이름도 모른다는 걸 깨달은 기분이라고?" 케이트가 내 말을 끝낸다.

"알고 보니 남자였다는 사실을 깨달은 기분이라고 말하려 했어. 완전히 헛다리를 짚은 거지."

"그런 일은 영화에서나 일어나. 아니면 셰익스피어 연극에서나. 꿈에 그리던 여자 얘기가 나와서 말인데, 내가 그 여자에 대해 생각해봤거든. 네가 멕시코에서 찾아다녔다는 그 여자."

"룰루? 룰루가 이 일하고 무슨 상관이야?"

"너와 룰루 얘기를 데이비드한테 했더니 데이비드가 황당할 정도로 단순한 질문을 하더라. 그때부터 그 질문에 줄곧 집착하게 됐어."

"어떤 질문?"

"네 배낭."

"네가 내 배낭에 집착했다고?" 농담처럼 말하면서도 갑자기 내 심장이 빠르게 뛰기 시작한다. 줄행랑을 쳤다. 따먹었다. 특유의 요크셔 억양으로 내뱉는 토어의 경멸이 들린다.

"내 생각은 이래. 만약 네가 커피나 크루아상을 사러 나간 거였다면, 아니면 호텔을 예약하러 갔다거나, 이유가 뭐였든 간에, 왜 네 물건이 전부 든 배낭을 굳이 들고 나간 거야?"

"커다란 배낭이 아니었어. 너도 봤잖아. 내가 멕시코에서 들고 다녔던 바로 그 배낭이야. 난 항상 무거운 짐 없이 여행을 다녀." 숨기는 게 있는 사람처럼 내 말이 빨라진다.

"좋아. 좋다고. 무거운 짐 없이 여행하기, 좋지. 그래야 움직이기 편하니까. 하지만 넌 그 스쾃트로 다시 돌아갈 생각이었고, 내 기억이 맞는다면, 2층짜리 건물에서 빠져나와야 했어. 안 그래?" 나는 고개를 끄덕인다. "그런데 배낭을 들고 갔다고? 거기 두고 가는 게 훨씬 편하지 않았을까? 그편이 내려오기 쉬웠을 테니까. 그랬다면 적어도, 네가 돌아오려고 했다는 확실한 증거가 됐겠지."

나는 한쪽 다리는 안에, 한쪽 다리는 밖에 내놓고 창턱에 앉아 있었다. 모든 열기가 지나간 뒤에 불어온 돌풍이 아주 날카롭고 차갑게 나를 베고 지나갔다. 안에서 룰루가 뒤척이며 방수포로 몸을 감싸는 소리가 들렸다. 나는 잠시 그녀를 바라보았고, 그 순간 그 어느 때보다 강렬한 감정에 휩싸였다. 나는 생각했다. 아무래도 룰루가 깰 때까지 기다려야겠어. 그러나 나는 이미 창문 밖으로 나와 있었고 저만치에 빵집이 보였다.

나는 웅덩이 속으로 쿵 뛰어내렸고 발 주위로 빗물이 튀었다. 창문을 올려다보면서, 거센 바람에 펄럭이는 흰 커튼을 바라보면서, 나는 슬픔과 안도감을, 한편으로는 나를 들어올리고 한편으로는 나를 짓누르는, 무거움과 홀가분함이라는 상반되는 감정을 느꼈다. 그제야 나는 깨달았다. 룰루와 나 사이에 이제 막 무언가가 시작되었음을. 내가 항상 원했지만 갖기를 두려워했던 그것. 항상 더 많이 원하면서도 한편으로는 달아나려 했던 그것. 진실 그리고 그 반대.

어떻게 해야 할지, 그곳으로 돌아가 하룻밤을 더 보내야 할지 결정하지 못한 채 빵집으로 향했다. 그러나 만약 돌아간다면, 모든 것이 부서지고 드러나리란 사실만은 알고 있었다. 크루아상을 산 뒤에도 나는 여전히 어쩔 줄을 몰랐다. 그렇게 모퉁이를 돌았을 때 거기 스킨헤드족이 있었다. 그리고 비뚤어진 방식으로, 나는 안도했다. 그들이 나 대신 결정을 내려줄 테니까.

그러나 병원에서 깨어나 룰루를, 혹은 그녀의 이름을, 혹은 그녀가 어디 있는지조차 기억하지 못하면서도 너무나 간절히 그녀를 찾고 싶었을 때, 나는 그게 잘못된 결정이었음을 깨달았다.

"돌아갈 생각이었어." 내가 케이트에게 말한다. 그러나 내 목소리에 담긴 선명한 머뭇거림이 내 기만을 적나라하게 드러낸다.

"내 생각을 말해볼까, 빌럼?" 케이트가 말한다. 그녀의 목소리는 부드럽다. "연기도, 그 여자애도, 결국 같은 거야. 넌 무언가를 잡으려는 순간 겁을 먹어. 그래서 거리를 둘 수 있는 방법을 찾는 거야."

파리에서 룰루가 나를 가장 안전하게 지켜주었을 때, 나와 스킨헤드족 사이를 가로막고 나섰을 때, 나를 보살펴주었을 때, 나의 산골 아가씨가 되어주었을 때, 나는 하마터면 그녀를 보내버릴 뻔했다. 마침내 우리가 안전한 곳에 이르렀을 때 나는 그녀를 보았다. 그녀의 눈 속에서 타오르는 결의, 단 하루를 함께한 상황에서 결코 있을 법하지 않은, 그러나 이미 그곳에 있는 사랑을 보았다. 나는 전부 느낄 수 있었다. 나는 그것을 갈망했고, 또 필요로 했다.

그러면서도 그걸 잃는 게 어떤 건지 알기에 두려웠다. 나는 그녀의 사랑으로 보호받고 싶었고, 한편으로는 그 사랑으로부터 보호받고 싶었다.

그때는 이해하지 못했다. 사랑은 보호할 대상이 아니라는 것을. 그것은 위험을 무릅쓸 대상이다.

"연기의 아이러니가 뭔지 알아?" 케이트가 사색에 잠겨 말한다. "배우들은 수많은 가면을 쓰고, 감추는 데 선수들이지만, 감추는 게 불가능한 단 하나의 장소가 있다면, 그건 바로 무대 위야. 그러니 네가 겁에 질릴 만도 하지. 더구나 올랜도라니, 제대로 걸렸잖아!"

이번에도 케이트의 말이 옳다. 그녀의 말이 옳다는 걸 안다. 페트라는 오늘 나에게 또 한번 줄행랑을 칠 구실을 주었을 뿐이다. 그러나 진실을 말하자면, 그날 나는 룰루에게서 줄행랑치고 싶지 않았다. 오늘도 줄행랑치고 싶지 않다.

"오늘밤 네가 네 식대로 공연했을 때 일어날 수 있는 가장 끔찍한 일이 뭐야?" 케이트가 묻는다.

"날 해고하겠지." 하지만 그렇게 된다 해도, 해고는 내 행동 때문에 일어날 일이다. 행동하지 않아서 일어날 일이 아니다. 내 얼굴에 미소가 번지기 시작한다. 조심스럽지만 진실하다.

케이트의 커다란 미국식 미소가 나의 미소와 겨룬다. "내가 뭐라고 할지 알지? 크게 한판 하든가, 집에 가든가."

나는 보트를 바라본다. 조용하지만 화단이 풍성하고 손질이 잘되어 있다. 우리가 살 때는 한 번도 그런 적이 없었는데. 그곳은 집이다. 이제는 나 아닌 다른 누군가의 집.

크게 한판 하든가, 집에 가든가. 전에도 케이트가 그 말을 하는 걸 들었지만 무슨 뜻인지는 몰랐다. 그러나 이제는 안다. 이번만큼은 케이트가 틀렸지만. 왜냐하면 나에겐 크게 한판 하든가 또는 집에 가든가가 아니기 때문이다. 나는 크게 한판 하고 그리고 집에 갈 것이다.

집으로 가려면 크게 한판 해야 한다.

마흔여덟

무대 뒤. 언제나처럼 어수선하지만 나는 이상할 정도로 평온하다. 리뉘스가 나를 급히 임시 탈의실로 끌고 가고, 거기서 나는 입고 있던 옷을 벗고 다급하게 내 몸에 맞게 수선한 올랜도 의상으로 갈아입는다. 그리고 분장을 한다. 벗은 옷을 개어 무대 뒤 로커에 넣는다. 나의 청바지, 나의 셔츠, 룰루의 시계. 나는 잠시 시계를 손에 쥐고 초침의 진동을 손바닥으로 느껴보다가 로커에 넣는다.

리뉘스가 우리를 둥글게 불러모은다. 발성 연습을 한다. 연주자들이 기타를 조율한다. 페트라는 마지막 지시 사항들을 지껄인다. 자기 조명을 찾고, 주의를 집중하고, 다른 배우들은 날 돕고, 나는 최선을 다하라고. 그녀가 꿰뚫는 듯한, 걱정 어린 시선을 보낸다.

리뉘스가 오 분 전이라고 외친 뒤 헤드셋을 착용하고, 페트라는 돌아서서 자리를 뜬다. 맥스는 오늘밤 공연을 위해 뒤로 빠져서 무대 측면의 다리 세 개짜리 스툴에 앉는다. 그녀는 아무 말 없이 그저 나를 바라보다가 손가락 두 개에 키스한 다음 공중에 들어 보인다. 나도 똑같이 두 손가락에 키스하고 그녀를 향해 들어 보인다.

"다리를 부러뜨려."* 누가 귓가에 속삭인다. 마리나가 내 뒤에 바짝 다가와 있다. 그녀의 두 팔이 뒤에서 나를 얼른 감싸더니 귀와 목 사이 어딘가에 키스한다. 맥스가 그 광경을 보고 능글맞게 웃는다.

"모두 위치로!" 리뉘스가 외친다. 페트라는 어디로 갔는지 보이지 않는다. 그녀는 막이 올라가기 직전에 사라져서 공연이 끝날 때까지 보이지 않는다. 빈센트는 그녀가 어딘가에서 서성거리거나, 담배를 피우거나, 아니면 고양이의 배를 가르고 내장을 꺼내러 갔을 거라고 말한다.

리뉘스가 내 손목을 잡는다. "빌럼." 그가 말한다. 내가 돌아서서 그를 본다. 그는 내 손을 살짝 힘주어 잡고는 고개를 끄덕인다. 나도 고개를 끄덕인다. "음악 시작!" 리뉘스가 헤드셋 마이크에 대고 명령한다.

연주자들이 연주를 시작한다. 나는 무대 가장자리에 위치를 잡는다.

"1번 조명, 점등!" 리뉘스가 말한다.

조명이 켜진다. 관객들이 조용해진다.

리뉘스가 말한다. "올랜도, 등장!"

나는 잠시 멈춘다. 숨을 쉬어, 케이트의 목소리가 들린다. 나는

---

* break a leg. 극장에서 행운을 빈다는 표현으로 'good luck' 대신 쓰는 말.

심호흡을 한다.

머릿속에서 심장이 요동친다. 쿵, 쿵, 쿵. 나는 눈을 감는다. 룰루의 시계가 째깍거리는 소리가 들린다. 지금도 그 시계를 차고 있는 것만 같다. 나는 잠시 그 두 가지 소리에 귀를 기울이다가 무대로 나간다.

그리고 시간이 멈춘다. 일 년이고 또 하루다. 한 시간이고 스물네 시간이다. 모든 일이 한꺼번에 일어나는 시간이다.

지난 삼 년이라는 시간이 한순간으로, 나로, 올랜도로 응축된다. 아버지를 그리워하고 가족도 집도 없이 상실감에 허덕이는 청년. 이 로절린드와 만난 바로 이 올랜도. 그 두 사람이 만난 건 짧은 순간이었지만, 그들은 서로에게서 무언가를 알아본다.

"미약한 힘이나마 당신과 함께하겠어요." 로절린드가 모든 것을 깨뜨리고 드러내며 말한다.

누가 널 돌봐주는데? 나를 완전히 깨뜨리며 룰루는 물었다.

"절 위해 이 목걸이를 거세요." 마리나가 로절린드가 되어 말하고 나에게 소품 목걸이를 내민다.

내가 너의 산골 아가씨가 되어서 널 보살펴줄게, 내가 그애 손목에 있던 시계를 끌러 내 손목에 차기 전에 룰루가 말했다.

시간이 흐른다. 분명히 흐른다는 걸 나는 안다. 나는 무대에 오르고, 무대에서 내려온다. 내 신호를 받고, 내 자리에 선다. 태양이 하늘을 가르며 하강한 뒤 지평선을 향해 춤을 추고, 별들이 모습을 드러내고, 투광조명등에 불이 켜지고, 귀뚜라미들이 노래한다. 어떻게 된 일인지는 모르겠지만, 그 모든 것들 위로 부유하는 동안 나는 그런 일이 일어나고 있음을 의식한다. 나는 오직 지금, 여기에 있다. 이 순간. 이 무대. 나는 로절린드에게 자신을 내어주는 올랜도가 된다. 그리고 룰루에게 자신을 내어주는 빌럼이 된다. 일 년 전에 그랬어야 했지만 그럴 수 없었던 방식으로.

"하루 중 어느 때냐고 물어주세요. 숲속에는 시계가 없답니다." 내가 나의 로절린드에게 말한다.

너 잊은 모양인데, 더이상 시간은 존재하지 않아. 나한테 줬잖아. 내가 나의 룰루에게 말했다.

그날 파리에서 내 손목에 찼던 시계를 느낀다. 지금 그 시계가 내 머릿속에서 째깍거린다. 그 둘을 따로 떼어 생각할 수가 없다. 작년 그리고 올해. 그 둘은 하나다. 그때가 지금이다. 지금이 그때다.

"나는 치유되지 않을 거예요, 아가씨." 나의 올랜도가 마리나의 로절린드에게 말한다.

"당신이 날 로절린드라고 불러주신다면, 내가 당신을 치유해드리겠어요." 마리나가 대답한다.

내가 널 보살펴줄게, 룰루가 약속했다.

"맹세코, 진심으로, 하느님의 이름으로, 그리고 아무 위력을 지니지 못한 소녀들의 하찮은 맹세들을 걸고……" 마리나의 로절린드가 말한다.

난 위험에서 '벗어났어', 룰루는 말했다.

우리 둘 다 그랬다. 그날 특별한 일이 일어났다. 그리고 지금도 그 일이 일어나고 있다. 이 무대에서 일어나고 있다. 단 하루였고 단 일 년이었다. 하지만 어쩌면 하루로 충분할지도 모른다. 한 시

간으로 충분할지도 모른다. 어쩌면 시간은 그 모든 일과 전혀 상관
이 없는지도 모른다.

"아름다운 아가씨, 내가 당신을 사랑한다는 걸 당신이 믿게 만
들 수 있으면 좋으련만." 나의 올랜도가 로절린드에게 말한다.

그럼 설명해봐. 룰루가 요구했다. '얼룩이 진다'는 건 어떤 거야?

바로 이런 거야, 룰루.

바로 이런 모습일 거야.

공연은 그렇게 끝이 난다. 해변으로 밀려드는 거대한 파도처럼
박수가 터져나오고, 나는 이곳에, 이 무대에, 동료 배우들의 놀라
고 기뻐하는 미소에 둘러싸여 있다. 우리는 서로 손을 잡고 허리를
숙여 관객들에게 인사한다. 커튼콜에 답하기 위해 마리나가 나를
앞으로 이끌더니 옆으로 물러나 나에게 앞으로 나가라는 몸짓을
한다. 나는 그렇게 하고 박수 소리는 더욱더 커진다.

무대 뒤는 광란의 도가니다. 맥스는 비명을 지른다. 마리나는 울
고 있고 리뉘스는 미소를 지으면서도 몇 시간 전 페트라가 사라진
옆문 쪽을 계속 흘끔거린다. 사람들이 나를 둘러싸고, 어깨를 두드
리고, 축하 인사와 키스를 건네는데 나는 이곳에 있으면서도 있지
않다. 나는 여전히 시간과 공간과 사람의 경계가 존재하지 않는 이
상한 중간 지대에 머물고 있어서, 이곳에 있으면서도 파리에 있을
수 있고, 지금 이 순간에 있으면서도 그때로 돌아갈 수 있고, 나 자
신이면서도 올랜도일 수 있다.

의상을 갈아입고 분장을 지우면서 나는 이곳에 머물기 위해 애를 쓴다. 거울 속 내 모습을 쳐다보면서 조금 전에 내가 한 일을 되새겨보려 애쓴다. 완전히 비현실적으로 느껴지고, 그러면서도 내가 했던 그 어떤 일보다 진실하게 느껴진다. 진실 그리고 그 반대. 무대 위에서 연기를 했고, 나 자신을 드러냈다.

사람들이 주위로 몰려든다. 파티, 축하, 오늘밤 단원 전체가 참여하는 파티 얘기가 오간다. 공연은 이 주 뒤에나 끝나고 지금 축하 파티를 하면 불운을 부를 수 있다. 그러나 오늘밤엔 모두 운을 포기한 것 같다. 우리가 우리 운을 만든다.

페트라가 무대 뒤로 오지만 굳은 표정으로 한마디도 하지 않는다. 그녀는 나를 지나친다. 곧장 리뉘스에게로 간다.

나는 무대 뒤에서 빠져나와 무대 출입문으로 사용되었던 문을 나선다. 맥스는 신이 난 강아지처럼 내 옆에서 깡충깡충 뛴다. "그래서 마리나의 키스는 괜찮았어?" 그녀가 내게 묻는다.

"예룬한테 키스하지 않아도 돼서 기뻤던 건 분명해." 빈센트의 말에 나는 웃음을 터뜨린다.

밖으로 나온 나는 친구들을 찾아 주위를 둘러본다. 누가 왔는지 모르겠다. 그때 내 이름을 부르는 소리가 들린다.

"빌럼!" 그녀가 다시 한번 외친다.

케이트가 황금빛과 붉은빛을 머금고 나를 향해 달려온다. 그녀가 내 품으로 달려와 안기고 우리가 함께 빙글빙글 돌 때 내 심장이 부풀어오른다.

"해냈어. 해냈어. 해냈어!" 그녀가 귓가에 속삭인다.

"해냈어. 해냈어. 해냈어." 나는 오늘 하루 일어난 일에 대한 기쁨과 안도감과 놀라움에 웃으며 그 말을 되풀이할 뿐이다.

누가 내 어깨를 두드린다. "저거 떨어뜨렸어."

"아, 맞아. 네 꽃." 케이트가 해바라기 한 다발을 주우려고 몸을 숙인다. "너의 멋진 데뷔를 위해."

나는 꽃을 받는다.

"기분이 어때?" 그녀가 묻는다.

나는 대답을 모르고, 할말이 없다. 그저 충만할 뿐이다. 내가 설명하려 애쓰지만 케이트가 내 말을 자른다. "세상에서 가장 멋진 섹스를 한 기분이지?" 내가 웃는다. 뭐, 그 비슷한 기분이다. 나는 그녀의 손을 잡고 키스한다. 그녀가 한 팔로 내 허리를 감는다.

"열광하는 관객들을 만날 준비 됐어?" 그녀가 묻는다.

준비가 안 됐다. 지금 이 순간을 음미하고 싶을 뿐이다. 이 일이 가능하게 도와준 사람과 함께. 나는 그녀의 손을 잡고 근처의 정자 아래 조용한 벤치로 가서 방금 일어난 일을 정리해보려 애쓴다.

"어떻게 그런 일이 일어났지?" 내가 할 수 있는 질문은 이것뿐이다.

그녀가 내 손을 잡는다. "너 지금 그걸 질문이라고 하는 거야?"

"정말 몰라서 그래. 다른 세상에서 일어나는 일 같았어."

"제발 그러지 마." 그녀가 웃으며 말한다. "뮤즈라든가 하는 얘기를 믿긴 하지만 이 공연을 너의 우연들 중 하나로 돌리진 마. 무대 위에서 네 힘으로 해낸 거야."

사실이다. 그러나 사실이 아니기도 하다. 왜냐하면 무대 위에서 나는 혼자가 아니었기 때문이다.

우리는 그 자리에 조금 더 앉아 있는다. 내 몸이 떨리고 윙윙거린다. 완벽한 밤이다.

"네 팬들이 기다리고 있어." 잠시 후 케이트가 내 뒤쪽을 가리키며 말한다. 돌아보니 브로저, 헹크, 더블유, 리엔, 그리고 몇몇 사람들이 호기심 어린 표정으로 우릴 지켜보고 있다. 나는 케이트의 손을 잡고 가서 친구들에게 소개한다.

"우리 파티에 올 거지?" 브로저가 묻는다.

"우리 파티?" 내가 묻는다.

브로저가 조금 불쌍해 보이는 표정을 짓는다. "그렇게 임박해서 말하면 어떻게 파티를 취소하냐."

"배우들을 전부 초대한데다 관객들도 반이나 초대했으니 더 힘들겠지." 헹크가 말한다.

"그 정도는 아니야!" 브로저가 말한다. "반까지는 아니라고. 캐나다 사람 몇 명만 초대했어."

나는 눈을 부릅떴다가 웃는다. "좋아, 가자."

리엔이 웃으며 내 손을 잡는다. "난 그만 가볼게. 우리 중 한 명은 내일 제정신이어야 하니까. 내일이 이사하는 날이라." 그녀가 더블유에게 키스한다. 그리고 내게도. "잘했어, 빌럼."

"나도 저 사람이랑 같이 공원에서 나가야겠다." 케이트가 말한다. "이 도시는 도통 모르겠어."

"같이 안 가?" 내가 묻는다.

"할 일이 좀 있어. 나중에 갈게. 문 열어둬."

"언제든." 내가 말한다. 나는 그녀의 뺨에 키스하고, 그녀는 내 귓가에 속삭인다. "난 네가 해낼 줄 알았어."

"너 없인 못했어." 내가 말한다.

"바보 같은 소리. 넌 격려 연설이 필요했을 뿐이야."

격려 연설을 두고 하는 말이 아니다. 케이트는 내가 우연에 기대지 않고, 핸들을 잡고, 일단 저질러야 한다고 믿었다. 그러나 만약 우리가 멕시코에서 만나지 않았더라면, 지금 내가 여기 있을 수 있을까? 그것도 우연이었을까? 아니면 의지였을까?

오늘밤 백번째로, 나는 다시 룰루와 함께, 비올라라는 어울리지 않는 이름을 가진 자크의 바지선 위에 있다. 방금 그녀가 두 배의 행복 얘기를 들려주었고 우리는 그 의미를 놓고 실랑이를 했다. 그녀는 남자가 일과 여자를 모두 얻었기 때문에 두 배의 행복인 거라고 했다. 그러나 나는 동의하지 않았다. 나머지 반쪽을 찾는 이행시를 말하는 거라고 했다. 그것은 사랑이었다.

그러나 어쩌면 우리 둘 다 틀렸거나 둘 다 옳았는지도 모른다. 둘 중 하나가 아닐지도 모른다. 행운 또는 사랑이 아닐지도, 운명 또는 의지가 아닐지도.

두 배의 행복을 얻기 위해서는, 둘 다 필요한 건지도 모른다.

마흔아홉

아파트 안은 그야말로 아수라장이다. 배우들, 위트레흐트 대학
친구들, 심지어 암스테르담 시절의 옛 친구들까지 오십 명도 넘는
사람이 모였다. 브로저가 이 많은 사람을 어떻게 그렇게 빨리 불러
모았는지 모를 일이다.

맥스가 문으로 들어서자마자 나를 덮친다. 그 뒤로 빈센트가 들
어온다. "뭐 이런 게 다 있어!" 맥스가 소리친다.

"연기 좀 한다고 말을 하지!" 빈센트가 덧붙인다.

내가 미소를 짓는다. "내가 워낙 신비주의를 좋아해서."

"그러게 말이야. 단원들 모두가 무척 기뻐하고 있어." 맥스가 말
한다. "페트라만 빼고. 페트라는 언제나처럼 화가 나 있어."

"자기 극단의 대역이 주연배우를 엿 먹여버렸으니까. 이제 페트
라는 절뚝거리는, 그러니까 육체적으로나 정신적으로나 절뚝거리
는 주연배우를 무대에 올려야 할지, 너한테 끝까지 맡겨야 할지 결

정해야 하는 상황에 처한 셈이지." 빈센트가 말한다.

"결정 또 결정!" 맥스가 덧붙인다. "지금 돌아보지 마. 마리나가 또 자길 따먹으라는 눈빛을 보내고 있어."

우리는 다 함께 마리나를 돌아본다. 마리나는 나를 똑바로 쳐다보며 미소 짓는다.

"아니라고 할 생각일랑 마. 쟤가 날 원하는 게 아니라면." 맥스가 말한다.

"곧 돌아올게." 내가 맥스에게 말한다. 나는 브로저가 바bar로 변신시켜놓은 식탁 옆에 서 있는 마리나에게 다가간다. 그녀는 손에 무언가가 든 유리잔을 들고 있다. "뭐 마셔?" 내가 묻는다.

"나도 잘 모르겠어. 네 친구가 준 건데, 숙취가 절대 없대. 한번 믿어보려고."

"바로 그게 네 첫번째 실수야."

그녀가 손끝으로 잔 가장자리를 문지른다. "첫번째 실수라면 이미 한참 전에 한 것 같은데." 그러곤 술을 들이켠다. "넌 안 마셔?"

"난 벌써 취한 거 같아."

"자, 너도 좀 마셔봐."

그녀가 술잔을 내밀어 나는 한 모금 마신다. 요즘 브로저가 좋아하는, 테킬라와 오렌지맛 술을 섞은 시큼한 술이다. "그러네. 숙취는 없겠다. 절대로."

그녀가 웃으며 내 팔을 어루만진다. "오늘밤 네가 얼마나 멋졌는지는 말하지 않을게. 그 얘긴 듣기 지겨울 것 같아서."

"넌 그런 말 듣기 지겨워?"

그녀가 씩 웃는다. "아니." 그러고는 고개를 돌린다. "아까 내가 했던 말 있잖아, 공연이 끝난 뒤에 대해서. 그치만 오늘은 모든 규칙이 무너진 것 같고……" 그녀가 말끝을 흐린다. "그러니까 솔직히 삼 주를 기다린다고 뭐가 달라지겠어?"

마리나는 섹시하고 아름답고 영리하다. 그리고 그녀는 틀렸다. 삼 주는 엄청난 차이를 만든다. 하루가 그럴 수 있기에 삼 주가 그럴 수 있다는 걸 나는 안다.

"그럼," 내가 마리나에게 말한다. "달라질 수 있지."

"아," 조금 놀라고 상처받은 듯한 목소리다. 그녀가 묻는다. "사귀는 사람 있어?"

오늘밤 무대 위에서 나는 사귀는 사람이 있는 것 같은 기분이 들었다. 그러나 그 사람은 유령이었다. 셰익스피어 연극은 유령들로 가득하다. "아니." 내가 말한다.

"아까 어떤 여자하고 같이 있는 거 봤어. 공연 끝나고 말이야. 혹시나 해서."

케이트. 그녀를 빨리 만나야 한다. 내가 원하는 게 너무도 분명해졌기 때문이다.

마리나에게 양해를 구하고 아파트 안을 돌아다니며 살펴보지만 케이트는 보이지 않는다. 나는 아래층으로 내려가 문이 잘 열려 있는지 확인한다. 이번에도 개를 산책시키러 나온 판 데르 메이르 부인과 마주친다. "소란 피워서 죄송해요." 내가 말한다.

"괜찮아." 그녀가 말하고는 위층을 올려다본다. "예전엔 우리도 위층에서 요란하게 파티를 하곤 했지."

"이곳이 스콰트였을 때도 여기 사셨어요?" 나는 이 중년의 부인을 내가 사진에서 보았던 젊은 무정부주의자들과 연결시키려 애쓰며 묻는다.

"물론이지. 네 아빠도 알았단다."

"그때 아빠 어떤 사람이었어요?" 내가 왜 이런 걸 묻는지 모르겠다. 브람은 항상 다정한 사람이었다.

그러나 판 데르 메이르 부인의 대답이 나를 놀라게 한다. "좀 우울한 청년이었지." 그녀가 말한다. 그러다가 그녀의 눈이 다시 위층으로 향한다. 마치 거기 그가 있다는 듯이. "네 엄마가 나타나기 전까지는."

그녀의 개가 줄을 당기고 그녀는 집을 나선다. 내 부모를 내가 얼마나 알고 있는지, 그리고 얼마나 모르고 있는지 생각에 잠긴 나를 남겨두고서.

쉰

전화벨이 울린다. 나는 자고 있다.

내가 전화를 더듬어 찾는다. 베개 옆에 있다.

"여보세요." 내가 웅얼거린다.

"빌럼!" 다급한 목소리로 야엘이 말한다. "내가 깨웠니?"

"엄마?" 내가 대답한다. 평상시처럼 두려움이 엄습해오기를 기다리지만 그런 일은 일어나지 않는다. 대신, 다른 감정이 있다. 좋은 감정의 잔재. 눈을 문질렀는데도 그 감정은 여전히 그 자리에, 마치 안개처럼, 내가 꾸고 있는 꿈처럼 머물러 있다.

"무케시하고 통화했다. 무케시가 요술을 부렸지 뭐니. 월요일 표를 구할 수 있다는데 지금 당장 예약해야 한대. 이번엔 편도로 끊을 거야. 일단 일 년 정도 여기 있어보고, 그다음에 뭘 할지 결정하렴."

수면 부족으로 머릿속이 몽롱하다. 파티는 새벽 네시까지 계속

되었다. 나는 다섯시쯤에 잠이 들었다. 이미 해가 떴다. 엄마와 어제 나누었던 대화가 서서히 되살아난다. 엄마의 제안. 내가 그걸 얼마나 원했는지. 혹은 원했다고 생각했는지. 세상에는 잃고 나서야 원했었다는 걸 알게 되는 것들이 있다. 반면, 원한다고 생각했는데 이미 갖고 있는 것들도 있다.

"엄마." 내가 말한다. "저 인도에 안 갈래요."

"안 온다고?" 엄마의 목소리에 호기심이 배어 있다. 실망감도.

"거긴 제가 있을 곳이 아니에요."

"내가 있는 곳이 네가 있을 곳이야."

그 긴 세월이 흐른 뒤, 마침내 야엘이 그렇게 말하는 걸 들으니 마음이 놓인다. 그러나 그 말은 사실이 아니다. 그녀가 인도에 새 보금자리를 꾸린 건 다행스러운 일이다. 그러나 그곳은 내가 있을 곳이 아니다.

크게 한판 하든가, 아니면 집에 가든가.

"저 연기 할 거예요, 엄마." 내가 말한다. 그리고 느낀다. 어젯밤 이후, 어쩌면 그보다 훨씬 더 오래전부터 완전히 틀을 갖춘 나의 생각, 나의 계획을. 끝내 파티에 나타나지 않은 케이트를 빨리 만나야 한다는 생각이 온몸을 관통한다. 이것이야말로 결코 손가락 사이로 흘려보내서는 안 될 나의 마지막 기회다. 이게 바로 내게 필요한 것이다. "저 연기 할 거예요." 내가 되풀이한다. "왜냐하면 전 배우니까요."

야엘이 웃는다. "물론 넌 배우야. 네 피 속에 있어. 올가처럼."

그 이름은 듣는 순간부터 친근하다. "올가 서보 말씀하시는 거예요?"

잠시 침묵이 흐른다. 그녀의 놀라움이 지지직거리는 전파 너머로 전해진다. "사바가 너한테 올가 얘기를 했니?"

"아뇨. 사진을 찾았어요. 다락방에서. 안 그래도 엄마한테 물어보려고 했는데 못 물어봤어요. 그동안 너무 정신이 없어서……" 내가 말을 흐린다. "게다가 우리 이런 얘기 한 적 한 번도 없잖아요."

"한 적 없지. 한 번도. 그렇지?"

"누구예요? 사바의 여자친구?"

"사바의 여동생." 엄마가 대답한다. 놀라야 마땅하겠지만 나는 놀라지 않는다. 전혀. 마치 퍼즐 한 조각이 제자리에 맞아떨어지는 기분이다.

"너한텐 고모할머니가 되겠구나." 야엘이 말을 잇는다. "사바는 올가가 타고난 배우라고 늘 말했지. 올가는 할리우드로 갈 생각이었어. 그러던 중에 전쟁이 터졌고 결국 살아남지 못했어."

그녀는 살아남지 못했다. 사바만 살아남았다.

"서보는 예명인가요?" 내가 묻는다.

"아니. 서보는 사바가 이스라엘로 건너가서 히브리어로 개명하기 전 성이었어. 유럽인들 상당수가 그렇게 했단다."

자기 자신과 거리를 두기 위해서였을 거라고 나는 생각한다. 나는 이해한다. 그러나 그는 거리를 둘 수 없었다. 나를 데리고 보러 갔던 수많은 무성영화들. 그가 접근을 막았던, 그리고 가까이 두었던 유령들.

올가 서보, 나의 고모할머니. 그녀는 내 할아버지 오슈커르 서보의 여동생이었고, 오슈커르 서보는 야엘 실로의 아버지 오스카 실로가 되었다. 야엘 실로는 브람 더 라위터르의 아내가 되었고, 브람 더 라위터르는 다니엘 더 라위터르의 형이었다. 다니엘 더 라위터르는 이제 곧 아브라앙 더 라위터르의 아빠가 된다.

이렇게, 나의 가족은 다시 불어나고 있다.

쉰하나

침실에서 나오니 브로저와 헹크가 일어나 마치 중대한 전투에서 패배한 부대의 장군들처럼 피해 상황을 확인하고 있다.

브로저가 미안함에 일그러진 얼굴을 하고 내 쪽으로 돌아선다. "미안해. 내가 나중에 다 치울게. 그런데 열시에 더블유 이사하는 거 도와주기로 했거든. 벌써 늦었어."

"나 토할 거 같아." 헹크가 말한다.

브로저는 3분의 2가 담배꽁초로 가득찬 맥주병을 집어든다. "토는 나중에 해." 그가 말한다. "더블유한테 약속했잖아." 브로저가 나를 쳐다본다. "그리고 빌리한테도. 내가 갔다 와서 아파트 치울게. 헹크 입은 일단 코르크로 막아두고."

"걱정 마." 내가 말한다. "내가 다 치울 수 있어. 다 정리할 수 있어!"

"그렇게 신날 일은 아닌 거 같은데." 헹크가 얼굴을 찌푸리고 관자놀이를 문지르며 말한다.

나는 카운터 위에 있는 열쇠를 집어든다. "미안." 전혀 미안해하지 않으며 내가 말한다. 나는 문으로 향한다.

"너 어디 가?" 브로저가 묻는다.

"운명의 주인이 되러!"

아래층에서 자전거 자물쇠를 풀고 있는데 전화벨이 울린다. 그녀다. 케이트.

"한 시간 동안 계속 전화했어." 내가 말한다. "호텔로 갈게."

"흠, 호텔?" 그녀가 말한다. 목소리에 웃음이 배어 있다.

"떠났을까봐 걱정했어. 내가 제안을 하나 하려고."

"제안이라면 직접 만나서 해야지. 거기 가만히 있어. 실은 지금 너 만나러 가는 길이거든. 그래서 전화한 거야. 집에 있어?"

나는 아파트 상태를 생각해본다. 브로저와 행크는 팬티 바람이고, 실내는 믿을 수 없을 정도로 참혹하다. 마침내 해가, 진짜 해가 났다. 며칠 만에 처음으로. 나는 사르파티 공원에서 보자고 한다. "길 건너편이야. 어제 우리 만났던 곳." 내가 기억을 되살려준다.

"제안 장소가 호텔에서 공원으로 격하되는 거야, 빌럼?" 그녀가 놀린다. "우쭐해야 할지, 기분 나빠해야 할지 모르겠다."

"그러게. 나도 모르겠다."

나는 곧장 공원으로 가서 모래밭 놀이터 근처에 있는 벤치에 앉아 기다린다. 남자아이와 여자아이가 요새를 만들 계획을 의논하고 있다.

"탑을 백 개 지을 수 있을까?" 남자아이가 묻는다. "스무 개가 더 나을걸." 여자아이가 대꾸한다. 그러자 남자아이가 다시 묻는다. "우리가 거기서 영원히 살 수 있을까?" 여자아이가 잠시 하늘을 올려다보고는 대답한다. "비 내리기 전까진."

케이트가 나타날 무렵 그들은 꽤 많은 진척을 이루었다. 해자도 파고 탑도 두 개나 올렸다.

"오래 걸려서 미안해." 숨을 헐떡이며 케이트가 말한다. "길을 잃었어. 네가 사는 이 도시, 빙글빙글 돌더라."

나는 동심원을 이루는 운하들에 대해, 도시의 중심부를 도는 세인튀르반*에 대해 설명하기 시작한다. 그녀가 손을 내젓는다. "괜히 애쓰지 마. 난 구제불능이야." 그녀가 내 곁에 앉는다. "프라우 디렉퇴르**로부터는 별 얘기 없고?"

"완전한 침묵."

"불길한데?"

나는 어깨를 으쓱한다. "어쩌면. 근데 내가 할 수 있는 일이 없어. 어쨌든 나한텐 새로운 계획이 있거든."

"아." 케이트가 이미 커다란 초록색 눈을 더 크게 뜨며 말한다. "그래?"

"응. 실은 내가 말한 제안이라는 게 바로 그거야."

---

* 도시 전체를 다니는 전차.
** '프라우'는 독일어로 결혼한 여자를 일컫는 말이고 '디렉퇴르'는 '감독'이라는 뜻의 프랑스어이다.

"이거 상황이 점점 재미있게 돌아가네."

"뭐?"

그녀가 고개를 젓는다. "아니, 신경쓰지 마." 그러곤 다리를 꼬고 내 쪽으로 몸을 숙인다. "난 준비됐어. 어서 제안해봐."

내가 그녀의 손을 잡는다. "난 널 원해." 잠시 말을 멈춘다. "나의 연출가가 되어줘."

"그건 좀 섹스하고 나서 악수하는 것 같지 않아?" 그녀가 묻는다.

"어젯밤 일은," 내가 설명을 시작한다. "네 덕에 가능했어. 너하고 같이 일하고 싶어. 러커스에서 공부하고 싶어. 견습생으로."

케이트의 눈이 미소로 가느다래진다. "우리 견습생 제도는 어떻게 알았어?" 그녀가 느릿느릿한 말투로 묻는다.

"너희 웹사이트를 한 번, 아니 백 번쯤 봤거든. 주로 미국인들하고 일한다는 거 아는데, 나도 영어를 하면서 자랐고 영어로 연기를 했어. 대부분 영어로 꿈을 꾸고. 셰익스피어를 하고 싶어. 영어로. 그걸 하고 싶어. 너하고."

케이트의 얼굴에서 미소가 잦아든다. "어젯밤 같진 않을 거야. 본무대에 오른 올랜도와는 달라. 우리 견습생들은 모든 걸 다 해. 세트장을 만들어. 기술 장비도 다루고. 공부도 해. 앙상블* 연기도 하지. 언제까지나 주연이 될 수 없을 거란 얘긴 아니야. 그럴 가능성도 배제하진 않아. 어젯밤 연기를 보고 그럴 순 없지. 하지만 시간이 걸릴 거야. 거기다 노동조합 문제는 물론이고, 비자 문제까지

---

* 연극에서 배우들이 협력해 통일성과 조화를 이루는 걸 중시하는 연기론.

고려해야 해. 스포트라이트를 받을 거라 기대하고 오진 마. 그래서 일단 데이비드한테 널 만나봐달라고 했어."

나는 케이트를 바라보면서, 그런 걸 기대하는 게 아니라고, 인내심을 갖겠다고, 나도 세트나 소도구 같은 것 만들 줄 안다고 말하려다가 그만둔다. 그녀를 설득할 필요가 없다는 생각이 들어서다.

"어젯밤에 내가 뭘 했을 것 같아?" 그녀가 묻는다. "데이비드가 〈메데이아〉를 보고 돌아오기를 기다렸어. 네 얘기를 하려고. 그다음엔 그 환자가 복귀하기 전에 오늘밤 네 공연을 보게 하려고 데이비드더러 당장 뛰어나가서 비행기를 타라고 했어. 실은 데이비드는 이미 이리로 오는 길이야. 그리고 난 지금 그를 데리러 공항으로 가야 해. 내가 이 고생을 했는데, 그 사람들 널 다시 무대에 세우는 게 좋을걸. 안 그러면 너 혼자 데이비드 앞에서 공연해야 할 테니까."

그녀가 웃는다. "농담이야. 하지만 러커스는 작은 극단이라 이런 결정은 공동으로 하거든. 너도 마음의 준비를 해야 할 거야. 우리가 얼마나 비효율적으로 서로에게 의존하고 있는지." 그녀가 양팔을 들어올린다. "하지만 가족이란 게 원래 다 그렇잖아."

"가만, 그러니까 너도 나한테 물어볼 생각이었어?"

미소가 다시 돌아온다. "의심의 여지가 있어? 하지만 진짜 기분 좋은 건 빌럼, 네가 나한테 부탁을 했단 거야. 그건 네가 관심을 기울였다는 거고, 그게 바로 연출가가 배우에게 원하는 거거든." 그녀가 관자놀이를 두드린다. "게다가 미국으로 가겠다는 건 아주 현명한 생각이야. 네 경력에도 좋고 너의 룰루가 살고 있는 곳이기도 하니까."

나는 토어의 편지를 떠올린다. 오늘에야 후회와 원망이 사라졌다. 그녀가 나를 찾고 있었다. 나도 그녀를 찾고 있었다. 그리고 어젯밤, 아주 이상한 방식으로 우리는 서로를 발견했다.

"그래서 가려는 건 아니야." 내가 케이트에게 말한다.

그녀가 미소를 짓는다. "알아. 그냥 놀리는 거야. 그래도 난 네가 브루클린을 정말 좋아하게 될 것 같아. 브루클린은 암스테르담하고 공통점이 많거든. 브라운스톤과 연립주택들, 기이함에 대한 관용. 내 집처럼 편안할걸."

그녀가 그 말을 하는 순간 어떤 느낌이 밀려든다. 멈추는 듯한, 쉬는 듯한, 세상의 모든 시계가 고요해지는 듯한 느낌.

집.

쉰둘

그나저나 다니엘의 집. 그야말로 엉망진창이다.

집에 돌아와 보니 친구들은 이미 나갔고 집안은 온통 쓰레기 천지다. 브람이 이야기해주곤 했던 이 집의 옛날 풍경이다. 야엘이 들어와 질서를 부여하기 이전의 풍경.

병과 재떨이와 접시와 피자 상자가 널려 있고 찬장의 그릇들은 죄다 밖으로 나와 더러워져 있다. 집안 전체에 담배 냄새가 진동한다. 아기가 살 수 있는 집이 아니다. 나는 일시적으로 마비 상태가 된다. 어디서부터 시작하지.

나는 애덤 와일드의 CD를 튼다. 몇 주 전 맥스와 함께 공연을 보러 갔던 싱어송라이터. 그런 다음 곧바로 작업에 돌입한다. 맥주병과 와인병을 비우고 재활용 상자에 넣는다. 그다음엔 재떨이들을 비우고 물로 헹군다. 식기세척기가 있지만 일부러 싱크대에 뜨거운 비눗물을 채운 다음 더러운 그릇들을 다 닦고 말린다. 창문들을 열어젖히고 햇빛과 신선한 공기를 들인다.

정오까지 나는 병들을 한데 모으고, 담배꽁초들을 버리고, 그릇들을 닦아서 말리고, 먼지를 떨어내고, 청소기를 돌린다. 이미 다니엘과 함께 지내는 동안 가장 깨끗했던 날만큼 깨끗하지만, 그가 아브라앙, 파비올라와 함께 집에 올 때 티끌 한 점 없는 상태로 맞이하고 싶다.

나는 커피를 내린다. 리뉘스에게 문자가 왔는지 확인해본다. 그러나 휴대전화는 침대 위에 꺼진 채 놓여 있다. 휴대전화를 충전하기 위해 전원을 꽂고, 커피를 책장에 올려놓는다. 서류 봉투가 여전히 그 자리에 있다. 야엘, 브람, 사바, 올가, 나의 사진. 나는 봉투의 주름을 손끝으로 어루만지며 그 안에 들어 있는 역사의 무게를 가늠해본다. 다음에 어디로 가건, 이 사진들도 나와 함께 갈 것이다.

나는 휴대전화 쪽을 흘긋 쳐다본다. 아직도 꺼져 있지만 곧 리뉘스나 페트라로부터 문자가 올 것이다. 마음 한구석에선 내가 해고되었을 거라고 생각한다. 그것이 어젯밤 승리의 대가일 것이다. 나로서는 기꺼이 치를 수 있는 대가이기에 괜찮다. 그러나 마음의 또다른 구석은 우주의 균형 법칙이 그런 식으로 작용한다는 믿음을 잃어가고 있다.

나는 거실로 나간다. 애덤 와일드의 CD가 다시 돌아가고 있고, 어느덧 멜로디가 친근해져서 언젠가 듣고 있지 않을 때조차 들릴 것만 같다.

나는 집안을 둘러본다. 쿠션들을 부풀려 소파 위에 올려둔다. 오늘밤 일정에 관한 소식을 기다리며 초조해해야 마땅하겠지만 그 반대다. 마치 기차역이나 버스 터미널이나 공항을 빠져나와 새로운 도시로 발을 내딛는 순간, 오로지 가능성만 존재하는 그 순간처럼.

열린 창문으로 도시의 불협화음―트램의 차임벨 소리와 자전거 종소리와 창공에서 이따금 들려오는 비행기 소리―가 흘러들어 음악과 섞이며 나를 재운다.

그날 세번째로 전화벨 소리에 화들짝 놀란다. 아침에 야엘이 전화했을 때와 똑같은 기분이다. 어딘가 다른 곳에, 내가 있어야 할 곳에 있는 기분.

벨소리가 멈춘다. 그러나 나는 리뉘스라는 걸 안다. 나의 운명이라고 마리나는 말했다. 그러나 그건 나의 운명이 아니다. 그저 오늘밤 일일 뿐이다. 내 운명은 나에게 달려 있다.

나는 방으로 들어가 전화를 집어든다. 창밖으로 구름을 뚫고 날아오르는 파란색과 흰색의 네덜란드항공 비행기가 보인다. 나는 비행기를 타고 암스테르담을 벗어나, 북해를 가로지르고, 영국과 아일랜드를 지나고, 아이슬란드와 그린란드를 지나고, 뉴펀들랜드로 내려가 동해안을 따라 뉴욕으로 접어드는 상상을 한다. 비행기의 요동이 느껴지고, 착륙하는 순간 미끄러지는 타이어 소리와 승객들의 박수 소리가 들린다. 왜냐하면 우리는 모두 한 비행기를 탔고, 마침내 무사히 착륙했다는 사실이 너무도 감사하기 때문이다.

나는 전화를 확인한다. 어젯밤 공연을 축하한다는 문자들이 가득 와 있고 리뉘스의 음성메일이 한 통 있다. "빌럼, 최대한 빨리

전화해줘."

나는 심호흡을 하고 그가 하려는 말을 들을 마음의 준비를 한다. 어떻게 되건 상관없다. 나는 크게 한판 했고 이제 집으로 돌아갈 것이다.

리뉘스가 전화를 받는 순간 누군가가 현관문을 두드리는 소리가 희미하게 들린다.

"여보세요, 여보세요……" 리뉘스의 목소리가 울린다.

또 한번 노크 소리가 들린다. 이번에는 더 크게. 케이트? 브로저? 리뉘스에게 바로 다시 걸겠다고 말한 뒤 전화를 내려놓는다. 나는 문을 연다. 그리고 또 한번, 시간이 멈춘다.

나는 깜짝 놀란다. 그리고 놀라지 않는다. 그녀는 내가 기억하는 모습 그대로다. 그리고 전혀 다르다. 낯선 사람. 내가 아는 사람. 진실과 그 반대는 동전의 양면과 같아. 사바의 목소리가 들려온다.

"안녕, 빌럼," 그녀가 말한다. "내 이름은 앨리슨이야."

앨리슨. 나는 머릿속으로 그 이름을 되뇌인다. 일 년간의 기억과 환상과 일방적인 대화가 수정되고 갱신된다. 룰루가 아니다. 앨리슨이다. 강력한 이름. 견고한 이름. 그리고 왠지 모르게 친근한 이름. 그녀의 모든 것이 친근하다. 나는 이 사람을 안다. 이 사람도 나를 안다. 이제야 오늘 아침에 꾼 꿈이 무슨 의미였는지 깨닫는다. 지금까지 비행기의 내 옆자리에 앉아 있었던 사람이 누구인지.

앨리슨이 들어온다.

그녀 뒤로 딸깍하고 문이 닫힌다. 그리고 짧은 순간, 그들도 우리와 함께 있다. 야엘과 브람, 삼십 년 전의 그들이. 그들의 모든 이야기가 내 머릿속으로 흘러들어온다. 왜냐하면, 그것은 우리 이야기이기도 하니까. 이제야 나는 깨닫는다. 그 이야기가 미완성이었음을. 브람은 그렇게 수없이 그 얘기를 들려주면서도, 정작 중요한 부분은 말하지 않았다. 두 사람이 차 안에서 함께했던 그 세 시간 동안 무슨 일이 있었는지.

아니, 그는 그 얘기를 했을지도 모른다. 말이 아니었을 뿐, 행동으로.

"그래서 그녀에게 키스했지. 마치 줄곧 기다리고 있었던 것처럼." 한때 우울한 청년이었던 나의 아버지는 말하곤 했다. 언제나 경탄이 담긴 목소리로.

나는 그 경탄이 우연에서 비롯된 것이라고 생각했다. 하지만 그게 아닐지도 모른다. 아마 그 경탄은 얼룩에서 비롯되었을 것이다. 차 안에서의 세 시간. 그걸로 충분했다. 그리고 이 년 뒤 그녀가 거기 있었다.

아마도 브람은 압도당했을 것이다. 내가 압도당한 것처럼. 사랑이 행운을 만나는, 운명이 의지를 만나는 그 신비한 교차로에 압도당했을 것이다. 왜냐하면 그는 그녀를 기다리고 있었고, 그녀가 그곳에 나타났기 때문이다.

그래서 그는 그녀에게 키스했다.

나는 앨리슨에게 키스한다.

이렇게 나는 우리보다 앞서 시작된 역사를 완성한다. 그리고 우리 둘의 역사를 시작한다.

두 배의 행복. 마침내 그걸 얻는다.

감사의 말

소설가는 필요에 의한 도둑이다. 오랜 세월 동안 여행중에, 그리고 일상에서 만난 수많은 사람들에게 사과와 감사의 말을 전하고 싶다. 나는 그들의 삶의 단편들을 훔치고 변조해 내 책에 실었다. 언급할 이름들이 너무나 많은데, 내가 그들의 이름을 전부 기억하는지 자신이 없다. 그러나 나는 그들을 똑같이 기억한다. 하루 동안 우리가 만나는 사람들은 실제로 우리가 알아차리지도 못하는 방식으로 영감을 주고, 수십 년 뒤, 그들의 작은 조각들이 한 편의 소설 속으로 툭 떨어진다.

전 세계를 누비는 이 책의 엄청나게 뒤죽박죽인 상태를 도와준 모든 사람들에게 가슴 깊이 감사를 전한다. Thank you, merci, bedankt, gracias, תודה, धन्यवाद, köszönöm, obrigada. 특히, 제시 오스트리언, 파비올라 베르기, 미카엘 부레, 리바 브레이, 세라 번스, 헬레인 부스, 미탈리 데이브 (그리고 부모님), 대니엘 덜

레이니, 셀린 포르, 피아스코 극단, 그레그 포먼, 리와 루스 포먼, 리베카 가드너, 로건 개리슨, 태머라 글레니, 마리 엘리자 그라맹, 토리 힐, 벤 호프먼, 마저리 잉걸, 애나 자르잡, 모린 존슨, 데버라 캐플런, 이저벨 키리아코, E. 록하트, 엘리스 마셜, 탤리 미스, 스테퍼니 퍼킨스, 무케시 프라사드, 윌 로버츠, 필리프 로비네, 릴라 세일즈, 타마르와 로베르트 스함하르트, 윌리엄 셰익스피어, 데브 샤피로, 코트니 샤인멜, 〈슬링스 앤드 애로우즈〉, 안드레아스 손주, 엠커 스파우벤, 마거릿 스톨, 줄리 스트라우스 게이블, 알렉스 울리엣, 로빈 와서먼, 캐머런과 재키 윌슨, 켄 라이트, 펭귄 영 리더스 그룹의 전원에게 감사한다. 마을 하나가 필요했다. 특히 이 책의 경우에는 다국적 마을이.

그리고 마지막으로 닉, 윌라, 덴벨에게 감사한다. 나의 가족. 나의 집.

『저스트 원 데이』의 커플 소설 『저스트 원 이어』가 드디어 독자
들을 만난다. 전작이 출간된 지 일 년 만이라 커플 소설로 책장에
나란히 꽂아두고 싶었을 독자들에겐 기다림이 길었다. 빌럼과 앨
리슨의 재회만큼이나 이 출간을 기다려왔던 독자의 한 사람으로서
기다림이 헛되지 않았다는 희소식을 먼저 전한다.

앨리슨의 이야기처럼 빌럼의 이야기에도 아름답고 이국적인 풍
경을 배경으로 고풍스러운 셰익스피어의 대사들과 현대적인 사랑
의 감성이 세련되게 어우러져 있다. 평화롭지만 갇힌 삶을 살다가
빌럼과 함께한 단 하루의 추억을 통해 방황하고 성장하는 앨리슨
의 이야기에 몰입했던 독자라면 자유분방한 방랑가였던 빌럼의 이
야기가, 그리고 무엇보다도 그의 진심이 궁금했을 것이다. 두 사람
의 이야기는 뫼비우스의 띠처럼 닿을 듯 비켜가고 얽힐 듯 풀려간

다. 『저스트 원 데이』 역시 독자들을 시간과 공간의 여행으로 안내하지만, 전작에서 빌럼의 여행이 우연에 기댄 일종의 회피였다면 그후 일 년간의 여행은 조금 더 그의 선택에 가까워진다. 그것을 빌럼의 성장으로 보아도 좋을 것이다.

감사의 말에서 작가는 소설가가 '필요에 의한 도둑'임을 시인하면서 자신이 많은 이들의 삶의 단편을 훔치고 변조해 이 책에 실었음을 겸손하게 고백하고 있다. 그러나 누군들 그렇지 않은가. 한 사람의 삶은 결코 혼자만의 경험과 단상으로 완성되지 않는다. 그런 관점에서 본다면 소설을 사랑하는 모든 독자들도 타인의 이야기를 훔치는 도둑들이다.

그러나 그들 모두가 훔친 이야기의 조각들로 빛나는 한 편의, 혹은 한 쌍의 소설을 완성하진 않는다. 작가는 같고도 다른 두 주인공의 마음속을 자유자재로 넘나들며 각자의 시선으로 바라본 세상을 적절하게 교차시키는 엄청난 이야기의 골조를 구상했다. 그리고 그 골조를 사실적이고 재치 있는 에피소드들로 채워가며 아주 잘 어울리는 한 쌍의 커플 소설을 완성했다. 번역하는 내내 작가가 염두에 두었던 소위 '큰 그림'에 감탄했고 그의 재능이 그의 도둑질을 정당화하고도 남음을 믿어 의심치 않았다.

삶이 혼자 떠나는 여행일지라도 사랑은 혼자 할 수 없기에 우리는 수많은 사람들과 만나고 또 엇갈리며 서로의 기억 속에 '얼룩'을 남긴다. 그러나 가던 길을 멈추고 그 '얼룩'을 돌아볼 여유와 용

402

기를 내기란 쉽지 않다. 이 두 편의 소설은 우리가 무심결에 흘려보내고 있는 수많은 선택들과 우연들, 무엇보다도 우리가 저질렀어야 했던 모험들을 돌아보게 한다.

모험에 대가가 따르는 것과 마찬가지로 모험하지 않은 대가도 분명히 존재한다. 나이가 들수록 '모험하지 않은' 대가는 더 크고 아프게 다가온다. 바보는 방황하고 현명한 사람은 여행한다지만, 때로는 방황조차 우리의 삶에 빛깔을 더한다. 항구에 머무는 것이 배의 존재 이유가 아니듯 우리의 삶도 안전과 안락함이 전부는 아니기 때문이다.

이 작가의 소설을 두 편 번역했고 매번 방황의 유혹을 느꼈다. 방황해본 자만이 내가 있어야 할 자리, 돌아와야 할 이유를 안다. 두 편의 멋진 소설을 통해 그 진리를 다시 한번 확인해보는 것도 좋을 것이다.

이진

옮긴이 **이진**
이화여자대학교에서 문헌정보학을 전공하고 광고대행사에서 근무하다가 현재 전문 번역가
로 활동하고 있다. 『빛 혹은 그림자』 『도그 스타』 『저스트 원 데이』 『어디 갔어, 버나뎃』 『매
혹당한 사람들』 『미니어처리스트』 『우리에겐 새 이름이 필요해』 『사립학교 아이들』 『기꺼이
죽이다』 『658, 우연히』 『비행공포』 『페러그린과 이상한 아이들의 집』 등 80여 권의 책을 번
역했다.

문학동네 세계문학
저스트 원 이어

초판인쇄 2017년 12월 5일 │ 초판발행 2017년 12월 15일

지은이 게일 포먼 │ 옮긴이 이진 │ 펴낸이 염현숙
책임편집 윤정민 │ 편집 양재화 홍유진
디자인 김선미 이원경 │ 저작권 한문숙 김지영
마케팅 방미연 정진아 김혜연 │ 홍보 김희숙 김상만 이천희
제작 강신은 김동욱 임현식 │ 제작처 한영문화사

펴낸곳 (주)문학동네
출판등록 1993년 10월 22일 제406-2003-000045호
주소 10881 경기도 파주시 회동길 210
전자우편 editor@munhak.com │ 대표전화 031) 955-8888 │ 팩스 031) 955-8855
문의전화 031) 955-8896(마케팅) 031) 955-2634(편집)
문학동네카페 http://cafe.naver.com/mhdn │ 트위터 @munhakdongne

ISBN 978-89-546-4918-6 03840

www.munhak.com